［俄罗斯］

陀思妥耶夫斯基

著

耿济之

译

死屋手记

民主与建设出版社

·北京·

© 民主与建设出版社，2024

图书在版编目（CIP）数据

死屋手记 /（俄罗斯）陀思妥耶夫斯基著；耿济之
译 . -- 北京：民主与建设出版社，2024.10. -- ISBN
978-7-5139-4728-2

Ⅰ . I512.44

中国国家版本馆 CIP 数据核字第 202434AY10 号

死屋手记
SIWU SHOUJI

著　　者	[俄罗斯] 陀思妥耶夫斯基	
译　　者	耿济之	
责任编辑	郭丽芳　周　艺	
封面设计	言　成	
出版发行	民主与建设出版社有限责任公司	
电　　话	（010）59417749　59419778	
社　　址	北京市朝阳区宏泰东街远洋万和南区伍号公馆 4 层	
邮　　编	100102	
印　　刷	天宇万达印刷有限公司	
版　　次	2024 年 10 月第 1 版	
印　　次	2024 年 10 月第 1 次印刷	
开　　本	880 毫米 ×1230 毫米　1/32	
印　　张	10.5	
字　　数	200 千字	
书　　号	ISBN 978-7-5139-4728-2	
定　　价	46.00 元	

注 : 如有印、装质量问题，请与出版社联系。

前　言

　　《死屋手记》是俄国作家陀思妥耶夫斯基生涯早期的代表作品。小说虚构了一个刑满释放后在西伯利亚小城生活的旧贵族戈梁奇科夫，他的狱中"手记"成为作品的基础。戈梁奇科夫在狱中经历的一切某种意义上就是作者本人遭遇的写照。

　　作为19世纪俄罗斯文学"黄金时期"的代表作家之一，陀思妥耶夫斯基与大文豪列夫·托尔斯泰、屠格涅夫等人齐名，是俄国文学的卓越代表。他的创作独具特色，在群星灿烂的19世纪俄国文坛上独树一帜，占有着十分特殊的地位。1849年，陀思妥耶夫斯基因参与彼得拉舍夫斯基小组活动被捕，后被流放西伯利亚十年。1862年出版的《死屋手记》真实反映了他这十年的流放生活。

　　在书中，作者以自己的亲身经历为基础，以冷静、客观的笔调记述了他在苦役期间的见闻。全书由回忆、随笔、特写、故事等独立成篇的章节组成，淋漓尽致地展示了各类苦役犯的可怕处境和精神状态，勾画出各种人物的独特个性。

《死屋手记》的发表，在当时引起了热烈的反响，使陀思妥耶夫斯基享誉世界文坛。

1931年，北平平化合作社出版了刘尊棋翻译的节译本《死人之屋》，这是国内关于《死屋手记》的第一个译本。1947年，上海正中书局推出了韦丛芜的译本《死人之家》。也是在1947年，上海开明书店出版了著名翻译家耿济之的译本《死屋手记》，《死屋手记》由此定名。

耿济之（1899—1947），原名耿匡，他是较早翻译和研究俄罗斯文学的中国学者，翻译代表作有托尔斯泰的《复活》，屠格涅夫的《父与子》《猎人日记》，陀思妥耶夫斯基的《死屋手记》《白痴》《卡拉马佐夫兄弟》。其译文典雅、流畅，被众多学者给予高度评价。

此次出版，编者参考多个版本的原作和译本，尤其是生活·读书·新知三联书店发行的版本为参照进行编校。为保留原作精髓，作品中绝大多数的文字用法均保留原貌，不作修改，只针对极个别字词和标点符号，做了符合当下读者阅读习惯的修订。

目　录

第二卷

ЗАПИСКИ ИЗ МЕРТВОГО ДОМА

第一卷

引　言

　　在辽远的西伯利亚地区，沙漠、丛山或无法通行的森林中间偶然会发现一些小城。这里有一到两千的居民，房屋是木质的，外貌是丑陋的，造有两所教堂——一所在城里，另一所在公墓上。这些城市，与其说像城市，还不如说像莫斯科附近的大村庄。这些城市中有极多的警官、委员和其余的副官阶级。西伯利亚虽很寒冷，但做官是极温暖的。那里住着普通的、非自由主义的人们；秩序是古旧的、坚定的，数个世纪以来被认为是神圣的。官员们——按公道的说法，扮演着西伯利亚贵族的角色——不是土生土长的西伯利亚人，便是从俄罗斯本土里的，多半是从京城里来的，觊觎着额外的薪俸、双份的旅费和有诱惑力的将来的希望。他们中间，凡是会解决生命之谜的几乎永远留在西伯利亚，愉快地在那里安居乐业。后来，他们获得了丰富的、甜蜜的果实。但是有些意志薄弱、不会解开生命之谜的人，很快便对西伯利亚产生了厌倦，烦恼地问自己："我为什么要到这里来？"他们不耐烦地熬过三年的法定任期，满期后便立刻想法儿调走，跑回家去，骂着西伯利亚，讥笑着西伯利亚。他们是不对的，不但从服务的观点上看，就是从其他许多观点来看，住在西伯利亚也是很舒适的。这里气候极好，有许多有钱的、好款待宾客的商人；许多家道殷实的异种人。野鸟在街上飞翔，自己撞到猎人身上。香槟酒可以尽情地喝，至于鱼子酱，更是具有奇特的味道。而在收成方面，在有些地方甚至达到其他地方的十五倍。总之，这里的土地是可赞颂的，只要会享受它就行。而在西伯利亚，人们是很会享受的。

在这样的一个快乐的、自我满足的、住着极可爱居民的小城里——对这座城市的回忆，在我的心里将是永远无法忘怀的——我遇见了亚历山大·彼得罗维奇·戈梁奇科夫。他是被流放的罪犯，在俄罗斯是贵族和地主出身，后来成为第二等苦役犯，因为他杀死了自己的妻子。在依照法律判决的十年徒刑期满后，他就在K城中恭顺地、无声无息地以苦役犯的身份度过他的余生。他的户口本来在K城的一个乡区内，但他却住在城里，以教育儿童糊口。西伯利亚的城市里，时常会在苦役犯中发现教师，但大家并不怎么憎嫌他们。他们大半教法文，生命中极需要的一种文字——没有他们，在辽远的西伯利亚地区内恐怕无人会懂。我初次遇见亚历山大·彼得罗维奇是在一个古老的、好客的、做官多年的官员伊万·伊万内奇·格沃兹季科夫家里。他有五个岁数不同的、全都极有希望的女儿。亚历山大·彼得罗维奇让她们出去工作，每星期四次，每次报酬为三十银戈比。他的外貌使我产生了兴趣。他脸色惨白，身子瘦小，年纪还不老，有三十五岁，小小的个子，虚弱的模样。他经常穿得很整洁，服装是欧洲的式样。如果您和他交谈，他会异常凝神而且注意地望着您。用严正的、客气的态度倾听您的每一句话，仿佛在揣摩这些话的意思，又仿佛是您向他发问，给他一个话题，或者想向他探出某种秘密。他终于清楚而且简单地回答着，每个回答的字都仔细推敲，使您听了忽然觉得不知为什么会感到不痛快，以后您会因为谈话终结而自己高兴起来。我曾向伊万·伊万内奇盘问过他的事情，才知道戈梁奇科夫过着无可非议的、道德的生活，否则伊万·伊万内奇也不会请他教自己的女儿们；但是他和人们不相投合，躲避一切人。他极有学问，读过许多书，但是很少说话，总之，和他是很难说到一起的。有些人说，他根本就是一个疯子，虽然实际上人们觉得这还不是什么严重的缺点；又说，城中许多可尊敬的人士准备用各种方法抚慰亚历山大·彼得罗维奇，他甚至可以成为有益的人，可以缮写呈文，等等。人们觉得，他在俄罗斯大概有许多亲戚，甚至也许不是一个普通的人物，但是大家知道他从被流放的时候起，就固执地和他们断绝一切关系了，一句话，他在损害自己。此外，大家全知道他的历史，知道他杀死了自己的妻子，那是在他结婚第一年的时候，由于吃醋而杀死她，然后便去自首（这大大地减轻了对他的刑罚）。人们把这种犯罪永远视为不幸的事情，而加以惋惜。虽然如此，他这个怪物还是坚持躲避和别人来往，只是在教课时才出来见人。

我起初对他没有特别注意，但不知是什么原因，他开始渐渐地使我产生了兴趣。他这人有一点儿神秘，和他谈话是绝不可能的。自然，他永远回答我的问题，甚至露出的那种态度，仿佛认为这是他自己首要的责任似的；但是在他答复以后，我似乎有点儿难以再往下盘问：他的脸上，在发生了这类谈话以后，总是显现出一种悲哀和疲劳。我记得，有一天，在一个晴美的夏天晚上，我和他从伊万·伊万内奇家里走出来。我忽然想请他到我家里去坐一会儿，抽一支香烟。我不能描述当时他脸上表现出怎样的恐怖：他完全慌乱起来，开始喃喃地说出一些不连贯的话语，忽然恶狠狠地看了我一眼，然后跑到对面去了。我甚至惊异起来。从那时起，他每次一和我见面，就好像带着恐惧的表情看着我。但我却控制不住自己，总觉得似乎有什么东西牵引着我到他的身边去，我竟毫无来由地自己跑到戈梁奇科夫那里去了。当然，我这种行为显得很愚蠢，而且是没有礼貌的。他住在城市的边上，一个老太婆的家里——她有一个得了肺病的女儿，她的女儿又有一个私生的女儿，有十岁模样，是个美丽而且快乐的小女孩。我走进去的时候，亚历山大·彼得罗维奇正和她坐着，教她读书。他一看见我，竟慌乱得好像正在犯罪而被我捉住似的。他完全迷茫地从椅子上跳起来，睁大眼睛看着我。我们终于坐了下来；他观察着我的每一个眼神，好像我的每个眼神里都含着某种特别的、神秘的意义。我猜到他这个人已经多疑到疯狂的地步。他怨恨地看我，似乎要问："你很快就离开这里吗？"我和他讲起我们小城里的事情和时下的新闻；他沉默不语，只是恶狠狠地微笑着。原来，他不但不知道极平常的、尽人皆知的城市里的新闻，甚至没有想去知道这些新闻的兴趣。后来，我讲起我们这个地区以及这个地区的需求：他默默地听我讲，奇怪地看着我的眼睛，使我终于对我们的谈话感觉不好意思。后来，我用新出的书籍和杂志吸引他；这些书恰巧在我手里，刚从邮局里寄到，还没有拆开来，我很想拿给他看。他向这些书籍投射了可怜的眼神，但立刻改变了意思，拒绝我的提议，以没有闲暇作为推托。我终于和他告辞了。从他那里走出来的时候，我仿佛觉得一直压在我心里的千斤重担终于放下了。我认为和一个以逃避世界越远越好为自己极主要任务的人胡搅蛮缠，是一件极愚蠢的事。但是事情已经做了出来。我记得我几乎完全没有看到他那里有书，因此人们说他读过许多书是不可靠的。不过，我深夜中从他门前走过两次，看见他的窗上还有亮光。他坐到深夜，总要做些什么吧？他是不是在写东西？如果是，那究竟在写什么呢？

　　有一个机缘使我离开我们的小城有三个月之久。我回来时已是冬天。回来后，我才晓得亚历山大·彼得罗维奇已经在秋天时死了，在孤寂中死去了，他甚至一次也没有请医生来诊视过。小城几乎已经把他遗忘了。他的寓所空荡荡的。我立刻跑去找他的女房东，打算向她探问：她的房客究竟做了些什么事情，是不是写什么东西？我给了她两个戈比，她就送给我死者留下来的一大箱文件。老太婆对我说，她已经撕毁了两本。她是一个阴郁、沉默的女人，从她那里很难探出什么有意义的话来。她无法对我讲一点儿关于自己的房客特别新鲜的消息。据她所说，他几乎从来也不做一点儿事情，连着几个月不打开书本，也不拿起笔；但是，他整夜在屋里走来走去，好像在思索什么，有时自言自语地说话：他很爱她的小外孙女卡佳，经常抚摸她，尤其当他得知她的名字叫卡佳的时候起，而且每到卡佳的命名日，他总要到教堂去为某人诵经追祷。他最讨厌接待客人，只是在教孩子们功课时，才出门去：每当她——那老太婆每星期一次到他屋内去稍稍收拾收拾的时候，他甚至也是朝她身上斜斜地看着。整整三年时间，他几乎从来没有和她说过一句话。我问卡佳记不记得她的老师？她默默地看我，转身朝着墙壁，哭起来了。看来，这个人恐怕也会使一些人喜爱他的。

　　我把他的文件取回，整理了一整天。这些纸张有四分之三是空白的、无意义的碎纸或学生们临摹字帖的练习簿。但是其中有一本很厚的簿子，笔迹细细的，只是没有写完，也许被作者自己抛弃和遗忘了。里面是亚历山大·彼得罗维奇所受的十年流放生活的不连贯的记述。有的地方在叙述中插入另一篇小说，一些奇怪的、可怕的回忆，那种回忆仿佛是在受了什么压迫下匆忙写下来的。我好几次读着这些断片，几乎相信他是在疯狂中写下的。但是，这本流放中的手记——《死屋手记》——他在稿件中自己这样称呼——我觉得也并非毫无趣味。一个至今尚无人知晓的、完全新颖的世界，一些离奇的事实，一些关于幻灭的民族的几种特别的批评——这一切使我神往，我好奇地读下去。当然了，也可能是我的错。现在我试着选取其中的两三章，让读者去评判吧。

第一章　死　屋

　　我们的监狱建在一所堡垒的边上，就在堡垒的土壁旁边。有时候从围墙缝隙里向外面看望：看看能不能看到点儿什么——但只看见天空的一角和高耸的、长满杂草的土壁，还有哨兵们在土壁上日夜来回巡逻：你会立刻想到，在过了整整的几年以后，你走到围墙那里，朝缝隙里看望，还会看见同样的土壁，同样的哨兵和同样一小块儿的天空，并不是监狱上面的天，却是另一个辽远的、自由的天。你臆想出一个二百步长和一百五十步宽的大院，周围用高高的栅栏圈住，形成一个不规则的六角形。这栅栏是用高高的木桩做成的，这些木桩深深地插进土里，紧紧地互相挨着，用横木板钉牢，顶端极为锋利：这就是监狱的外墙。在这外墙的一端，设立了一个坚固的大门，永远关着，且永远有哨兵日夜看守。除了有特别的事件，以及放犯人出去做工的时候，才开大门。大门外是光明的、自由的世界，人们生活着，和大家一样。但是在围墙里面，对于那个世界，却看起来像一个无从实现的儿童故事。这里有截然不同的特别世界：这里有自己的特别法律，自己的服装，自己的风俗和习惯，这里是一座真正的死屋，这里的生活方式是其他任何地方都没有的，人们也是特别的。而这个特别的角落，正是我要着手描写的。

　　你一走进围墙，就看见里面有几所房屋。在宽阔的内院的两边，蜿蜒着两排长长的、单层的板房，那是狱室。里面住着罪犯，是依照等类安置的。在围墙的深处还有一所板房，那是厨房，分成两部；再下去还有一所建筑物，在它的屋顶底下设有地窖、杂物间和马厩。院子的中心是空的，是一块儿相当大的平地，犯人们在这里排班，早晨、中午和晚上，查验人数和点名，有时每天还要点几次——这要看看守人的疑心程度，还要看他们能不能迅速地计算出人数而定。周围，在建筑物和围墙之间，还留下极大的地方。罪犯中有些不善交往，性格阴郁的，喜欢在非工作的时间内上建筑物的后面去，悄悄地躲开大家的视线，想自己的念头。我和他们在散步时相遇，也喜欢审视他们那阴郁的、打了烙印的脸，猜他们在想些什么事情。有一个苦役犯，他有一项心爱的工作，就是在空闲的时候数木桩。这些木桩有一千五百根，他全数得清楚，而且认得出来。每根木桩等于一天：他每天数一根，因此从那些没有数过的、剩余下的数目上可以明显地看出，他还要在监狱里待多少天才满期。他在数完六角形的某一边的时候，感到了由衷的喜悦。他还要等候许多年，但是在监狱内是有时间学习忍耐的。有一次，我看见一个罪犯在狱中待了十年之后，终于得到自由，和同伴们告别的情景。有人还记得他最初走进监狱里来的时候，还年纪轻轻，无忧无虑的，不去想自己的犯罪和刑罚。但他出去时，已经变成头发斑白的老人，带着阴郁和忧愁的脸。他默默地走过我们的六间狱室。每走过一间狱室的时候，他就向神像祈祷，然后向同伴们低低地，齐腰鞠下躬去，请他们不要记他的仇。我还记得有一天，一个罪犯，以前是西伯利亚殷实的农民，在薄暮时被唤到大门前去。在半年以前，他接到消息，说他以前的妻子改嫁了，便感到深刻的忧愁。现在她自己到狱里来，叫他出去，施舍给他钱。他们谈了两分钟，两人都哭出声来，永远地别了。在他回到狱室里来的时候，我看见他的脸，是的，在这个地方是可以学会忍耐的。

天色一黑，我们大家就被带到狱室里去，关了一整夜。我从院子里回到狱室里的时候永远感到难过。那是一间长长的、低矮的、闷热的屋子，蜡烛黯淡地照耀着，发出沉重的、窒息的气味。我现在还不明白，我怎么会在这里住上十年。我的三块木板的床铺：这就是我所有的地位。一间屋内有三十多人被安置在同样的铺板上面。冬天关得早，必须得等候四小时，大家才都睡着。在那之前——是喧哗、吵闹、哄笑、辱骂和铁链的声音，腐气和煤烟，剃光的头颅，烙印的脸，一切都是可诅咒的、可诽谤的……是的，人是有活力的！人是能够习惯一切的生物，我觉得这是给人所下的最好的定义。

　　一共有二百五十人被关在狱中——几乎是经常的一个数目。有些人刚来，另有些人期满被释，还有些人死去。里面什么样的人都有！我觉得俄罗斯每一个省、每一个地区都有它的代表。这里也有外族的人，甚至还有几个苦役犯是来自高加索山区的。这些人全按犯罪的程度加以区别，那就是以刑期作为区别的依据。可以说，这里有各种各样的犯人。平民阶级的流犯们成为全狱的主要基干。那是被剥夺一切公民权的罪犯们，被社会割弃的碎块儿，脸上被打上了烙印，那是被世界遗弃的一个永久的证明。他们被遣送到这里来充当八到十二年的苦工，然后就分遣到西伯利亚各乡镇充当苦役犯。——有些罪犯属于军人阶级，并未被剥夺公民权，像在一般的俄国军人罪犯营团内的情形一样。他们被遣送到这里，期限很短；期满后立刻返回到原来的地方，充当士兵，到西伯利亚的常备军营里去。可是，他们中有许多人几乎又立刻回到监狱里，因为又犯了第二次的重罪，这就不再是短期了，而是二十年的期限。这个等级称为"终身犯"。尽管是"终身犯"，但他们的公民权并没有被完全剥夺。最后还有一类极可怕的罪犯，多半是军人，人数很多。这类人被称作"特别部"。这些罪犯从全俄罗斯的各处被遣送过来。他们认为自己是永久的罪犯，所以他们不知道自己做苦役的期限。从西伯利亚开办罪犯的苦工制度以来，他们就被禁闭在狱内。"你们有期限，我们却一辈子做苦工"——他们对别的罪犯说。我后来听说，这个种类业已取消。此外，在我们的堡垒中也把平民阶级的那个办法取消，只剩下了单一的普通军犯。当然，监狱的长官也随着一起更换了。所以我所描写的是旧事，是早已过去的事情……

这是很久以前的事情了，现在这一切好像是在梦中似的。我还记得，我是如何走进监狱里去的。那是十二月的一个夜晚，天色已黑，人们刚做完苦工回来，预备点名。满脸络腮胡的班长终于给我打开了那个奇怪房屋的门，我就是在这间屋子里待了这许多年，忍受这许多感触，这些感触如果不是真的亲身经历过，我甚至不会生出类似的概念来的。譬如说，我绝不会想到——在这十年的刑期里，我从来没有单独一个人待过，甚至一次也没有，甚至连一分钟也没有过。还有什么比这更可怕、更令人痛苦的呢？工作时永远有卫兵看守，在狱室里就和两百名同伴在一起，没有一次，没有一次是一个人的，不过我必须习惯的仅只是这些吗？

这里有偶然的杀人犯和职业的杀手，也有强盗和土匪的首领，还有普通的骗子和浪人——专门掏别人腰包的扒手。还有一种人很难弄清楚他们是为什么被送来的——但是每个人都有自己的故事，这些故事是模糊的，而且是痛苦的，像喝了昨天的毒酒一样。他们一般也不大讲自己过去的历史，显然是不愿想起过去的一切。我知道他们中间甚至有些杀人犯具有快乐的性情，而且从来不露出忧郁的样子。我敢打赌，他们的良心从来不会使他们感到有什么可以责备的地方。但也有些阴郁的脸庞，他们几乎永远是沉默的。总之，他们不会讲述自己的生活，而且好奇是不时髦的，不合这里的习惯的，他们都认为这样做不合时宜。偶然有人为了无事可做而谈起来，别的人只是冷淡而且阴郁地听下去。谁也不能使任何人感觉惊异。

"我们都是认识字的人"——他们时常说，露出一种奇怪的自满的态度。我记得，有一个强盗喝醉了酒（在狱内有时可以喝酒），开始讲述他如何杀死一个五岁的男孩：他起初利用玩具哄骗他，引诱他到一间空马厩里去，然后把他杀死。整个狱室的人本来在嘲笑他的玩笑话，后来竟齐声一致地叫喊起来，那强盗不能不沉默了；他们的叫喊并非由于愤激，而是因为不应该讲这种事情，因为讲这种事情是不合这里的习惯的。我要顺便声明的，这些人确实认识字，这是从"识字"这个词的直接意义上讲的。他们当中一定有一半以上的人会读书写字。你不妨在聚集着许多俄国人的任何别的地方，分出二百五十人的一堆来，看一看里面有没有半数是识字的？我后来听说，有人从这里得出一个结论，就是识字是害人的。这当然是错误的结论，在这件事上完全有另外的原因。虽然不得不承认识字能激发人类的自信心，但还并不是缺点。——罪犯的种类按衣服来分辨：有些人上衣的一半是深褐色的，另一半是灰色的；裤子的一只脚是灰色的，另一只脚是深褐色的。有一次，在做工时，一个卖面包的小女郎走近罪犯们的身边，审视我很长时间，然后忽然哈哈大笑起来——"嗤，真是不好看！"——她喊道。——"灰色布不够，黑布也不够！"还有些人的布衫只用一种灰色的材料制成，但是袖子是深褐色的。头发也剃得不相同：有些人头发的一半顺着脑袋剃光，另一些人的头发却剃得很斜。

　　乍看上去，在这个奇怪的家族里可以看出一个显著的共同点来：连个性最突出、最古怪的人物，也都努力和全狱的共同点协调起来。一般说来，这班人除去不多的几个消耗不尽的快乐的人以外——他们因此遭到大众的鄙视——其余的人全是阴郁、猜忌，既好虚荣，又爱说大话，动不动就生气，是十足的形式主义者。对任何事情都不露出惊异的神情，才能成为极大的善德。大家都在应该保持如何的态度上面发了疯。但是极傲慢的态度有时竟像闪电般迅速地变为最畏葸的神情。有几个真正有力的人，他们的态度十分自然，并不装腔作势。但是说也奇怪！这些真正有力的人中间有几个虚荣到了最后的、极端的，几乎是变态的地步。一般说来，把虚荣和外表放在第一个位置上面的人，都已受了腐化，卑鄙得很。谣言和诬蔑是一直在发生着的，简直就是地狱，极端的黑暗。但对于狱中的规章和平日的习惯，谁也不敢加以反抗，大家都服从着。有些个性很强的人，起初虽然觉得这种制度很难遵守，但到底还是服从着。还有些人走进狱内，他们太好冒险，太越出常规，太任性，连他们所犯的罪都仿佛是身不由己的，仿佛自己也不知道为了什么，好像是在梦中，在迷糊中做下来的；经常是由于兴奋到最高程度的虚荣心而做下来的。但是到了我们这里，他们立刻被包围住了，尽管有些人在没有进狱之前是整座城市或整个村庄的恐怖分子。那个新进来的人向四周望了一下，立刻看出他落到一个不适宜的环境里了，这里不会使任何人有所惊异，也就不知不觉地安静下来，落入共同的基调里去了。这个共同的基调，外表上是用一种特别的、自我的尊严组成的，几乎每一座监狱内的居民都深深地浸润在这种自我尊严的情感中。苦刑犯和被判刑者的称号好像成为一种头衔，而且是荣誉的头衔，没有一点点的羞耻和忏悔！不过也有一种外表上的谦逊，所谓公式化的悠闲的空论："我们都是已经堕落了的人！"他们常常这样说，"既然在自由的时候不会生活，那么现在只好穿绿街①，站班候验了。"——"在家不听从父母的话，现在只好去听鼓声②。"——"既然不高兴用金线缝衣，现在只好用锤子击石。"这套话时常说了出来，当作教训，且当作日常的口

---

① 穿绿街：沙俄时期的一种刑罚。指施刑人手拿树枝面对面站成两排，受刑人须裸体从施刑人中间走过，施刑人必须用树枝抽打受刑人，否则自己要受惩罚。

② 听鼓声：是指服从狱卒鼓传出的号令。

头语，但从来不是当真的。这不过是空话。他们中间不见得有一个人会在内心里自觉承认自己真的违法。如果有人试图责备一个罪犯，骂他不应该犯罪（虽然责备罪犯并不和俄国人的精神相合）——那么，那个人所遭到的咒骂是不会有穷尽的。他们大家真是骂人的能手！他们会细腻地、巧妙地骂人。他们的咒骂已变为一种艺术；他们努力说出不但是恼怒的话语，而且是恼怒的意义、精神和观念——这更加细致些，更加恶毒些。不断的争论使这艺术在他们之间更加发展。这班人全是在木棍底下工作着的，因此他们是懒惰的，也就是受到腐化的；如果以前没有腐化，那也是在流放中腐化了的。他们大家聚到这里来，并非出于自己的意志，他们彼此都是陌生的。

"魔鬼必须先穿破三双草鞋，才能把我们聚成一堆！"——他们自己对自己说。因此，谣言、阴谋、婆婆妈妈的谗言、妒忌、争执、仇恨，永远处于这个黑暗的生活中的首要位置。没有一个泼妇会像这些杀人犯中的几个人那样地搬弄是非。我要重复一句，他们中间也有坚强的人，这些人习惯于命令别人和出人头地，他们老练沉着而且无所畏惧。这些人似乎受到大家不由自主的尊敬；他们虽然时常很顾及自己的荣誉，但努力不使别人为难，不参与无聊的咒骂，保持特别尊严的态度，好讲理性，几乎永远服从长官——并不根据服从的原理，也不出于义务的感觉，却仿佛依照某种契约，感觉到相互的利益。然而，人家对待他们也很谨慎。我记得，在这类的罪犯中，有一个人具有无畏的、坚决的性格，长官晓得他有野兽一样凶悍的脾气，为了犯什么错而被叫出去受刑。那时正是夏天，大家都没有干活。那位直接管辖监狱的少校，亲自来到我们监狱大门旁边的卫兵室里监视处刑。这位少校是决定罪犯们命运的人物。他把他们弄得见了他就战栗的地步。他们最害怕的是他那锐利的、野兽似的眼神，在这眼神底下是什么东西都会无所遁形的。他好像并不需要用眼睛看就知道了一切。他走进监狱的时候，已经知道在监狱的另一端发生了什么事情。罪犯们称他为八眼人。他的管理方法是错误的。他只是采用疯狂的、恶狠狠的行为使那些狠恶的人更加狠毒；如果他的上面没有监督官，一个正直的、有判断力的人，有时可以制止他的野蛮行为，他一定会闹出极大的乱子来的。我不明白，他怎么会得到善终的！后来，他在健康的状态下辞职了，虽然也曾受过法庭的裁判。

那个罪犯被传唤时吓得脸色惨白。他平常总是默默地、坚决地躺到鞭子底下，默默地忍受刑罚，受完刑罚以后就轻松地站起来，冷淡地，而且用哲学家的态度看待这次的倒霉事件。人家永远十分谨慎地对待他。但是这一次，他不知什么原因认为自己是有理的。他脸色惨白，瞒着卫兵将一把锋利的英国制鞋匠用刀塞进袖子管里。狱内是严禁使用刀子和一切尖锐工具的。时常实施搜查，而且是突如其来的，非同等闲的搜查，刑罚也是残忍的：但是因为在小偷决定特别藏着什么东西时，难以在他身边搜查出什么来，又因为刀子和工具是狱内日常需用之物，所以虽然施行搜查，这些东西是不会消灭的。即使被搜去，也立刻会重新置备起来。全狱的人都奔到围墙那里，屏住气息向木桩的隙缝里张望。大家都知道，彼得罗夫这一次不打算受鞭笞，看来，那位少校的末日到来了。但是，在最后的一分钟内，我们的少校竟然坐上马车走开，并委托其他的军官执行刑罚，"上帝把他救了！"——罪犯们后来说。至于说到彼得罗夫，他十分安静地接受了刑罚。他的怒气随着少校的离开而消失。罪犯会服从而且顺从到一定的程度为止；有一个限度，是不能越过的。顺便说一下：再没有什么比这种急躁的心理和执拗的脾气的发作更有趣了。时常忍耐了几年，十分恭顺，忍受着最残忍的刑罚，忽然为了一点儿小事，为了一点儿琐事，甚至几乎并不为什么，就发作了出来。从另一些人的眼光上看来，甚至可以称他为疯子；但人就是这样的。

我已经说过，几年以来，我没有在这些人中间看见过丝毫的忏悔，也没有看见他们对于自己的犯罪感到一点点的沉痛，他们中的大部分人在内心里认为自己是完全有理的。这是事实。当然，虚荣、坏榜样、蛮横、虚伪的羞耻等，成为一切的原因。从另一方面说，谁又能说他透彻地观察到了这些受到创伤的人的内心深处，并且读到其中隐秘的、为全世界所不知道的一切呢？但是这许多年来，本来是可以在这些人的心里觉察出一点儿什么，捕捉到足以证明内心的烦闷和悲哀的一点儿性格。但他们却没有这样做，根本就没有这样做过。是的，犯罪大概不能用已有的、准备好了的眼光去加以理解。他的哲学比一般人所想象的还要复杂一点儿。当然，监狱和强迫工作的制度不能使一个罪犯洗心革面；这种制度只是惩罚他，给予社会一个不再有罪犯破坏它的安宁的保障。监狱和加强的苦工不过是助长了罪犯心中的仇恨，增强他们对被禁止的安逸享乐的渴求和令人可怕的轻浮而已。但是，我深信，即使是再严密的制度也只能达到虚伪的、欺骗的、外在的目的。它从人的身上吸收生命之源，使他的心灵变得衰弱，使它惊吓，然后再将一个精神上业已干枯的木乃伊，半疯的人，当作改过与忏悔的范本那样地表现出来。所以，对社会反抗的罪犯自然怨恨它，几乎永远认为自己是有理的，而认为它是错的。再说他已经从社会方面忍受了刑罚，因此几乎认为自己的犯罪是业已洗净，且已一笔勾销了的，从这种见解上可以判明，罪犯本身是几乎必须加以饶恕的。最后，根据这种观点可以断定，几乎不用再替罪犯本人进行辩护了。尽管存在着那么多的观点，但每个人都应该承认，有一些罪，无论在什么时候，什么地方，依照各种不同的法律，从社会建立的时候起，都被认为无可争辩的犯罪，且将永远认为如此，只要人类还存在，就一直是这样。我会在狱中听到人们讲述一些极可怕的、极奇特的行为，极怪诞的谋杀案件，而且是带着阻拦不住的、十分孩子气的、非常快乐的笑讲出来的。有一个弑父的凶手给我留下很深刻的印象。他是贵族出身，做过官，而在他的六十岁的父亲看来，是类似于浪子一类的人。他的行为完全不合轨道，负了一身的债。父亲限制他、劝他，他的父亲有房产、有村庄，可能还有现钱，于是儿子为了贪图遗产就把他杀死了。这个案件在过了一个月之后才被破案。凶手自己向警察报告，他的父亲失踪了，不知去向。整整一个月之内，他过着极荒唐的生活。终于趁他不在的时候，警察发现了尸体。院子里有一条排污水的暗沟，用木板盖住，和院子一样长。尸体就放在这暗沟里。死者的穿着十分整齐，白发的头颅被砍掉了，但还装在躯体上面，凶手在头底下放了一个枕头。他没有供认出来：他被剥夺去了贵族的头衔和官爵，流放做苦工二十年。我和他住在一起的时候，他一直处于极佳的、快乐的心情中。他是轻佻的、浮动的，且十分无思虑的人，虽然完全不傻。我从来看不出他有特别残忍的性格。罪犯们看不起他，不是为了他所犯的罪——大家早就忘记它了——却为了他的傻劲儿，为了他不会做人。他在谈话时，有时想起自己的父亲。有一次，他和我谈论他们家庭里遗传下来的健康体格的时候，说道："你瞧，我的父亲，他一直到他死时从来没有抱怨过任何的疾病。"这种野兽般的无感觉自然是不可能的。这是稀有的现象：他的体格里总有什么缺点，有某种肉体上的、精神上的残废，为科学所不知晓的，而不是普通的犯罪。我本来不相信这个罪犯。但是知道他过去同城的人们把这件案子全都讲给我听。事实明显得不能不使人相信。

有一天夜里，罪犯们听见他在梦中呼喊："抓住他，抓住他！把他的脑袋砍去，脑袋，脑袋……"

罪犯们差不多都曾在夜里说过梦话。他们咒骂、说黑话，刀、斧这些凶器，时常在他们说梦话时挂到他们的舌头上去。"我们是挨打的人"——他们说——"我们的内脏都被打得稀烂，因此我们在夜里呼喊。"

官方规定的强制性苦役并不是一种工作，而是一种义务。罪犯干完自己的工作，或者熬过法律上规定的工作时间后就回到监狱里去。他们仇恨工作。如果没有自己的、特别的工作，可以使他们把全部的智慧都用在这上面去，那他们是不能在狱中居住的。这班人在智识方面的发展都很正常，他们曾经过着痛痛快快的生活，而且希望这样生活下去，现在却被强迫地拉到一堆里，强迫他们和社会，和正常的生活相脱离，那么这班人怎么能正常地、有规律地、用自己的意志心甘情愿地生活下去呢？仅仅是无所事事这一点，他们的身上就会发展出他们以前没有理解到的那些犯罪的本质。没有工作，且没有合法的、正常的工作，人就不能生活下去，会变坏，会变为野兽的。因此，监狱内每个人由于自然的需要和一种自我保存的情感，都有自己的技艺和职业。在那漫长的夏日，整个白天几乎完全被强制性的工作填满；短短的夜间不见得有睡够的时间。但是到了冬天，按照章程，罪犯等到天一黑，就应该禁闭在狱内。在冬夜冗长而且沉闷的时间内，究竟要做些什么事呢？因此几乎每一个狱室，全不顾禁令如何的森严，都变为庞大的工场。本来劳动和工作本身是不禁止的；但是严禁在狱内自己身边携带工作器械，而没有它，工作是不可能的。于是大家便偷偷地工作着，对于这些事，长官似乎也是睁一只眼闭一只眼。罪犯中有许多人初次来到狱中的时候什么也不知道，但经过向别人学习，后来期满释放时竟成为良好的工匠。这里有皮鞋匠、裁缝、木匠、雕刻匠、镀金匠，等等。有一个犹太人，名叫伊赛·布姆施坦，他既是钟表匠，又是一个放高利贷者。他们大家劳动着，赚点儿零钱。他们经常向城里去兜揽生意，接受城里的订货。金钱是来铸造自由的，因此它对于完全丧失自由的人是十分珍贵的。只要这些银子在他们的口袋里响几下，他们就会得到一半的安慰，哪怕不能用这些钱也没关系。但是金钱在任何时候和任何地方都可以用，况且被禁止的果实，其味是加倍的甜的。在狱内甚至还可以弄到酒喝。烟斗严禁抽吸，但是大家全抽着。金钱和烟斗能够医治坏血症和其他疾病。工作则可以使这些罪犯从中解救出来；没有工作，罪犯们就会像蜘蛛在玻璃瓶中一样，互相吞噬。虽然如此，工作和金钱全是被禁止的。时常在夜间突然实行搜查，将一切被禁止的东西没收——无论把钱怎样藏着，有时总归会被侦探们搜到的。他们之所以不珍惜钱，而很快地就把它喝掉，一部分也就是为了这个原因；也就为了这个原因，狱内有酒可买。每次搜查以后，这些犯人除了丧失自己的一切财产之外，通常还会受到严重的惩罚。但是在每次搜查以后，犯人们立刻将缺少的东西补充，立刻置备新东西，于是一切都照旧了。上面也知道这件事情，罪犯们并不对刑罚有所抱怨，虽然这样的生活像居住在维苏威火山上一样，令人胆战心惊。

没有技艺的人，就使用别的方式赚钱。有些方法是很别致的。例如，有一些人做收买旧货的生意，出卖的东西有时是监狱墙外的任何人都不能想象出来的，不必说买卖，甚至不会把它当作东西看。狱内的人们都很贫穷，但极好做生意。最后的一块抹布都标有价格，当作做生意的筹码之用。由于贫穷的原因，金钱在狱内具有比在自由的世界内完全不同的价值。用了极大的、复杂的劳力，只得到极少的酬劳。有些人顺利地经营着放高利贷的生意。罪犯在亏空或破产以后把最后的东西送给放高利贷的人，以向他取到几个铜币，但还须付出可怕的利息。如果他到期不赎回，那些东西便立刻被毫不加以怜惜地出售；重利盘剥的生意竟发达到收公家的东西作为抵押品的地步，例如：公家的衣服、皮鞋等——是每个罪犯在任何时间内都需要的东西。但是在抵押这类东西的时候会发生另一个转变，不是完全意料不到的：那就是抵押东西的人立刻不再多讲，走到士官长那里——狱长最亲近的人——报告关于抵押公家物品的事情，那些物品便立刻从放高利贷人的手里没收，甚至不去汇报长官。最有趣的是，有时甚至没有争吵的事情发生：那个放高利贷的人也默默地、阴郁地交还应该交还的东西，甚至好像自己期待着会发生这种情形似的。也许他不得不自觉承认，他自己如果处于抵押人的地位上也会这样做的。如果以后有时骂两声，那么也是没有一点儿恶意，只是为了洗清自己的良心而已。

　　在一般的情形下，大家互相偷窃。几乎每人都有一只箱子，带着锁，作为保存公家物品之用。这是准许的，但木箱也挡不住偷窃。那里的小偷具有如何巧妙的手段是可想而知的。有一个罪犯是诚恳地忠实于我的人（我这样说，没有一点儿牵强的意思），从我身边偷去一本《圣经》，那是狱内唯一允许读的一本书；他当天就自己向我承认了，并非由于忏悔，而是出于怜惜我，因为我寻觅了许多时候。还有人卖酒，很快地赚了许多钱。关于卖酒的事情我以后要特别讲一讲，那是一桩很有趣的事情。狱里有许多人是为了走私而进来的。因此，在这样严密的检查和看守之下，怎么还会有酒运进来，是不用感到惊讶的。顺便说一句：走私依照性质是一种特别的犯罪。比如，你能想象得到，金钱和利益在有些走私犯看来，不过占据第二等的地位，其实情形确实是这样。走私的人是凭着热情而工作的，他们把走私视为自己的天职。走私犯多么有点儿像诗人。他们经常孤注一掷，做出可怕的、危险的举动，施展狡猾的手段，想出各种花样，还设法脱身；有时甚至出于某种灵感的驱使。这是一种极强烈的欲望，正如赌博一般。我在狱内认识一个罪犯，他的外貌十分魁伟，但是性情温顺、安静，简直无法想象他怎么会进到监狱里来的。他的性格那么善良，那样的和人们合得来，在他留在狱内的整个时间里，竟没有和任何人吵过嘴。他从西方的边境上跑来，为了走私入狱，自然忍受不住，于是他开始偷运酒进来。有多少次，他为了这桩事受到惩罚；他是多么的惧怕鞭笞！再说运酒这件事本身给他带来的收入就很少。因酒而发财的只有剧团管理员一人。这怪物喜欢为艺术而艺术。他像女人似的喜欢哭，好几次在受到惩罚之后，他赌咒，发誓不再偷运违禁物。他勇敢地战胜自己，有时竟忍了整整一个月，但终于忍受不住……由于有这类人物，所以酒在狱中是不会缺少……

还有一项收入，虽然不会使罪犯们致富，但这项收入是源源不绝和大有好处的，那便是施舍品。我们社会中上等阶层方面无从了解那些商人、小市民和老百姓是如何关心我们这些"不幸的人"的。施舍品几乎永远是不间断的，经常布施的几乎永远是面包和面包圈，而很少给金钱。没有这些施舍品，在许多地方的罪犯，尤其是被告——对待他们比对待已判决的囚犯严厉得多——会感觉十分困难的。依照宗教的习惯，施舍品是由罪犯们平均分配的。如果不够分，他们便把面包齐整地切碎，有时甚至切成六块儿，每个囚犯一定应该得到一块儿。我记得我初次收到金钱施舍品的情景。这在我到狱里不久的时候。我做完了早晨的工作，独自回来，由卫兵押送着。这时，有一对母女迎面走来，女儿有十岁左右，美丽得像小天使一般。我已经见过她们一次。母亲是一个士兵的寡妻。她的丈夫，一个年轻的士兵，因事受审判，在医院的罪犯诊疗部内死去，那时候我也病倒在医院中。他的妻子和女儿跑来见他，和他作别：两人都哀哀地哭泣着。小女孩一看见我，脸上发红，对母亲低语了几句：她立刻止步，在包里找出四分之一的铜戈比来，交给小女孩。她跑到我面前来……"喏，'不幸的人'，看在基督的分儿上，把这戈比收下吧！"——她一面喊，一面跑到我面前，把那个铜币塞到我手里来。我收了她的铜币，小女孩十分满意地回到母亲身边去了。这个铜币我许久地藏在自己身边。

第二章　最初印象

最初的一个月，总之，我的监狱生活的初期，现在灵活地留在我的想象里。后来所过的牢狱中的岁月，反而在我的记忆里十分黯淡地闪过。有些日子仿佛完全隐去，互相融合在一起，仅留下一个整体的印象：沉重的、单调的、沉闷的印象。

在我牢狱生活的最初几天内，所经历的一切，现在仿佛觉得是昨天刚刚发生似的。这也是理所当然的。

我清楚地记得，从最初跨进这个生活里去的第一步起，使我惊愕的是，我仿佛并未发现这里面有任何特别可惊愕的、不寻常的，或者不如说是出乎意料的情景。这一切仿佛以前当我走向西伯利亚的途中努力预先猜测我的命运时，也曾在我的想象里闪现过。但不久之后，无数出乎意料的怪事和骇人听闻的事件，便接二连三地发生了。后来，当我在狱中住得十分长久的时候，才充分地了解这种生活的一切特殊性，一切偶然性，便更加使我惊异了。说实话，这惊异一直伴着我，在我长期的牢狱生活内，我始终也没有适应这种生活。

我刚进监狱时的最初印象是极讨厌的；虽然如此——奇怪得很——我总觉得狱内的生活比我在路上所想象的还要轻松得多。罪犯们虽然戴上了脚镣，但可以自由地在监狱中走着、骂人、唱歌、为自己工作、抽烟斗，甚至喝酒（虽然喝的人不多），到了夜里，有些人还要聚赌。比如说，工作本身我并不觉得怎样的苦，怎样的累，过了许多时候我才猜到这种工作的辛苦，并不仅在于它的艰难与没有间断，而且在于它是强迫的、强制的，从棍杖下逼出来的。农人在自由的生活里工作，也许比罪犯的工作还要苦，有时甚至还要在夜间工作，尤其在夏天的时候：但他们是为自己工作，带着理智的目的工作，他们会感觉比罪犯们在做着强制的、完全对自己无益的工作的时候要轻松得多。有一次，我心中起了一个念头：要想把一个人彻底毁掉，用极可怕的刑罚来对付他（这种刑罚即使是最厉害的凶手也会胆战心惊，毛骨悚然），那么只需让他干一种毫无益处、毫无意义的工作就行了。即使现在的苦工对于罪犯是毫无兴趣，而且很沉闷，但是工作本身是有理性的！罪犯造砖头、挖土、粉刷墙壁、建筑房屋：在这种工作里有意义和目的。罪犯有时甚至会被这种工作吸引住，想做得灵巧些、娴熟些、好些。但是如果，譬如说，强迫他把水从这个木桶里倒到另一个木桶里，又从另一个木桶里倒到第一个木桶中，还强迫他捣碎砂土，把一堆土来回地从一个地方推到另一个地方——我以为，过几天之后，罪犯会上吊或者宁愿犯一千次罪，但求一死，以从这种屈辱羞耻和痛苦中解脱出来。显然，这样的刑罚会变为苦刑，一种残忍的报复，而且是无意义的，因为它不能达到任何理性的目的。但是，因为这样的苦刑，这种无意义、屈辱与羞耻有一部分会存在于一切强迫的工作里面，之所以这些罪犯所做的工作比一切自由的工作苦得不可比拟，是它具有强制性质的缘故。

我入狱时是在冬天，十二月，对于夏天的、艰难到五倍以上的工作还没有什么了解。冬天，我们狱内的工作很少。罪犯们上额尔齐斯河上去拆除公家的旧平底船，到工厂里去工作，扫除公房旁边的积雪，烧制并捣碎建筑用的石膏，等等。冬季白天比较短，劳动很快就结束了，我们全部人员很早就回到狱里来，几乎无事可做，如果没有一点儿自己的工作要做的话。但是，罪犯中也许只有三分之一从事自己的工作：其余的人都虚耗着光阴，毫无目的地在全狱的狱室中晃来晃去，咒骂、施展阴谋、闹乱子、喝酒。如果弄到一点儿钱，那么到了夜里就赌钱，把最后的一件衬衫赌光，而这一切全是由于烦闷，由于无聊，由于无事可做。后来我明白，除去丧失自由以外，除去强迫的工作以外，在牢狱的生活中还有一种苦刑，几乎比任何别的都厉害的苦刑，那就是强迫的共同生活。当然，共同生活在别的地方也是有的，但是狱中的有些人，不是每个都能和他们合得来的。我相信每个罪犯都会感到这种苦楚，当然大多数是无意识的。

在我看来，食物也十分充足。罪犯们说，在俄国内地的其他囚营中，是没有这种饭盒可吃的。对于这点我不敢下断言，因为我没有去过那里。其实，许多人都有自备食物的可能，我们这里牛肉的价格太便宜了，夏天每磅只要三个戈比。不过只有那些手边时常有钱的人才能预备自己的食品：狱中大多数是吃公家的食粮。罪犯们在夸耀自己食物的时候，只说面包一样东西，并且称赞我们那里的面包是大家随便吃的，不是按分量发给的。他们最害怕定量分配，因为如果按分量发给的话，那就有三分之一的人会挨饿的：合着吃，大家都够了。我们的面包似乎特别有滋味，是全城闻名的，人们认为这是狱内的烤炉构造很得法的缘故。菜汤的样子很不美观。那些汤在一口公共的大锅里煮着，稍微加了点儿面粉进去，又稀又淡。特别在平常的日子里，使我惊骇的是里面有许多蟑螂。罪犯们一点儿也不注意这点。

最初的三天，我没有出去做工，监狱里对待一切新来的人都是如此：让他们休息一下，缓和一下路上的疲乏。但是在第二天时，我必须离开监狱去钉脚镣。我的脚镣是不合格的，是用环铁圈做成的，所谓"小叮当"——罪犯们这样称呼着。这种脚镣是戴在外面的。至于狱中正式的脚镣，为便于工作起见，并不用环圈，而是用四根铁棒制成，几乎有手指那么粗，用三只环圈互相联结起来。这种可以戴在裤子里面。有一根皮带系在中央的环圈上面，皮带钉在腰带上，腰带又一直系在衬衫上面。

我记得我在囚营里的第一个早晨。狱门旁边的禁闭室中，鼓声震破了晓光。十分钟以后，值日的士官开始打开营门。大家醒了。在一根粗大蜡烛的黯淡的光线底下，罪犯们从自己的铺板上冷得发抖地起身。大多数人因为刚睡醒，露出沉默和阴郁的样子。他们打哈欠，伸展着四肢，打着烙印的额角上显出深刻的皱纹。有些人画着十字，另有些人开始讲话。屋内非常的闷热。在门刚打开的时候，新鲜的空气就闯了进来，一团团的蒸气在狱室内飞翔。罪犯们围在水桶旁边，轮流拿起勺子往嘴里灌水，然后又从嘴里把水吐出来洗手和洗脸。水是前天晚上由管理便桶的囚犯给预备下的。在每个狱室中，照例有一个罪犯是大伙公举出来，在营房中服役的，这人就是便桶管理人。他不出去做工，他的工作就是打扫狱室的卫生，洗刷地板，端进和端出便桶，还搬运两桶新鲜的水进来——早晨用来洗脸，白天用来喝。水勺只有一只，于是大家立刻为了它开始争吵起来：

"你钻到哪里去，你这烂额角！"一个阴郁的、身材高大的囚犯唠叨地说。他的身子是干瘪的，脸色是微黑的，在剃得光光的脑袋上有奇特的、凸出的部分。他推开一个矮胖的、脸上露出快乐和红润神色的人——"等一等！"

"你嚷什么！叫人家等一等要给钱。你自己滚开吧！简直就像一块儿石像似的伸直了身体。弟兄们，他这人身上没有一点儿活力。"

这句"活力"的话引起了一些效果：许多人都笑了。这就是那个快乐的胖子所需要的，他显然在囚营里成为自愿充当小丑的人了。那个身材高大的囚犯看着他，露出深深的鄙夷的态度。

"胖母牛！"他似乎自言自语地说，"狱里的面包把他喂肥了。他很高兴，因为到开斋的时候他会生出十二只小猪来。"

胖子终于生气了。

"你究竟是什么鸟儿？"他忽然涨红了脸，大喊起来。

"我就是鸟儿。"

"什么样的鸟？"

"就是这样的。"

"究竟是什么样的？"

"一句话，就是这样的。"

"究竟是什么样的？"

两人的眼睛相互瞪着对方。胖子在等候回答，握紧拳头，好像打算立刻打架似的。我真的心想会打架，因为这一切对于我来说，显得很新鲜，于是我带着好奇看着他们。后来，我才知道这类把戏是异常天真的，而且像演喜剧一般，是为了博得大家的快乐而扮演出来的。几乎永远不会出现打架的结局。这一切具有十分别致的性质，足以形容出狱中的风气来。

那个身材高大的罪犯安静而且庄严地站在那里。他感觉人家都在看着他，而且等候着：听他的回答有没有失去面子的地方。他感觉必须维持自己的体面，证明他确实是一只鸟儿，而且表示他是什么样的鸟儿。他带着无以形容的鄙夷态度，斜看自己的仇人，为了更加增添侮辱的程度，似乎隔着肩膀，从上到下，看着他，仿佛在那里审视一只甲虫，同时慢吞吞地、清晰地说道：

"卡刚①……"

那就是说他是"卡刚"鸟。一阵哄堂大笑祝贺这个囚犯随机应变的

———————————

① 卡刚：鸟名。

本领。

"你是混蛋，你还不是卡刚！"胖子怒吼着，感到他在各方面都失败了，因此达到了极度愤怒的程度。

争吵刚变成严重的样子，大家便立刻把这两位好汉给包围了。

"干什么吵闹！"全营的人都朝他们叫喊起来。

"你们最好打一架，何必拉破嗓子呢？"有人从角落里喊着。

"你瞧，他们会打起架来的！"有人回答。"我们这里的人全是大胆的，好捣乱的，七个人绝不会惧怕一个……"

"两个人都是好角色！一个为了一磅面包进狱，另一个是像牛奶壶一样的荒唐鬼，从女人那里吃了酸奶，就抓起鞭子来了。"

"喂！喂！喂！算了吧！"一个伤兵喊叫着。他是为维持营中的秩序而存在着的，因此睡在角落里特别的铺板上面。

"拿水来，伙计们！涅瓦利特·彼得罗维奇醒了！给亲爱的老哥倒水！"

"老哥……我哪里是你的老哥？我们没有一块儿喝过一卢布的酒，还要称兄道弟呢！"伤兵唠叨地说，一面把大衣袖子往里拉……

准备点名了；天开始亮了；厨房里挤满了一大群人，简直是水泄不通。囚犯们穿着短皮袄，戴着两色的皮帽子，聚在一起，等着厨子给他们切面包。一个厨子正在给他们切面包。厨子是大家公举出来的，每个厨房选两人。切面包和牛肉的刀子就在他们那里，每个厨房只有一把刀子。

罪犯们分布在院子中的各个角落和桌子附近，穿戴着帽子和短皮袄，系着腰带，准备马上出去做工。在几个人面前放着木质的杯子，里面盛着酸水。把面包撕碎了，放在酸水里，就吃喝起来了。喊嚷和喧哗是令人难熬的；但是有几个人轻声地、有礼貌地在角落里谈着话。

"安东内奇老公公，你好呀！"年轻的罪犯说，坐在一个皱着眉，没有牙齿的罪犯身边。

"你好呀，如果你不是说着玩笑。"那人说，不抬起眼睛来，努力用没有了牙齿的牙床啃嚼面包。

"安东内奇，我以为你死了，真的。"

"不，还是你先去死吧，我以后再说……"

我坐在他们的附近，两个态度庄严的罪犯在我的右边谈话，显然努力想互相保持自己的尊严。

"人家总不会偷我的东西，"一个人说，"老兄，我倒是害怕自己要偷什么东西呢。"

"嘿，他们休想赤手空拳来碰我：我会让他们倒霉的。"

"让谁倒霉？都是一样的苦役犯：我们没有别的什么称呼了……她会把你的一切全都偷光，也不鞠一次躬。我的钱就是这样花光的，老兄。刚才她自己来过。我能把她放到哪里去？只好去求刽子手费季卡：他在城里还有一所房子，是从那个犹太坏蛋索洛蒙卡手里买下来的，后来这人上吊死了。"

"我知道，他前年在我们那里卖过酒！绰号叫作格里什卡——是个开黑酒店的，我知道。"

"你并不知道，这是另一个黑酒店。"

"怎么会是另一个？你哪里知道！我能给你举出许多证人来……"

"你举出来！你是什么人？我是什么人？"

"什么人！我还打过你，也没有夸什么嘴，你倒说我是什么人！"

"你打过我？打我的那个人还没有生下来：打过我的人在地底下躺着呢。"

"你这人昏了！"

"你简直是该死！"

"你该杀……"

于是互相对骂起来了。

"得啦，得啦，得啦！吵闹起来了！"周围的人们呼喊着，"不会在自由的世界里好好地生活下去，倒喜欢在这里瞎吵嘴……"

两个人立刻安静下来。互相咒骂，用舌头"打架"还是允许的。一部分还可以给大家解闷，但是不会弄到真正打架的地步，仇人们只在特殊的情形下才会真打。一旦发生打架，就要报告少校；然后少校亲自跑来，开始调查——一句话，大家都不好，因此打架斗殴是不准许的。就是仇人们自己也多半为了解闷，为了练习辞令而相互咒骂。时常自己欺骗自己，刚开始时表现出非常兴奋的样子，凶狠得不可开交……你会想到——他们立刻就要互相揪打起来，其实一点儿也不会的，一达到相当的顶点，便立刻散场了。这一切起初使我惊异。我特地引证出一些极普通的囚犯的谈话的例子来。我起初不能想到，怎么可以为娱乐而相互谩骂，在这上面寻找趣味和练习快感？然而虚荣也是不应该忽视的。会对付人的诡辩家受着人们的尊敬，只是没有像演员那样受到鼓掌和喝彩罢了。

从昨天晚上起我就注意到有人在那里斜眼看我。

我已经捉到几个阴郁的眼神。有几个囚犯则是在我身边徘徊着，认为我身上有钱。他们拍我的马屁并开始教我如何戴新脚镣，还给我弄到一只带锁的小箱，自然是花钱买的，为了可以把发下来的公家的东西和我自己带到狱里来的一些内衣放到里面去。第二天，他们就从我那里把它偷走，拿去换酒喝了。其中有一个人后来成为我的亲信，虽然在遇到一切方便的机会时，也不断偷我的东西。他这样做着，也不露出一点儿惭愧的样子，几乎是无意识的，仿佛这是一种义务，因此对他生气是不可能的。

他们还教我在狱中自备茶水，可以买一把茶壶，并临时把别人的一把借给我用。他们还把一个厨子介绍给我，说他可以替我预备随便什么饭菜，每月只要三十戈比，如果我想分开来吃，自买伙食……他们自然向我借钱，在第一天时每人就跑来借过三次。

在狱中，对于以前是贵族的囚犯，人们一般都抱着阴郁的、恶意的态度。

虽然那些贵族已经被剥夺了身份，和其余的囚犯处于完全平等的地位——但是，囚犯们从不承认他们是自己的伙伴。这甚至并非由于有意识的偏见，而是完全出于本心，出于本能，是无意识的。他们从内心里认为我们是贵族，尽管他们自己也喜欢拿我们的没落来嘲笑我们。

"不，现在算了吧！以前彼得从莫斯科大模大样地走过，现在彼得只好去搓麻绳。"他们经常说一些这类的风凉话。

他们带着快意看我们的痛苦，我们也努力不把痛苦流露出来给他们看。特别是在一起工作的时候，我们最受他们的气，因为我们没有他们那样的力气，我们不能帮他们很多的忙。取得老百姓的信任（尤其是那样的老百姓），博得他们的爱是最困难不过的事。

狱中只有几个贵族。首先是五个波兰人，关于他们，我以后会特别讲一下。囚犯们最不喜欢波兰人，更甚于俄国贵族出身的苦役犯。波兰人（我指的是那些政治犯）对待他们似乎很细腻，客气得使人恼怒，过分地不多说话，怎么也不能在囚犯们面前隐藏自己对他们憎厌的态度，他们也很明白这点，拿同样的态度对付。

我几乎在狱中住了两年，才能获得囚犯中几个人的好感。但大部分人终于喜欢上我，承认我是"好"人。

俄国的贵族除了我以外，还有四个，一个是低贱的、卑劣的东西，道德方面败坏得可怕的家伙，职业性的侦探和告密者。我在没有进狱之前就听到这人，从最初的几天起就和他断绝一切来往。还有一个就是弑父的凶手，我已经在前面提到过了。第三个人是阿基姆·阿基梅奇：我很少见过像阿基姆·阿基梅奇那般的怪物。他给我留下了极为深刻的印象。他的个子很高，身体是干瘦的，脑筋显得很迟钝，完全不通文理，净爱讲礼数，做事谨慎得像德国人。囚犯们常常取笑他；但是有几个人甚至怕和他来往，为了他那种吹毛求疵的、好责备人的、胡闹的性格。他刚进来就和他们拉拢，和他们相互谩骂，甚至打架。他这人老实到了奇怪的地步。他一看见不公平的事情，立刻上前干涉，哪怕这并不是他的事情。他天真到过分的程度。例如说，他有时和囚犯们相互谩骂，责备他们做贼，很正经地劝他们不要偷东西。他会在高加索充当旗手。我和他从第一天起就很合得来，他立刻把自己的事情告诉我。他开始在高加索步兵营里充当下士，熬了很长时间，终于被擢升为军官，派遣到某要塞去担任长官。有一个和俄国人和睦相处的地方酋长在夜间偷袭他，纵火焚烧他的要塞：但是没有成功。阿基姆·阿基梅奇于是采用狡诈的手段，甚至佯装不知道罪犯是谁。他把这件事推到一些不愿跟俄国人和睦相处的人身上。过了一个月之后，阿基姆·阿基梅奇十分客气地邀请那个酋长饮酒。酋长毫无戒备，径自来了。阿基姆·阿基梅奇排好了队伍，当众宣布酋长的罪状，责备他：对他说焚烧要塞是可耻的事情。他当时详详细细地教训了他一顿，告诉他作为一个与俄国人和睦相处的酋长应该如何做人，后来就把他给枪毙了，同时将情况详细汇报给上司。他为了这桩案件吃官司，被判处死刑，后来又将判决减轻，流放到西伯利亚，做第二等的苦工十二年。他完全承认自己做得不合法，对我说他在枪毙酋长之前就知道这个，他知道对酋长应该依照法律治罪。然而，他虽然知道这些，但他好像一点儿也不能真正地了解自己的罪：

"你想一想！他不是焚烧我的要塞吗？既然他这样做了，我还要向他鞠躬吗？"他在回答我的反对的话时，这样对我说。

罪犯们虽然嘲笑阿基姆·阿基梅奇的傻劲儿，但到底很尊敬他的谨慎和勇敢。

没有一种手艺是阿基姆·阿基梅奇不知道的。他是木匠、皮靴匠、泥水匠、镀金匠、铜匠，而这一切全是在狱中学会的。他全是自己学会的：只要看一次，他就能做。他还会做各种盒子、篮筐、灯笼、玩具，送到城里出售。因此他身上很有钱，当时就用这钱买多余的内衣，软一点儿的枕头，还置备了一条可以叠起来的褥子。他和我同营居住，在我进狱的最初几天里，帮了我许多忙。

罪犯们从狱内走出去做工的时候，先在禁闭室前面排队，排成两排。罪犯们的前后排列着一些荷枪实弹的士兵。工程队的军官、指导员，还有几个工程队里的下级士官和监工们全到齐了。指导员数清了罪犯的人数，然后一批批派他们到各自需要去的工地去。

我随着别人到工程队的工场里去。那是一所低矮的、用石头建成的厂房，位置在一个大院里面，院子里堆满了各种材料。这里面有铁匠作坊、铜匠作坊、木匠作坊、水泥作坊等。阿基姆·阿基梅奇到这里来，在水泥作坊里做工，熬油料、调色、油漆桃木的桌子和家具。

当我在等候改装脚镣的时候，和阿基姆·阿基梅奇谈到了我对狱中的最初印象。

"是的，他们是不喜欢贵族的，"他说，"特别是政治犯，这个不足为奇。第一，我们是和他们不相似的另一种人；第二，他们大家以前不是地主的农奴，就是当兵的。你自己判断一下，他们能不能喜欢我们？我对你说吧，这里的生活是很困难的。俄罗斯的囚营中还更加困难些。我们这里有从那边转来的人，简直不绝口地夸奖我们的监狱，好像从地狱升到天堂里一样。糟糕的并不在于工作。听说，在那边头等的监狱里，管理监狱的长官不完全是军人，对于罪犯的处置，用和我们这里不同的方法管理着，听说那边的囚犯有自己的小房可住。我没有去过，不过听见人家说。他们不剃去头发，不穿制服，固然我们这里穿制服和剃光头发是很好的：到底有秩序些，眼睛也看得舒服些。不过他们是不喜欢这个的。你瞧一瞧，那是一群什么样的人！这个是当兵人的儿子，那个是契尔克斯人，第三个是分裂派的教徒，第四个是希腊正教的农人，把家庭和可爱的子女留在家乡，第五个是犹太人，第六个是吉卜赛人，第七个不知道是什么人，而他们大家全应该同居在一起，不管怎样，应该互相协作，用一只碗吃饭，睡在一块铺板上面。再看看他们的自由是怎么一回事吧：弄到多余的一块面包，只好偷偷地吃下去，每一个小钱都应该朝皮靴里藏放，眼前看见的就是监狱和监狱……傻劲儿自然而然地会钻进脑袋里去了。"

但是，这个我已经知道了。我特别想盘问关于我们少校的事情。阿基姆·阿基梅奇并不守什么秘密，我记得，他给我的印象不是十分愉快的。

但是，我注定还要在他的管理之下待上两年。所有阿基姆·阿基梅奇对我讲的关于他的话是十分对的，差别的只是现实的印象永远比从普通的讲述得来的印象强烈些。他是一个可怕的人，可怕的地方在于这样的人竟会成为统率这群二百个人的，几乎具有无限权力的官长。他自己不过是一个放纵的、凶恶的人，别的什么也不是。他把囚犯看成自己当然的仇人，这是他第一的、主要的错误。他确实有点儿能力，但是一切，甚至是好的一切，都会在他的身上露出歪曲的形状。他这人一点儿耐心也没有，脾气非常恶劣，有时甚至夜里都闯进狱里去，如果看见囚犯朝左侧睡，或者仰睡，到了早晨便要惩罚他："你应该朝右面睡，照我吩咐的样子。"狱里大家都恨他，还怕他像怕鼠疫一般。他的脸涨得通红，露出恶毒的样子。大家知道他完全听信他的勤务兵费季卡的话。他最钟爱自己的狗特列佐卡。在特列佐卡生病的时候，他几乎忧愁得发疯。听说他守在它面前哭泣，像守着亲生儿子一般。他把一个兽医赶走了，照例几乎和他打了一架。他听费季卡说，狱中有一个罪犯，是自学成才的兽医，治病很得法，立刻唤他来。

"你帮帮忙吧！只要能治好特列佐卡，我可以给你许多钱！"他对罪犯喊。

那个人是西伯利亚的农夫，是一个狡猾而且聪明的人，确实是很灵巧的兽医，但完全是一个农夫。

"我看了看特列佐卡，"他后来对罪犯们讲，在他拜访少校后过了许多天，事情已经完全被遗忘的时候，"我看见那只狗躺在沙发上面的白枕头上：我已经看出是发炎，应该放一放血，就可以治好这狗的病，这是实在的情形。但是我心想：如果我治不好，它死掉了，那便怎样呢？我就说，大人，不行，您来叫我太晚了。如果昨天或前天唤我，我一定可以治好这条狗；现在我不能，我治不好……"

特列佐卡就这样死了。

有人对我详细讲述，有人想杀死我们少校的情形。狱中有一个罪犯。他已经住了好几年，平素的行为十分温顺。人们只看出他几乎从来不和任何人说话。人家当他是疯僧模样的人。他认识字，在最近的一年里，时常读《圣经》，日夜不停地读。他在半夜里大家睡熟的时候起身，点上教堂里用的蜡烛，爬到炉台上去，打开书，读到早晨。有一天，他走到下士长面前去宣布，他不愿意再做工了。士官报告了少校：少校发了火，立刻自己骑马赶来了。那个罪犯握着预先备好的砖头，跑到他身边去，但是没有击中。人们把他抓住，加以判决和惩罚。一切发生得很快。三天以后，他在医院中死了。他临死时说他不恨任何人，却只想受苦。不过他不属于何种分裂派的教门。我在狱中想起他的时候，总是怀着尊敬的态度。

我终于改钉了脚镣。有几个卖面包的女人陆续地走到工场里来。有些人完全是小女孩。她们在成熟的年龄之前，总跑来卖面包；母亲烘烤，她们负责售卖。年龄长大后，她们还继续跑来，但已经不带着面包了。这几乎永远成为惯例了。也有的不是小女孩。面包的价钱卖得很便宜，罪犯们几乎全买来吃。

我看到一个罪犯，他是一个木匠，头发业已灰白，脸色红润。他带着微笑逗弄卖面包的女人们。她们没有来之前，他先把一条红羽毛布的手帕围在脖颈上面。一个肥胖的、脸上全是雀斑的农妇把自己的木盘放在他的工作台上，他们便开始谈话了。

"昨天你为什么不到那里去？"罪犯说，露出自满的微笑。

"真是的！我去过了。人家还叫你米季卡呢。"活泼的农妇回答。

"我们被传唤走了，否则我们一定会留在那里的……前天你们大家全上我那里去了。"

"谁呀？谁呀？"

"玛丽亚什卡来过的，哈芙罗什卡来过的，切孔达来过的，两吊钱也来过的……"

"这是怎么回事？"我问阿基姆·阿基梅奇，"真有这事吗……"

"也许有的。"他回答，谦逊地垂下眼皮，因为他是十分讲究礼节的人。

这种事自然是有的，但很少，且有极大的危险。总之，爱喝酒的人要比敢做这种事情的人多些，不管强迫的共同生活多么具有事实上的困难。走近女人身边是极难的事。必须选择时间、地点，互相约好，规定见面的日子，寻觅幽静的场所，这是特别困难的，又要劝服卫兵，这是更加困难的。总之，必须花去无数的金钱。但是我后来有时到底做了恋爱场面的证人。我记得在一个炎夏的日子里，我们有三个人一块儿在额尔齐斯河岸旁的一个板棚里烧火炉。卫兵们很良善。终于，有两个女人出现了。

"你们怎么坐得那么久？是不是在兹维尔科夫那里？"一个罪犯上前迎接她们。她们是来找他的，他早就等候她们了。

"我坐久了吗？刚才我坐在他们那里并不长久呀。"女郎快乐地回答。

她是世界上最龌龊的一个女孩。她的名字就叫作切孔达。两吊钱和她一起来。这位的面容也是无法描写的。

"好久不见你了，"情郎对两吊钱说，"你好像瘦了一点儿？"

"也许。我以前真胖，现在我好像吞了一支针似的。"

"还是上士兵那儿去吗？"

"不，这是那些坏人对你瞎说的。其实有什么？哪怕折断了肋骨，也不会爱士兵的！"

"你不要理他们，还是爱我们好：我们有钱……"

为了完成这幅图画，不妨想象一下：一个剃光头发的情郎，戴着脚镣，穿着带条纹的囚服，且在卫兵的监视之下。

我一晓得我可以回监狱，便向阿基姆·阿基梅奇告别，由一个卫兵押送着，走回狱里去了。人们已经渐渐地聚拢来了。最先回来的是按照规定完成工作的人们。唯一使罪犯工作得勤快的方法是给他定下一份工作。有时工作定得很多，但总会比平时强迫他们一直工作到敲中饭鼓时完成得快两倍。罪犯做完了工作，就毫无障碍地走回狱中去，没有人阻止他们。

中饭不是大家一块儿吃，而是谁先到，就谁先吃。厨房也不能一下子容纳这许多人，我试了试菜汤，由于不习惯，不能下咽，便自己泡了一壶茶。我们坐在桌子的一端。有一个同伴，和我一样的贵族，和我一块儿坐着。

罪犯们有来的，也有走的。地方还宽敞，大家还没有完全到齐。有五个人坐在另外的一张大桌旁边。厨子给他们盛了两碗菜汤，把一大锅煎鱼放在桌上。他们似乎有什么庆祝的事情，所以吃着自备的菜。他们斜眼看了我们一下。一个波兰人走了进来，和我们坐在一起。

"我虽不在家，可是什么都知道！"一个高大的罪犯走进厨房里来，大声呼喊，眼神扫射着所有在座的人。

他的岁数有五十左右，身上肌肉极多，但个子瘦瘦的。他的脸上有点儿狡猾和快乐的神情。特别引人注目的是他那肥胖的、下垂的下唇：这使他的脸增添了一种极滑稽的样子。

"唔，你们这一夜睡得很舒服呀！为什么不问安呢？祝库尔斯克的老乡们健康！"他说着，坐到那些正在吃自己饭菜的人身旁，继续说："祝你们好胃口！也该款待我这个客人吧。"

"老兄，我们不是库尔斯克人。"

"那么是唐波夫人？"

"也不是唐波夫人。老兄，你不必问我们要东西吃。你到有钱的乡下人那里去求吧。"

"今天我的肚子空空如也，但是那个有钱的乡下人，他住在哪里？"

"卡津才是有钱的乡下人，你上他那里去吧。"

"卡津今天喝起酒来，要把钱袋里所有的钱全都喝光。"

"二十块钱总是有的，"另一个人说，"做卖酒的生意是很有好处的。"

"怎么，你们不招待客人吗？那只好吃公家的东西。"

"你去要一杯茶来喝。老爷们在那里喝茶呢。"

"什么老爷不老爷的，这里没有老爷，都是和我们一样的人。"一个坐在角落里的罪犯阴郁地说。他先前没有说过一句话。

"我很想喝点儿茶，但是自己请求有点儿不好意思，我们是有志气的人！"厚嘴唇的罪犯说，友好地看着我们。

"您如果想喝，我可以给您，"我一面说，一面邀请那个罪犯。"要不要？"

"什么要不要？怎么会不要呢？"他走到我的桌旁。

"真是的，在家里用手掌喝菜汤，到了这里竟晓得喝茶了，想喝起老爷们的水来了。"阴郁的罪犯说。

"难道这里没有人喝茶吗？"我问他。但是他没有回答我。

"瞧，圆面包来了，大家吃圆面包吧！"

圆面包送来了。一个年轻的罪犯拿来了一大捆圆面包，在狱内卖给大家。卖面包的女人答应在十个面包中送他一个，他就是图这第十个面包的好处。

"面包！面包！"他一面喊，一面走进厨房里来。"莫斯科烤的，热的！本想留着自己吃，可是等着用钱。喂，伙计们，只剩下最后的几块面包了！这里谁有母亲？"

这个对于母爱的召唤惹得大家全笑了，几个人买了他几块面包。

"弟兄们，"他说，"卡津今天会闹出乱子来的！真的！他一想玩儿，就会出事。那个八只眼的人会来的。"

"可以把他藏起来。怎么，醉得很厉害吗？"

"可厉害啦！发着脾气，净跟人家胡搅蛮缠。"

"这样会弄到动武的……"

"他们说的是谁？"我问和我同座的那个波兰人。

"他名叫卡津，是一个罪犯。他在这里卖酒。赚到了几个钱以后，立刻把它喝掉。他的性子残忍而且恶狠；不过清醒的时候倒很恭顺，一喝了酒，就完全露出本性来了：拿着刀子砍人。大伙儿去才把他给制服了。"

"怎么制服的？"

"十个罪犯奔到他那里去，拼命地揍他，一直揍到他丧失知觉为止，那就是揍到半死才罢休。这才把他安放在铺板上面，用短袄盖住。"

"这样不会把他打死吗？"

"如果是别人的话，会被他们打死，但是他绝不会。他的力气太大，比狱内所有人的体格都坚强有力。第二天早晨，他起身的时候就完全康复了。"

"请问您，"我继续问波兰人，"瞧，他们也吃自己的东西，我不过喝点儿茶而已。但是他们的眼睛里好像露出忌妒这茶的样子。这是什么意思？"

"这不是为了茶，"波兰人回答，"他们忌恨您，因为您是贵族，和他们不一样。他们中间有许多人很想跟您闹别扭。他们很想侮辱您、欺侮您。您还会在这里看到不痛快的事情。这里的生活对于我们大家是极困难的。在一切的关系方面，我们比大家都困难。需要许多冷静的心神，才会习惯。为了喝茶，为了另外吃东西，您会遇到不止一次的不痛快和咒骂，虽然这里有许多人时常吃自己的东西，有些人还时常喝茶。他们可以喝，您可不行。"

他说完之后就站起来，从桌边走了。几分钟之后，他的话语终于应验了。

第三章　最初印象（续）

米茨基（就是和我说话的那个波兰人）刚走，卡津完全喝醉了，闯进厨房里来了。

在光天化日之下，而且是在工作的日子，大家必须出去干活的时候，同时还有一个每分钟都可能到狱里来的严厉官长，和常驻在狱内，一步不离，专门管理犯人的下士长，还有看守和伤残老兵。总之，处在这种严厉的情势下——你会发现有一个喝醉了酒的罪犯。这一下，就把在我心里刚刚形成的，对于罪犯生活的见解完全给弄乱了。我必须在狱内待上很长一段时间，才能把我在牢狱生活的最初几天内，对我来说十分神秘的一切事实解释出来。

我已经说过，罪犯们永远有自己的私活，这种私活是牢狱生活的自然需求；除去这需求以外，罪犯还极爱金钱，特别重视它，几乎看得和自由一样重要。如果口袋里有钱响上两声，他就会得到安慰；否则，他会忧愁、烦恼、不安、垂头丧气。如果没有了钱，他们就会准备偷窃，准备做出任何的行为，为的是能够弄到钱。金钱在狱内虽是极贵重的东西，但是它从来不会在有钱的幸运儿手里存留得很久的。第一，身上留着金钱，不仅会被偷去，也会被没收，而不想被没收是极困难的。一旦长官在突然实施搜查的时候，发现了钱，便会立刻没收。这钱也许会用来改善伙食，至少这些钱是必须上缴的。但是，钱被偷窃的时候居多，任何人都不能加以信赖。后来，我们发现把银钱保存得十分安全的方法，那就是交给一个信旧教的老人保管。这老人是从以前叫作斯塔罗杜布旧教的村庄里来的……
我忍不住要讲几句关于他的话，虽然不免要离开本题。

他是一位六十多岁的小老头儿，小小的个子，灰白的头发。乍一见
面，他使我十分惊愕。他并不像别的罪犯：他的眼神里有一种安静的样
子，我记得，我怀着一种特别的愉快看着他那被围在细皱纹里的、发光
的、清澈的、明亮的眼睛。我时常和他说话，我一辈子难得遇见这样善良
的、正直的人物。他因为犯了极重要的罪被流放到这里来。在旧教的村民
中间发现了改信正教的人们。政府十分鼓励他们，一面努力诱导别人也改
信正教。于是，老人和其他一些热衷于旧教的人便决定"护教"，按他自
己所表示的说法。当教堂刚开始修建，他们便放火把它给烧毁了。老人以
主谋者的身份，被判决做苦工。他本来是一个殷实的、行商的小市民；他
留下了妻子和儿女在家里；但是他怀着一颗坚强不屈的心去接受流放，因
为他盲目地认为自己这是在"为信仰受磨难"。假如你和他同住一段时
间，你会不由自主地问自己：这个驯良的、温和的、像小孩一样的人怎么
会成为叛徒呢？我好几次和他谈起关于"信仰"的问题——他对自己的信
仰一点儿也不肯让步。在他反驳的话语中，永远没有一点儿仇恨，没有一
点儿恶意。但是他竟焚毁了教堂，且不加以否认。依照他的信仰，他似乎
应该把自己的行为和因此而承担下来的"磨难"视为荣耀的事情。但是，
无论怎样观察他，怎样研究他，我从来没有在他身上看出任何虚荣或骄傲
的迹象。我们狱内还有别的旧教徒，大半是西伯利亚人。他们是智力方面
极发达的人，狡猾的农夫，知识很渊博，但读的全是死书。他们还是有力
的诡辩家；他们性格骄傲、逞强、狡猾，而且十分没有耐性。老人却完全
是另一种人。书也许比他们读得还多，但是他避免辩论。他具有十分豁达
的性格。他很快乐，时常发笑——并不是粗暴的、犬儒性的笑，不像罪犯

们笑的那个样子；而是明朗的、静谧的笑，心中含有许多小孩子气的率真。这笑似乎和他斑白的头发特别相配。也许我是错误的，但是我觉得从这笑中可以晓得人性，如果你和一个完全不认识的人相遇时，对方脸上的笑容使你感到愉快，那么你就可以大胆地说他是好人。老人获得全狱普遍的尊敬，却绝不引以为荣。我大概了解到，他在他自己的同教者中间能发生怎样的影响。虽然他在忍受徒刑的时候，明显地保持着坚定，但是他的内心里却隐藏着深刻的、无从治愈的忧愁，他努力将它隐藏起来，不使大家知道。我和他同住在一个狱室中。有一次，在夜里三点钟光景，我醒了过来，听见一阵轻微的、努力压抑着的哭泣声。老人坐在炉台上面（就是那个喜欢读《圣经》，起意杀死少校的人在夜里跪在上面祈祷的那个炉台），对着一本手抄的书祷告。他哭泣着，我听见他不时地说："主，不要离开我！主，使我坚强！我的小孩们，我的可爱的小孩们，我们永远不会相见了！"我不能讲述，我开始感觉到如何的悲哀——几乎所有的罪犯渐渐地把自己的钱交给这老人保管。狱内几乎全是贼，但大家不知为什么，忽然相信老人是无论如何也不会偷窃的。他们知道，他把那些交给他的钱藏在某处，但藏在一个秘密的、任何人都不能寻找出来的地方。他后来对我和几个波兰人说出自己的秘密。在一根木桩里有一根树枝，显然和一棵树长在一起。但是它可以拔出来，树中有一个巨洞。老人把钱藏在里面，然后又把树枝插进去。这样，不管是什么人，也永远不会找出那些钱来了。

　　然而，我已经离题太远了。我在前面已经说过，罪犯的口袋里放不住金钱的原因。但是，除去保存金钱的困难之外，狱内的生活实在太沉闷了；依照天性，罪犯是十分渴想自由的生物，以他们的社会地位，又是极其轻浮而且放纵的人，他们自然会突然地"完全放肆起来"，把全部的资金都花掉，痛痛快快地喝一下，带着呼喊和音乐，为了忘记，哪怕在一分钟内忘记自己的烦闷。看上去甚至有点儿奇怪：他们当中有些人拼命地工作着，有时无休无止地工作了数月之久，仅仅为了在一天内将所有赚到的钱完全花掉，花得干干净净，然后又用好几个月的工夫勤劳地工作着，一直到再来一次狂饮的时候为止。他们里面有许多人喜欢置办衣装，而且一定要置办平常的衣服：一些非正式的黑裤、上衣、西伯利亚式的衬衫，等等。还有花洋布的衬衫和系着铜板的腰带也很时髦。他们在过节的时候，把自己装扮起来，而且打扮好的人一定要走遍所有的狱室，把自己献给全世界观看。穿得好的人，那份自满的样子达到了孩子般的程度；而且罪犯们在许多方面完全是小孩。诚然，所有这些好东西会忽然从主人的手内消失，有时会在当天晚上典押和售卖出去，以换取极少的钱。不过，狂饮是渐渐蔓延开来的。一般来说，狂饮总是发生在节假日，或者命名日的那天。那个做命名日的罪犯早晨起来时，在神像旁边放了一支蜡烛，祈祷一番；然后开始打扮，还定下饭菜。买了牛肉、鱼，包括西伯利亚的饺子；他像公牛似的大嚼一顿，几乎永远独自享受，很少邀请同伴们分食。过了一会儿，酒也端上来了，寿星喝得醉醺醺的，一定要在狱室里走来走去，摇晃着、深一脚浅一脚地走着，努力给大家看到他已经喝醉了酒，在那里"游玩"，因此获得众人的尊敬。在俄国人中，一般都会对醉人感到一点儿同情；但在狱中则对喝了酒的人保持尊敬的态度。狱中的饮酒含有一种特别的贵族的气味。罪犯一高兴，便一定要雇一个人给他奏乐。狱中有一个波兰人，是潜逃的兵士，人品很坏，但会拉提琴，而且还把这个乐器带在身边——这是他全部的财产。他没有什么手艺，只是被雇到饮酒的人们那里去演奏快乐的舞曲。他的职务就是寸步不离地跟着喝醉的主人从这间狱室走到那间狱室，用全力拉提琴。他的脸上时常露出厌倦和烦闷，但是

"弹呀，你已经收了人家的钱"的呼喊又迫使他拼命地弹奏。罪犯在开始饮酒的时候，深信如果他喝得十分醉了，一定会有人照顾他，到时候打发他睡觉，而且在长官出现的时候永远会把他藏匿起来，而这一切做得完全不存着一点点的私心。至于下士长和驻在狱内维持秩序的残兵们也完全安心得很：喝醉的人绝不会做出任何不守秩序的行为。整个狱室的人全看着他，如果他喧闹了起来，做出叛乱的行动——人们立刻会把他制服住，甚至把他捆绑起来。因此下级的狱吏对于饮酒保持放任的态度，不愿意去管。他们知道，如果不允许喝酒，那情况会更糟。但是，酒是从哪里弄到的呢？

酒是在狱中从那些所谓贩酒人手里买来的。他们有几个人，他们的生意从不间断，而且十分兴隆，虽然喝酒的人本来不多，因为喝酒需要钱，而罪犯的钱来得极为困难。所以，这买卖以十分别致的方式开始经营。譬如说，有一个罪犯不懂手艺，又不愿意出劳力（这样的人是有的），但是想赚钱，再加上具有急不可耐的性格，想快快地赚几个钱。他手上还有点儿钱作为开始经营的资本，他就决定做卖酒的生意。卖酒是一种大胆冒险的行业，需要担很大的风险。他可能会因此而被抽打脊背，而且会一下子丧失货物和资本。但是卖酒的人不顾一切地去做。他的本钱起初不多，因此第一次由他自己运酒到狱里来，自然极有利益地把它销完了。于是他第二次、第三次重复地试验，如果没有被长官查出来，他的生意便很快兴隆起来，直到他建立了真正的商业——他成了经理、资本家，雇用代理人和助手，所冒的危险越少，所赚的钱越多。因为有助手们替他去冒险。

狱内永远有许多把钱财花在赌博和饮酒作乐上，最后花得精光的犯人。这些人都没有手艺，穿得破破烂烂，显得很可怜，但他们都有足够的勇气和胆量。这些人所剩下的唯一资本，就是他们的脊背了。脊背对他们还有点儿用处，于是那个把一切都挥霍殆尽的浪子便决定利用它。他走到雇主那里，表示愿意受他的雇用，将酒运到狱里去；有钱的卖酒人总有几个这样的工人。在狱外什么地方有一个人——是士兵或小市民，有时甚至是女孩——拿了雇主的钱，加上不少的佣钱，向酒店里买酒，然后藏在罪犯们前去干活的场地，一个隐秘的什么地方。经理人几乎总要先试一试烧酒的质量，然后毫无人性地把水掺进喝剩的酒里——至于买主要不要，他就不管了，因为罪犯是不能太挑剔的。还算好，他的钱没有完全白扔，总算弄到了烧酒，不管是什么样的，只要是烧酒就行。运酒的人们带着牛肠到经理人那里去，他们的名字预先由狱中的酒贩告诉他。先把牛肠洗干净了，盛上水，仍使它保持原有的潮湿和柔软性，以便容易装酒。罪犯把酒装在肠内，把肠子缚在自己身子的周围，尽可能地缚在自己身体上最隐秘的地方。当然，这里表现出一个走私者一切灵巧的手段和机智。他的名誉部分地受了动摇：他必须骗过卫兵和看守。他骗他们，而这些卫兵有时是一个新来的兵，永远会受巧妙的小偷的蒙混。当然，这个卫兵的性格也已经预先研究过；还计算好了时间和工作的地点。譬如说，充当炉匠的罪犯爬到炉子上去，谁还会看得见他在那里做些什么事情呢？卫兵是不能跟着他爬上去的。他走到狱前，手里握着钱币——十五或二十银戈比，以备万一的需用，在大门外等候班长。每一个做完工回来的罪犯，看守的班长必须全身搜查、摸索，然后给他开门。运酒的人平常总希望在有些地方班长不好意思太详细地摸索。但是班长有时竟会摸到这种地方去，且摸到了酒。那时只有一个最后的手段：贩私货的人便默默地，背着卫兵，把藏在手里的钱币塞到班长的手里。由于这个策略，他或许会顺利地走进狱内，把酒偷运进去。但是这个策略有时也不成功，那时候只好用自己最后的资本，那就是用脊背去抵挡。他们报告了少校，抽打他的脊背，痛痛地抽打一顿，酒被没收，运酒人把一切罪名都放在自己身上，并不招出经理来。但是必须注意的是，并非因为他不属于告密，只是因为告密对于他无利，他还是要挨打；唯一的安慰只是两个人伴着挨打。他还需要那个经理，虽然依照习惯和预先的约定，偷运酒的人不能向经理要一个小钱，以补偿背部的挨打。至于一般的告密，那是很普遍的事。告密者在狱内不会受到一点儿侮辱，对于他愤激甚至是不曾意想到的事。大家并不避开他，和他拉拢交情。如果你在狱内想要证明告密是一件可恶的事，那人家是不会了解你的。那个贵族出身的罪犯，一个荒唐而且卑鄙的人，我和他断绝一切往来的，他竟和少校的勤务兵费季卡拉拢得很接近，充当他的侦探。费季卡便把他所听见的关于罪犯们的事情报告少校。我们大家都知道这件事情，但是从来没有人甚至会想到对这混蛋惩罚一下，或者哪怕责备一下。

　　然而，我又扯到别的地方去了。当然，酒经常会顺利地运进来；那时经理接收下运进来的牛肠，付了银钱，然后开始计算成本。但计算的结果却发现货物的价值太贵。因此，为了多得利润起见，他便重新把酒倾倒出来，又兑上水，几乎兑一半水。在做好了这一切之后，便等候买主。在第一个过节的日子，有时还在平常的日子，买主就来了：那全是像牛马似的工作了几个月，积蓄那一点点钱的罪犯，想在预先规定下的日子里花去所有的钱，以痛饮一番。可怜的劳动者竟会梦见这一天，且在工作时，在幸福的幻想中巴望这一天；还远在这日子出现以前的许多时候，就这样地幻想着，巴望着。也就是对这日子的一点儿向往维持着他在沉闷的牢狱生活中的精神。终于那个光明日子的曙光在东方出现了；钱积蓄了起来，没有被没收和偷走，他就把它送给卖酒人。卖酒人开始卖给他尽可能纯的酒，那就是只兑上两次水；但是等那瓶酒倾倒出去多少，便立刻兑上多少的水。一杯酒的价格要比酒店里高出五到六倍。必须喝去多少杯，花去多少钱，才能喝得够量，是可以想象得到的事。但是由于失去了喝酒的习惯，且由于早前节制的生活，罪犯很快就喝醉了。通常情况下，他们总是继续喝下去，一直到喝完所有的钱为止。那时候所有的服装全都搬了出来——卖酒人同时还兼放高利贷。起初将新置的家常的东西送给他抵押，以后押到旧物，终于把公家的东西也全都送出去了。醉鬼在全都喝光，把最后的一块抹布都喝光以后，便躺下去睡觉，第二天睡醒以后，头里免不了胀痛得厉害，但向卖酒人要一口酒来醒一醒脑子却不可得。他忧郁地忍受着身上的不舒适，当天就做起工来，又要无休息地做几个月的工，幻想着那个落在虚无缥缈中的幸福的饮酒的日子，渐渐地又开始振作起精神，等候着下一次的狂饮。这天还很远，但终归在什么时候会来到的。

　　至于说到卖酒人，他在赚到了一笔大数目，几十个卢布之后，便备下最后一次酒，这次可不能掺水了，因为那是给自己喝的。生意做够了，自己也应该庆祝一下！于是，开始了狂饮、大嚼、音乐。他有很多的钱，就连监狱里的下级长官也对他和善起来。狂饮有时继续了几天。当然，买来的酒很快就喝完了。那时候，那个饮酒的人便到别的卖酒人那里去——他们已经等候他——一直喝到最后一个戈比也花掉为止。罪犯们无论怎样照顾饮酒的人，但是有时也会被上级长官、少校或值日军官撞见，这时他便被拖到禁闭室里，把他的资金没收，最后便是一顿鞭打。他把身体摇晃了几下，重又回到狱内，几天以后又干起卖酒人的职业来了。有些饮酒的人，自然是有钱的，还幻想起美丽的女人来。他们花了许多的钱，有时由一个买通了的卫兵伴送着，不去干活，却偷偷地跑到郊外的什么地方去。在城里一个极隐秘的房屋内，开始痛饮。这样确实会花去很多的钱。看在金钱的面子上，人家不会对罪犯憎厌；卫兵是预先选择好了的一个懂事的。这种卫兵往往是未来的囚犯。然而，有了金钱，一切都可以做到，而这样旅行的秘密几乎是被永远守住的。应该补充一句的是，这种事情不常发生，因为做这种事情需要许多钱，爱好女人的人们会采取另一种十分安全的手段。

从我的牢狱生活的最初几天起，就遇到一个年轻的罪犯，是一个美少年，他引起了我的好奇。他名叫西罗特金。他在许多方面是一个十分神秘的人物。最先使我惊讶的是他那俊俏的脸庞。他的岁数不到二十三岁。他住在特别部里，那是判了无期徒刑的犯人的囚室，他被认为是极重要的军事犯。他的性格安静而且温顺，很少说话，不常发笑，他的眼睛是蔚蓝的，相貌是正直的，脸庞清秀而且温柔，头发淡棕色，连剃去了一半的头发也不会使他变丑。他真是一个美少年。他不会做任何手艺，但是时常弄到钱，虽然弄得不多。他显得很懒惰，不修边幅。除非有别的什么人给他穿好衣服，有时甚至给他穿红衬衫，而西罗特金显然很喜欢穿着新装在狱室里走来走去，把自己显示给人家看。他不喝酒，不赌钱，几乎不和任何人吵嘴。有时在狱室后面走来走去——手插在口袋里，露出恭顺和凝思的样子。至于他在思索什么事情，是难以揣测的。有时叫他一声，由于好奇，问他什么话，他立刻回答，甚至似乎很尊敬，并不像囚犯的样子，却永远说得很简单，似乎不爱谈话；他会看着你，像一个十岁的小孩。他一有钱——并不买日用必需的东西，不叫人把短裤缝补一下，不置办新靴，却买些面包和饼干吃——好像他只有七岁——"唉，你这个西罗特金！"——罪犯们有时对他说——"你真是喀山的孤儿①！"在不工作的时候，他平常总到别人的狱室里闲荡：大家几乎都忙着做自己的事情，唯

---

① 喀山是伏尔加河上的一座城市。俄语中的"西罗特金"是"孤儿"的派生词，两者发音相似。

有他一个人无事可做。人家对他说什么话，几乎永远含着嘲笑的意思（人们时常取笑他和他的同伴们）——他一句话也不说，转过身来，走到另一间狱室里去；有时人家笑得他太厉害，他的脸便红起来。我时常想：这个恭顺的、诚挚的人到狱里来，是因为什么事情呢？有一次，我躺在医院的罪犯病院内。西罗特金也生了病，躺在我身旁。一天晚上，我和他谈起话来；他忽然兴奋起来，顺嘴告诉我，他如何被征去当兵；他的母亲送他的时候，如何的痛哭；在当新兵期间如何的痛苦。他又说，他丝毫不能忍受新兵的生活，因为里面全是爱生气而且严厉的人们，队长们对他永远不满意！

"结果怎么样呢？"我问，"你因为什么罪名被送到这里来的？而且还在特别部里……唉，你呀，西罗特金，西罗特金！"

"是的，亚历山大·彼得罗维奇，我在营里只当了一年兵；上这里来是因为我把我们的团长格里戈里·彼得罗维奇杀死了。"

"我听说过，西罗特金，但是我不相信。你还会杀人吗？"

"但是到底出了这样的事情，亚历山大·彼得罗维奇。我实在感到太痛苦了。"

"但是，别的新兵是怎样生活的？起初自然很痛苦，后来就习惯了，渐渐地成为一个可爱的兵士。大概是你母亲太宠你，在你十八岁以前净喂你吃饼干和牛奶了。"

"我的母亲真是很爱我的。我被征募了去以后，她就病倒了，听说一直起不来了……后来我对新兵的生活实在感到痛苦。队长不喜欢我，老是惩罚我——但究竟为什么呢？我顺从一切，谨谨慎慎地生活着：不喝酒，不借钱。亚历山大·彼得罗维奇，一个人借人家的钱是最坏的事——周围全是狠心的、残忍的人——连哭都找不到地方。时常跑到什么地方的角落里，就在那里痛哭一场。有一次，我在那里站岗。已经是黑夜，我在一块儿坪地上站着岗，有风，是秋天，黑得什么也瞧不出来。我心里真是难过极了，真是难过极了！我把步枪放在脚下，把枪刺拔了下来，放在一旁；又把右脚的皮靴脱下，把枪口按在自己胸前，身子躺在上面，用大脚趾扳动枪机。一看——瞎火了。我把枪检查了一遍，把火门收拾干净，塞进新火药，把燧石放得紧些，又放在胸脯上面。结果怎么样呢？火药烧着了，但是还没有射击出来！——这是怎么一回事，我心里想！我把皮靴穿上，把枪刺插好，沉默着，来回地走来走去。我当时决定做出这件事情来：随便到什么地方去都可以，只要能脱离新兵的生活就可以。过了半个钟头以后，团长来了；他到各处巡察。一直对我喊：'站岗是应该这样站的吗？'我拿起步枪，就用枪刺朝他的胸前扎去。结果，我走了四千里路，走到这特别部里来了……"

他没有说谎。而且他被遣送到特别部里来，总是为了什么案子的。普通的犯罪处罚得很轻。再说，只有西罗特金一个人是在所有他的同伴中间最漂亮的。至于说到他的其他同伴——一共有十五个——看着他们甚至都会觉得奇怪：只有两三个人长相还过得去；其余的人全是呆笨的、丑陋的、龌龊的，有些人甚至头发都白了。如果情况允许，将来我要详细地讲一讲这堆人。西罗特金和卡津十分要好，就是我在本章开始时提起过他喝醉了酒，闯到厨房里来，把我对于牢狱生活的原有见解弄乱了的那个人。

这个卡津是一个可怕的人物。他留给大家一个可怕的、痛苦的印象。我老觉得再也不会有比他更凶狠和怪诞的人了。我在托波尔斯克见过一个著名凶恶的强盗卡缅涅夫；后来又看见一个候审的逃犯、可怕的杀人凶手索科洛夫。但是他们中间没有一个人会使我引起像卡津那样厌恶的印象。我有时好像觉得自己看到一只像人一样大的蜘蛛。卡津是鞑靼人；他的力气极大，比狱内的任何人都强；身材比中等高，具有魁伟的体格，有着丑陋的、不匀称的、巨大的脑袋；走起路来有点儿驼背，经常皱着眉毛看人。狱中传说着关于他的奇怪的谣言：大家知道他是军人出身，罪犯们互相议论，说他是从涅尔琴斯克逃出来的，不知是否属实。他屡次被流放到西伯利亚来，屡次逃跑，屡次变换姓名，终于落到我们狱里的特别部里来了。人家还讲他以前喜欢杀小孩，仅仅是为了取乐：他把小孩引到一个便于下手的地方，先是吓唬他、折磨他，在充分地欣赏了这个可怜的、小小的受刑者恐怖和战栗的情景以后，便静悄悄地、慢慢地、愉快地把他杀死。这一切也许是人们虚构出来的，是因为卡津给予大家的那种普遍的、恶劣的印象，但是所有这些虚构的事实似乎和他的外貌、他的个性极为配合。不过在不喝酒的时候，在平常的时候，他在狱内的行为倒还很理智。他永远是静静的，从来不和任何人争吵，还避免争吵，但仿佛出于对别人鄙视的态度，他好像觉得自己高人一等。他说话很少，似乎有意不说话。他的一切行动都是迟缓的、安静的、自信的，从他的眼睛里可以看出他并不愚蠢，而且颇为狡猾；但是他的脸上和微笑里永远留着一点儿傲慢、嘲笑和残忍。他贩卖酒，是狱中最殷实的卖酒人之一。但是每年有两次，他自己总要喝得很醉，到那时才流露出他天性中的一切残忍来。他渐渐地喝醉，起初用嘲笑惹人家，用极恶毒的、计算好了的、似乎早已预备好了的嘲笑；终于完全喝醉，开始变得可怕的疯狂，于是抓起刀子，攻击人家。罪犯们知道他的力气大得可怕，便从他的身边跑开去，躲藏了起来：他遇到什么人，就向什么人攻击。但是，人们很快就找到了对付他的方法。他的狱室里的十来个人一下子忽然全奔到他面前，开始揍他。再也想象不出有比揍他更残忍的了：他们打他的胸脯、心窝、肚子，打得很多、很长久，直到他丧失所有的感觉，成为死人一般的时候才肯罢休。他们绝不敢这样打别人，因为这样的打法简直会把人打死，但是卡津却是不会的。打完之后，他们便把完全失去知觉的他包在短皮袄里面，抬到铺板上去。——"他会躺好的！"——果真，第二天早晨起身的时候他几乎完全是健康的，他便默默地、阴郁地出去干活了——每次卡津喝醉时，狱内大家就知道，他一定会用挨打来结束这一天的。他自己也知道这个，可是他还要喝酒。这样过了几年，人们终于看出卡津开始受不了了。他开始说他有各种病痛，并开始明显地消瘦，经常上医院里去……"到底是屈服了！"罪犯们私下这样说。

他走进厨房里来，后面伴着那个背着提琴，通常被饮酒的人们雇来作为充实娱乐之用的讨厌的波兰人，当停留在厨房中间，默默地、注意地张望着在座的人们时。大家全不出声了。他一看见我和我的同伴，便带着嘲笑，恶毒地看了我们一眼，自满地微笑着，似乎在那里思索些什么，摇摇摆摆地走到我们的桌子前面：

"请问，"他开始说（他说的是俄语），"你依靠什么样的收入，在这里喝茶？"

我默默地和我的同伴对看了一下，明白最好是沉默，不回答他。只要说出一句反对的话，他就会发狂的。

"这么说来，你有钱吗？"他继续问。

"这么说来，你有一大堆钱，不是吗？难道你流放到这里来，就为了喝茶吗？你跑到这里来是喝茶的吗？你说，你快说……"

他看出我们决定沉默，不理他，于是脸涨得通红，愤怒得浑身发抖。在他身边的角落里放着一只大木盘，里面叠放着罪犯吃中饭或晚饭用的切好了的面包。木盘很大，里面容得下半个狱的人吃的面包；现在它正空着。他用两手把它抓起，朝我们的头上挥舞起来。再等一会儿，他就会把我们的脑袋打得粉碎。虽然凶杀或意图凶杀的事情会给全狱的人带来极度的麻烦，必将着手侦查、搜索、增加严厉的手段，因此罪犯们努力不使自己做到如此极端的行为——虽说如此，现在大家全都静寂起来，等候着。没有一句维护我们的话！没有一声呼喊向卡津发出！——他们心里对我们的仇恨如此之深！我们所遇到的危险处境，显然使他们感到愉快……然而，事情竟顺利地结束了：他刚要把木盘扔下来，就听到有人在外间喊道：

"卡津！酒被人给偷走了……"

他把木盘往地板上一扔，像疯子似的从厨房里奔出去了。

"上帝救了你们！"罪犯们互相说着。过了很久，他们才这样说着。

我后来已经无从确认，这个酒被偷的消息是不是真的，或者是人家临时编造出来救我们的。

晚上在黑暗中，狱门关闭之前，我在木桩附近徘徊，沉重的忧愁落到我的心灵里。在我后来的整个牢狱生活里，我从来没有感觉到如此的忧愁。第一天的监禁是难以忍受的，无论在什么地方，在监狱里，还是在狱室中，或者在工地上……我记得有一个意念最使我难忍，这个意念在我后来狱内所有监狱生活中，始终在追随我，让我无法摆脱——一个无从全部解决的意念——对于我现在也是无从解决的：那就是对于犯同样的罪时，刑罚的不平等。不错，罪行是不能比较的，即使是大致比较也不行。比方说，这一个和那一个全杀死了人；两桩案件的情节全都权衡过了，对于这个案件和那个案件所处的刑罚几乎全是一样的。但是你瞧一瞧，犯罪中间有多大的区别。例如说，一个人为了一点点小事杀死了人：为了一根葱头，他走到大道上，把过路的农人杀死了，而他身边只有一根葱头。

"瞧，爸爸！你派我去寻觅钱财，现在我把一个农夫杀死了，却只找到了一根葱头。""傻瓜！一根葱头值一个戈比！一百个灵魂——一百根葱头——便成为一个卢布了！"（狱里的笑话）。另一个人为了未婚妻、姊妹、女儿的贞节，而杀死了一个好色的暴君。还有一个人在流浪的生活中被成群的侦探包围住，为了保护自己的自由、生命，在临到快饿死的时候，才犯了命案；另一个人却由于嗜杀而杀死小孩，为了使自己的双手感到孩子们那热乎乎的鲜血，为了欣赏孩子们的恐怖，欣赏他们在他的屠刀下如何做最后的挣扎。结果怎样呢？这一个人和那一个人全被遣送到同一地方来做苦工。虽然，被判处的刑期会有不同。但是处刑的不同比较少。然而，同样的犯罪，却有着无数不同的性质：多少罪犯，便有多少种不同的性质。我们姑且假定，这种差异是不可能消除的，它是一个无法解决的问题，就像一个钻不出的圆圈，就算是这样吧。或者假定这些不平等并不存在——你可以看一看另一种区别，刑罚的后果本身的区别……有一个人在狱内憔悴下去，像蜡烛一般地融化；而另一个人在入狱前甚至不知道世上会有这样快乐的生活，有这样勇敢的同伴们，有这样有趣的俱乐部。是的，也有这种人到狱里来。譬如说，一个有着学问和良知，有着真诚和纯洁心灵的那种人，仅仅是他自己内心的痛苦，已在任何的刑罚以前，将他杀死了。他为了自己的犯罪，痛责自己，比最严厉的法律还要残酷，还要无情。而和他同住着的另一个犯人，他在徒刑期间甚至一次也想不到他所犯的是杀人罪，他甚至认为自己是有理的。还有一种人故意犯罪，只是为了能够进到狱里来，以躲避外边更加艰苦的生活。他在外边的生活到了最屈辱的阶段，永远吃不饱，从早上到夜里为主人工作着；而狱内的工作反而比家中轻松些，面包也多些，还有许多他还没有见到的东西；过节的时候有牛肉吃，有外面的施舍品，有赚到几个戈比的可能。至于他周围的人呢？他们全是狡猾、灵巧的万事通；他看着自己的同伴们，露出尊敬的表情；他还从来没有看见过这种人；他把他们视为世界上可能有的最高尚的伙伴了。难道刑罚对这些个人会有同样的感觉吗？然而，何必去研究这些无从解答的问题呢？熄灯鼓响了，是回到狱室里的时候了。

第四章　最初印象（续）

　　开始了最后一次点名。在这次查验以后，牢门紧闭了，用每个牢狱不同的锁，罪犯们便关在里面，一直到第二天天亮为止。

　　点名通常由士官带着两名士兵前来办理。有时命令罪犯们在院内排班，由值日军官前来查验。但通常这个仪节用家内的方式举行：按狱室来点名。点查的人们时常发生错误，算得不对，因此再返回来数。可怜的看守们终于算到了他们所希望的数目，便把营门关上了。每间狱室里安排着三十名罪犯，很拥挤地聚在铺板上面。离睡觉的时间还早，每人显然应该做点儿什么事情。

　　我以前已经提到过，长官中间只有一个伤兵留在狱室里。在每间狱室里另外还有一个头目，是要塞少校从罪犯中间指派的，自然以品行良好为入选的标准。时常会发生头目也闹出严重的淘气举动来的事情；那时他们必挨一顿痛打，立刻降为平民，由别人替代头目的位置。我们狱室里的头目是阿基姆·阿基梅奇。他时常对罪犯们进行呵斥，这使我感到很惊异，罪犯们通常都以嘲笑来回复他。伤兵比他聪明些，绝不加以干涉，如果他有时也曾动一下舌头，那也不过是种形式上的，为了尽自己的职责罢了。他默默地坐在床铺上，皮靴凸出在外面。罪犯们一点儿也不注意他。

　　在我牢狱生活的第一天里，我观察到一个现象，后来相信这个观察是正确的。那就是一切非罪犯，无论是什么人，从直接和罪犯们有关系的人们起，如卫兵、看守兵等，直到一般和牢狱生活多少有点儿接触的人们为止，都似乎用夸大的眼光看着罪犯。他们好像在每分钟内都不安地期待着罪犯们会突然持着刀子奔到他们中间的什么人身上去。但是，最有趣的是罪犯们自己也感到人家怕他们，这显然给他们增添一点儿胆量，所以对罪犯们最好的长官，也就是不惧怕他们的那一个。一般说来，罪犯们尽管胆量再大，总是在人家信任他们的时候最觉得愉快，甚至可以借此使他们佩服你。在我被囚禁的时候，有时（虽然并不常见）会有一些长官不带一个卫兵就走进狱里来的事情。可以看出这举动如何使罪犯们惊愕，而且是好意的惊愕。这种无畏的访客永远引起人们的尊敬，甚至如果果真要发生什么事情，在他面前也是不会发生的。罪犯们引起的恐怖，无论在什么地方，只要有罪犯的地方，都可以见到，我真的不知道这种恐怖究竟是从哪里发生的。自然理由是有一点儿的，从罪犯也就是已被承认的强盗的外貌上引起；此外，凡是走近囚狱旁边的人都感到这一堆人聚在这里，并非出于本愿，无论想什么方法，不能把活人变为尸骸；他到底会有情感，有复仇和生活下去的渴望，有热情和满足它的需要。虽然如此，我肯定地相信，对于罪犯是不用加以惧怕的。一个人拿着刀子攻击别人，是不大容易且不会那样迅速的。一句话，如果危险是可能的，如果它在什么时候会发生，那么由于这类不幸事件的稀少，可以直接断定这种危险性是少得微不足道的。我现在讲的自然只是那些已经判决的罪犯，他们中间有许多人甚至因为终于走进这牢狱里来而显得快乐（新的生活有时是太吸引人了），因为他们很想安静而且平和地生活下去；而且，罪犯们自己也不会让他们中间实在不安静的人们做出过分大胆的行为来的。至于正在审判中的罪犯是另外一件事情。这种人确实会无缘无故地攻击一个不相干的人，仅仅只是因为，举个例子来说，他明天应该受刑罚；如果发生了一桩新的案件，刑期也就随之延期下去。在这里，攻击是有它的原因和目的的：那就是无论如何，必须"改变自己的命运"，越快越好。我甚至知道一桩奇怪的、心理学上的事件。

我们狱内军人组中有一个罪犯，是士兵出身，没有被剥夺公民权，经法庭判决处以两年徒刑，被遣送到这里来。他喜欢吹牛，又是一个十足的胆小鬼。一般来说，夸耀和胆怯在俄国士兵中是不常见的。我们士兵的神气永远显得那样的忙碌，因此也没有工夫夸耀，即使他打算夸耀。但是如果他已经成为喜欢吹牛的人，那么他几乎永远是游手好闲的懦夫。这位军犯姓杜托夫，他服完短短的刑期，又回到营里去了。但是他像所有的罪犯一样，本来是被遣送到狱里来改过自新的，结果反而在里面被宠惯了，所以在恢复自由后不到两三个星期，时常会发生他们重又陷入法网，回到狱里来的事情，但这次的刑期已经不是两三年，而是归入"长期"的一类里去，十五年或二十五年了。结果真是这样的。杜托夫在出狱后过了三星期，就撬开锁偷窃人家；此外还做出了粗暴蛮横的行为。他被押送法庭接受审判，判处了严厉的刑罚。他本来是一个可怜的懦夫，对即将降临的刑罚惧怕得无以复加，惧怕到了极点，就在他应该钻到队伍里忍受棒打的前一天，他持刀攻击走进囚室里来的看守官。他自然很明白他这种行为更将加重他的罪名，且会延长徒刑的期限。但他的想法是：即使把那可怕的受刑时刻向后推迟几天或几个小时也是好的！他十分胆小，虽然拿着刀子扑了过去，却甚至没有敢伤害那个军官，只是做出一个形式，为了弄出一个新的罪名，让人家再审判他。

对于一个被判了刑的人来说，受刑前的时刻当然是可怕的。好几年来，我看见了许多受审判的人在他们受刑的前一天里的情况。我时常生病，躺在医院里，我常在医院的罪犯病房里遇见这些受审判的罪犯。全俄国所有的罪犯都知道，最同情他们的人是医生。他们从来不对罪犯们有所歧视，而别人几乎全都不自觉地歧视罪犯的，除了普通的农民以外。农民对于罪犯的犯罪，无论犯了怎样严重的罪，总不加以责备，且为了他们已受过刑罚，为了他们的不幸而饶恕他们。难怪全俄国的农民称犯罪为不幸，并把罪犯叫作不幸的人。这是一个具有深刻意义的定义；它的重要在于它是无意识的、出于本能的。至于医生们，在许多情况下，却真的是罪犯们逃避的场所，尤其对于受审判将要处刑的人们更是如此，他们比起已判决的罪犯来，被监禁得严厉些。一个受审判的人计算他快要到那个可怕的处刑的日子了，时常进入医院里去，想借此拖延那个痛苦的时间。他出院的时候几乎确切地知道那个注定的期限就在明天，便几乎永远露出极度惊恐的样子。有些人由于骄傲而努力将自己的情感隐藏起来，但是那个不高明的、表面上的大胆是瞒不住他们的同伴们的。他们全明白是怎么回事，大家由于同情心而沉默着。我知道一个罪犯，年轻的杀人犯，他是一个士兵，被判处相当数目的杖刑。他害怕得在处刑的前一天决定要喝下一大杯酒，并在里面掺了鼻烟。顺便说一句：被审判的罪犯在受刑罚之前总要喝酒的。候刑的犯人在受刑前总是要喝酒的。酒在受刑以前很久就被带进来了，并花了许多钱。所以，受审判的罪犯宁愿在半年内牺牲日常最必要的享受，却要积蓄到相当数目的钱，以便买下小半瓶的酒，在临刑前的一刻钟内喝下。罪犯中间存在着一个信念，就是酒醉的人忍受鞭子和棍棒的时候会减少痛苦的感觉。但是，我又扯远了。那个可怜的小伙子在喝完了一杯酒之后，确实立刻生病了；他吐着血，在送进医院的时候几乎丧失了知觉。这呕吐把他的胸部损伤得很严重，在几天之内就发现了真正的肺病征兆，半年后就死去了。医治他肺病的医生们不知道这病是怎样发生的。

在讲述罪犯们临刑前时常会发生胆怯情况的同时，我还要补充的是其中有些人反而显出特别的无畏精神，使旁观者为之惊异。我记得有几个勇敢到近于麻木程度的例子，这些例子并不十分稀少。我尤其记住与一个可怕的罪犯相遇的情形。在一个炎热的夏日，犯人的病房内传出一个消息，晚上将惩罚著名的强盗和逃兵奥尔洛夫，在处刑后将他送到医院里来。大家都显出一种慌乱的神色。说实话，我也怀着极度的好奇盼望着那个著名的强盗出现。我早已听过关于他的一些奇迹。他是一个罕见的凶徒，冷酷地宰杀老人和小孩——一个意志十分坚强，且对自己的力量感到骄傲的人。他犯了许多命案，被判处忍受从队伍当中通过的杖责。晚上才把他抬进医院来。奥尔洛夫几乎已经失去了知觉，脸色异常惨白，那浓密而漆黑的头发披散着。他的背肿了起来，而且青一块紫一块。罪犯们整夜服侍他，给他换水，把他的身子翻来翻去，给他吃药，好像侍候着亲人，侍候着恩人一般。第二天，他完全醒了，在病室内走了两遍！这使我惊异：他到医院里来时是那样的软弱而且萎靡。他一下子走完了预定棍杖数目的一半。医生在看到继续施行刑罚将导致罪犯马上死亡时，这才阻止了惩罚。再说，奥尔洛夫身材极小，体格软弱，且由于长期的监禁待审，使他更加显得孱弱无力。无论什么时候看见被处体刑后的罪犯的人，大概会长久地记住他们那疲劳的、瘦弱的、惨白的脸和发疟疾似的眼神。虽然如此，奥尔洛夫很快地复原了。显然，他的内在的、精神方面的毅力是起了很大的帮助。他确是个不很寻常的人。我由于好奇，和他走得接近些，整个星期内都在研究着他。我可以肯定地说，我一辈子从来没有遇见过像他那样强毅的、具有钢铁般性格的人。有一次，在托波尔斯克，我也曾看到过一个和他相类似的著名人物，过去的匪首。那人真的完全是只野兽，你立在他的身旁，还不知道他的名姓，就会本能地预感到一个可怕的生物在你的身边。但是，那个人在精神方面的愚蠢却使我惊讶。肉体战胜了他的精神特征，使你朝他的脸上一眼看去，就看出他身上只剩下了对于肉体的愉快、好色和淫欲的、野蛮的渴念。我相信科连涅夫——这强盗的姓名——在刑罚之前也会恐怖得甚至垂头丧气，而且战栗的，虽然他有杀人不眨眼的本领。奥尔洛夫和他完全相反。那显然是精神完全战胜了肉体。显见这人能无限制地控制自己，看不起一切的痛苦与刑罚，不惧怕世上的任何事情。你会在他身上看出无穷的毅力，对于事业的热望，对于复仇的热望，和达到预定目的的坚定意志。使我惊愕的是他的奇怪的骄傲。他似乎用高傲得离奇的态度看着一切，但并不是故意装出来的，似乎是出于本性的。我以为世上没有一个人，可以用他的权威对他产生影响。他安静地看着一切，好像世上没有什么东西值得他惊异似的。他虽然充分地了解别的罪犯们对他很尊敬，但一点儿也不在他们面前装腔作势。然而，虚荣和骄傲几乎成为所有罪犯们一般的特性。他一点儿也不笨，且似乎坦白得出奇，虽然并不喜欢说话。他对我的问话直接地回答，他等候恢复健康，以便尽快补受其余的刑罚，起初在刑罚之前，他怕自己受不住。"但是现在，"他一面说，一面对我挤眉弄眼，"事情已经完结了。我忍受其余数目的杖击，立刻就可以随着大批囚犯一同发配到涅尔琴斯克，我就可以乘机在途中逃跑！我一定要逃跑！但愿背上的伤痕快点儿平复下去才好！"——在这五天之内，他贪婪地期待，什么时候可以出院。在静候中他有时显得很好笑、很快乐。我试着和他谈起他平日的行为。他经我这一问，总是微微地皱起眉头，但永远坦白地作答。在他明白我正在探究他的良心，希望他露出一点儿忏悔来的时候，他看着我，露出那样轻蔑和高傲的神色，仿佛我在他的眼里忽然成为一个小小的、愚蠢的孩子，不能和这孩子讨论像和大人一样讨论的问题。他的脸上甚至流露出一种类乎怜惜我的样子。一分钟之后，他对我发出大笑，极坦白的笑，没有一点儿讥讽，我相信，他独自留在那里，想起我的话语的时候，也许会一再地暗中笑我。他终于在背部还没有完全平复的时候就离开医院；我也恰巧出院，两人一同从医院里出来：我上狱里去，而他到我们狱旁的禁闭室里去，他以前就被押在那里。临别时，他和我握手，在他的方面，这是十分亲密的一种表示。我觉得他这样做，因为很满足自己和现在的时间。实际上他不能不鄙视我，一定应该把我看作一个恭顺的、软弱的、可怜的，且在各方面比他低贱的生物。第二天，他就被带出去忍受第二次刑罚……

我们的狱室一关闭，立刻出现了一种特别的情景——变得像一所真正的住宅，像一个家庭的一样。只是现在，我才能够看见罪犯们，我的同伴们，完全像在家里一般，在白天的时候，士官们、看守们——总之是长官们，会在任何的时间内全走进狱内，因此所有狱内的人都显得有些不自在，好像时时刻刻都在一种不安中。但狱室的大门一关，大家便立刻安静下来，各就各位，几乎每人都开始做一点儿手艺。狱室内忽然有亮光了。每人都预备好自己的蜡烛和蜡台，多半是木质的。有的人开始缝靴子，有的人开始缝衣服——营内恶浊的气味一小时比一小时地浓重起来。一堆游手好闲的人蹲在角落里铺好的地毯前面赌牌。每个狱室里几乎有一个罪犯置备了一俄尺长的、狭窄的地毯，一支肮脏的蜡烛、满是油腻的纸牌。这些东西加起来就叫作"赌场"。场主向赌徒们收取租金，每夜十五戈比，以此为职业。赌徒平常都是玩"三叶""小丘"等。所有的赌博都全凭运气，没有什么技术含量。每个赌徒把一堆铜币放在自己身前——倒出他口袋里所有的钱，只有在输得精光或把同伴们的钱全都赢尽的时候，才肯立起身来。赌博到深夜才结束，有时延长到天亮，狱室开门的时候。我们的房间里和别的狱舍里一样，永远有些乞丐，他们不是赌输，便是喝酒喝得精光，还有的简直天生就是乞丐。我说的是"天生"，而且我还要特别着重这个词。在我们民间，在无论什么样的环境里，无论什么样的条件里，永远存在着，而且将来也会存在着的一些奇怪的人物，他们恭顺，且并不很懒惰，却命中注定要当一辈子的乞丐。他们永远是穷困的、龌龊的，他们永远露出一种受虐待或被忧愁压倒的样子，而且永远受某人的役使，供某人呼唤，通常总是侍候那些好游玩或突然发了财，地位得到提升的人。任何的创意，任何的发端，——对他们来说只是忧愁与痛苦，都是负担。他们仿佛生下来就带着一个条件，那就是自己一点儿也不努力，而只是侍候人家，不依靠自己的意志生活下去，一切依人行事；他们的专职就是履行别人的事情。再加上任何的机会、任何的变动都不能使他们发财。他们永远是乞丐。我觉察出，这样的人物不仅在普通民众中有，而且在所有的社会、阶级、政党、杂志社、公司里也都有。在每个狱室里，每个牢狱内，也有这种情形，因此赌场一成了局，这样的一个人立刻就会走出来侍候。一般说来，无论哪一个赌场，没有侍候的人是不行的。普通赌徒们总是花五个银戈比雇用他一夜，他的主要责任就是看守一整夜。他多半要在黑暗里，而且要在外面，在零下三十摄氏度的寒气里忍受六七小时的冻，倾听每一个叩门声，每一个声响，院内的每一个脚步声。少校或看守们有时会在深夜时到狱里来，轻轻地走进，捉拿赌博和干私活的人们，没收尚未点完的蜡烛，燃着的蜡烛在院子里就可以看见。如果听到外间的门上锁响的时候再藏匿起来，把蜡烛吹灭，然后躺到铺板上去，那就太晚了。如果发生了这样的事情，那个负责望风的人要受到聚赌者的严厉惩罚，所以这类疏忽的事情是很少发生的。五个戈比自然是少得可怜的数目，即使在监狱里也仍然显得很少，但是永远使我惊愕的是狱中雇主们那份严肃和毫不怜悯的神色。不仅是这件事情，其他事情也是一样。"拿了钱，就得好好做事！"这是一条不容反驳的理由。雇主花了很少的钱，取得可以取得的一切，且在可能时取得多余的一切，还认为他这是给予佣工的恩惠。一个喝得醉醺醺的人，一面任意挥霍金钱，一面又很苛刻地对待他的佣工，这样的情形，不只在监狱里，不只在赌场上，我都看到过。

我已经说过，在狱室中大家几乎都坐下来干点儿什么私活。除去赌徒们不算，完全闲暇的人不到五个，他们无事可做，于是立刻躺下来睡觉了。我在铺板上的位置恰巧在门旁。铺板的另一端，跟我头和头相撞的是阿基姆·阿基梅奇。他每晚都工作到十点钟或十一点钟，裱糊各式各样的中国式灯笼，因为城里有人向他定制，出很高的价钱。那些小灯笼他做得十分灵巧，而且工作得极有次序，从不间断；在做完工作的时候，收拾得十分干净，把自己的褥子铺好，祷告上帝，然后心安理得地躺下来睡觉。他显然过于注意品行端正和遵守秩序，简直都有点儿迂腐了。他显然认为自己是一个十分聪明的人，和那些呆笨的、天资有限的人不相同。我从第一天起就不喜欢他，虽然我记得我在第一天时便已经对他进行研究，且深以为奇，像他这样的人物，竟会在生命中不得意，而落到狱中来。后面，我还要不止一次地讲到阿基姆·阿基梅奇。

让我来简单地描述一下我们狱室里的所有成员吧。我必须在里面住上许多年，而他们全是我将来的室友和同伴。显然我要带着热切的好奇审视他们。在我铺位的左面住着一小堆高加索的山民，他们大半是因为抢劫被流放到这里来，做不同期限的苦工。他们有两个列兹金人，一个切禅人，三个达格斯坦的鞑靼人。那个切禅人满脸阴郁，愁眉苦脸，几乎不和任何人说话，时常带着敌意，皱紧眉毛，还带着恶毒的冷笑，看着周围的一切。列兹金人中一个是老人，他有一个又长又细的鹰钩鼻子，从外表上看，是一个万恶不赦的强盗。另外一个，名叫努拉，从第一天起，他就使我引起了极愉快的、极可爱的印象。他人还不老，个子不高，体格像大力士一样，头发完全是黄的，眼睛是淡蓝色，鼻子是弯曲的，两腿弯曲，那是因为以前经常骑马。他全身都留下刺刀和子弹的伤痕。他在高加索属于一个同俄国人保持睦邻关系的部族，但经常偷偷跑到敌对的山民那里去，和他们一同攻击俄国人。监狱里的人都喜欢他。他永远显得很快乐，对大家都很客气，毫无抱怨地工作着，显出安静和明朗的神色，尽管他经常以愤怒的眼光看着囚犯生活中的那些卑鄙龌龊的行为，并且对一切偷窃、欺骗、酗酒，以及所有不诚实的行为深恶痛绝，但他并不存心打架，只是愤愤地背转身去。他自己在刑期内从来没有偷过东西，没有做过一桩不好的行为。他十分虔诚地信仰上帝，神圣地做着祷告；在回教节前斋戒的日子，他像狂信者似的守着斋戒，整夜地站立着祈祷。大家都喜欢他，相信他的诚实。"努拉是一头狮子。"——罪犯们这样说。于是，他便得到了"狮子"这个绰号。他完全相信他刑期满后，会打发他回到高加索去，他就凭着这个信念生活下去。我觉得如果失去了这个信念，他就会死的。我在进狱的第一天，就特别注意他了。他那善良的、同情的脸，在其他罪犯们那恶狠狠、阴郁和讪笑的脸中，是不能不让人注意到的。在我入狱来的最初半小时里，他从我的身边走过，拍了拍我的肩膀，友好地朝我笑了笑。我起初不了解这是什么意思。他的俄语说得很不好。之后不久，他又走到我面前，一面微笑着，一面又友好地叩击我的肩膀。这样持续了三天。我后来猜到，而且弄明白了，这是他在怜惜我，觉得我还不熟习牢狱的生活，想对我表示亲密，鼓励我，愿意保护我的意思。真是善良而纯朴的努拉啊！

达格斯坦的鞑靼人有三个，他们全是亲弟兄。其中有两个已经上了年纪，老三阿列伊不过二十一二岁，看样子好像还要年轻些。他铺板的位置是和我并排的。他那漂亮、开朗、聪明，同时又显得善良和天真的脸，我第一眼看上去就把我的心给吸引住了，我很喜欢命运将他，而不是将任何别的人送来做我的邻居。他的整个心灵在他那漂亮的，可以说是好看的脸上都表现出来。他的微笑显出他对别人的信任，他是那么的天真无邪；漆黑的大眼睛那样的温柔，那样的和蔼，我看到他时，永远感到特别的愉快，甚至能够使我舒散烦闷和忧愁。我这样说，一点儿也没有夸张的成分。在家乡的时候，有一天，他的长兄（他有五个兄长，另外两个进入一个工厂里去了），吩咐他拿着帽子，骑上马，一同出发去考察什么事情。山民的家庭内，对于兄长的恭敬是很重要的，因此这个男孩不但不敢，甚至不想问，他们要到哪里去？他们也不认为有告诉他的必要。没想到，他们是去抢劫，在大道上等候一个有钱的亚美尼亚的商人，预备抢劫他的货物。结果就发生了下面的事情：他们把卫兵杀死，把那个亚美尼亚人弄死，把他的货物劫走。但是，这个案子很快就破了，他们六个人被抓了起来，取得了证据，进行审判，被处了刑罚，再遣送到西伯利亚做苦工。法院对阿列伊是开恩的，只是判了较短的刑期——他的流放期是四年。哥哥们很爱他，且是慈父般的爱，不是弟兄的爱。他是他们受徒刑期中的安慰，他们平常是阴郁而且不愉快的，但他们永远带着微笑看他，在和他谈话的时候（他们很少和他说话，仿佛还认为他是小孩，不必和他谈正经事情），他们那严肃的脸庞便舒展了，我猜到他们可能正在和他谈一些有趣的，至少几乎是小孩般的话语。在倾听弟弟回答的时候，他们永远互相使眼色，善良地微笑。而他自己几乎不敢和他们讲话，没想到他对他们的恭敬竟到了这种地步。这个男孩在牢狱的全部时间内，怎么会保持这样欢乐的心情，显出如此的诚实，如此的恳切，如此的富于同情，不变得粗暴，不受恶习传染，真是一件难以想象的事。他有着一种坚强的、不可动摇的性格，虽然含有很多明显的柔性。我后来很了解他，才知道他贞洁如处女，狱中随便什么人做了不好的、龌龊的、卑怯的或不正当的行为，会在他的漂亮的眼内燃起愤恨之火——他的眼睛也因此显得更加漂亮。但是，他避免吵闹和辱骂，虽然从一般上来讲，他并不是那种可以让自己无故地忍受侮辱，而是会坚持自己主张的人。但是他不和任何人吵闹：大家都喜欢他，都抚慰他。起初他只是和我客气。我渐渐地开始和他谈话，在几个月内，他学会了说一口很好的俄语，但是他的哥哥们在服役时期内始终没有学会。我觉得他是一个极聪明的孩子，极谦恭而且知趣，甚至已经会做出很正确的判断。总之，我可以预言：我认为阿列伊不是寻常的人物，现在回想起我和他相处的那些日子，实在是我一生中最快乐的事。有些性格是天生良好的，且受了上帝的许多赏赐，你甚至不敢设想他们有一天会变坏。你永远可以对他们安心。我现在对阿列伊也是放心的。但他现在在哪里呢……

有一次，那是在我入狱很久以后，我正躺在铺板上面，心里在想着一个很严重的问题。平时总是永远有工作的阿列伊，这一次却没做什么事情，虽然睡觉还早，但是他们那天正过回教节，因此不去工作。他躺在那里，头枕着手，也在那里想着什么事情。他忽然问我：

"怎么，你现在觉得很痛苦吗？"

我好奇地看了他一眼，我觉得这个突然的、直率的问题，出于一向识趣的、具有辨别力的、心地永远聪明的阿列伊之口是很奇怪的。但是，我再仔细看时，就看出他的脸上有些许烦闷，那是从回忆而得来的苦痛，因此立即发现他自己的心里也很痛苦，而且就在这个时候，我把我的猜测表示了出来。我喜欢他的微笑，永远是温柔的、恳切的微笑。他微笑时露出两排珍珠般的牙齿，世界上第一等美女也会羡慕他那口牙齿的。

"阿列伊，你一定想你们达格斯坦现在怎么过节。那里是不是很好？"

"是的，"他欢欣地回答，他的眼睛发光，"你怎么知道我在想这件事情？"

"我怎么会不知道呢？怎么？那边比这里好吗？"

"喔！你为什么这样说呢？"

"现在你们那里大概有许多好看的花，真是像天堂一样……"

"唉，你最好不要提了吧。"他显得很激动。

"喂，阿列伊，你有姊妹吗？"

"有的，你问这个做什么？"

"她大概是一个美女，如果她长得像你一样。"

"哪里像我！她是全达格斯坦最美的美女。唉！我的妹妹真是美女！你从来没有看到过的那样的女子！我的母亲也是很美的。"

"母亲爱你吗？"

"唉！你说的什么话！她现在一定为了我的事情愁死了。我是她心爱的儿子。她爱我甚于妹妹，甚于一切人……我今天梦见她到我这里来，对我哭泣。"

他沉默了，那天晚上不再说一句话。但是，从这次起，他经常找机会和我说话，尽管出于对我的尊敬（我不知道这种尊敬从何而来），他从来都不首先开口。但是在我对他说话的时候，他很高兴。我问他关于高加索的事情，以及他以前的生活。哥哥们不阻挡他和我谈话，他们甚至觉得愉快。他们看见我越发地喜欢阿列伊，也开始对我和蔼得多了。

阿列伊帮助我干活，在狱室里尽他的能力帮我，显然他觉得以能够尽点儿力量使我得到便利，博得我的欢心，是一件很愉快的事情，在这企图博得我欢心的努力中，没有丝毫屈辱的身份或寻觅某种报酬的意思，却是一种温暖的、友谊的情感，他并不隐瞒他对我有这样的情感。他在机械方面是很能干的，他学会了很熟练地缝制内衣，缝补皮靴，后来又学会了木工的本领。哥哥们夸奖他，为他感到骄傲。

"喂，阿列伊，"有一天我对他说，"你为什么不学读俄文，写俄文？你知道，以后在西伯利亚对你是很有用的。"

"我很想学，但是向谁去学呀？"

"这里认识字的人还少吗？要不然，让我来教你？"

"好的，请你教我呀！"他甚至在铺板上站了起来，合起双手，哀求地看着我。

于是从第二天晚上开始，我就教他俄文。我有一本俄译的《圣经·新约》——这本书是狱内不禁止读的。阿列伊不用训蒙的课本，单只用这本书，在几天之内就学会了读书。三个月以后他已经完全了解书本上的言语。他热心地学，简直入迷了。

有一天，我和他一起读完了"登山训众"那一段①。我发现，他在朗读其中的某些地方时，仿佛带着一种特殊的情感。

我问他，喜欢不喜欢他所读的东西。

他迅速地看了一眼，脸上泛出红晕。

"啊，是的！"他回答，"是的，耶稣是神圣的预言者，耶稣说上帝的话语。多么好呀！"

"你最喜欢什么？"

"就是他说，要饶恕，要喜欢，不要凌辱人，喜欢仇敌的那番话。啊，他说得多么好呀！"

---

① 参见《圣经·新约·马太福音》中的内容。

他转身向着倾听我们谈话的长兄们，开始对他们热烈地说些什么话。他们互相长久而且严肃地说话，肯定地点着头。后来，他们露出郑重而且恳切的，也就是纯粹回教式的微笑（我最喜欢这种微笑，也就是喜欢这微笑的郑重）对我证实：耶稣是上帝的预言者，他做出伟大的奇迹。他用烂泥做成鸟，朝它一吹，就飞走了……这在他们的书里写着。他们说这话的时候，完全相信他们颂赞耶稣，会使我十分快乐，阿列伊感到幸福，为了他的兄长决定而且愿意博取我的快乐。

书写的工作也进行得极其顺利。阿列伊弄到了纸张（不许我用我的钱买它）、钢笔、墨水，在短短的两个月内，便学会了写一手好字。这甚至使他的兄长们都感到惊愕了。他们的骄傲和满足没有限度。他们不知道怎样感谢我。在遇到我们一块儿工作的时候，他们在工作的地方抢着帮助我，认为这是极大的幸福。我不必提阿列伊。他喜欢我，也许和喜欢兄长们一样。我永远不会忘记他离开监狱时的情形。他领着我到狱室后面，在那里抱住我的脖颈，哭了。他以前从来不吻我，从来不哭。"你对我做了太多的事情，做了太多的事情，"他说，"我的父母都没有对我做过这许多事情，你使我成为一个人，上帝会补偿你，我永远不会忘记你……"

现在，现在你在哪里呢？我那善良的、可爱的、可亲的阿列伊……

除了契尔克斯人之外，我们的狱室里还有一小堆波兰人，他们组成了完全独立的一个家庭，和其他的罪犯们几乎不相往来。我已经说过，为了那种特殊性，为了愤恨的罪犯，他们自己也被大家所嫉恨。那是一些受折磨的、病态的性格。他们有六个人，其中有几个是有学问的人，我以后会个别地、详细地讲他们。我在狱内最后的几年内，有时从他们那里弄到一些书。我所读到的第一本书给予我强烈的、奇怪的、特别的印象。关于这印象，以后我要特别讲一讲。这印象对于我是十分有趣的，我相信有许多人会完全不了解的。有些事情在不经过尝试之后是不能加以判断的。我要说的是：精神上的贫乏比任何肉体上的痛苦还让人难以忍受。一个普通的老百姓入狱之后，很快就会找到自己的同伴，甚至还可能是文化水平比较高的同伴。当然，他也丧失了许多——故乡、家庭，等等，但是他的生活环境还是一样的。而一个有学问的人按照法律和普通人受到相同的刑罚，他所丧失的经常要比普通人多得多。他应该把自己的一切需要、一切的习惯压抑下去，转入一个使他无法满意的环境里去，这就使他首先必须学会呼吸不同的空气……这等于把一条鱼从水里捞出来放在沙上一样。依照法律，对大家一律相等的刑罚，经常会对他的痛苦增加到十倍以上。这是一条真理……即使我们所说的，仅仅是一些不得不牺牲的物质方面的习惯。

　　然而，波兰人组成了一个特别的、整个的小团体。他们有六个人，整天在一块儿。在我们狱室的一切罪犯中间，他们只喜欢一个犹太人，也许仅仅是因为他逗乐他们的缘故。其实，连其他的罪犯们都喜欢我们的小犹太人，虽然大家全都取笑他。在我们那里只有他一个人能够做到这样。我现在回忆起他的时候，甚至也不能不笑。每次我一看到他，就想起果戈理的小说《塔拉斯·布尔巴》中的小犹太人杨凯尔来，他脱了衣服，和自己的犹太女人一起上一个什么橱柜里去过夜的时候，他立刻就变得像一只小鸡。伊赛·福米奇，我们的小犹太人，就像这样一只被扯去毛的小鸡。这人已经上了年纪，有五十岁左右，小小的身材，体格很虚弱，性情有点儿狡猾，但实在是很愚蠢的。他恶狠而且傲慢，同时又异常的怯懦。他满脸全是皱纹，额上和脸颊上有受刑时给他留下的烙印。我无论如何也无法了解，他怎么忍受得了六十记鞭子。他是犯了命案到这里来的。他身边藏着一张药方，是他的犹太女人在他受刑以后从一个医生那里弄来的。照这药方可以配成一种油膏，擦上去以后，烙印会在两星期内消失。他不敢在狱内使用这种油膏，等到十二年徒刑满期后，被释放出去落户时才打算使用这个药方。"否则是没有资格结婚的，"有一次他对我说，"我一定想办法结婚。"我和他是极要好的朋友。他永远有很愉快的心情。他觉得流放的生活很轻松：他的手艺是钟表工，因为城里没有钟表店，所以他接的工作很多，因此被解除了做苦工。他同时还放高利贷，收受抵押品，放款给全狱的人，索取很高的利息。他比我先来，一个波兰人对我详细描述过他入狱时的情形。那是一个极可笑的故事，我以后再讲，我要讲到伊赛·福米奇的地方还不止一次呢。

除此之外，我们的狱室里还有一些人：四个旧教徒，他们全是老年的博学者，其中有一个是从斯塔罗杜布旧教徒村里来的。还有两三个小俄罗斯人，全是阴郁的人，和一个年轻的囚犯，有一张柔细的脸庞，柔细的鼻子，二十三岁模样，已经杀死了八个人。还有一堆制造假币犯，其中一个会逗得全狱的人发笑。最后还有几个阴沉的、不愉快的人物，他们剃光了头发，相貌异常难看，沉默、好忌妒、皱紧眉毛，仇视地看着周围的一切，且准备在很长的时间里——在全部徒刑时期内这样看着人——皱眉毛、沉默、仇恨。在我的新生活开始的第一个不快乐的晚上，这一切只在我的眼前闪现了一下——在烟气和煤灰中，在辱骂和描写不出的卑怯的行动中，在恶浊的空气里、脚镣的声响中、诅咒和无耻的哄笑中，闪现了一下。我躺在木板上面，把衣服放在脑袋下（我还没有枕头），用大衣盖住身体，但是许久不能入睡。虽然由于这最初的一天内所得的一切怪诞的、意料不到的印象而感到全身疲劳和酸疼，但是我的新生活才刚刚开始。还有许多事情在等着我，我从来没有思索过，没有预先猜到许多事情……

第五章　第一月

我在入狱后的第三天，才接到了出去干活的命令。第一天工作的情形是很有纪念意义的，虽然在这全天内，我并没有发现什么不寻常的事情，但总的看来，即使没有发生什么事情，我的处境本身就已经是不同寻常了。但这也算是我最初的一个印象吧。我还继续贪婪地审视一切。我在极沉重的感觉中混过了这最初的三天。"这是我流浪生活的终结——我在狱中了！"我时时刻刻对自己说。"这是我许多悠长岁月里的一个码头，一个角落，我现在怀着那种不信任的，那种病态的感觉走进去……谁知道？也许将来，过了许多年以后，在我必须离开这个地方的时候，到那时我还会感到惋惜呢……"我补充说，言语里不免掺着一种幸灾乐祸的感觉，这感觉有时弄到需要故意刺激自己的创伤的地步，仿佛愿意欣赏自己的痛苦，仿佛真正的快乐就在于意识到这种不幸的全部重大意义。一想到自己将来会对这个栖身之地感到惋惜，我便不禁大为震惊。我在那时就已预感到，人能安住下去到如何怪诞的程度。但这还是后话，现在我周围的一切全是仇恨的、可怕的……虽然也并不全如此，但我总觉得是这样。我的新同伴们看着我时的那份野蛮的好奇，他们对待一个突然在他们的团体内发现的新来的贵族那份加倍严厉的态度，有时几乎达到仇恨的地步——这一切都在折磨着我，使我自己都希望赶快出去干活，仅仅是为了能够尽快地一下子就了解和体会到我的全部灾难，开始像他们那样地生活，以便赶上和大家一样的轨道。我当时自然没有注意到，没有疑惑到放在我眼前的许多事情：我还没有在仇恨中间区别出同情来。但是我在这三天内遇到的几个和蔼和客气的脸庞，他们强烈地鼓励了我。阿基姆·阿基梅奇对我比大家和蔼而且客气些。在其他的罪犯们阴郁和仇恨的脸庞中，我不能不注意到还有几个善良和快乐的人。"到处有坏人，但坏人中间也有好人。"我忙着这样想，以此来安慰自己。"谁知道呢？这些人也许并不比其他的留在那边、留在狱外的人们更坏些。"我心里虽然这样想，但是连我自己也不禁对这种想法频频地摇头，但是——我的天哪——如果我当时就知道这个想法是真实到如何的程度就好了！

譬如说，狱内有一个人，在经过了许多年，许多年以后我才完全把他认识清楚，然而他几乎在我受徒刑的全部时间内一直和我在一起，经常在我身边。那是一个姓苏希洛夫的罪犯。我现在一讲到罪犯们不比别人坏的话，立刻不由得想起他来。他侍候着我。我还有另一个侍候的人。还在最初的时候，还在最初的几天内，阿基姆·阿基梅奇就介绍给我一个罪犯——就是奥西普。他说只要每月给到奥西普三十戈比，他就会每天给我烧煮特别的饭菜，如果我讨厌吃公家的东西，如果我有自办伙食的钱。奥西普是罪犯们选派到我们的两个厨房里去的四名厨师中的一个——不过他们接受或不接受这选派是他们的自由；而且在接受之后，即使明天就不干也可以。厨师们不必出去干活，他们的全部职责就是烤面包和煮菜汤。大家不称他们为厨师，却称他们为"厨娘"，不过这并非由于看不起他们——况且选派到厨房里去的全都是头脑清楚和可能诚实的人——他们这样被称呼，是出于一种亲爱的玩笑，我们的厨师们对这个称呼一点儿也不感到侮辱。大家差不多永远选奥西普，他几乎连着几年成为"厨娘"，不过有时偶然辞职，在烦恼把他紧紧地抓住，或是在他想去运酒进来的时候。他是少有的正直而且驯良的人，虽然是因为走私的罪到这里来的。他就是那个走私人，身材高大而且健康的小伙子，我在前面已经提到过了；他生性怯懦，惧怕一切，尤其惧怕鞭笞，性情驯良柔和，对待大家十分和蔼，从来不和任何人争吵。但是不管他怎样胆小，由于他生性嗜好走私，抑制不住那种习性，他不能不偷运酒。他和别的厨师们一块儿卖酒，自然他的营业没有像卡津那样的规模，因为他没有过分冒险的勇气。我和这个奥西普相处得很好。至于自备饭食，其实并不需要很多的钱。我不会弄错，如果我说每月我的饭食只要花出去一个银卢布，自然面包不算在内——它是公家的——有时菜汤也不在内，如果我很饿，虽然我对那些菜汤深觉嫌恶，但后来这种嫌恶的感觉，几乎完全消失了。我平常总是买一块儿牛肉，每天一磅。冬天我们这里牛肉的价格非常便宜。牛肉是伤兵们到菜市上买来的——我们的每个狱室里都住着一个伤兵，为了监督秩序，他们自愿每天上菜市去给罪犯们买东西，几乎一点儿费用也不收，至多只取一点儿极少的钱。他们这样做，是为了自身的平静起见，否则他们不能在狱内安身。他们同样地运进一些烟叶、砖茶、牛肉、面包，等等，当然，除了酒之外。没有人请他们运酒进来，虽然有时也请他们喝一点儿。奥西普连着几年老是给我烧制一块相同的烤牛肉。至于这块牛肉烤得味道怎样——这是另一个问题，而且问题也不在这上面。有趣的是我和奥西普在几年内几乎说不上两句话。我有许多次开始和他攀谈，但是他似乎没有维持谈话的能力，有时微笑了一下，或是回答"是"或"否"，也就完了。看着这个像是只有七岁的赫拉克勒斯[①]，确实叫人觉得有点儿奇怪。

---

① 赫拉克勒斯：希腊神话中最著名的英雄之一。

但是，在帮助我的人中，除了奥西普之外，还有苏希洛夫。我不呼唤他，也不寻觅他。他好像自己找到我，被派到我身边来似的；我甚至不记得什么时候，而且怎么会弄成这样的。他开始替我洗衣服。为了这，特地在狱室后面挖了一个大污水坑。罪犯们的衣服就在这水坑上面，公家制就的木桩里洗濯。此外，苏希洛夫自己还千方百计地讨好我，例如，修理我的茶壶，跑来跑去替我办理各种事情，为我寻找什么东西，把我的短大衣拿出去修补，每月给我擦四次鞋油。这一切做得那样地勤劳而且忙乱，仿佛他身上负有很重大的责任，一句话，他完全把自己的命运和我的命运连在一处，把我的一切事情全都承担下来。例如，他从来不说："您有多少衬衫，您的短大衣破了。"却永远说："我们现在有多少衬衫，我们的短大衣破了。"他老是看着我的眼睛，大概认为这是他一生中重要的任务。他没有任何的手艺，大概只从我那里弄到几个戈比。我尽我的能力付给他钱，付出几个小钱，他永远顺从地引为满意。他不能不侍候什么人，他特别选中了我，大概因为我比别人客气些，付钱的时候诚实些。他是那些从来不会发财，从来不会改善自己地位的人之一，他们替赌场望风，整夜站立在外间的寒冷中，倾听院内的每一个声音，生怕少校万一来查，每次只得到五个银戈比，差不多要站一整夜，稍微疏忽大意，往往就会失去一切，而且还要挨一顿揍。我已经说过他们了。这些人的性格特征是：几乎永远在众人面前糟蹋自己的人格，在共同的事业中间扮演甚至还不是二等，却是三等的角色。这一切出于他们的天性。苏希洛夫是一个很可怜的小伙子，性情十分柔顺而且自卑，甚至露出那种受压抑的样子，虽然我们这里谁也没有压抑他，却从天性里是受压抑的。不知什么缘故，我永远可怜他。我甚至一看到他就会生出这种情感来，至于为什么可怜他，我自己也不能回答。我也不能和他谈话，他也不会谈话，可见这对于他是很困难的事，他只在停止了谈话，让他做什么事情，请他到什么地方去跑一趟的时候，才显得活泼起来。我甚至终于相信，我这样做会使他得到快乐。他的个子不高也不矮，他的为人不好也不坏，他不傻也不聪明，不老也不年轻，脸上有点儿雀斑，头发一部分为金黄色。关于他，太确定的话是永远不能说的。只有一点：我这样觉得，而且可以猜到，他属于西罗特金的一类，唯一的原因是由于他唯命是从，受到欺压而不敢反抗。罪犯们有时取笑他，主要是因为他和大队同行到西伯利亚的时候，在途中曾冒名顶替过别人，而且是用一件红衬衫和一个银卢布的代价交换了的。就因为他用微不足道的代价将自己出卖，罪犯们都取笑他。所谓冒名顶替——也就是和某人交换姓名，并因此而交换命运。这件事尽管会使你觉得很奇怪，但确是事实，在我来西伯利亚的时候，这样的事情还继续在被押解的罪犯中间存留着，已成为一种神秘的传统习俗，而且有着一定的形式的。我起初怎么也不敢相信这种事情，可是后来不能不相信了。

事情是这样进行的。譬如说，有一帮罪犯被押送到西伯利亚去。同行的有各色各样的人。有去服苦役的，有上工厂的，也有流放的，大家都一块儿走。在途中的什么地方，比如就是彼尔姆省吧，被流放的人们里，有一个想和另一个交换一下。譬如说，一个姓米哈伊洛夫的，他是杀人犯，或犯了其他的重罪，他认为做许多年的苦工对自己不合算。假设他是一个狡猾的犯人，经历过很多，知道的事情也多，那他就选中同行人中一个比较愚蠢的、容易欺骗的、性格温顺些的某人，他所判的刑罚并不重，或是短期发配到工厂里去，或是苦役犯或者甚至配充苦工，但期限短些。他终于发现了苏希洛夫。苏希洛夫是仆人出身，他只是被判流放。他已经走完了一千五百俄里，自然身边没有一个钱，因为苏希洛夫是从来不会有钱的——他走得十分疲乏、困顿，吃的只是公家的口粮，好吃的东西一点儿也尝不到，穿的也只是公家的衣服，用几个可怜的铜币为代价，侍候着大家。于是，米哈伊洛夫和苏希洛夫攀谈起来，拉拢着他，甚至交上了朋友，最后终于在一个住宿站上请他喝酒。然后问他是否愿意交换？他说：我，米哈伊洛夫犯了这样的罪，被发配到像做苦工，又不像做苦工的地方，到一种"特别部"里去。它虽然也是苦工，但是特别的，也就比较好些。——关于特别部，在它刚成立的时候，甚至在官厅中间大家都很少有知道的，即使在彼得堡的官厅里也不见得会知道得清楚。这是一个与外面隔绝的、偏僻的处所，在西伯利亚的一个角落里，而且人数也不多（我在的时候里面也不过七十来人），所以很难探听到它的消息。我后来遇见许多在西伯利亚服务过，熟悉它情形的人，他们还是初次从我那里听到"特别部"的存在。在《法令全书》中关于它只有六行字："于某狱内设特别部，以监收押最重要之罪犯，真至在西伯利亚另设较重之苦工场所时止。"甚至这个"部"里的罪犯们自己都不知道他们到这里是终身还是有期限的。期限没有规定，只说是至另设较重之苦工场所时止，也就完了，——那就是"走遍各苦工场所"。怪不得无论苏希洛夫或队中任何人都不知道它，连那个被流放的米哈伊洛夫自己也并不例外，他只是从自己所犯的严重的罪行和已经挨过的三四千棍的刑罚来判断"特别部"空间是一个什么地方。因此，他断定自己是不会被发到什么好地方去的，而苏希洛夫不过是流放，还能有比这个更好的事吗？"你愿意不愿意交换呢？"苏希洛夫有点儿醉意，他的头脑是简单的，他对喜欢他的米哈伊洛夫充满了感激，因此不敢一口回绝。况且他已经在队里听见交换是可以的，别人都交换过了，所以这里并没有什么不寻常和从未闻见的地方。于是，事情办妥了。毫无良心的米哈伊洛夫利用苏希洛夫特别简单的头脑，用一件红衬衫和一块银卢布的代价，向他购买了名姓——他立刻把那些东西当着证人们的面交给他。第二天，苏希洛夫酒醒了，但人家又请他酒喝，这时再说拒绝已经不可能了：他取得的一块银卢布已经换了酒喝，红衬衫过了些时候也卖出去了。你不愿意，就要还钱。苏希洛夫从哪里去弄到一个银卢布呢？如果不还，他们那一伙就会逼着他还，他们在这种事情上是十分严厉的。再说既然答应了人家，就应该履行——那帮人也坚持要他这样做的。否则大家会和你过不去。或是痛痛地把你揍一顿，或者简直把你打死，至少会吓唬你一下。

实际上，如果同伙的人们只要有一次容忍这种废弃契约的事情让它含混过去，那么这种替换的把戏就会名存实亡的。如果收到了钱以后可以不履行所答应的话，破坏已经成立的契约，那么以后谁还会再履行呢？总之，这已经成为大伙公认的事情，因此全队的人对于这种事情都十分重视。苏希洛夫终于知道无法挽救，便决定完全答应下来。他们把这事向大家宣布；而且在必要的时候，还应该给某些人一点儿钱，请他们喝点儿酒。他们自然无所谓，不管张三李四，米哈伊洛夫或苏希洛夫到哪里去都可以，既然喝到了酒，吃到了甜头——在他们看来也就没什么可说的了。到了下一个停宿站上，譬如说，点起名来，当点到"米哈伊洛夫"时，苏希洛夫便答应一声："到！"当点到"苏希洛夫"时，米哈伊洛夫便喊了一声："到！"——就这样点下去了。谁也不再讲这件事情。到了托波尔斯克，便对流放犯进行分类："米哈伊洛夫"被送往流放地，而"苏希洛夫"则由加强警卫队押送到特别部。以后就再也没有任何抗议的余地了，而且实际上又能用什么证明呢？这种案件会拖延到多少年？干了这种把戏还会得到什么样的处分？证人在哪里呢？即使有证人，也会矢口否认的。结果是苏希洛夫为了一块银卢布和一件红衬衫而跑到"特别部"里来了。

罪犯们取笑苏希洛夫，并不是因为他和人家替换（虽然大家对以轻罚替换重罚的人们总会看不起，把他当成傻瓜），而是因为他只拿到了一件红衬衫和一块银卢布：那是太微小的一个数目。平常交换是要用去一笔大数目的，这自然是相对的说法。甚至有花几十个卢布的。但是苏希洛夫那样的柔软，那样的不中用，那样的渺小，所以对他进行取笑也似乎大可不必。

我和苏希洛夫处得很久，已经有几年了。他渐渐地十分亲近我，这一点我是看得出来的，所以我对他也就习惯了。但是有一次——我永远不能饶恕自己——他没有办到我托他做的一件什么事情，而且他刚刚从我那里取了钱去，我竟狠心对他说："你瞧苏希洛夫，你用了人家的钱，但是不做事情。"苏希洛夫没有说话，立刻跑去办理我的事情，但是忽然忧郁了起来。过了两天。我心想：他不见得为了我说出那句话而成为这样的。我知道有一个罪犯，他叫安东·瓦西利耶夫，坚决向他索还一点儿小借款。他并没有钱，又怕向我借。第三天，我对他说："苏希洛夫，你大概想向我借钱，拿去还给安东·瓦西利耶夫，是不是？你拿去吧。"我当时坐在铺板上面，苏希洛夫站在我前面。他大概因为我自己肯借钱给他，会想起他的艰难状况来而感到十分惊愕，况且他觉得自己近来从我那里拿了太多的钱，因此再不敢奢望我还会借钱给他。他看了看钱，然后又看了看我，忽然扭转身子，走出去了。这一切使我十分惊愕。我跟着他走出去，在狱室后面找到他。他站在牢狱的栅栏旁边，脸对着围墙，头顶在上面，用手抓住它。"苏希洛夫，您怎么样啦？"我问他。他不看我，我很惊异地看见他那快要哭泣的表情："亚历山大·彼得罗维奇，您……以为……"他用断断续续的声音说，努力向旁边看，"我侍候您……是为了银钱……我我……唉！"他马上又靠在栅栏上面，甚至用额头撞着墙——呜呜地哭泣起来！……我在狱中第一次看见一个哭泣的人。我竭力安慰他，虽然从那天起，他在可能的范围内开始更加勤劳地侍候我、注意我，但是从一些几乎无从捕捉的细节上，我看得出他的心永远不会饶恕我的责备。同时别人取笑他，在遇到一切适当的机会的时候便讥笑他，有时竟狠狠地骂他——但是他和他们处得十分和谐而且友善，从来不生气。是的，认清一个人有时是很困难的，甚至在多年的相交以后！

就为了这个原因，牢狱的生活在我初看一眼时所设想的和以后所感觉到的真正的形式完全不一样。就为了这个原因，我说过，即使用贪婪的、加倍的注意观察一切，也到底不能把放在我眼前的许多事物看得清楚。当然，使我惊愕的起初是重大的、突出的现象，但就是对这些现象，我的看法也不见得正确，而只在我的心灵里留下一些沉重的、绝望的、忧愁的印象。这一切很多是由于我和A相遇的一件事情促成的。他也是罪犯，在我之前不久来到狱里，他在我进狱后的最初几天内给予我特别苦痛的印象。不过我还在未进狱之前，就知道我会在这里和A相遇，他毒化了我的最初的苦役生活，增加了我心灵上的痛苦。我不能不讲到他。

他是一个最令人讨厌的典型，他已经腐化堕落到了极点，可以毫不费力和毫不懊悔地毁灭掉自己的道德感。A是青年的贵族，我在前面已经提到过他，说他把狱内的一切情形报告给我们的少校，又说他和少校的勤务兵费季卡很要好。下面就是他的简历：他没有在任何一所学校毕业过，因为和他的家人吵翻了——他的家人对于他的荒唐的行为深为恐惧——他便跑到彼得堡去，为了弄到几个钱，决定从事卑劣的告密工作，也就是决定出卖十个人的血，以便能够马上满足他对于极粗暴和淫荡的快乐的无可抑制的贪欲。他被彼得堡的纸醉金迷的生活以及市民大街上的烟花巷给迷住了，他变得更加放荡，尽管他并不太蠢，却冒险做出疯狂和无意义的事情。不久，他就被人给揭发了，他把无辜的人们牵拉进他的告密的呈文里去，还把另一些人加以欺骗。为此，法院判他流放到西伯利亚我们的牢狱里来，期限十年。他的年纪还轻，生命对于他才刚刚开始。他的命运中这种可怕的变动似乎该给予他一个打击，将他的天性转到某种抵制、某种变化上去。但是，他一点儿也不惭愧地承受了自己的新命运，甚至一点儿也没有厌恶，并不在它面前进行道德的反省，且一点儿也不恐惧，除去必须做工，还有和酒吧间以及市民大街上那三条烟花巷告别以外。他甚至觉得，苦役犯的头衔使他可以更加放手做更大的卑劣举动和龌龊的行为。

"做苦役犯，就去做苦役犯；既然是苦役犯，那就更可以做出卑劣的举动，不必引为羞耻了。"这就是他的真实看法。我想起这个讨厌的人，把他看作丑恶的现象。我有几年时间生活在杀人犯、色鬼和万恶不赦的凶手中间，但是我可以肯定地说，我一辈子还没有遇见过在道德方面这样完全堕落，这样充满色欲，这样无耻低贱的人。我们这里有一个贵族出身的弑父犯，我已经提过他，但是我从许多事实上和他的性格方面加以观察，深信甚至他也比A正直得多，人道得多。据我在牢狱生活的全部时间内的观察所得，A只是一块肉，带着牙齿和肠胃，具有对于极粗暴的、极兽性的肉体的快乐的无可抑止的贪欲，而为了满足这些快乐中最小的、最狂妄的部分，他可以用最冷静的方式杀人、宰人，总之，做出一切事情，只需把案子的线索藏匿起来就行。我这样说一点儿也不夸张：我对A太了解了。这是一个例子，说明单只肉体的一方面，如内心里不受任何规律，任何法则的节制，会弄到什么样的地步。我看着他那种永久的、嘲弄似的奸笑，真是异常的厌恶。他简直就是一个怪物。再说他又狡猾，又聪明，又漂亮，甚至有点儿学问，且有能力。不，宁可发生火灾，发生时疫和饥馑，绝不要这种人在社会里！我已经说过，狱中一切都弄得那样卑劣，侦探和告密非常流行，而罪犯们竟一点儿也不恼怒。相反地，大家全和A很要好，对待他比对待我们和善得多。我们那个好饮酒的少校之垂青于他，在罪犯们的眼里大大抬高了身价。顺便说一下，他还使少校相信他会画像（他曾使罪犯们相信，他当过近卫军中尉），少校叫他到家里去干活，其实是为了给少校画像。他就在那里和勤务费季卡接近——这费季卡在主人面前很有势力，因此对于狱中的一切人和一切事物都有影响力。A奉了少校的要求监视罪犯的举动，少校醉醺醺地打他脸颊的时候，也用侦探和告密者的名字骂他。少校在揍完之后立刻坐在椅子上，吩咐A继续画像，这是常有的事。我们的少校大概真会相信A是有名的艺术家，简直就是布留洛夫①——他听人家说过这个名字的——但到底认为自己有权打他的脸，意思是说你现在虽然是艺术家，但还是徒刑犯，哪怕你就是布留洛夫，而我总归是你的长官，我想怎样对待你，就怎样对待你。他还让A给他脱皮靴，从卧室内拿出各种器皿来，但到底许久不能抑制A是伟大的艺术家的意念。画像无期限地拖延下去，几乎拖了一年。少校终于想到自己受骗了，在完全相信，画像不但无法完成，反而每天越来越弄得不像他之后，便生了气，把艺术家痛打了一顿，发到狱内去做又累又脏的工作，以示惩罚。A对此显然觉得很惋惜，使他伤心的是，他将失去那些闲暇的日子，吃不到少校桌上的残羹剩饭，离开要好的朋友费季卡，失去他们两人在少校的厨房内烹制的美味，他认为这是十分痛苦的。少校自从把A给撵走之后，便停止压迫米茨基了。米茨基是一个政治犯，A不断在少校面前说他

---

① 布留洛夫（1799—1852）：俄国著名画家，代表作有《庞贝的末日》《意大利的中午》等。

的坏话，而原因是这样的：米茨基在A进监狱时只有一人。他很烦闷，和别的罪犯们合不来，带着恐怖与厌恶看着他们，没有觉察到，也没有认清他们身上可以使自己发生的一切影响，因此始终不能和他们接近。他们也用同样的仇恨回报他，总之，像米茨基那样的人们在狱中的处境是很不妙的。A下狱的原因，米茨基并不知道。相反地，A在猜到他和什么人接触之后，立刻告诉米茨基，他被流放的原因就是被别人告密，和米茨基被流放的原因是一样的。而米茨基对于一个同志，一个志同道合的朋友深为欢迎。他心想他应该很痛苦，因此主动帮助他、安慰他，在他入狱的最初几天内，还把自己最后的钱送给他，给他东西吃，把日常用品分给他。但是A却立刻恨上了他，就因为他的为人正直，因为米茨基看到一切卑鄙龌龊的事物时是那样的吃惊，还因为米茨基和他完全不是同一类人。于是，他马上寻找机会把米茨基过去对他讲过的关于监狱和少校的坏话都报告给了少校。少校因此恨上了米茨基，拼命压迫他，如果没有要塞司令从中干预，他会把米茨基整得更惨。A不但不觉得内疚，在米茨基后来知道了他那种卑劣行为的时候，甚至还有意和米茨基攀谈，带着讪笑看着他。显然，这使他觉得很快乐。米茨基有好几次把A的这种行为指给我看。这个卑鄙的畜生后来竟同一个罪犯和一个卫兵逃跑了，关于逃亡的情节我以后再讲。他起初也跑来拍我的马屁，以为我不知道他的过去。我要重复一句，他这人把我入狱时最初的几天日子毒化了，使我增添更大的烦恼。对于周围那些卑鄙下流的行为，我感到非常害怕，而我却陷进去了。我以为这里的一切人全是那样的卑鄙龌龊。但是，我错了：我用A去判断一切人。

这三天，我怀着烦闷的心情在狱内徘徊，或是躺在自己的铺板上。把公家发给我的粗布交给一个由阿基姆·阿基梅奇指定的、靠得住的罪犯缝一件衬衫，当然必须付钱的（每件衬衫的工钱只有几个小铜币），又依照阿基姆·阿基梅奇坚决的劝告置备了一条可以折叠的褥子（用毛毡制成，四面用粗布包住，十分柔细，像薄饼一般），此外还置备了一个枕头（里面填塞羊毛，由于不习惯，觉得十分坚硬）。阿基姆·阿基梅奇拼命张罗着给我预备这一切东西，亲手给我缝被服——这被服是用公家的旧呢布的碎块拼成的，这些旧呢布全是穿破了的裤子和上衣，由我向别的罪犯们买来的。——公家的东西在期限满后就归罪犯所有；这些东西立刻就在狱内出卖，无论它穿得多么破旧，总归能折成几个钱。刚开始时，我对这一切深为惊异。总之，那时候我与这一社会初次接触。以后我自己也逐渐成为和他们一样的人，一样的徒刑犯了。他们的观念、见解、意识、习惯——仿佛也开始成为我的，至少在形式方面、法律方面是这样，虽然在内心中我并不赞成这些。我既惊奇，又觉得难堪，好像我以前从来没有想过这些，而且也没有听说过。尽管我不但知道，而且也听见。但是现实生活给你的印象，却与道听途说的完全不同。例如，我会不会在以前什么时候想到这种东西，这种旧衣服还能当作东西的？——但是我居然用这些旧衣服给自己缝好了被服！缝制囚衣用的呢布是什么样的品质，那真是难以想象的。外表上它似乎是像呢布，是士兵用的、厚厚的那种；但是它刚用一下，就变为一条拉网，破碎不堪。呢衣是每年发一次，但就在这期限内也是难以应付过去的。罪犯必须工作，背负重物；衣服很快就会被磨破和撕碎。大衣三年发一次，可是在这个期限内，犯人们白天穿着它，晚上还得拿它当垫褥。但是，大衣还是比较结实的，虽然在第三年结束时，也就是规定的期限结束时，在任何罪犯身上看到用普通的粗布来做补丁的大衣是很不稀奇的。虽然如此，即使是穿得很破旧的东西，在规定的期限结束以后，也可以用四十银戈比的价钱卖出去。那些保存得好些的，则可以卖六十戈比，甚至是七十戈比，在狱中，这是极大的一笔款项。

我已经说过，金钱在狱内有着惊人的意义和威力。可以肯定地说，一个罪犯哪怕在狱内稍微有点儿钱，所受的痛苦，也会比完全没有钱的人少很多，虽然后者既有了公家供给的一切，似乎根本不需要钱——这是我们长官的想法。我还要重复一遍，如果罪犯们丧失了有钱的一切机会，他们不是发狂，便会像苍蝇般一一死去（尽管他们在一切方面有了保障），或者做出前所未闻的恶行——有的人是由于烦闷，有的人却为了赶快被处死刑，或被消灭，或用什么方法"改变运命"（行话），如果一个罪犯靠血汗挣得了几个钱，或为了获得它敢于干出一些经常和偷窃与欺诈相类似的异常狡猾的行为，但同时又那样不加考虑地，且持着那种孩子气的无意义的态度把它花去，那么这并不能证明他不珍惜它，虽然乍看上去似乎就是这样。罪犯对于钱贪婪到可惊的地步，到了失去理性的地步，如果在饮酒时果真浪费它，像扔掉碎木片似的，那么他是为了要得到认为比银钱还高一级的那个东西，而对于罪犯来说，抛弃什么东西比银钱还高呢？自由，或对于自由的某些幻想。罪犯们是极大的幻想家。关于这些我以后还要说几句，但是现在既然谈到这个问题，我不妨先说几句：不知读者是否相信，我曾见过一些刑期为二十年的流放犯，他们十分泰然地对我说过这样的话："等一等，但愿我的期限一满，那时候……""罪犯"这个词的全部含义，就是表示一个人没有自由，而花钱的时候他却能行使自己的自由。尽管他的脸上有任何的烙印、脚上有脚镣，还有可恨的栅栏挡住上帝的世界，把他圈住，像笼中的野兽一般，——他还可以弄到酒，那就是获得严厉的被禁止的快乐，还可以享受艳福，甚至有时（虽然不是永远）还可以买通自己最接近的长官、伤兵，甚至士长官，他们都会睁一只眼闭一只眼地看他违犯法律和纪律，甚至还可以对他们傲慢无礼。罪犯们是最喜欢对人傲慢无礼的，那就是在同伴面前装腔作势，哪怕是暂时甚至仅仅使自己相信，他的意志和权力比表面上所显示出来的那个样子要大得多。总之，他可以饮酒、闹脾气、侮辱任何人，对他们证明他一切都做得到，一切都在"我们手里"，那就是使自己相信那种不可能的事情，以宽慰自己。顺便说一句：也许就为了这个原因，在罪犯们身上，甚至在清醒着的时候，也会发现一种普遍的倾向，那就是傲慢无礼，吹大牛，滑稽而且天真地夸大自己的个性，哪怕是虚幻地夸大。最后，在这种饮酒中还含有冒险的意思——那就是说，所有这一切都酷似现实生活，酷似遥远的过去的自由时期。而为了自由，什么样的代价不可以付出呢？试想：有哪一个百万富翁，在被人家用绳索勒住喉咙的时候，不肯将自己的百万家产拿出来，以换取一口空气呢？

长官们有时惊异着，某一个罪犯几年来生活得那样的恭顺，那样的可以做榜样，为了品行可嘉而被派为工头，可是突然之间，简直毫无来由地——好像魔鬼爬到他身上来似的——闹起事来，喝起酒来，吵得不可开交，有时甚至简直会闯出刑事罪来：不是在长官面前显出大不敬，便是打死什么人，或是强奸女人，等等。大家看着他，觉得奇怪。但是这种人身上使人意料不到的、突然爆发的原因，也许就是个性烦闷的、神经质的表现，一种下意识的自我烦恼，一种想表现自己、表现自己屈辱个性的一种愿望，这愿望突然地表现出来，弄到凶狠、暴怒、理智模糊、疯狂、痉挛的地步。好比一个被活埋在棺材里的人苏醒过来时，拼命地敲打他的棺材盖，想努力揭开它，虽然意识会劝导他，他所有的努力将是枉然，但问题的关键在于这并不是理智的问题，而是神经质的表现。我们还要顾虑的是，罪犯的个性方面任何自由的表现，都会被认为是犯罪的；在这种情形之下，无论是大闹还是小闹，当然也就没有什么区别了。既然要喝酒，干脆就尽情地喝——就闹下去吧；既然冒险，就去冒一切的险，甚至去杀人也无妨。只要迈出第一步就行。人一喝了酒，便拦不住了！所以最好是大家安静些，不要使他弄到这个地步。

是的，但怎样才能做到这一点呢？

第六章　第一月（续）

　　我刚进监狱时还有点儿钱，我手里放得不多，生怕被搜了去，所以还藏了一点儿起来，以备万一的需用。那就是把几个卢布糊在《圣经·新约》的封皮里面——这书是可以带进狱内去的。这本书连同糊在里面的钱是那个在流放生活中受过痛苦，忍受了十年以上的徒刑，惯于把一切不幸的人看成自家弟兄的人在托波尔斯克赠送给我的。在西伯利亚，几乎永远不断地有一些人，以弟兄般的热情照顾"不幸的人们"，同情他们，怜悯他们，看成是自己亲生的儿女，发出完全无私心的、神圣的同情，认为这是自己终身的责任。我不能不在这里简单地提起和一个人相遇的情形来。在我们监狱所在的那个城市里住着一位夫人，娜斯塔霞·伊万诺夫娜，她是一个寡妇。当然，我们中间没有人在被关在狱中的时候亲自和她认识。她将帮助被流放的犯人当成自己终身的责任，而照顾得最多的是我们。她的家庭里不知道是不是发生过相同的不幸，或者她特别亲近、特别珍爱的人们中间有人为了同样的罪受过痛苦，不过她认为替我们做一切她能够做到的事情，好像就是她无上的幸福。她当然不能做许多事情，因为她是很穷的。不过我们在狱内的时候，能够感觉到在狱外有一个极忠心的朋友。她还经常把我们十分需要的消息通知我们。我在离开牢狱上别的城市去的时候，到她家里去过，和她当面认识。她住在郊外的一个近亲家里。她不老，也不年轻；不好看，也不难看；甚至无从知道她是否聪明，是否有学问。只是从她的每一个举动中，可以看出那无比的善良，她侍候我们，减轻我们的痛苦，一定要为我们做出一点儿好事的无可抗拒的愿望。这一切全在她安静、善良的眼神里看得出来。我和另一个狱中的同伴在她家时逗留了整整一晚上。她看着我们的眼睛，在我们笑的时候也一起笑着，无论我们说什么话，她总是忙着同意；又忙着拿出她可以拿出来的东西给我们吃，她端出茶，摆上菜，还有一些甜食。如果她有几千块钱，她大概会很高兴，仅仅是因为她能够更加博得我们的喜欢，给予留在狱内的同伴们以更大的便利。临别时，她送给我们每人一个香烟盒，作为纪念。这些香烟盒是她用硬纸板亲手为我们糊成的（谁知道是怎样糊的呢），还用花纸贴在外面，用的就是小学校用简易数学的封面纸（也许真是把一本数学书的封面撕下来糊贴的）。每只香烟盒的周围，为了美观起见，贴上用金色纸制成的细边，她也许是特地上铺子里去把这种纸买来。"你们抽香烟，也许你们用得着的。"她说着，仿佛在为了只能送给我们这样的礼物，而在我们面前畏葸地道歉……有人说（我听到并读到过），对亲近之人最深的爱，同时也就是最大的利己主义。这里究竟有什么利己主义呢——我怎么也不能理解。

我入狱时虽然身边并没有许多钱，但是我当时也不知怎么回事，不能认真地怨恨那些罪犯，他们几乎在我的牢狱生活最初的数小时内，就已经骗过我一次，而以后第二次，第三次，甚至第五次，又天真地跑来向我借钱。然而，我要公开地供认出一桩事情：我深为遗恨的是，我觉得这班人带着那份天真的狡猾，竟把我当成笨蛋和傻瓜，取笑我，因为我第五次借给他们钱。他们一定觉得我受了他们的欺骗，被他们的花言巧语给蒙了；相反地，如果我拒绝他们，驱逐他们，我相信他们会更加尊敬我的。但是无论我怎样怨恨，到底还是不能拒绝他们。我之所以怨恨，是因为在这最初的几天内，我正经地、关切地思索着我在狱内应该持怎样的态度，或者不如说我应该怎样应付他们。我感到而且明白，所有这环境对于我是完全新颖的，我在完全的黑暗中，而在黑暗中活上许多年是不可能的。因此，我必须有所准备。当然，我决定最先应该依照内心的情感和良心所吩咐的直率行事。但是我也知道这只是一套格言，而实际上，在我前面将会出现很多意料不到的情况。

因此，无论我怎样琐细地关心着狱室里的一切布置——我前面已经提到过，多半是阿基姆·阿基梅奇给我引出来的——无论那些布置给我解去若干的愁闷———种可怕的、有毒的烦恼越来越强烈地折磨着我。"死屋！"我对自己说，同时在黄昏中从我们狱室的台阶上面审视那些罪犯，他们已做完了工作回来，懒洋洋地在院中小广场上晃来晃去，从狱室溜到厨房，又从厨房溜出来。我看着他们，努力从他们的脸上和行动上看出他们是什么样的人，他们的性格是怎样的？他们在我面前荡来荡去，有的皱紧眉头，有的十分快乐（这两种表情最为常见，几乎成为苦役犯的特征），有的在那里相互谩骂，有的随便地谈着话，也有的在那里孤独地散步，仿佛陷入沉思中，静静地、从容地散步，有的露出疲劳的、冷淡的神色，另有些人（甚至在这里也有的），露出傲慢的、优越的态度，歪戴着帽子，将大衣披在肩上，露出大胆的、狡猾的眼神和无礼的讪笑。所有这一切便是我所面临的环境，我现在的世界——我想——不管我愿意不愿意，应该和它在一块儿生活下去……我试着向阿基姆·阿基梅奇打听他们的一切。我很喜欢和阿基姆·阿基梅奇在一起喝茶，因为我不愿意独自喝。顺便说一句，茶水在最初的时候几乎成为我唯一的食品。阿基姆·阿基梅奇并不拒绝喝茶还亲自摆弄那个米茨基借给我用的，那只可笑的、用马口铁自制的小茶炊。阿基姆·阿基梅奇通常只喝一杯（他自己也有几只杯子），默默地端端正正地喝着，把杯子还给我的时候，对我道谢，然后立刻动手缝制我的被服。但是，关于我必须打听的那些事情——他说不出来，甚至不明白我对于在我们周围的罪犯们的性格发生特别的兴趣，究竟有什么用意，因此他一面听我说话，一面甚至露出一种我记得很清楚的狡猾的微笑。"不行，我应该自己去探索，因为向别人打听是没有用的。"我心里想。

第四天，就和我那次出去改钉脚镣的时间一样，大清早，罪犯们在狱门旁禁闭室前的小方场上排成两排。在罪犯们的前面和后面——排列着许多兵士，枪里上了子弹，枪口插着刺刀。如果罪犯想逃跑，兵士有权向罪犯们开枪；但如果不在十分必要的时候开枪，他就必须对开枪负责；在罪犯们公然叛变时也是如此。但谁敢公然逃走呢？工程队的军官、工程队的士官、兵士、监工等到来了，点好了名。一部分上裁缝室里去的罪犯们先走；工程队的长官不管他们；他们为监狱内部工作，给全狱的人们裁制衣服。随后是出发到工场里去的，接下来就是出去做普通苦工的。我被安排到二十多个罪犯的一队里出发了。在堡垒后面，冰冻的河上，有两条公家的平底船，因为无用，必须把它拆除，至少为了不使旧木料平白地丢失。其实所有这些旧材料不大值钱，几乎不值什么。城里木材卖得很便宜，周围全是树林。派我们去，几乎是为了不使罪犯们无事可做，这些罪犯自己也是很明白的。他们做起这类工作来，永远是懒洋洋的、没精打采的，但如果工作本身是有意思的、有价值的，尤其在可以要求设定工作范围的时候，便完全不同了。那时他们的情绪就好像被什么事情激发出来了，虽然他们并没有从中得到任何利益，但是我自己看见，他们竟拼命地工作起来，为了把它快快地、好生地做完；甚至把他们的欢心都提起来了。至于现在这个多半是为了形式，而不是为了需要而做的工作，所以很难定出工作范围来，只好工作到打鼓时为止——到上午十一点时打鼓唤大家回去。

这天，天气温暖，有雾，雪有点儿融化。我们一群人走到堡垒后面的河岸上去，锁链微微地叩响着。这些锁链虽然隐藏在衣服里面，但在走每步路时还是会发出柔细的、尖锐的、金属的声音。两三个人分出来到兵器库里去取应用的工具。我和大家一起走着，精神反而甚至仿佛活泼起来了：我要尽快地看到，而且弄明白，究竟是什么样的工作？苦工是什么样的？在我有生以来所干的第一次苦役活，将是怎样的呢？

一切我都记得非常的详细。我们在中途遇见了一个长着满脸胡须的小市民。他止了步，伸手到口袋里去。我们的队伍里立刻有一个罪犯跳了出来，摘下帽子，接受了施舍品——五个戈比，又灵巧地回到自己的队里。小市民画了十字，自己走了。这五个戈比就在那天早晨买了面包，平均分配给全队人吃了。

全队罪犯里有一些人照例是阴郁的、不喜欢说话的，另有一些人冷淡而且提不起劲儿，还有一些人懒洋洋地互相谈话。有一个人不知为什么十分快乐，而且高兴地唱着歌，几乎就在路上跳起舞来，每跳一次，脚链必响一次。他就是那个身材不高，却很结实的罪犯，在我进狱的第一天早晨，他曾和另一个人在洗脸时争吵，因为那人胆敢不假思索地说他是笼中鸟。这个快乐的小伙子名叫斯库拉托夫。他终于唱出那支活泼的小曲，我记得里面的叠句是：

乘我不在时给我娶了亲，

正是我上磨坊的时辰。

只不过缺少一支三弦琴。

他的那种过分快乐的心神自然立刻引起队中几个人的愤激，甚至几乎认为是一种耻辱。

"狗叫起来了！"一个罪犯带着责备的口吻说，其实事情于他是毫不相干的。

"狼唱的一首歌曲，这图拉人①把它抄袭来了！"态度阴郁的人们中有一个这样说着，操着霍霍尔人②的口音。

"就算我是图拉人，"斯库拉托夫立刻反驳，"你们在波尔塔瓦那边净吃面汤，会吃得噎死的。"

"瞎说！你自己吃什么？用草鞋喝菜汤。"

"现在魔鬼要喂你吃子弹。"第三个人说。

"我也实在是娇养惯的人，"斯库拉托夫回答，轻轻地叹息一下，仿佛在惋惜自己的娇生惯养似的，好像他这话是朝着大伙，而不是针对某个人说的，"我从小时候就是吃黑枣和甜面包泡大的（应该是喂养，斯库拉托夫故意把话说得别扭些），我的亲兄弟们现在还在莫斯科开店铺，很走运的，他们全是富商。"

"那你是做什么生意的？"

"我们的出身不同。弟兄们，当时我赚到了最初的二百……"

"难道是卢布吗？"有一个人在听到了这些钱之后，甚至抖索了一下，然后好奇地抢上去问。

"不，亲爱的，不是卢布，而是棍子。卢卡呀，卢卡！"

"有的人可以叫卢卡，你应该叫卢卡·库兹米奇。"一个又瘦又矮，鼻子很尖的罪犯不乐意地说。

---

① 图拉人：少数民族对俄罗斯人的称谓，带有贬义。
② 霍霍尔人：俄罗斯人对乌克兰人的称谓，带有贬义。

"唔，卢卡·库兹米奇，就依你吧。"

"有的人可以叫卢卡·库兹米奇，但是你应该叫一声叔叔。"

"谁管你叫叔叔！我本来想说一句好话的。是这么一件事。我在莫斯科住了不久，就出事了。在挨了十五记马鞭，我就被押解出境。于是我……"

"为了什么事情被押解出境……"一个人插上去说。他很用心地倾听别人讲话。

"不要上拘留所去，不要喝槽里的水，少管闲事；且说我来不及在莫斯科真正地发财。但是我真的很愿意，真的很愿意成为富人。我真的是在想这件事情，我简直不知道怎么说。"

许多人都笑了。斯库拉托夫显然属于那类出于自顾取乐的人，或者不如说是小丑，他们似乎把博得那些阴郁的同伴的快乐当成是自己的责任，但是，他们除了挨骂之外，其他的什么也得不到。他属于那种特别的、有趣的典型，我也许还要讲到这类典型的人物。

"现在人家不必去猎取海貂，只要猎取你就行，"卢卡·库兹米奇说，"你瞧，单单这件衣服就值一百卢布。"

斯库拉托夫身上穿着极旧、极破的大衣，浑身上下都有补丁凸出着。他用十分冷淡，但极专注的态度朝他从上到下打量了一遍。

"但是脑袋还值钱，弟兄们，脑袋还值钱！"他回答，"我和莫斯科作别，我的心里还很欣慰，因为脑袋是随我一块儿走的。再见吧，莫斯科，谢谢你的浴堂和自由的精神！那件大衣你不必去看，亲爱的……"

"那么要看你的脑袋吗？"

"他的脑袋不是自己的，而是别人施舍给的，"卢卡又闹起来了，"是他跟大家一起发配到秋明时，别人施舍给他的。"

"斯库拉托夫，你不是有手艺吗？"

"什么手艺？他做过领路人，给瞎子带过路，拖过尸体，"一个皱着眉的人说，"这就是他的全部手艺。"

"我真是试过缝一双皮靴，"斯库拉托夫回答，完全没有注意到带刺的话语，"一共缝好了一双。"

"怎么样？是有报酬的吗？"

"竟会闯出来这么一个人，连上帝都不怕，对父母都不孝顺；但愿上帝惩罚他——是的，他竟来购买我的劳力。"

在斯库拉托夫周围的人们全笑得前仰后合。

"后来又做了一次工，就在那里，"斯库拉托夫十分冷静地继续说下去，"给中尉斯捷潘·费多雷奇，波莫尔采夫缝纽扣。"

"怎么？他满意吗？"

"不，弟兄们，并不满意。简直骂得我狗血喷头，还用膝盖从后面撞我。把他给气坏了——唉！我的生活欺骗了我，苦工的生活欺骗了我！"

你稍微等一等呀，

阿库林娜的丈夫来了。

他又出人意料地唱起歌来，一面跳，一面踏脚。

"这家伙，真是太不像话了！"在我身旁走着的霍霍尔人嘟囔着说，露出凶恶的鄙夷，斜看他一眼。

"没用的人！"另一个人用坚决的、严肃的口气说。

我根本不明白他们为什么恼恨斯库拉托夫，而且一般说来，为什么所有快乐的人，像我在这最初的几天内所看到的，仿佛都处于被鄙视之列？

霍霍尔人和其他人的愤怒我起先归到个性的不同上去。但这并不是因为个性，而是另一种愤怒，为了斯库拉托夫没有坚忍性，没有自我尊贵的严肃的、虚假的外表（这种假尊严，是全狱的罪犯所通行着的且谨守至迂腐的地步），一句话为了他是"没用"的人（照他们的说法），但是他们并不恼恨一切快乐的人，并不都像对待斯库拉托夫和跟他相类的人那样，对待一切快乐的人。一个善良的、没有进取心的人，只要允许人家欺骗自己，便立刻遭受人家的轻蔑。这使我很惊讶。但是快乐的人们中间也会有喜欢并且善于反唇相讥、不肯对任何人让步的人——这种人会迫使别人尊敬他们。在这一堆人中，便有一个不肯让人的，但实际上是极快乐，而且极可爱的人（我后来才晓得他是这样的），他的身材高大，而且仪表堂堂，脸上有一撮毫毛，表情非常滑稽，但还算漂亮，而且显得很机灵。大家都称他为工兵，因为他以前曾经充当过工兵；现在却被关在特别部里。关于这个人，以后我还要谈到他。

然而，并不是所有"严肃"的人全都是那样的易于冲动，像那个对于快乐十分愤激的霍霍尔人似的。徒刑犯中有几个人企图取得领导地位，希望知道一切事情，想施展出自己机敏和聪明的个性来。这类人中有许多确是聪明的、具有个性的人，确可达到他们所企图的一切，那就是在同伴们中间取得领导的地位，并且对他们产生极大的精神上的影响。这些聪明人彼此之间经常是极大的仇敌——他们中间每个人都有许多仇恨的人。他们带着尊严，甚至带着宽容，看着其他的罪犯们，不进行无谓的争吵，在长官看来品行都很好，在干活的时候仿佛是指挥人，他们中间没有一个人，譬如说，会为了别人唱歌而吹毛求疵；他们是不会降低身份到这种琐细事情上去的。在所有徒刑的持续期内，这类人对我都很客气，但是他们不是很喜欢说话，似乎也是为了保持尊严。对于他们我也要详细地谈一下。

我们来到河岸旁。在下面的河上，放着一只冻在冰中的旧平底船，我们要把它拆毁。在河的对岸是一片蔚蓝色的沙原。景色是阴郁的、空旷的，我等候大家都奔过去干活，但是他们好像没有这样。有些人坐在横放在岸旁的木头上面；大家几乎都从皮靴里掏出烟袋，里面盛着土制的烟叶（这些烟叶在菜市上每磅卖三个戈比），且纷纷掏出自制的小烟斗。他们点燃烟斗抽吸着；卫兵们把我们团团围住，开始用极沉闷的态度监视着我们。

"谁想着要拆这平底船的？"有一个人似在自言自语地说，并没有针对任何人，"是不是想得到点儿木片？"

"出这个主意的是那个不怕我们的人。"另一个人说。

"这群乡下人往哪里去？"第一个人沉默了一会儿，又问道，显然没有注意到对于他以前问题的回答，指着远处的一群乡下人，他们在整片的雪地上鱼贯地走到什么地方去。大家懒懒地转身朝对岸看着，由于无事可做，开始取笑他们。乡下人里有一个，最后的一个，走得似乎特别可笑，摆着双手，头侧在一边，顶着一顶高顶帽，像荞麦糕一般。他的整个身形在白雪上面完整地、清楚地显露出来。

"瞧，这家伙这样戴帽子！"一个人学着乡下人的口气说道。有趣的是罪犯们总是傲慢地望着农人们，虽然他们中间有一半是农人出身。

"你们瞧，最后的那个，走起路来，像栽萝卜。"

"他是脑袋很笨的人，他的钱很多。"第三个人说。

大家都笑了，但似乎也是懒懒的，仿佛不乐意似的。这时，一个卖面包的女人走过来。她是一个活泼、快乐的乡下女人。

我们于是将别人施舍的那五个戈比向她买了一些面包，大家立刻平分来吃了。

那个在狱内贩卖面包的年轻小伙子取了二十个面包，一味地和她讨价还价，想白拿三个，而不是像平常一样只拿两个。但是卖面包的女人不答应。

　　"还少一个，你给不给？"

　　"哪一个？"

　　"就是老鼠都不吃的那个。"

　　"你要死呀！"乡下女人尖声地叫着，然后笑了起来。

　　终于发现了监工，一个士官，手里持着小棍。

　　"喂，你们为什么坐了下来？快干活！"

　　"伊万·马特维伊奇，你定一个工作范围给我们吧。"一个属于"头目"级别的人说，慢悠悠地从座位上站起来。

　　"为什么在分发的时候不问一下？把那平底船拆完，这就是工作范围。"

　　大家终于勉勉强强地站了起来，拖着脚步走到河上去。队里立刻发现了"指挥者"，至少是口头上的。原来平底船是不应该乱砍一顿的，而是应该尽可能地保存完整的木头，尤其是那用木钉钉在船底上的横弯木——这是一件费时而且枯燥的工作。

　　"先应该把这木头拆走。动手吧，弟兄们！"一个人说着，他不是首领，也不是指挥者，不过是普通的苦工，平时总是不言不语的，很安静的，刚才也一直沉默寡言。他俯下身子用手抱住一根厚木头，等着帮忙的人。但是谁也不帮他的忙。

　　"是的，你会抬起来的！你抬不起来，连你的祖父，你这狗熊的祖父来也抬不起来的！"有人从牙缝里嘟哝着。

　　"那怎么办？弟兄们，怎么开始？我真是不知道……"那个显得惶惑的、好出风头的人说，把木头扔下，抬起身来。

"那么多的工作，你既然做不完……又何必那样勤快呢？"

"粮食是分给三只鸡吃的，你倒首先跑上去了……这急样儿！"

"弟兄们，我没有什么，"那个显出惶惑样子的人说，"我不过是这样……"

"怎么，要我在你们身上套起来吗？要不要我把你们腌起来，留着过冬？"监工重又喊叫起来，带着疑惑的表情看着这不知道怎样着手的二十个人。"快干！快点儿！"

"快是做不成功的，伊万·马特维伊奇。"

"但是你一点儿也没有做事呀！喂！萨维利耶夫！我对你说，你站在这里做什么？眼睛瞧什么？……开始吧！"

"叫我一个人怎么做呢？"

"请您把工作范围说一下吧，伊万·马特维伊奇。"

"说过了，没有范围。把平底船全都拆掉，就回家。开始吧！"

大家终于开始干活了，但是都显得懒懒的、不乐意的、笨手笨脚的。看着这一堆强壮、粗笨的工人好像根本不明白应该怎样动手，甚至会使人觉得可恨。刚动手拉出第一根极小的弯木——原来它"自己折断了"，他们把它送给监工看时这样辩解着；因此这样工作是不行的，必须用别种方法。他们彼此间商量了半天，应该用另外的什么方法去做，怎么做呢？于是渐渐地弄到了相互谩骂的地步，甚至还闹到不可收拾的地步……监工又喊嚷了一声，挥起棍子来；但是弯木又折断了。后来弄明白是斧头太少，还应该取点儿家伙来。于是，立刻派了两个小伙子，由卫兵押送着上堡垒去取家伙。在等待时，其余的人们全都安静地坐在平底船上面，掏出烟斗，又抽起烟来。

监工终于唾了一口痰。

"反正工作会等着你们的！你们这种人呀，你们这种人呀！"他生气地嘟囔着，甩了甩手，一边挥着小棍，一边上堡垒里去了。

一小时后，指导员来了。他平静地倾听了罪犯们的讲述以后，宣布今天的工作范围是再掘出四根弯木，但是必须是完整的，不能弄断，此外还吩咐拆除一大部分的材料，做完以后就可以回家。这个工作范围是很大的，但是天哪，他们竟就此动起手来了！那股懒劲儿，那些迟疑的态度到哪里去了呢？斧子叩响了，开始掘出木钉来。余下的人们先把些粗杆放在下面，用二十只手压上去，活泼而且熟练地把弯木掘了出来，而且是掘得很完整，没有损折，这使我感到很惊异。工作热烈地进行着。大家忽然似乎异常聪明起来。没有多余的话语，没有辱骂的言语，大家全知道说什么话，做什么事情，往什么地方放，出什么主意。在打鼓的半小时以前，限定的工作范围就完成了，罪犯们走回家去，十分疲劳，但完全满意，虽然一共只比规定的时间少用了半小时。然而，关于我，却被我发现了一种特别的情形：无论我到什么地方帮助他们工作，我总是到处不合适，到处妨碍人，到处被人们轰开，且几乎挨骂。

即使是最差的一个懒货，他自己工作得很差，不敢在比他能干和懂事的别的罪犯面前说出半句话来，也认为他有权利呵斥我，以我妨碍他的工作为借口，如果我站在他身旁的话。终于在干练的人们中间的一个直率而且粗暴的人对我说："你到哪里去？走开吧！何必到用不着你的地方去呀。"

"正是这样了！"另一个人立刻抢上去说。

"你最好取一只罐头，"第三个人对我说，"跑去募捐建筑石头房子或酒店，这里没有你可做的事情。"

我只好站在一边，但当大家都在工作的时候，你独自站在旁边，似乎在良心上有点儿过不去。不过后来我果真遇到，当我站在船边上的时候，立刻有人喊："瞧！派了这种人来！对这种人有什么办法？简直没有办法！"

　　这一切当然是故意的，因为这可以博得大家的一笑。必须捉弄一下以前的贵族，他们为了得到这个机会而感到高兴。

　　现在可以明白，为什么我以前说，我进狱时的第一个问题是我应该持什么态度，且怎样应对这类人的问题，我预感到，我和他们的冲突，像现在工作时的情形是经常会发生的。但是，尽管有冲突，我还是决定不改变我的行动计划，这计划在那当时也有一部分已经想好了。我知道它是对的。那就是我决定应该保持越直率越好、越自由越好的态度，不露出愿意和他们特别接近的意思；但是并不拒绝他们，如果他们自己愿意来接近我。绝不惧怕他们的恐吓和仇恨，尽可能地做出不在意的样子。在某些场合绝不和他们接近，并且不对他们的一些习惯和风俗作任何让步。一句话——自己绝不强求完全加入他们那一伙里去。我乍看一眼，就猜到他们首先会为了这个看不起我。但是照他们的见解看来（我后来确切地弄明白了），我甚至应该在他们面前保持和尊重我的贵族的出身，那就是做出逍遥自在的样子，故意装腔作势，嫌他们脏，走一步路就哼一声，且不肯正经做事。他们心目中的贵族就是这样的。他们自然会为了这个骂我，但是背地里却尊重我。这样的角色是我做不来的；我永远没有做过他们眼中的那种贵族；但是我决定不作任何让步，在他们面前贬低我的学识和我的思想。如果我为了取悦于他们，拍他们马屁，奉承他们，赞成他们，和他们亲近，想出各种方法使他们同情我，他们立刻会猜到我之所以这样做，乃是由于恐怖与怯懦，便会有看不起我的心思。A就是一个例子：他上少校那里去，他们反而惧怕他。从另一方面讲，我不愿在他们面前露出冷淡的、不可接近的谦恭有礼的态度，也就是像波兰人那样的做法。我现在看得很清楚，他们看不起我，因为我想干活，和他们一样，并不在他们面前做出逍遥自在的样子，而且不装腔作势。虽然我一定知道他们以后会被迫改变他们对我的看法。但是，一想到他们现在好像还有权看不起我，以及我在干活时奉承他们，这使我感到十分不快。

傍晚，在下午的工作完毕以后，我回到狱里去，身子异常累乏的时候，可怕的烦恼重又侵袭我。"还有好几千这样的日子在前面，"我心想，"全是相同的，全是一样的！"在天色已近黄昏的时候，我独自默默地在狱室后面围墙旁边闲荡，忽然看见我们的那只小球一直跑到我面前来。小球是我们狱里的狗，好比营团里、炮兵队里、骑兵队里也有自己的狗一样。它在很久之前就住在狱内，不属于任何人，它把大家认作主人，用厨房里遗弃下来的东西做食料。这是一只极大的狗，黑里带白点儿，属于看院狗的那种，年纪不是很大，有一双聪明的眼睛，一条毛茸茸的尾巴。从来没有人抚慰它，从来没有人对它注意过。但是我从第一天上就抚摸它，从手里丢给它面包吃。我抚摸它的时候，它驯服地、和蔼地看着我，轻轻地摇尾巴，表示愉快的意思。现在，它有很长时间没有看见我——几年来想到抚慰它的第一个人——因此跑来跑去，在许多人中间寻找我，在狱室后面一找到我，便发出一声尖叫，跑来迎接我。我不知道这在我的心里发生了什么影响，但是我竟跑过去吻它，我抱住它的头；它的前脚搁到我的肩上，开始舐我的脸。"原来命运送给我这样的一个朋友！"我心里想。后来，每次在我痛苦的、阴郁的时候（在这入狱的初期），我只要做完工作回来，必不拐到任何别的地方去，而先到狱室后面，带着在我面前跳跃着，喜欢得尖叫的小球，抱住它的头，一直地吻着，吻着。这时，一种甜蜜的，同时又是痛苦的、悲哀的情感搔痒我的心。我记得，我仿佛在自己面前夸耀自己的痛苦，心里甚至觉得愉快地想着，现在对于我来说，全世界只有一个生物喜欢我，依恋我，成为我的朋友，我的唯一的朋友——我的忠实的狗儿小球。

第七章 新交——彼得罗夫

时间一天天过去，我也渐渐地开始习惯了。我的新生活中的日常现象一天天地使我感觉十分的不安。对于所发生的事件，对于身边的环境和人物，我都已经司空见惯了。安于这种生活是不可能的，但是却不能不把它视为无可避免的事实。在我心里存留着的一切疑惧，我藏得尽可能地深。我在狱内已经不再像丢了魂似的，整天彷徨不安了，也不再露出自己的烦闷。罪犯们那异常好奇的眼神已不再在我身上经常停留，不再用虚假的无礼的态度注视我。我在他们看来显然变得很寻常了——这是我很喜欢的。我在狱内来回地走着，好像在自己家里一样，知道铺板上自己的位置，甚至习惯了那些先前以为一辈子都不会习惯的那些事物。我每星期必前去剃光半边的头。为了这个，每星期六在休息的时间内，我们轮流地被传唤着从狱内到禁闭室里去（不愿意去的，自己找人帮忙剃），军营里来的理发师用冷肥皂水洗我们的头，用极钝的剃刀毫不怜惜地刮着。现在回想起这种苦刑的时候，皮肤上甚至像通过一股冷气。然而，不久我就发现了一种补救的办法：阿基姆·阿基梅奇给我介绍了一个属于军事犯的犯人，他以一个戈比的价钱用自己的剃刀给任何人剃头，就以这个作为他的职业。罪犯中许多人都上他那里去，以躲避公家的理发师，其实他们也并不是娇柔的人。他们称我们的军事犯理发师为少校——至于为什么——我不知道，而且他哪些地方像少校——我也说不出来。现在，当我写这段手记的时候，我在臆想中看到这个少校，是一个高高的、瘦瘦的、沉默的小伙子，非常愚笨，永远专心地做自己的事情，手里总是持着一条皮革，在上面成天到晚磨着那把已经磨得无法再磨的剃刀，好像把整个身心都放在这个工作上面，显然他把这个视为他一生的责任。当他把剃刀磨得很锋利，又正好有人来剃头的时候，他真是十分满意：他那里的肥皂水是温暖的，手法是轻柔的，剃上去像接触着天鹅绒那样的柔滑。他对自己的手艺显然感到愉快和骄傲，因此他总是露出满不在乎的神气接受每一个戈比，仿佛他剃头完全是一种艺术行为，而不是为了一个戈比似的。有一次，A吃了我们那位真正的少校极大的苦头，在他对少校报告狱内的情形，提起了我们狱里的理发师的名字时，一不谨慎，便称他为少校了。于是，那个真少校狂怒起来，生气到了极点。"你知不知道，你这混蛋，什么叫作少校！"他喊着，嘴边喷着泡沫，一面用自己的方法惩罚A，"你明白不明白，少校是什么？一个坏的徒刑犯，你竟敢称他为少校，而且当着我的面前说出来……"只有A才能够和这种人合得来。

从我入狱的第一天起，我就开始幻想着我的自由。用许许多多不同的方式和比例计算我的刑期将于何时告终，成为我最喜欢做的一件工作。我甚至不能想其他的问题，我深信每个有期限地丧失了自由的人都会这样做的。我不知道罪犯们是不是也像我那样地思索和计算，但是他们的希望那样的轻率，从最初就使我感到惊愕。一个被监禁、被剥夺了自由的人的希望，与真正生活着的自由人的希望是完全不相同的。自由的人当然也有希望（譬如希望环境的改善，希望实现某种计划），但是他生活着，他行动着：真正的生活旋涡把他完全吸引去了。但囚犯却不同，当然，这里也是一种生活——牢狱中的徒刑生活。但是，无论他是什么样的徒刑犯，他被流放若干年之后，都本能地不会对自己当前的处境感到满意，也绝不认为自己的命运已经最后决定，已经成为现实生活的一部分。每个罪犯感到他不是住在自己家里，而且好像外出做客。他仿佛把二十年当作两年，完全相信他在五十五岁出狱时还会像现在三十五岁那样的年轻。"我们还要生活下去的！"他心想，把一切的疑惑和其他可恼恨的意念固执地从自己的心里驱走。甚至被处无期徒刑的，属于特别部的人们，有时也会希望，或者凑巧，忽然从彼得堡下来一道命令："转送到涅尔琴斯克铁矿去，且另定刑期。"那时候就好了：第一，到涅尔琴斯克去，几乎要走半年，结队走路总比在狱内囚居好得多！以后在涅尔琴斯克住满刑期，那时候……有些白发的老人居然也会有这样的希望！

我在托波尔斯克看见过钉在墙上的人。他被一俄丈长的锁链系住，板床就在他的身边。他因为犯一桩太可怕的、在西伯利亚干下了的重罪而被钉起来。有坐五年，也有坐十年的。大半属于强盗的一类。我在他们中间仿佛只看见一个是上等人，他以前做过什么官。他静静地、低声地说话；他的微笑是甜蜜的。他把锁链给我们看，表示应该怎样在床上躺得舒适些。连他们大概也怀着一种特别的心理！他们都很恭顺地过着日子，表面上似乎很满足，但每人都很想尽快地坐满自己的期限。好像是为了什么？其实就是为了这个。为了可以从有臭气的、冷湿的屋内，低矮的、用砖制成的板顶的屋内走出去，在监狱的院子里走两步……就是这样。狱外是永远不会放他出去的了。他自己知道从锁链上解下来的人们将永远被监禁在狱内，一直到他死亡为止，而且一直用脚链锁住。他知道这个，但是他还是很想尽快服完自己戴铁链的刑期。要知道，如果没有这个愿望，他能不能被锁链系上五六年而不死去，或发疯呢？谁能这样坐下去呢？

我感到工作可以拯救我，使我的身体强健起来。心灵上时时的不安、精神上的懊恼、狱室内龌龊的空气会把我完全摧毁。"得经常在清新的空气里，每天使身体疲劳，学会负担重物——至少我可以救我自己。"我常常这样想，"使自己强壮起来，在出狱的时候成为健康、强壮、勇毅，而且不显得苍老。"我没有弄错，工作和运动对我很有益处。我带着恐惧看我的一个同伴（贵族出身），在狱内如何像一根蜡烛似的熄灭下去。他和我一块儿进狱时，他年纪还很轻，长得很漂亮，精神抖擞，但是出狱的时候身体业已成为半残废，头发斑白，两腿不能走路，胸间发出喘息。"不行，"我看着他的时候，心里想，"我想生活下去，我要生活下去。"但是，刚开始的时候，我因为喜欢干活，受到同狱人的许多气，他们很多时候用鄙夷和嘲笑对待我。但是我不管任何人，继续鼓起勇气，精神抖擞地前去干活，譬如说，哪怕就是去烧炙和捣碎雪花石膏——那是我首先会做的一项工作。这是轻松的工作。工程方面的长官在可能范围内，准备给贵族们减轻工作，这并不是纵容，而是合理的办法。要一个体力差一半，且从来没有干过体力活的人，去做那种分配给真正的工人的工作，才是不合理的。但是这种"照顾"的举动并不是永远实行着，甚至仿佛像在暗中实行着的；对于这些，上面监督得很严。经常不能不做点儿重活，那时候贵族们自然会感到加倍的沉重。普通总是派三四个人去抢碎雪花石膏，挑些或是老人或是没有力气的人，自然我们也在其中。另外还加派一个真正的内行工人。平常，连着几年来，总是派那个阿尔马佐夫去。他是一个态度严厉、脸色阴黑、身材很瘦的人，已经上了年纪，不好交际，且喜欢唠叨。他深深地鄙视我们。不过他太不喜欢谈话，甚至会弄到懒得骂我们的地步。烧炙和捣碎雪花石膏的那间草房在空旷而且倾斜的河岸上。冬天，尤其在阴暗的日子里，看着这河水和对面辽远的河岸是很无趣的。在这荒凉的、空旷的景色中，有一点儿烦恼的、割裂人心胸的什么。但是在无尽的、白茫茫的雪上鲜明地照耀着太阳的时候，几乎更加使人感到难受些；真想飞到这沙原的什么地方去——这沙原从对岸开始向南方伸展开去，像一条不断的地毯，有一千五百俄里长。阿尔马佐夫平常总是默默地、严肃地动手干活；我们好像为了不能真正地帮他的忙而感到惭愧，他也故意独自做着，故意不要求我们给予任何的帮助，仿佛就为了使我们感到在他面前有错，且使我们为我们自身的无用而忏悔着。其实，全部的事情就在于把火炉生旺，以烧炙我们给他拖来、堆在火炉里的雪花石膏。第二天，等到雪花石膏已经完全被烧炙的时候，开始从火炉里把它搬出来。我们每人取了沉重的铁锤，用雪花石膏堆成一个特别的匣子，然后开始把它砸碎。这是一项很有趣的工作。脆薄的石膏很快就会变为白色的、闪烁的灰尘，那样轻便地、容易地被捣得粉碎。我们挥动着沉重的铁锤，打出那种爆裂的声音，使自己听着都觉得有趣。我们终于累乏了，同时心里觉得轻松。脸颊涨红着，血在血管里流动得更快了。那时，阿尔马佐夫也开始宽容地看着我们，像看着小孩子一般；他闲适地抽吸烟斗，但是在他必须说话的时候，到底不能不嘟哝着。不过他对待大家都是这样，实际上他可能是一个善良的人。

我被派遣的另一项工作是在工场中旋转磨轮。那轮子又大又沉，必须用很大的力量去转动它，尤其在一个车床工人（工程队的工匠）为了给某位长官做家具而旋转楼梯栏杆或桌腿的时候，往往需要旋转整条的原木。在这种情形下，单靠一个人旋转是不行的，通常总是派两个人——我，还有贵族中的另一个——B。因此，在几年之内，只要需要旋转什么东西的时候，总是由我们担任。B是身体虚弱、气力不大的人，年纪还轻，肺部有病。他比我先进狱一年，和两个同伴一块儿进狱的——一个是老人，在狱内日夜祷告上帝（因此罪犯们很尊敬他），后来他死去了；还有一个是精神饱满、脸色红润、富有力量和胆量的青年，在途中背过走得累乏的B，连续背了七百俄里。B这人有极好的学问，生性正直，具有宽厚的性格，但已被疾病磨坏了。我们两人一块儿负责这转轮，这甚至使我们两人都感觉有兴趣。这工作给予我极好的运动。

我也特别喜欢扫雪。这通常总在暴风雪以后，经常在冬天。在下了一昼夜的暴风雪以后，雪把有些房屋的窗子埋没一半，有时把房屋几乎完全埋没了。在暴风雪停止，太阳露出来的时候，我们成群地从狱中被驱赶出来，有时竟打发全狱的犯人出来——清除公家房屋旁边的雪堆。每人发给一把铲子，给大家设定一个工作范围，有时这范围之大曾使你奇怪怎么能够完成得了。于是大家齐心协力地动起手来。刚下过的雪是松软的，上面薄薄地冻了一层的雪，很容易被铲子掘起来，成为一大块儿，然后向四周抛掷着，在空中就变成白色的灰尘一般。罪犯们几乎永远快乐地做这项工作，冬天里新鲜的空气和运动使他们热起来了。大家显得快乐些；传出了笑声、呼喊声，以及俏皮话。开始玩打雪仗的游戏，在过了一分钟之后，自然免不了会有人对大家的欢笑与快乐深为愤激，因此呵斥起来，于是便以一顿咒骂来结束这场欢愉。

我渐渐地开始把我的交友范围扩展开来。其实我自己并不想结识朋友，我还是那样的不安、阴郁。我的交友是自然而然地开始的。最先访问我的是罪犯彼得罗夫。我说的就是"访问"这两个字而且特别着重这两个字，因为彼得罗夫住在特别部里，是在离我极远的狱室内。我们中间显然绝不会有任何的关系；我们根本没有过，也不会有一点儿共同的地方。然而，在我进狱的初期，彼得罗夫仿佛几乎每天都上我狱室里来看我，视为他的责任，或者在休息时候，趁我在狱室后面散步时叫住我，而且尽可能地避开一切人的眼睛。我起初感到不愉快。但是，他似乎会弄得使我对于他的访问发生兴趣，虽然他并不是那种特别豁达，而且善于交际的人。从外表上看，他身材不高，但体格健壮，举止灵巧，显得有些浮躁，一副十分愉快的脸庞，脸色灰白，额骨宽广，带着勇敢的眼神，他有一口白色的、细小的牙齿，下唇永远含着一点儿磨细的烟叶。把烟叶放在嘴里咀嚼，已经成为许多徒刑犯的习惯。他显得比实际的岁数年轻，他有四十岁，但样子却像只有三十岁。他和我说话永远很自然，保持着和我相等的态度，那就是极正经，而且很有礼貌。如果他看出，譬如说，我愿意一个人的时候，那么他在和我讲了两分钟以后，立刻离开我，且每次必对我道谢，自然他从来不曾对狱中任何人这样做的。有趣的是，我们中间这样的关系不仅在最初的几天内继续着，且竟延长了几年之久，却几乎并没有变得更加接近些，虽然他确实对我很忠实。我现在甚至还不能断定：他需要我的究竟是什么，他为什么每天到我这里来？他后来虽然曾偷过我什么东西，但是他是偶然的行窃；他几乎从来不向我借钱，所以他并不是为了银钱或为了什么目的而来的。

我也不知道什么原因，但是我总觉得他好像并不和我一块儿住在狱内，而是住在城里的另一所房屋里，而且他只是偶然到狱内来探望我，为了探听一点儿新闻，问我的近况，看一看我们大家怎样生活着。他永远忙着想上什么地方去，好像他在什么地方把某人遗留了下来，人家在那里等着他，好像他在什么地方没有做完什么事情，同时又好像并不怎么忙乱。他的眼神也是那样奇怪的：凝聚而带着勇敢和一点儿嘲笑的神气，但是他似乎越过眼前的东西向远处看着；他仿佛从放在他眼前的那个对象的背后努力看着远方的另一个对象。这给他增加了一种散漫的神色。我有时故意看一看：彼得罗夫从我那里离开后，又到什么地方去？人家在什么地方等着他？但是他从我那里走到一间狱室里或厨房里去，坐在一些谈着话的什么人的身旁，注意地倾听着，有时自己也参加谈话，甚至很热烈，然后忽然似乎中断了，彼此沉默着。但是，尽管他说话，或是默默地坐着，却总可以看出他不过是偶然的，他在什么地方还有事情，有人等着他。最奇怪的是，他从来没有任何事情；他生活在完全的闲暇中（当然除去公家的工作以外）。他没有任何手艺，他手里几乎永远没有钱。他对于银钱也有点儿忧愁。他和我说些什么呢？他的谈话也和他本人一样的奇特。譬如说，他看见我一入狱后在什么地方散步，忽然一直转到我这来了。他走路总是很快，转身也总是很突然。他一步步地走来，但好像是跑来似的。

"您好呀。"

"好呀。"

"我不妨碍您吗？"

"不。"

"我想问您关于拿破仑①的事情。他和那个在十九年上来过的那个是亲属吗？"（彼得罗夫是军人的儿子，且识字。）

"是亲属。"

"听说他是什么总统？"

他问得很快，十分急促，他仿佛急于想赶快打听出一些什么来。他好像为了某件刻不容缓的、很重要的事情，想调查明白一般。

我解释着他是什么样的总统，并且补充地说他也许不久将成为皇帝。

"那是怎么回事？"

我尽我的能力把这个问题解释了一番。彼得罗夫注意地听着，十分了解，而且很快地记在心里，甚至把耳朵侧近到我的身边来。

"唔……我想问您一声，亚历山大·彼得罗维奇，听说有一种猴子，

---

① 拿破仑：此处指路易·拿破仑·波拿巴（1808 年 4 月 20 日—1873 年 1 月 9 日），曾担任总统，后又建立法兰西第二帝国，又称拿破仑三世。

手达到脚趾那里，有一个身材高大的人那样的长，是不是？"

"是的，有这样的猴子。"

"那是什么样的？"

我尽我所知道的解释给他听。

"它们住在什么地方？"

"在热带的地方。苏门答腊岛上也有。"

"这是在美洲吗？听说那边的人们走路时都是头朝下，是不是？"

"不是头朝下。您问的是关于对跖人①的话。"我解释美洲是什么地方，还尽可能地解释所谓的跖人是什么意思。他也是十分注意地听着，仿佛单只为了对跖人而故意跑来似的。

"啊！我去年读到了一部关于拉瓦里尔伯爵夫人的书，是从阿列菲耶夫副官那里取来的。书里讲的是真有其事呢，还是——编造出来的？这是大仲马的著作。"

"当然是编造出来的。"

"唔，再见吧。谢谢您。"

于是彼得罗夫去了，事实上我们的谈话几乎永远是这样的。

我开始打听他的为人。米茨基在知道我和他相识以后，甚至警告过我。他对我说，在他进狱的初期，罪犯中的许多人使他感到害怕，但是里面没有一个人，甚至连卡津也在内，都没有像这个彼得罗夫那样，使他感到如此的可怕。

"他是所有的罪犯中最有决断的、最不知惧怕的一个，"米茨基说，"他什么事情都做得出来；他不会在任何事物前面止步，如果他身上来了

---

① 对跖人：古人幻想地球直径两端生活的人，脚心对着脚心。

一股顽固的脾气。他会宰杀你，如果他想这样做简直随随便便地宰杀你，不皱眉头，也决不后悔。我甚至觉得，他的脑筋是不很健全的。"

这样的批评使我感到强烈的兴趣。但是米茨基似乎不能给我讲清楚，他为什么觉得是这样的。而且奇怪的是我后来继续几年和彼得罗夫结识，几乎每天和他说话；他一直对我有诚挚的感情（虽然我根本不知道为什么）。——这几年来，他虽然很谨慎地在狱内居住着，没有做出任何可怕的举动，但是我每天瞧着他，和他说话的时候，总相信米茨基的话很对，彼得罗夫也许是最有决断的、最不知惧怕的，且不知道对自己有所强迫的人。我为什么这样觉得——我也不能讲清楚。

我要讲的是，这个彼得罗夫就是在被唤去惩罚的时候想杀死少校的那个人。罪犯们说，少校在施刑罚的一分钟以前走开，是"奇迹救了他"。还有一次，在没有发配之前，上校在操练时打了他一下。大概他以前挨过许多次的打；但是这一次他不想再忍受下去，就在排齐的队伍前面，在光天化日之下，公然地把上校揍了一顿。这件事我不十分了解，他也从来不讲给我听。自然，这只是火气的爆发，在天性突然整个地发作出来的时候。但这样的爆发到底是很少的。他确实很谨慎，甚至很恭顺。欲望在他的心里隐藏着，甚至是强烈的、浓密的；但是热炭经常掩埋在灰中，静静地炽烧着。我从来没有在他身上发现过矜夸或虚荣的影子，像在许多别的犯人身上似的。他不大争吵，但是并不和任何人特别要好，只和西罗特金一人亲密些，但也是在需要他的时候才这样。不过有一次，我看见他当真地生了气。人家没有给他什么东西；或是分什么东西，分得对他不平均。和他争论的是一个有力气的罪犯，高高的身材，恶狠的、好嘲笑的、喜欢吵嘴的人，且并非懦夫，名叫瓦西利·安东诺夫，属于平民类的。他们已经叫嚷了半天，我以为事情至多不过是打几下就算了结，因为彼得罗夫虽

115

然很少，但有时甚至会像最起码的犯人似的打架和骂人。不过这一次发生了完全不同的事情：彼得罗夫突然脸色惨白，嘴唇哆嗦着，气得发紫；呼吸，开始困难。他从座位上站起来，迟缓地很迟缓地跨着静悄的、赤裸的脚步（他夏天很喜欢赤脚走路），走到安东诺夫身边。突然地，在整个喧哗喊嚷的狱室内一下子全都安静下来，静得连苍蝇的嗡嗡声都能听见。大家都在期待着会发生什么事情。安东诺夫跳起来迎接他，面无人色……我不忍再看下去，便从狱室里走出来。我以为我还来不及从台阶上走下来，就会听到杀人的惨叫声。但是这次并没有出什么事情；彼得罗夫还没有走到安东诺夫身边，安东诺夫就默默地、迅速地把那个争论的物件扔给他（引起争吵的不过是一块儿包脚的烂布）。过了两分钟之后，安东诺夫到底稍微骂了他几声，为自己良心的清静起见，且为了脸面关系，以便表示他并不十分胆怯。但是彼得罗夫一点儿也不在意他的辱骂，甚至没有回答；事情并不在于辱骂，实际上他已经赢了；他很满意，把那块儿烂布收下了。一刻钟以后，他照旧在狱内闲荡，露出完全无事可做的样子，仿佛寻觅有没有人在什么地方进行有趣的谈话。让他可以钻进去倾听一下。好像一切事情全使他发生兴趣，而同时又不知怎么竟弄得他似乎对一切都很冷淡，只是在狱内闲荡着，什么事也不做，因此只好不断地东钻西晃。可以把他比作一个工人，一个强壮的工人，对于工作极为胜任，但是却没有工作可做，因此他坐在那里等着，有时跟小孩们玩游戏。我也不明白，他为什么待在狱内，为什么不逃走？他如果很想逃跑，是绝不会犹豫的。理智对于像彼得罗夫那样的人来说，只能控制到他们想做什么事情的时候为止。到了那个时候，全世界没有一个力量可以拦阻他们的愿望。但是我相信他一定会巧妙地逃走，并瞒过所有的人，整个星期坐在森林中的什么地方，或河岸苇草丛中，不吃一点儿东西。然而，他显然还没有想到这一点，还不完全想这样做。我从来没有在他身上看出他有很大的判断力、特别健全的思想。这些人生来就只有一个观念，这观念把他们一辈子无意识地向东向西推动着；他们会一辈子晃来晃去，直到遇有某种目的，显明地引起他们的愿望为止；所以他们用不到什么脑筋。我有时惊异，这样的一个人，会因为挨打而把自己的长官杀死，怎么竟毫不犹豫地躺下来忍受狱内的鞭笞？他经常因为偷运酒而挨鞭子。他和所有没有手艺的徒刑犯一般，有时偷运点儿酒进来。但是他躺下来忍受鞭笞，仿佛已经得到自己的同意，也就仿佛自己感到是为了什么事情；否则他绝不会躺下来，哪怕杀死他也不会。还使我惊异的是，他尽管对我表示如何的好感，但竟会偷我的东西。他这种行为似乎是间歇地发作出来的。他把我的一本《圣经》偷走了。我只叫他把这本书从一个地方拿到另一个地方去。只有几步路，但是他竟在中途找到了买主，把那本书给卖了，然后立刻换酒来喝。他一定很想喝酒，凡是他很想去做的皆是可行的。这种人会为了四分钱杀死一个人，就为了用这四分钱买一杯酒来喝，虽然在别的时候可以把一个腰缠万贯的富翁放走。他晚上自己对我承认了这一偷窃事件，不过没有一点儿惭愧和后悔的意思，露出十分冷淡的样子，仿佛讲的是一件很平常的事。我试着好生地骂他一顿，因为我很可惜我的《圣经》。他听得一点儿也不恼，甚至很恭顺；他同意《圣经》是有益的书籍，对于我现在没有这本书表示诚挚的惋惜，但并不对他的偷窃产生歉疚之意；他十分自信地看着我，使我立刻停止了责骂。他忍受了责骂，大概因为他觉得他犯了这种错，不挨几句骂是不行的，就让出出气，宽宽心，让他借此安慰一下。其实，这一切全是无聊的事情，无聊得会使一个正经的人羞于讲出来。我觉得，他把我看成是一个小孩子，几乎是刚出世的，连世上最通常的事物都不了解的婴儿。譬如说，如果我自己和他谈起科学和书本以外的什么事情，他固然也回答我，但仿佛只是为了礼貌，且限于一些极短的回答。我经常问自己：他净问我关于书本上的知识，对于他又有什么用呢？我偶然在谈话的时候侧眼看他：他是不是在哪里取笑我？但是没有，他总是很正经地、注意地倾听着，虽然并不很专心。这最后的一件事实，有时使我感到烦恼。他正确地发出各种问题，但似乎对于从我这里得到的答案没有感到惊奇，只是漫不经心地听着……我还觉得，他对我并没有费许多脑筋，就认定和我说话时，不能像和别人说话一样，除了谈论关于书本上的事情以外，我什么也不明白，甚至不会明白，所以也不必去惊扰我。

我相信他甚至喜欢我，这使我很惊愕。我不知道，他是不是认为我是一个不成熟的、不完整的人，是不是对我感到一种特别的怜悯，所有强壮的生物对另一个柔弱些的生物所感到的怜悯——他认为我就是这样的人。虽然这一切并不妨碍他偷我的东西，但是我相信他是一边偷窃，一边会怜惜我。"唉！"他在伸手偷我东西的时候，心里也许想，"一个连自己的财产都不能照顾到的人，还能算作人吗？"但是他就是为了这个喜欢我。有一次，他自己对我说，似乎无意地说，我是具有"太善良的心灵的人""您这人太简单，简单得甚至会使人觉得可怜。不过，亚历山大·彼得罗维奇，请您不要生气"——他在过了一分钟以后补充着说，"我这是从心里说出来的话。"

这种人有时会忽然显著地表现自己，在某一个非常剧烈的群众运动或改革的时候，会一下子完全活跃起来。他们不是说空话的人，他们不能成为事业的发起人和主要领导者：但是他们是事业的主要实行者，他们首先开始行动起来。他们很果断地开始，不发出特别的呼喊，但首先从主要的障碍物上跳跃过去，既不迟疑，也不恐惧，一直大踏步向前走去——于是大家跟在他们后面走着，盲目地走着，走到最后的那个墙壁那里，把自己的头撞上去。我不相信彼得罗夫会有很好的结果。他在某一分钟内会一下子结束一切，如果至今没有结束，那是因为时机还没有到罢了。但谁知道呢？他也许会活到头发灰白的时候，十分安静地死去。不过，我觉得，米茨基说得很对，他确是全狱中最有决断的人。

第八章　有决断的人——卢卡

对于一些有决断的人是很难描述的。这种人在牢狱内，正和其他任何地方一样，是很少的。外表上也许是极可怕的人，当你听到人家讲关于某一个人的话时，会使你甚至避开他的。有一种无从辨识的情感，最初迫使我甚至避开这种人。但是，后来我甚至对于极可怕的杀人犯的看法，也有了许多变化。有的人并未杀人，但比犯了六桩命案而被遣送到这里来的另一个人更可怕些。而有些犯罪甚至难于确定是哪一种类型：在这些犯罪的动机中，有许多奇怪的地方。我这样说，因为通常情况下，有些杀人案是由于极奇怪的原因而发生的。例如，我们甚至经常会遇到这样一种凶手：这人平素过着静寂和恭顺的生活。他的命运十分悲苦——一切忍耐着。假设他是农夫、地主的仆人、一个小市民、兵士。突然地，他的脾气发作了，在无法忍耐的情况下，用刀子刺杀自己的仇人和压迫者。这里发生了奇怪的情形：一个人一时突然地变得无法无天。他首先杀死压迫者、仇人，这虽然有罪，但还容易理解，还有理由可言；但是后来他所杀的就不是仇人，他碰到人就杀，只是为了消遣，为了一句粗话，为了一个眼神，为了凑数，或者简直就是："从道路上走开，不要让我碰着，让我走路！"这人好像喝醉了酒，好像处于神志昏迷的状态。只要有一次越过了禁戒线，他就开始为了对于他来说，再也没有什么神圣的东西而欣悦；好像他一下子越过了一切法律和权力，享受着最放肆的、最没有界限的自由，享受这由于恐怖而起的心跳——由于他自己不能不对自己感到的那种恐怖。他还知道，可怕的刑罚在等候着他。所有这一切，也许和一个人从高塔上被牵到脚下的深渊时的感受一样，把脑袋往下一栽："越快越好，一切都结束了！"这甚至在素来极恭顺的、极平常的人们身上也会发生的。他们中间有些人甚至昏眩得做出装腔作势的样子。他以前挨打得越厉害，现在越想要一耍阔，使人家感觉恐怖。他欣赏这恐怖，他喜欢给别人引起厌恶。他把一种狠劲儿套在自己身上，这样的"狠人"有时会急躁地等着刑罚，等待人家来把他解决，因为他自己身上所背负的这套狠劲儿，终于使他自己都觉得沉重的。有趣的是，所有的这些情绪，所有这套在身上的一切，一直持续到受刑为止，以后就像被砍去这期限，在形式上则仿佛被预先规定好了的。到了这时，那人突然恭顺了、退缩了，变成一块儿抹布。在受刑台上呻吟着——请求人们的饶恕。他被关到狱里来，人们一看：原来他是一个困顿的、流着口水和鼻涕的家伙，甚至受到压制也不敢反抗，所以令人觉得奇怪："难道他就是杀了五六个人的那个家伙吗？"

当然，有些人在狱中并不是很快地被驯服下去。还保存着一种虚饰的外表，一种夸耀的样子；意思是说我并不是你们所想象的那个样子；我杀死过"六条人命"。但是，最终还是被驯服了。有时不过安慰安慰自己，回忆着自己那种勇敢的、大刀阔斧的行为，一生只有一次在他"发狠"时做出的果敢的举动。他只要找到一个平凡的人，就喜欢露出有礼貌的、郑重的态度，在他面前吹牛、夸口，对他讲述自己的功绩，同时并不露出他自己很想讲述的神色来。意思是说，你瞧我是什么样的人！

这种微妙的自尊心是多么难以捉摸啊！这样的讲述有时显得如何不在意而且散漫！在讲述者的口气中，以及每句话中，表现出如何精细的浮夸。他们是从哪里学会这些的呢？

在我入狱的最初几天里，在一个漫长的夜晚，我无聊而且烦闷地躺在铺板上面，听一个故事，由于没有经验而把讲述者看作可怕的元凶巨恶，认为他具有闻所未闻的、钢铁般的性格，而且同时几乎在那里讥笑彼得罗夫。故事的主题是他——卢卡·库兹米奇，并非为了别的什么原因，却单只为了自己的快乐，把一个少校弄死了。这个卢卡·库兹米奇就是那个身材瘦小、尖鼻子的罪犯，是我们狱室里年轻的罪犯。他是乌克兰人，我似乎已经提过他。他实际上是俄罗斯人，不过生在南方；似乎是奴仆出身。他身上确实有一点儿尖锐的、傲慢的东西："鸟儿虽小，脚爪却是尖的。"但是罪犯们本能地会把人看得很透彻。人家并不很尊敬他，但他很好虚荣。那天晚上，他坐在铺板上缝内衣。缝内衣已经成了他的职业。他身旁坐着一个呆钝，但性格善良、对人和蔼的小伙子，他的体格也很高大、强壮。他名叫科贝林，他的铺位正好和卢卡相邻。因为是邻居，卢卡经常和他吵嘴，总之，对待他非常傲慢，尽嘲笑他，有时还以专横的态度对待他，但科贝林由于性格忠厚，竟没有注意到。他编织羊毛袜子，冷漠地听卢卡在说话。卢卡讲得十分大声，而且清晰。他希望大家能听到他的话，虽然他努力装出只对科贝林一个人讲的样子。

　　"我从我们的家乡被押送出来，"他一面说，一面用针缝缀着，"走到了C城。"

　　"这是什么时候的事情？很久吗？"科贝林问。

　　"豌豆熟的时候，一年以前了。我们一走到K城，便暂时被押往狱中。我一看：有十二个人和我同住着，全是霍霍尔人，身材魁梧、粗笨，像公牛一般。而且全是恭顺的，伙食很差，他们的少校经常虐待他们。我住了一天，到了第二天，就发现这些人原来都是胆小鬼。于是，我就跟他们说：'你们何必对那个傻瓜这样容忍呢？'但他们却说：'你自己去和他讲吧！'他们甚至对我冷笑起来，我沉默着。"

"有个霍霍尔人很可笑。"他突然把科贝林撇开，转脸对大家补充地说，"他讲他的案子如何在法庭里判决，他在法院里如何说话，一面讲，一面哭着；他说，他留下了孩子们和妻子在家里。他身材高大，头发灰白，身体肥胖。他在法庭上说：'我没有罪！你这个鬼儿子，老是写着，写着。真是该死！尽写着，写着……当时我的脑筋就乱了！'你把线给我，瓦夏；狱里发的线是烂的。"

"菜场上买的。"瓦夏回答，把线递过去。

"我们的裁缝的线好些。刚才打发涅瓦利德去买，从一个可恶的乡下女人那里买来的！"卢卡继续说，就着光亮穿线。

"那还用说，肯定是在亲家母那里买来的。"

"就是在亲家母那里买来的。"

"怎么样？那个少校怎么样啦？"完全被遗忘了的科贝林问。

这正是卢卡所需要的。但是他并没有马上继续自己的叙述，甚至仿佛不屑理会科贝林的注意似的。他安静地把线穿好，安静且慵懒地把盘坐着的腿移动了一下，然后才说道：

"我终于把我的霍霍尔人煽动了起来，他们要求见少校。我从早晨起就从邻人那里取了一把刀子，藏了起来，以备万一之用。少校发了狂怒，马上跑来了。我说：'你们不要胆怯，霍霍尔人！'但是那时候他们的灵魂已经出窍了，简直抖索着。少校跑了进来，他已经喝醉了酒。'谁在这里闹！怎么敢在这里闹！我是皇上，我也是上帝！'"

"他一说出'我是皇上，我也是上帝'，我就挺身走出，"卢卡继续说，"刀子就在我的袖管里。"

123

"'不对，大人，'我一面说，一面一步步地走近前去，'您怎么会成为我们的皇上和上帝呢？'

　　"'这是你吗？这是你吗？'少校大喊，'叛徒！'

　　"'不对，'我越走越近，'不对，大人，您自己也许也知道，我们的上帝是全能的、无所不在的、唯一的。我们的皇上也是唯一的；由上帝自己派遣来统治我们大家的。大人，他是我们的君主。而您，大人，不过是一个少校——我们的长官，受了皇上的恩惠，且用自己的功劳挣来的。'

　　"'怎么，怎么，怎么，怎么……'他简直就像鸡叫一样，说不出话来，连气都透不过来。他觉得太吃惊了。

　　"'就是这个样子！'我刚说完，就突然奔到他的身边，把整个刀子插进他的肚子里去。我干得很麻利。他滚到地上，只见两腿在那里乱蹬。我把刀子扔在一边。"

　　我要在这里说几句题外话。不幸的是，像"我是皇上，我也是上帝"这样的话，以及其他和这相类似的话，在早先时许多指挥官中间也是常用着的。说实话，这样的指挥官现在已经存留不多，也许完全消失了。我还要声明的是，凡是自己从下级的爵位上递升的指挥官，多半特别喜欢用这些话向人家夸耀。军官的爵位仿佛把所有他们的内脏，再加上脑袋，全都翻了过来。他们束了许多年的皮带，走尽了一切从属的阶段，忽然看见自己成为军官，指挥官，正直的指挥官，由于不习惯和最初的陶醉，将自己如何伟大与重要的见解予以夸张；当然这只是对他们属下的低级军官。至于在长官面前，他们仍旧拼命奉承，施展出完全无聊的，甚至会使许多长官感觉讨厌的拍马的手段。有些好拍马的人，甚至用特别和悦的神情忙着在自己的上级指挥官面前声明，他们虽是军官，但也是下级职位出身，因为他们将"永远记得自己的地位"。但是，对于下级的官兵，他们几乎成为具有无限权力的命令者。当然，现在不见得有，且也不见得能找到那类喊着"我是皇上，我也是上帝"的人。虽然如此，我总觉得世界上没有任何东西能够像长官们的这些话语似的，激起罪犯们以及一切下级军职的愤怒。这种傲慢的自尊，这种认为自己可以不受惩罚的夸张的行径，会在极柔顺的人的心里产生仇恨，使他失却最后的耐性。幸而所有这类事件，几乎是过去的事件，甚至在早先时就被长官严禁。这方面的例子我也知道一些。

　　总而言之，使下级官员窝火的，是在和他们周旋时所表现出来的一切高傲的疏忽和一切的嫌恶。例如，有些人心想，如果给罪犯吃得好些，生活得舒适些，一切依照法律办理，那么事情也就好办了。但这也是错误的看法。世上的一切人，无论他是谁，无论他怎样受屈辱，但本能地或是无意识地，到底还是要求人家尊敬他自己的价值。罪犯自己知道他是罪犯、被抛弃的人，他也知道在长官面前自己的地位是怎样的；但任何脸上的烙印，任何的脚镣，都不会使他忘却他是一个人。因为他确实是人，所以应该用对待人的态度去对待他。我的天哪！人道的对待甚至会使上帝的形象早已在他身上黯淡了的那个人重新振作起来。对待这类"不幸的人"，应该用最大的人道的办法。这是他们的得救之道，这是他们的快乐。我遇见过这类善良的、正直的军官，我也看见他们给予这些受侮辱的人多大的影响。只需要说上几句和荡的活语，罪犯们几乎就在精神上复活了。他们像小孩子似的喜欢，像小孩子似的开始喜欢他们的长官。我还注意到一种奇怪的情形：罪犯们自己不喜欢长官对待他们太亲密，太善心。他们心里想尊敬长官，但是到了这种情形的时候，他们似乎会停止尊敬他。譬如说，罪犯们喜欢他们的长官有勋章，地位崇高，得到某一高级长官的恩惠。他们喜欢他们的长官又严厉、又庄重、又公道，又能保持自己的体面。罪犯们多半喜欢这种人，那就是既能保持自己的体面，又不侮辱他们，那就是一切都好，一切都圆满了。

"你做了这桩事情，他们大概把你折磨得很厉害吧？"科贝林安静地说。

"唔。折磨是折磨的，老弟，真是折磨的。阿列伊，把剪刀给我！为什么今天的赌场没有开张？"

"大家全喝光了，"瓦夏说，"如果不是喝光，也许会有的。"

"如果！你这个'如果'要是在莫斯科也值一百卢布。"卢卡说。

"卢卡，你干了这件事，人家给了你多少鞭子？"科贝林又说。

"给了一百〇五下，亲爱的朋友。我可以说，弟兄们，他们几乎把我打死了呢。"卢卡抢着说，又把科贝林撇开了，"我这一百〇五下是这样忍受的：他们排着整齐的队伍，把我押了出来。我在这之前，从来没有尝试过鞭子的滋味。那里聚了无数人，全城都聚拢了来，他们想看一看怎样惩罚一个强盗。这班老百姓真是愚蠢，我真是不知道怎么说。刽子手把我的衣服剥去，按好了，喊道：'你站好，我开鞭了！'我等待着：会有什么事情发生？他刚抽了一鞭——我就想喊出来，张开嘴，但是我发不出声来。一定是声音失去了。又抽了第二下，我听不见人家怎样数出'二'来的。我醒了过来，听见人家在那里数：'十七。'后来他们有四次把我从刑台上抬下来，让我休息半小时，用水灌我。我瞪着眼睛，看着大家，心里想：'我立刻会死的……'"

"但不是没有死吗？"科贝林天真地问。

卢卡用十分鄙夷的眼神扫射他，然后大笑起来。

"真是一根结实的木桩！"

126

"他脑袋不大健全。"卢卡说，似乎为了他会和这种人谈话而感到后悔。

"脑筋糊涂了。"瓦夏说。

卢卡虽然杀死过六个人，但在狱内从来没有人怕他，尽管他在心理上也许希望被大家看作是个可怕的人……

第九章　伊赛·福米奇——澡堂——巴克卢申的故事

　　圣诞节快到了。罪犯们带着一种庄严的态度等待它。我望着他们，也开始等待什么不寻常的事情。过节前四小时，我们被带到澡堂里去。我在的时候，尤其在我住在狱内最初的几年内，罪犯们不常被送到澡堂里去洗澡。大家很高兴，开始预备动身。规定在中饭后去，饭后不干活。我的狱室里最高兴而且忙乱的是伊赛·福米奇·布姆施坦，一个犹太罪犯，我在这部小说的第四章上业已提到过他。他喜欢在蒸气里浸到呆钝和失去知觉的地步，现在每次，在我追寻着旧日的回忆，忆起我们那所罪犯澡堂的时候（它是值得怀念的），伊赛·福米奇，我狱中的同伴和同宿者，那副怡然自得的、让人难以遗忘的脸庞立刻显露在我的面前，在记忆中最先浮现出来。天哪，这个人是多么可笑呀！我已经讲过几句关于他的身形的话：他有五十来岁，身体虚弱，脸上有许多皱纹，脸颊和额角上有可怕的烙印，又瘦，又乏力，具有洁白的、像小鸡似的身体。在他的脸上看得出永远的、不轻易动摇的自满，甚至是幸福的表情。因为他是钟表匠，城内并没有钟表店，因此不断地替城内的老爷们和长官们做修理钟表的工作。到底会多少给他一点儿钱。他并不穷困，甚至生活得很阔绰，但他把钱积起来，向全狱的囚犯放高利贷。他自己有一个水壶、很好的被褥、一些茶杯、全套餐具。城里的犹太人们全和他做朋友，并保护他。他每逢星期六由卫兵押送前往城里的教堂去祈祷（这是法律允许的）。他生活得十分舒适，不耐烦地等着十二年的刑期尽快结束，然后再"娶妻成家"。他是一个天真、愚蠢、诡谲、大胆、直率、畏葸、夸耀、胡闹、滑稽等成分混合在一起的人物。我觉得很奇怪，罪犯们并不嘲笑他，只是对他开开玩笑。伊赛·福米奇显然是供大家消遣和永远逗乐用的。"他在我们这里只有一个，你们不要动伊赛·福米奇。"罪犯们说。伊赛·福米奇虽然明白是怎么回事，但显然对于自己的地位感到骄傲，这使罪犯们觉得有趣。他在极可笑的方式之下来到监狱（这件事发生在我入狱之前，是后来人家讲给我听的）。有一天，在黄昏前休息的时候，狱中传播着一条消息，一个犹太人被带到狱里，正在禁闭室内剃头，马上就要进来了。当时狱中还没有一个犹太人。罪犯们不耐烦地等着他，他一走进大门，大家立刻把他围住。狱内的下士长把他带到民事狱室里，把铺板的位置指给他看。伊赛·福米奇手里拿着一只麻袋，里面装着一些东西，有他自己的，也有监狱发给他的。他把麻袋放下，爬到铺板上坐下，两脚盘坐，不敢对任何人举起眼睛。他的周围传出一阵笑声，和针对着犹太人出身的一些玩笑话。一个年轻的罪犯突然从人群中挤进来，手里拿着又脏又旧，而且被撕破了的、夏天穿的裤子，还加上一卷公家的东西。他坐在伊赛·福米奇身旁，拍了一下他的肩膀。

"亲爱的朋友，我已经在这里等你六年了。你瞧瞧这几样东西，能值多少钱？"

然后，他在他面前摊开了带来的破烂衣服。

伊赛·福米奇刚才走进监狱时，吓得甚至不敢抬眼看紧紧地包围住他的那一大堆嘲笑的、被烙印的、可怕的脸庞，而且由于畏葸还没有来得及说出一句话来。——在看见了抵押品以后，忽然抖索了一下，开始活泼地用手指摸那些烂布。甚至放在光亮的地方仔细看了一些时候。大家等着他说什么话。

"怎么，一个银卢布都不能给吗？这是值得的！"押当东西的人继续说，对伊赛·福米奇挤了挤眉眼。

"一个银卢布不行，七个戈比是可以的。"

这就是伊赛·福米奇在狱中说出的第一句话语。大家全笑得前仰后合。

"七个戈比！你就给七个也好；你的运气！你留点儿神，把抵押品好生藏着；你要用你的脑袋对它负责。"

"三个戈比的利息，一共欠十个戈比，"犹太人用抖索的声音不连贯地说，一面把手插进口袋里去取钱，畏葸地看着罪犯们。他的胆子很小，可是他还想做生意。

"一年付三个戈比的利息吗？"

"不，不是一年，是一个月。"

"你这犹太人，真刻薄。你的尊姓大名？"

"伊赛·福米奇。"

"唔，伊赛·福米奇，你在我们这里会前途无量的！再见吧。"

伊赛·福米奇又看了看抵押品，把它折叠起来，在罪犯们继续不断的笑声中把抵押品塞进麻袋里去。

大家仿佛确实喜欢他，谁也不欺负他，虽然大家几乎全欠他钱。他自己并不凶狠，真像母鸡一般，看见大家全同情他，甚至大起胆来，但因为露出那种坦白的、滑稽的表情，所以人家立刻饶恕他。一生认识许多犹太人的卢卡经常逗他，但并不是出于恶意，而是为了消遣，好比跟小狗、鹦鹉、被驯服的小兽逗乐一般。伊赛·福米奇很知道这些，一点儿也不感到侮辱，很灵巧地用开玩笑的话回应着。

"喂，犹太人，我要揍你一顿！"

"你打我一下，我还你十下。"伊赛·福米奇勇敢地回答。

"可诅咒的疥癣！"

"就算有疥癣。"

"长疥癣的犹太人！"

"就算是这样。虽然长疥癣，但是有钱，有铜板。"

"把基督卖去了。"

"就算是这样。"

"好极了，伊赛·福米奇，你真是好汉！您不要惹他，他在我们这里只有一个！"罪犯们一面喊，一面哈哈地笑着。

"喂，犹太人，你会挨够鞭子的，你要上西伯利亚去。"

"我现在已经在西伯利亚了。"

"还会发配得远些。"

"那还有上帝吗？"

"当然有啦。"

"那就不要紧。只要有上帝，还有钱，随便什么地方都是好的。"

"真是好汉，伊赛·福米奇，真是好样的！"周围呼喊着，伊赛·福米奇虽然看见人家笑他，但还是显出高兴的神色；大家的恭维给他带来明显的快乐，他开始用柔细的最高音唱着：利亚——利亚——利亚——利亚——利亚！唱着一种离奇而可笑的曲调，这是他在监狱期间所唱的唯一没有言语的歌曲。后来，他在和我的关系更熟一些之后，赌咒地告诉我，这支歌曲，这个谱调，就是六十万犹太人，从小孩到大人，在横渡黑海的时候齐声唱出来的，每个犹太人在举行盛典和战胜敌人时必须唱这首歌曲。

每星期六的前夜，也就是星期五的晚上，别的狱室里的人特地跑到我们的狱室里来看伊赛·福米奇如何做他的安息日祈祷。伊赛·福米奇那样天真地好说大话，而且喜爱虚荣，因此这种普遍的好奇也会给他带来愉快。他用迂腐的、假装郑重的态度，在一个角落里摆好一张小桌子，翻开了书，点上两根蜡烛，喃喃地说出一些神秘的话语，开始穿上袈裟，这是一件用羊毛的材料制成的、色彩斑驳的披肩，他平日很细心地把它藏放在自己的箱子里面。他用两手套上套袖，用绷带把一个小木匣子绑在头上，一直盖住前额。这样一来，就好像有一只可笑的角从伊赛·福米奇的额角上面长了出来。然后，他开始了祈祷。他用唱歌的调子读着祷词，呼喊着，唾沫四溅，不停地旋转着身体，做出野蛮的、可笑的姿势。当然，所有的这一切是依照祈祷的礼仪进行的，其中并无一点儿好笑的、奇怪的地方，但可笑的是，伊赛·福米奇好像故意在我们面前装腔作势，向我们夸耀自己的礼仪。一会儿忽然用手掩头，开始呜咽地读着。呜咽的声音增强了，他露出疲劳的神色，且几乎带着号哭，把戴着盒子的脑袋俯在书上。但是，在极强烈的呜咽中间，他突然地开始哈哈大笑，用一种欣愉的、庄严的，由于过分的幸福而显得松弛的声音唱着。"瞧他的神气！"罪犯们说。有一次，我问伊赛·福米奇，呜咽的声音代表什么意思？后来又怎么会这样庄严地转变到幸福和快乐上去？伊赛·福米奇很喜欢我向他提出这样的问题。他立即向我解释，哭泣和呜咽是表示失掉耶路撒冷的意思，教律规定在表示这个意思时，应该尽可能地哭泣得厉害些，而且要捶胸顿足。但是在发出最强烈的呜咽的时候，伊赛·福米奇应该突然地、像不经意似的想起（这"突然地"也是教律所规定的），有一个预言，说犹太人必将回到耶路撒冷去。到那时候他应该立刻转为快乐、唱歌、欢笑，而且在诵读祷词的时候，尽量从声音里表现更多的幸福，同时从脸庞上表现出更多的庄严与正直。这个"突然"的转变和必须转变的理由是伊赛·福米奇最喜欢的：他看出其中有一种特别的、极巧妙的意义，因此用夸耀的态度把这个技巧的规则传达给我。有一次，正在他祈祷得最起劲儿的时候，少校由看守的军官和卫兵伴着走了进来。所有的罪犯全直立在自己的铺板旁边，只有伊赛·福米奇一人更加起劲儿地呼喊，而且开始装神弄鬼起来了。他知道祈祷是准许的，且不能有所阻止，因此在少校面前呼喊着，是没有什么危险的。他还很喜欢在少校面前做点儿怪相，且向我们摆出架子。少校走到他面前，离他只有一步的距离；伊赛·福米奇转过身来，脸冲着少校，开始挥动着双手，唱出他的庄严的预言。因为他必须在这时候在自己的脸上表现更多的快乐和正直，他立刻就做了出来，似乎特别地眯细眼睛，一面笑，一面对少校点头。少校惊异着；但终于扑哧一声笑了出来，当着他的面，骂了一句傻瓜，就走开了，而伊赛·福米奇越发起劲儿地呼喊。过了一小时后，在吃完晚餐之后，我问他："如果少校愚蠢得不分青红皂白地向你发脾气，那你怎么办？"

"什么少校？"

"什么？你难道没有看见吗？"

"没有呀。"

"他就站在你的面前，只有两尺远，就一直在你前面。"

但是伊赛·福米奇却用极正经的态度让我相信，他根本没有看见什么少校，在他祈祷的时候他已经陷入神魂飞越的状态里，一点儿也看不见，且听不见周围发生的一切。

我现在好像还看见伊赛·福米奇在礼拜六那天，在狱内无所事事地游荡着，什么也不做，奉行他教律上所规定的办法。他每次从自己的教堂回来时，总要对我讲一些让人难以置信的故事，给我带来一些完全不伦不类的消息和从彼得堡传来的谣言，让我相信这些消息是从犹太人那里取得的，而犹太人是从可靠的方面听来的。

然而，关于伊赛·福米奇的事情我已经谈论得太多了。

全城只有两所公共澡堂。第一所是一个犹太人开设的，里面有房间，每间收费五十戈比，是为上等人士设立的。另一所澡堂则专门为普通平民设立，又旧又脏，而且很拥挤，我们全狱的人就被带到这个澡堂里去。天气寒冷，但很晴朗；罪犯们都很高兴能够从堡垒中走出来，到城里去看看。所以一路上打打闹闹，笑声不断。整队的兵士荷枪实弹地押送我们前去，使全城的人感到惊异。到了澡堂，立刻把我们分成两班；先让第一班进去洗澡，第二班则在寒冷的前室里等待着，因为澡堂面积太窄，不能不这样做。而狭小的澡堂竟能容纳得下我们的一半人数，真是让人难以想象。彼得罗夫一直没有离开我；我并没有请他，他自己跳过来帮我的忙，甚至自行提议给我洗澡。巴克卢申也和彼得罗夫一样，自己表示愿意侍候我。他是特别部内的狱囚，我们叫他工兵，我已经提过他是狱中最快乐、最可爱的罪犯。我和他已经比较熟了。彼得罗夫甚至帮我脱衣，我由于不习惯，脱得很慢，而前室内很寒冷，几乎和院内一般。顺便说一句：罪犯脱衣是很不容易的事，如果他还没有完全学会。第一，必须学会很快地解开脚镣的带子。这带子用牛皮制成，有四俄寸长，穿在内衣上面，一直包住脚镣的铁圈底下。一对带子值六角银币，然而每个罪犯都自己花钱去置备，因为没有这种带子就不能走路。脚镣的铁圈并不紧紧地把脚包住，圈和脚之间可以伸进一根指头；因此铁会敲击脚、磨脚，如果不用带子，一天之内就会把脚磨伤的。脱去带子还不算难，最难的是学会灵巧地脱去脚镣下面的裤子。这是整套的方法。为了脱去裤子，假设从左脚开始脱，必先把它从脚和铁圈中间穿过去：把脚抽出来之后，还要把裤子从铁圈中间穿回；随后，把已从左脚上脱下来的东西再从右脚上的铁圈中间穿过，随后把从右脚上的铁圈中间穿过的一切东西再穿回自己的身上去。穿新内衣也要用这一套手续。新犯人甚至难以猜到是怎样做的。首先教我们这一切的是托波尔斯克的罪犯科列涅夫，他以前是强盗的头目，已经被锁五年了。但是罪犯们业已习惯，能够毫不困难地应付过去。我给彼得罗夫几个戈比，让他预备一点儿肥皂和洗身用的刷子。罪犯们固然也有公家发给的肥皂，每人一小块儿，大小像两个戈比，厚薄像干酪那样，也就是像"中等"人家晚上做凉菜用的那种干酪。肥皂就在前室里随同蜜水、面包和热水一块儿出售。根据和澡堂老板所达成的协议，每个罪犯只发一桶热水；谁要想洗得干净些，可以花一个铜币取得另一桶水，那桶水立刻从前室里经过特别设置着的小窗转送到澡堂里去。彼得罗夫帮我脱去了衣服，甚至挽着手领我进去，因为他看见我戴着脚镣走路有点儿艰难。"您把它往上拉一拉，拉到小腿上去，"他一面说，一面扶住我，像仆人一般，"这里要谨慎些，这里有门槛。"我甚至觉得有点儿不好意思，我想告诉彼得罗夫，我一人也会走过去，但他不会相信我的话。他对我，就像对待一个未成年的、毫无能力的小孩，是大家都应该帮忙的人。彼得罗夫并不是仆人；绝对不是仆人；如果我侮辱他，他会知道怎样对付我。我并没有答应给他钱作为酬劳，他自己也没有开口。那是什么原因使他这样侍候我呢？

在我们开门走进澡堂的时候，我心想我们已经走到地狱里去了。你设想一下，一间十二步见方的屋子，里面也许一下子装满了一百个人，至少总有八十个人，因为罪犯们一共分成两班，我们总共有二百人来到浴室。遮掩眼睛的水蒸气、煤灰、烂泥，再加上拥挤得没有地方插脚。我惊惧起来，想转回去，但是彼得罗夫立刻鼓励我。我们费了很大的力气，越过散坐在地板上的人们的脑袋，挤到木椅那里去，不断地请求他们俯下身子，使我们走得过去。但是木椅上的位置全被占住了。彼得罗夫于是向我建议，应该用钱买位置。于是他开始和坐在窗旁的罪犯讲起价钱来了。那罪犯愿意以一个戈比的价钱让出位置，立刻从彼得罗夫那里拿了钱——这钱是他在到澡堂的时候事先准备好，握在拳头里的。那个囚犯得到钱以后，立刻钻到木椅底下，也就是在我的位置下面，那里又黑又脏，黏滞的污垢几乎有半根指头厚。然而就是木椅底下的位置也全被占满了，人们在那里蠕动着。地板上再也没有一个能容纳手掌的地方，到处都有罪犯们弯着身子，坐在那里，从自己的木桶里泼水。另一些人直立在他们中间，手里握着木桶，站在那里洗澡；脏臭的水从他们身上一直流到坐在下面的人们的光头上，在木板架上和各级阶梯上也坐着许多人，蜷缩着身子，拥挤在一起擦洗。但是，他们并不会洗，因为一般的老百姓不大用热水和肥皂洗；他们只是拼命地在身上喷蒸发，然后用凉水冲——这就算洗澡了。有五十个刷子在木架上一同起伏着，大家全像发狂似的摩擦着自己，蒸气时时吹出来。这不是热气，简直是地狱之火。罪犯们在那里呼喝、喊叫，再加上一百条锁链在地板上拖拉时发出来的声响……有些人想走过去，在别人的锁链中间被纠缠住，自己又撞着坐在下面的人的脑袋瓜上面，跌倒了，于是大骂出声，把被撞着的人拉了过来。脏水从四面八方流过。大家处于一种陶醉的、兴奋的状态之中；传出了尖叫声和呼喊声。在脱衣间递水的那个小窗口旁，更是一片谩骂、拥挤和厮打，完全的混乱。取到的热水在还没有送到前面就溅泼到坐在地板上人们的头上。一个长满胡子的兵士脸庞不时从窗内或微开的门旁窥视。他的手里握着枪。他看一看有没有不守秩序的情形。罪犯们剃光的脑袋和蒸得发红的躯体显得更加丑陋些。在蒸红的背部总是鲜艳地露出由于以前曾经挨到的鞭和棒的击打而留下的疤痕，现在所有这些背部好像重新又受了伤。可怕的疤痕！看着这些疤痕，我的皮肤上流过了一阵冷气。添了水——蒸气好像浓厚的、热烘烘的云似的弥漫整个澡堂；大家呼喊着、大叫着。透过水蒸气的云雾，隐约看得见布满伤疤的脊背、被剃光的脑袋，以及蜷缩着的手脚；而伊赛·福米奇则蹲在最高的木架上面扯开了嗓子，喔唷喔唷地叫着。他对于热蒸气好像是没有感觉，似乎任何的热气都不能满足他；他花一个戈比雇了一个擦背的人，但是连他也终于忍受不住，扔掉了刷子，跑去用冷水往自己身上冲。伊赛·福米奇并不忧愁，雇了第二个、第三个；他已经决定为了这事不顾费用，连换了五个擦背的。"蒸气喷得太够劲儿，伊赛·福米奇真是好汉！"罪犯们在下面对他呼喊。伊赛·福米奇觉得在这时候，自己高于一切，比所有的人都高出半个身子；他非常之得意，用尖锐的、近乎疯狂的声音叫喊出他的那首抒情曲来：利亚——利亚——利亚——利亚，把所有的声音全给压住了。我心想如果我们大家什么时候一块儿到地狱里去，它会很像这个地方的。我忍不住把这想法告诉彼得罗夫，他只是向周围看了看，没有出声。

我想给他买我身边的位置，但是他坐在我的脚边，并声称他很舒适。巴克卢申给我们买水，我们用多少，他就给我们端多少。彼得罗夫宣布说，他要从头到脚替我洗，因此"会完全彻底干净的"，他还努力叫我喷蒸气，但我没敢去喷。彼得罗夫用肥皂擦我的整个身体。"现在我来给您洗那双小脚。"他最后说。我本想对他说我自己也能洗，但还是没有拒绝他，只好听他的摆布了。他在"小脚"这两个字里，并没有露出一点儿奴性的意味；彼得罗夫之所以不称我的脚为脚，大概也是因为只有别人的、真正的男子汉的脚，才配得上脚，而我的脚只能称之为"小脚"。

他给我洗完了澡，便带着同样彬彬有礼的态度好像我是一个瓷做的人似的。他把我送到前室里来，帮助我穿内衣，在完全料理完我的事情之后，才跑回澡堂里去喷蒸气。我们回到狱中，我请他喝一杯茶。他不拒绝喝茶，喝完以后，道了声谢。我想花几个钱，请他喝一小瓶酒。那瓶酒就在我们的狱室里给弄到了。彼得罗夫十分满意，喝完以后，喉咙里咯咯地响了一声，对我说了一句我使他的精神感到爽快的话，便匆匆地上厨房里去，仿佛那边没有他就什么事情都不能解决似的。他走后，另一个闲聊者又来到我的身边，他就是巴克卢申（那个工兵），我还在澡堂里时，就叫他和我在一块儿喝茶。

我没见过一个性格比巴克卢申更可爱的人。诚然，他并不示弱于人，他甚至经常吵架，不喜欢人家干涉他的事情———一句话，他会主张自己的权利。但是他争吵的时间并不长，我们这里大家好像都喜欢他。他随便上哪儿去，大家全欣悦地欢迎他。甚至城里都知道他是这个世上极有趣的、从来不丧失自己快乐的人。他是一个身材高大的小伙子，三十来岁，有一副勇敢直率的、十分漂亮的脸，脸上长着一个小硬瘤。有时候，他的这张脸扭曲得那样可笑，他见谁都要模仿一番，做出各种可爱的怪相，使得周围的人们不得不哈哈地大笑起来。他也是属于小丑一类的，但他并不宽容那些一看到别人开玩笑就露出厌恶和敌视情绪的人，因此也没人会骂他是"空虚的、没用的人"。他身上充满了火焰与生命。他从我最初进狱的几天起就和我认识，他告诉我，他是属于世袭军人，后来当了工兵，甚至得到长官的重视和赏识。每当他回想起这些时，都会引为骄傲。他甚至还经常读书。他到我这里喝茶的时候，先讲 S 中尉早晨如何应对我们的少校的事情，使得满屋的人全都笑了起来。他坐在我身旁，对我说狱中快要演戏了，因为狱内正在准备圣诞节演出。演员已经有人担任，布景也稍为预备了一点儿。城里有人答应借衣服给演员们穿，而且还答应借给女人的服装。甚至由于一个勤务兵的介绍，有希望获得一套带肩章的军官制服。只要少校不像去年一样禁止就行。去年过圣诞节的时候，少校心情不佳，不知在什么地方赌输了钱，再加上狱内有人捣乱。于是他一发狠就禁止了，但是现在也许不会为难的。一句话，巴克卢申处于兴奋的状态中。显然，他是剧组的重要发起人，所以当时我就决定到时候一定去看戏。巴克卢申因为想到演出一定成功而感到高兴，并流露出那种天真无邪的快乐，使我觉得很有趣。我们你一言我一语地谈起话来。他对我说，他并不是一直在彼得堡服务；他在那里犯了什么罪过，被派到R城，不过仍在警备营当士官。

"就是从那边把我送到这里来的。"巴克卢申说。

"为了什么事情呢？"我问他。

"为了什么？亚历山大·彼得罗维奇，您觉得为了什么？就因为我喜欢上了女人！"

"为了这事情是不会流放到这里来的。"我笑着反驳。

"真是的，"巴克卢申说，"我真是为了这件事情，开枪把那个地方的一个德国人给打死了。您自己判断一下，值得不值得为了德国人而被发配到这里来呢？"

"究竟是怎么回事？你讲一讲，这是很有趣的。"

"这是一个十分可笑的故事，亚历山大·彼得罗维奇。"

"这样更好。你讲吧。"

"要讲吗？那么您听着……"

我听到了一个虽然并不可笑，但确是极奇怪的杀人的故事……

"这件事情是这样的，"巴克卢申开始说，"他们派我上R城去，我一看，觉得是一座很好、很大的城市，不过德国人很多。我自然还是年轻的人，给长官留下很好的印象，走起路来，歪戴着帽子，在外面打发时光。对德国女人挤眉弄眼。我当时看中了一位德国小女人，名叫路易莎。

她和她的姊姊都是洗衣工，洗内衣的。她的姊姊是一个挑剔的老太婆，但她们的日子过得还算宽裕。我起初在她们的窗外转来转去，后来才和她交上了朋友。路易莎的俄语说得很好，不过带点儿喉音——一个很可爱的女人，我还从来没有遇见过这样的女人。一开始，我对她不太稳重，但她对我说：'不，这是不行的，萨沙，因为我要保持自己的贞洁，以便将来做你的有价值的太太。'她的态度是那样的和蔼，笑得那样的响亮……而且那样的清纯，除她以外我没有看见过这样的人。她自己主动提出要嫁给我。怎么能不娶她呢，您想一想？我准备上中校那里请求允许我们结婚……可是忽然……有一次，路易莎没有赴约会，第二次也没有来，第三次还是没有来……我寄信给她，她没有回复。这是怎么回事？我想，如果她要骗我，一定会用狡猾的手段；回答我的信，还要赴约会。她不会撒谎，我们的关系就这样断绝了。我想，这肯定是她姊姊出的主意。我不敢去见她姊姊，尽管她也知道我们的事，但我们以前都是背着她偷偷进行的。我坐立不安，像疯子似的，于是给她写了最后一封信，说道：'如果你再不来，我要亲自去见姊姊。'她一害怕，就来了。她哭着，说有一个德国人，名叫舒里茨，是她们的远亲，钟表匠，很有钱，年纪已老，表示愿意娶她——'他说是为了使我得到幸福，而自己在老年时不致没有妻子，他说，他喜欢我，心里早就存着这个意念，但老是沉默着，准备对我说出来。萨沙，你看，他有钱，这对于我来说是一种幸福；难道你真的想剥夺我的幸福吗？'我一看，她又是哭，又是拥抱我……唉，我心想，她说的倒是有理性的话！嫁给一个士兵有什么意思，虽然我还是士官。——我说：'路易莎，再见吧，但愿上帝和你同在；我何必剥夺你的幸福。他怎么样？他的相貌好不好？''不，'她说，'他是老年人，长鼻子……'说到这里，连她甚至也笑了。我于是离开她，心想：都怪我命运不好！第二天早晨，我从他的店铺那里走过，她把街道的名字告诉了我。我从玻璃窗里看：一个德国人坐在那里修表，四十五岁年纪，鹰钩鼻子，眼睛瞪着，穿着燕尾服，笔挺的、高高的领子，那样神气活现。我唾了一口痰，想把他的玻璃窗砸碎……但转念又想，何必呢，不必去动手，从大车上掉落下来就算完了！我在黄昏时回到营房，躺在铺板上面，您信不信，亚历山大·彼得罗维奇，我竟失声痛哭起来了……

　　"唉，一天、两天、三天过去了。我却没有见到路易莎。这时，我从一个老太婆那里听到（她也是洗衣工，路易莎有时上她那里去），那个德国人知道了我们的爱情，因此决定快快地成亲，否则还要等上两年。他好像还让路易莎发誓她从此不再和我相见；他还把她们——她和婶婶，弄得心神不定；意思是也许要变主意，现在还没有完全决定。那老太婆还对我说，后天，也就是星期日早晨，他请她们两人去喝咖啡，还叫了一位亲戚，一个老头儿，以前是商人，现在很穷，在一个地窖内当看守。我想他们也许会在那天把一切事情都解决，便不由得火冒三丈，不能控制自己。第一天是如此，第二天还是如此，我只想着这件事情。我真想把那个德国人吃下去。

　　"真正星期天的早晨，我还没有想好应该怎么办；做完早弥撒之后，我就跳起来，披上外套，就去找那个德国人。我想见见他们。至于我为什么要到德国人那里去，我要在那里说什么话——我自己也不知道。我把一支手枪塞进口袋里，以防万一。我的那支手枪真是蹩脚，是旧式的那种。我还在小孩的时候就玩过它。其实，它现在已经打不准了。但我还是把子弹装了进去，心想：如果他们赶我，做出粗暴的举动，我就掏出手枪，吓唬他们。我一到那里，工场内没有人，大家全坐在后屋内。除他们之外没有一个人，也没有仆役。他只有一个女人做仆役，她同时还是厨子。

我穿过那个店铺一看——门关着，那扇门很旧，用铁钩关住。我的心怦怦直跳，我停下来一听：他们说着德语。我用力踢了一脚，门立刻开了。一看：桌子铺得整整齐齐的。桌上有一只大咖啡壶，咖啡在酒精灯上沸腾着。桌上放着干面包，在另一个盘内有一瓶烧酒、鲱鱼、香肠，还有瓶什么葡萄酒。路易莎和她的婶婶两人全打扮得整整齐齐的，坐在沙发上。那个未婚夫德国人坐在她们对面的椅子上。他的头发梳得油光，穿着燕尾服，衣领凸出来。旁边椅子上还坐着一个德国人，是一位老人，身体肥胖，头发灰白，一句话也不说。我一走进去，路易莎的脸色立刻变得灰白。她的婶婶跳了起来，又坐下去，德国人皱着眉头，站起来怒气冲冲地向我走来，对我说：

"'你有什么事情？'他说。

"我当时感到很不好意思，但是又按捺不住心头的怒火。

"我说：'没有什么事！你应该接待客人，请客人喝酒。我上你这里来做客人。'

"德国人想了想，说道：'请坐吧。'

"我坐了下来。'拿烧酒来。'我说。

"'这就是烧酒，请喝吧。'

"'你要给我喝好的烧酒。'怒气简直把我控制住了。

"'这是很好的烧酒。'

"他这样看不起我，使我感到气恼。再说路易莎也看着我。我喝了酒，说道：

"'你何必这样粗暴，德国人？你应该和我要好。我为了友谊上你这里来的。'

"'我不能做你的朋友，'他说，'你只是普通的士兵。'

"他这话把我激怒了。

"我说：'你简直就是草包，连猪都不如！你知不知道，就是此时此刻，我想怎么收拾你就怎么收拾你。要不要我用手枪打死你？'

"我掏出手枪，站在他面前，把枪口对准他的头。她们两人吓得半死不活地坐在那里，不敢出声；那个老人就像树叶似的抖索着，一句话也不说，满脸发红。

"德国人大吃一惊，但是立刻冷静下来。

"他说：'我不怕你，你如果是正当的人，请你不要和我闹玩笑，我完全不怕你。'

"我说：'你胡说，你是怕的！你还要嘴硬！'他的头在我的枪口下，不敢动一下，就这样坐着。

"他说：'不，你绝不敢开枪的。'

"我说：'为什么不敢？'

"他说：'因为你们被禁止这样做，你们会受严厉的刑罚的。'

"鬼知道这个傻瓜是什么心思！如果他自己不煽动我，现在还会活着的；也不过吵一下嘴罢了。

"我说：'你以为我不敢吗？'

"'不敢！'

"'我不敢吗？'

"'你完全不敢这样对我……'

"'那好吧，给你这一下，蠢东西！'当时就嚓的一声，他就从椅上倒了下去。在座的人都吓得惊叫起来。

"我把手枪放回衣袋里，若无其事地走回堡垒里去。当我走到堡垒的时候，就把手枪扔在了堡垒门口的草丛里了。

"我回到营房以后，躺在铺板上，心想：他们立刻会来抓我的。可是一小时过去了，两小时过去了——还是没有人来抓我。在黄昏之前，我感到很烦恼；我走了出去，想见一见路易莎。我走过钟表店，看见里面有许多人，还有警察。我走到那位老太婆家里，叫她去唤路易莎来。我刚等待了一会儿，就看到路易莎跑来了；她扑到我的颈上，哭泣着，说道：'都是我的错，我听了姊姊的话。'她还对我说，姊姊在出了那件事之后立刻跑回家去，害怕得生了病，因此什么话也不敢说；她自己没有对任何人说出来，还不让我说出去；她真的很害怕，并说随他们怎么处理好了。'路易莎，刚才没有一个人看见我们。他把自己的女仆都打发走了，因为他怕她。如果他的女仆知道他想结婚，会把他的眼睛给弄瞎的。钟表店的伙计也没在家，他把大家都打发走了。他自己煮咖啡，自己弄凉菜。那个亲戚以前就一直沉默着的，也没有说什么话，一出了事情，便拿起帽子，首先走了。他也一定不会说出来的。'事情正如路易莎所说的那样。两星期之内没有人来捉我，对于我一点儿嫌疑也没有。在这两星期之内，你信不信，亚历山大·彼得罗维奇，我享尽了我所有的幸福。我每天和路易莎住在一起。她真是……她真是恋上了我！她哭着说：'你要是被充军，不管到哪里去，我都要跟你到那里去；为了你，我可以抛弃一切！'我想我一辈子的命运就这样决定了：她那时太喜欢我了。但是过了两星期之后，我被捕了。老头儿和她的姊姊互相约好，把我告发了……"

"请等一等，"我打断巴克卢申的话头，"你所犯的这事，也不过判上十年，顶多十二年，作为民事犯被流放；但你现在却被关在特别部里。这是为什么呢？"

"那是因为又出了另外一件事情，"巴克卢申说，"我被带到法庭受审，当时有个上尉在法庭上用很脏的字眼把我骂了一顿。我忍不住，对他说：'你骂什么？下流的东西，你难道没看见，你是坐在守法镜前面吗？'唔，这样一来，又使案情发生了变化，于是他们重新对我进行审判，两件事放在一起，判了我充军四千里路，到特别部里来。我被处刑罚的时候，那个上尉也倒霉了，他被剥夺了职位，降为士兵，派到高加索去。再见吧，亚历山大·彼得罗维奇。请您来看我们的演出吧！"

第十章　耶稣圣诞节

　　圣诞节终于来临了。还在圣诞节的前夜，罪犯们差不多就没有去做工。有到缝纫间里，也有到工场里去的；其余的人不过在分配工作的时候到了一趟。虽然被派到什么地方去，但几乎立刻独自，或成堆地回到狱里来，饭后就没有人再去做工，就是在早晨也有一大部分的人为了自己的私事，而并非为公事出去。有的为了张罗运酒和买新酒的事情，另一些人为了看望亲友，或索讨以前干私活的欠账。巴克卢申和参加演戏的人们为了上几个朋友那里去，特别是上军官的仆役那里去取演出的服装。有些人走来走去，带着关心和忙乱的神色，只是因为别人也那样的忙乱和关切，虽然有些人，譬如说，并不去什么地方收账，但他们也装出好像将要向什么人讨债一样；总而言之，大家好像都在期待明天有什么变动，有什么不寻常的事情。到了晚上，伤兵替罪犯们上菜市去买东西，带来了许多食品：比如牛肉、小猪，甚至还有鹅。罪犯中的许多人，甚至那些平日最朴素，而且省俭，整年来积蓄着小钱的，到了这时也认为有解开钱袋，用体面的方式开一开斋的义务。明天是罪犯们真正的、不可夺取的、法律上正式承认的节日。在这一天，罪犯不能被派遣出去干活，这样的日子每年只有三天。

　　谁知道呢，这些被社会所排斥的人，在迎接这个日子的时候，会有多少回忆在他们的心中蠕动呀！这伟大的节日，从儿童的时候起，就在普通人的记忆中留下深深的烙印。这是他们在艰苦的劳作之后获得休息的日子，这是家庭团聚的日子。在狱内回忆起这些日子的时候总带着痛苦和烦闷。罪犯们对于这重大节日的尊敬，甚至变为一种仪式；游玩着的人们不多，大家都很严肃，而且仿佛很忙，虽然许多人差不多完全没有事情。但是那些闲暇和游玩的人也努力在自己身上保持一种郑重的样子……笑声仿佛被禁止了。总而言之，心绪已到了某种微妙且使人恼火的不耐烦的状态，谁破坏了这种气氛，哪怕是不经意地破坏，人们也会用呼喊和咒骂包围他，生气地看着他，仿佛就为了他对于节日本身的不尊敬。罪犯们这种心绪是有趣的，甚至是可感动的。除去对这伟大日子内心的崇拜以外，罪犯无意识地感到仿佛借着遵守这节日而和整个世界相接触，因此他们还不完全是被排斥的人，还不是被毁灭的人，也不是没有用的人。他们虽然身在狱内，也和在外面一样度过这圣诞节。他们感觉到了这一点；这是显而易见的，也是可以理解的。

阿基姆·阿基梅奇也很认真地准备过节。他没有家庭的回忆，因为他是孤儿，在别人家里长大，十五岁之后就开始服繁重的兵役；在他一生中，并没有特别愉快的回忆，因为他的一生都是平庸无奇，单调乏味，他总是丝毫不差地去执行给他规定的义务。他并不特别热衷于宗教，因为礼仪显然把他身上尚存的一切人的天性和特征，一切的情欲和愿望，坏的和好的，全都吞没了。因此他准备不慌不忙地迎接这个佳节，不为烦闷的、完全无益的回忆所困扰，带着安静的、有条不紊的礼仪行事，这种礼仪正是履行责任和完成一成不变的宗教仪式所需要的。从一般上讲来，他并不喜欢动脑筋。看来，他从来不去考虑事物的内在含义，但是如果对他进行过一次指示，他就会怀着神圣的使命去实行。如果明天人家吩咐他去做完全相反的事情，他也会去做，带着他在头天晚上做那件相反的事情时同样的恭顺和精细的样子。他的一生中只有一次曾试图用自己的头脑去思考——结果却陷到监狱里来了。这次教训使他终生难忘，虽然命运没有注定在什么时候能使他了解他究竟犯了什么过错，但是他从自己的遭遇里获得了一个可以得救的教条——就是无论在什么时候，无论在什么环境内都不要去思考，因为思考"不是他的脑筋里的事情"，这句话是罪犯们相互间经常表示出来的。他固守着仪式，甚至对于那只肚子内塞满了米饭而烤成的小猪（是他亲手制成的，因为他也会做烧烤），都怀着一种特有的敬意，好像这不是一只寻常的、随时可以买来烤的小猪，而是一只特别的、只有节日才能用的小猪。也许他从小就习惯了这一天在桌上看到小猪，于是断定小猪是这一天必要的东西。我相信，如果在这一天中，有一次他不吃到小猪，他一辈子都会因未履行义务而使良心受到谴责。他在节日到来之前，总是穿着旧大衣和旧裤子，虽然这裤子补得还像样，但已完全穿旧了。现在发现，四个月以前发给他的那套新装，他谨慎地保藏在自己的箱子里，不去动它，看来他是怀着喜悦的心情，打算在节日的那天才穿上。他的确是这样做了。他在前一天晚上就取出那套新装，打开来，审视了一下，刷一刷，吹一吹，尽量弄得干净一些，然后预先试穿了一下。那套衣服恰巧很合适；一切都很好，一排扣子扣得紧紧地，领子像用硬板制成似的高高地支住他的下颚；腰部稍瘦，颇像一套军官服。阿基姆·阿基梅奇甚至喜悦得合不拢嘴来，不免带着威武的样子在自己的小镜子前面转来转去——这小镜子他早已亲手在空闲的时候糊上金色的缘边。只有上衣领上的一个领钩好像安得不很合适。阿基姆·阿基梅奇在弄明白以后，决定改装领钩；改装好了，又试穿了一下，显得刚刚好，于是他又把这身衣服脱下来，照旧折叠起来，带着安静的心神，还藏在箱子里，到明天再取出来。他的头剃得还满意；但是他在镜子里仔细审视了一下之后，发现他头上好像并不十分光滑，因为隐约露出几根刚长出来的头发丝，于是他立刻上"少校"那里去，依照形式把头剃得完全光滑。虽然明天并没有人会来审视阿基姆·阿基梅奇，但他剃头发只是为了使自己的良心得到安宁，履行在这一天应尽的一切责任。他对于纽扣、肩章、领章的重视，从儿童时代起，就已经无从夺取地深印在他的脑筋里，成为无可辩驳的义务，且在心中铭刻得像一个正经的人，可以达到的最后阶段的美的形象。他在把一切弄好以后，便以狱室中罪犯头目的资格，吩咐他们把干草取进来，精细地监督着他们把干草铺放在地板上面。别的狱室内也是如此。我不知道为什么要这样，圣诞节时狱室为永远铺放干草。阿基姆·阿基梅奇在做完了这一切事情以后，便祈祷上帝，然后躺在自己的床铺上面，立刻像婴孩似的，安静地进入梦乡，以便明天可以早早地醒来。其实，所有的罪犯也全是这样做的。在所有的狱室里，都睡得比平常早。平常在晚上要干的私活也被遗弃了，至于赌场，那是提也不要提。大家都在等着明天早晨的来临。

　　那个时刻终于来了。将近破晓，天还没有亮，狱室的门就开了，走进来点人数的看守士官向大家祝贺节日。大家也同样亲切友好地回应着。阿基姆·阿基梅奇和在厨房里有鹅和小猪的人们，在匆匆地做完了祈祷以后，就忙着去看自己的肥鹅和小猪烤得怎么样，放在什么地方，等等。透过昏暗的晨雾，从小小的、被冰雪贴着的窗子里可以看出两个厨房内，六只火炉里面烧着天还没有亮就已生起的鲜艳的火光。囚犯们披着短皮袄，在院内穿来穿去；大家忙着奔到厨房里去。但是有些人，自然不是很多，已经去过酒保那里了。这些是最不耐烦的人。总而言之，大家的举止都显得体面、恭顺，似乎不寻常的端正。听不见日常时的咒骂，也没有争吵。大家明白今天是很重大的日子，伟大的节日。也有人跑到别的狱室里向自己的什么人道贺。似乎表现出一种类似友谊的东西。我要顺便说：罪犯之间几乎完全看不出友谊，当然，我这里说的不是一般的友谊——这更加不必提，即使是私人间的友谊，一个罪犯和另一个罪犯要好的事情也没有。我们大家互相对待得生硬而且严厉，很少有例外的情形，这已成为一种形式上的、一成不变的基调。我也从狱室里走出来，天色开始有点儿发亮，星儿闪烁着，寒冷的、柔细的蒸气徐徐上升。从厨房火炉的烟囱里滚出像木桩似的烟。几个迎面走来的罪犯自己先喜悦而且和蔼地向我祝贺。我道了谢，同样地回贺他们。他们中间也有在这一个月内至今还未和我说过一句话的。

一个披着皮外套的、军人出身的罪犯在厨房旁边追上了我。我走到院子中央的时候，他就已经看到我，喊道："亚历山大·彼得罗维奇！亚历山大·彼得罗维奇！"他向厨房跑着，显得很匆忙的样子。我止了步，等着他。他是一位年轻的小伙子，有圆圆的脸，温和的眼神，不喜欢和大家说话，自从我进狱的时候起，还没有和我说过一句话，一点儿也没有注意过我；我甚至还不知道他叫什么名字。他喘着气跑到我面前，站得离我很近，用一种呆钝的、幸福的微笑看我。

"您有什么事情？"我不免带着惊异问他，只见他站在我面前微笑，望着我，却不回答我的话。

"没怎么啦，今天是节日呀……"他喃喃地说，自己觉得再也无话可讲，便把我扔下，匆忙地走进厨房里去了。

我要在这里顺便讲的是，在这桩事情以后，我从来没有和他聚在一起过，也几乎彼此没有说过一句话，直到我离开监狱。

厨房里，在熊熊燃烧的火炉旁边，显得非常忙乱拥挤，人们互相踩踏着。每人都在照看自己的食物；厨子正在着手准备大家的午餐，因为这一天的午餐要开得早些。不过没有人开始动手吃。虽然有些人很想吃，但还在别人面前保持着体面。等待着神甫到来之后，才能照规矩开斋。天还没有完全亮，狱门外已经开始发出班长的呼唤："厨子们！"这呼喊几乎每分钟都要发出来，继续了差不多两个小时。那是叫厨子们从厨房里出来，收下从城内四处送到狱内来的施舍品。送来的东西很多，如面包圈、面包、酸奶饼、油煎饼、薄饼和其他油酥的饼干。我想，全城所有的商人和小市民家里的主妇没有一个不送面包来给这些"不幸"的囚犯，祝贺这个伟大的节日的。有的施舍品十分丰盛——送来大量完全用面粉制成的、油酥的面包。也有的施舍品比较简陋——一种便宜的面包圈和两块儿黑面饼，上面微微地抹了一层酸乳皮：这是穷人用最后的钱送给穷人的东西。一切都接受下来，带着同样的感激，不分施与的是什么东西，或者什么人。接受的罪犯们脱下帽子，鞠躬着祝贺节日，把施舍的东西送到厨房里去。在施舍来的面包积成一堆的时候，便叫每个狱室里的头目前来，由大家平均分配，送到狱室里去。没有争吵，也没有咒骂，大家都诚实地、公平地做着事情。凡是分给我们狱室里的，我们自己再分一次；由阿基姆·阿基梅奇和另一个罪犯来分，他亲手把东西分好，再亲手递给每一个人。没有人有一句反驳的话，也没有一点儿忌妒，大家都满意，甚至没有人会怀疑施舍品会隐匿起来，或分得不平均。阿基姆·阿基梅奇在厨房里做完了自己的事情之后，便着手打扮，用尽一切体面和庄严，穿起衣服来，没有留下一个没扣好的纽扣。在穿好衣服以后，立刻着手进行真正的祈祷。他祈祷得很长久。有许多罪犯，大半是年老的，都在那里祈祷。年轻的人并没有祈祷很长时间，只是站起来，画了画十字，就是在过节的时候也如此。阿基姆·阿基梅奇祈祷后，走到我面前，露着一些庄严的神情向我祝贺节日。我立刻请他喝茶，他请我吃小猪。过了一会儿，彼得罗夫也跑来向我道贺。他大概已经喝了点儿酒，虽然喘着气跑来，但没有说多少话，只是在我面前站了一会儿，好像在期待什么，没过多久就离开我到厨房里去了。这时候，在军事犯的狱室里已经开始准备迎接神甫。这个狱室的构造和别间不同：里面的床铺摆在墙边，并不在屋子中央，像其余的狱室似的，因此这是狱内唯一没有安设通铺的屋子。这样的布置，大概是为了准备在必要的时候可以在那里把罪犯们聚合在一处的。屋子中央放了一张小桌，铺好干净的桌布，上面放着神像，点上油灯。神甫终于来了，手持十字架和圣水。他先在神像面前祈祷和歌颂了一会儿，然后站在罪犯们面前，于是大家带着真挚的虔敬，走近前去，用嘴附在十字架上面。神甫又走遍各狱室，洒着圣水。他在厨房里夸奖我们狱内的面包，认为它是城内烤得最有滋味的一种面包。罪犯们立刻想送两块儿新鲜的、刚烤好的面包给他，并派了一个伤兵给他送去。罪犯们送着十字架，带着和迎接时相同的崇拜模样。随后，少校和司令也来了。我们大家都喜欢司令官，甚至尊敬他。他由少校伴着走遍了所有的狱室，给大家祝贺节日，然后拐到厨房里去，品尝狱内的菜汤。菜汤的味道很好。为了这天，每个罪犯几乎发给一磅牛肉。此外还煮了小米粥，放了许多奶油在里面。少校在送走司令以后，吩咐开饭。罪犯们竭力避免被他撞见。我们都不喜欢他那双从眼镜内射出来的恶狠狠的眼神，他在用这眼神向左右看着，看看有没有不守秩序的情形，或者犯错的人。

午餐开始了。阿基姆·阿基梅奇的小猪烤得很好。我不能解释这是怎么回事：少校走后过了五分钟，就有许多人喝醉了，而在五分钟以前，大家差不多还完全清醒着。许多人脸上红红的，带着欢笑，三弦琴也拿来了。小波兰人手里拿着提琴，已经在一个饮酒的人身后走着，被他雇用一整天，弹奏一些快乐的舞曲。谈话声显得更加高昂，而且越来越有醉

小孩，我以前生活得多么快乐，

有的是许多资本；

小孩，我现在丧失了所有的资本，

陷入不自由的命运中……

这些词句也唱得很悲切，不过在我们这里，"资本"两个字唱得有点儿不一样。他们也唱忧郁的歌。有一首歌是纯粹罪犯式的，大概也是著名的：

天光闪耀，

鼓声破晓——

头目开了牢门，

书记官进来施威。

墙外无人看见我们，

熬过怎样的时辰；

上帝、造物主与我们同在。

我们在这里不会受难。

另一首歌更加忧郁些，调子很优美，大概是某徒刑犯所撰，甜言蜜语的歌词有点儿让人腻烦，而且有点儿文理不通。我现在只记得其中的几句：

我的眼帘看不见

我生长的家乡；

无辜的我判决了

受一辈子的苦刑。

猫头鹰在屋顶上啼叫，

余音在林中回响，

我心儿哀号，悲痛，

再也不能返回故乡。

　　这首歌在我们这里经常唱，但不是合唱，而是单个儿唱的。有人在休息的时候走到狱室的台阶上面，坐下来沉思着，手支住脸颊，用高音唱出。听着真叫人心酸。我们那些人的嗓音，有的是相当好的。

　　这时，已经到黄昏了。饮酒和游玩之后出现了忧愁、烦闷和令人昏厥的气氛，叫人看着难受。一小时之前，还笑着的人在酒喝过量之后，在旁边痛苦起来。另一些人已经打过两次架。还有些人脸色惨白，勉强站住脚，在狱室里摇晃，找人吵闹。有些醉意不是很深的人，要想寻觅知己的朋友，以便在他们面前抒发自己的灵魂，把自己酒醉后的忧愁哭诉出来。整个贫穷的人打算快乐一番，高高兴兴地过这个伟大的节日——但是，天哪！这对每一个人来说，又是一个如何沉重的、忧愁的日子啊！每个人在过着这个日子时，仿佛在某种希望中自欺欺人。彼得罗夫又两次跑到我这里来。他在这一天喝得不是很多，差不多完全清醒着。但是，他在最后的一小时前一直还在等着什么，等着一定会发生的、某种不同寻常的、令人高兴的事情。关于这一点，尽管他没有说出来，但从他的眼睛里可以看得出来。他不知疲倦地从这个狱室闯到那个狱室。然而，什么也没有发生，也没有遇见什么特别的事情，除去饮酒、醉后无意义的咒骂、昏头昏脑的胡闹之外，什么也没有发生。西罗特金也是在各营内荡来荡去，穿着新制的红衬衫，脸蛋很漂亮，洗得干干净净。他也是静悄悄地、天真烂漫地，仿佛在等着什么事情。渐渐地，狱室里开始觉得难受而且厌烦。自然有许多可笑的事情，但是我似乎觉得忧愁，而且可怜他们，在他们中间感到难受和沉闷。那边有两个罪犯在争论请谁。显然，他们已经争论了许多时候，甚至吵过嘴。一个人甚至对另一个人早怀着愤恨之情。他抱怨着，不坚定地转弄舌头，努力证明出，那人对他如何不公平，好像被他卖去了一件短皮袄，隐藏起什么钱，其实这些都是去年忏悔节时的事了。除了这些，还因为别的什么事……那个控诉的人是一个高大的、肌肉发达的小伙子，他并不愚蠢，很恭顺，但是在喝醉的时候，却死乞白赖地要和人家交朋友。他又骂，又提出要求，但同时又好像露出以后还要和争吵的人言归于好的愿望。另一个是结实的、短矮的、身材不高的人，圆圆的脸，露出狡猾和精明的样子。他也许喝得比他的朋友多，不过醉得还轻。他有个性，听说还有钱，但是他不知什么原因觉得现在不去惹他那位感情洋溢的朋友似乎有利些，于是他把他带到酒保那里去；那位朋友说他应该请他喝，"如果你是一个正直的人"。

酒保对要酒的人露出一点儿敬意，而对那位不沉着的朋友却露出一点儿藐视之情（因为他不用自己的钱喝酒，而由人家请他），他把酒取出来，斟满了一杯。

"不，斯捷普卡，你是欠我钱的，"那位不沉着的朋友看到自己的目的达到后，便这样说，"所以你这是在还我的债。"

"我不想跟你白费口舌！"斯捷普卡回答。

"不，斯捷普卡，你这是胡说，"前者一面从酒保那里接下杯子，一面说，"你确实欠我的钱，你没有良心，你的眼睛不是你自己的，而是借来的！你是卑鄙的人，斯捷普卡，你就是这种人，一句话，你是个卑鄙的家伙！"

"你瞎唠叨什么，酒都洒出来啦！人家敬重你，请你酒喝，你就喝吧，"酒保对那个不沉着的朋友说，"你总不能让我在你面前站到明天呀！"

"我会喝的，你喊什么！祝你节日快乐，斯捷普卡·多罗费伊奇！"他持杯在手，对自己在半分钟之前还称其为卑鄙之人的斯捷普卡很有礼貌地、微微鞠了一躬。"但愿你活上一百年，已经活过的，不算在里面！"他喝了酒，喉咙里咕噜了一声，擦了擦嘴。"以前我能够喝许多酒，"他用严肃的、郑重的态度说，但好像是对大家说，而不是针对某一个人说，"现在我的岁数大了。谢谢你，斯捷善卡·多罗费伊奇。"

"没什么。"

"我还要对你说这个，斯捷普卡。对于你在我面前成为极卑鄙的人这一点且不讲，我要对你说的是……"

"但是我要对你说，"没有了耐心的斯捷普卡抢上去说，"你听着，而且记清楚我的每一个字：我把世界劈成两半，一半归你，一半归我。你去吧，以后不要再和我相见。真是烦死了！"

"那么你不还债吗？"

"还要给你什么钱，你这醉鬼？"

"唉，等到来世，你会自己来还债的，现在我也不要啦。我们的钱是用劳力换来的，是用血汗和手上的磨茧赚来的。你拿了我几个铜板，到了来世够你怀悔的。"

"滚你的蛋！"

"你狠！你狠不到哪里去的。"

"滚！滚蛋！"

“混蛋！”

　　“卑鄙！”

　　于是两人又开始了咒骂，比没有请喝酒之前骂得还凶。

　　这边的通铺上也坐着两个朋友：其中一个是身材高大、结实、身上有很多肉，脸红红的，活像肉店老板。他几乎哭泣，因为他很感动。另一个是虚弱的、细柔的、瘦瘦的、长长的鼻子，鼻子上面好像有什么东西滴落下来，一双小小的、猪一般的眼睛朝地下看着。他是一个懂礼貌、有学问的人，以前曾做过书记，因为对自己的朋友有点儿傲慢，使得他的朋友很不痛快。他们整天都在一块儿喝酒。

　　“他对我粗暴无礼！”肥胖的朋友一边喊，一边用左手狠狠地摇晃书记的头，用那只正抱住他的手。所谓的“粗暴无礼”，其实就是打人。肥胖的朋友自己是士官出身，所以暗自嫉妒他那显得很瘦的朋友，因此两人都竭力用最文雅的语言向对方炫耀自己。

　　“但是我对你说，你不对……”书记像讲教理似的开始说，眼睛固执地不抬到他朋友的身上，用郑重的态度看着地下。

　　“他对我粗暴无礼，你听着！”朋友抢着说，把他可爱的朋友更加拉扯得厉害些，“我现在只有一个人在世界上了，你听见没有？因此我对你一个人说：他对我粗暴无礼……”

　　“我要对你说：我的亲爱的朋友，这种酸溜溜的辩解证明你的头脑里只有一些羞耻的思想！”书记用细柔的、有礼貌的声音反驳，“你应该同意，亲爱的朋友，这一切醉后的把戏是由你自己的无常性而起的……”

　　肥胖的朋友向后退缩了一下，用醉眼呆滞地向自满的书记看着，忽然完全出人意料地挥起拳头，用全力打到书记的小脸上。一整天的友谊就此完结。可爱的朋友失了知觉，翻滚到床底下去了……

一个我很熟的、属于特别部的罪犯走了进来。他是一个性格十分忠厚而且快乐的人，并不愚蠢，带着不恼怒的、嘲笑的表情，外表特别的平凡。他就是我第一天进狱，在厨房里吃饭时要去寻找有钱的庄稼人，硬说他有"自尊心"，后来和我一块儿喝茶的那个人。他有五十岁，嘴唇特别厚，鼻子大而多肉，上面布满了粉刺。他手里抱着一把三弦琴，胡乱地拨弄着弦子。他身后好像跟班似的跟着一个极矮小的罪犯，他的脑袋很大，以前我不大认识他。谁也不注意他。他是一个奇怪的、生性多疑的、永远沉默着的、严肃的人。他上缝纫间里去工作，显然努力过着孤独的生活，不和任何人交往。现在一喝醉了酒，竟像影子似的跟在瓦尔拉莫夫身上。他跟在他后面走着，显得异常慌乱，挥动着手，拳头向墙上、铺上敲击，甚至几乎哭出来。瓦尔拉莫夫显然一点儿也不注意他，好像没有他在身旁似的。有趣的是，以前这两个人几乎完全不碰在一处，他们在工作上和性格上没有丝毫的共同点。他们犯的罪不同，住在不同的狱室里面。这个矮小的罪犯名叫布尔金。

瓦尔拉莫夫一看见我就咧着嘴微笑。我坐在火炉旁的床板上面。他在我对面远远地站住，想了想，摇晃着身体，然后迈开并不沉稳的步伐走到我面前，似乎威武地弯着身体，微微地触动琴弦，皮靴尖儿稍微点着地，打出拍子，用吟诵的调子唱道：

> 圆圆的脸又白又嫩，
> 唱起歌来像山雀似的动听。
> 啊，我可爱的小姑娘，
> 她穿着绫缎的衣服，
> 打扮得漂亮又干净，

她是多么漂亮的姑娘。

这首歌好像使布尔金冒起火来，他挥动着手，朝大家呼喊。

"他尽瞎说，弟兄们，也尽瞎说！他没说一句实话，尽瞎说！"

"亚历山大·彼得罗维奇老人家！"瓦尔拉莫夫说，带着狡诈的笑脸窥望我的眼睛，几乎要钻上来和我亲吻。他有点儿醉了。"老人家……"这个称呼具有对某人示敬的意思，普遍地沿用在全西伯利亚的老百姓中间，哪怕对一个二十岁的人也这样说。"老人家"的称呼具有尊贵、敬重，甚至谄媚的意思。

"怎么样，瓦尔拉莫夫，您好吗？"

"过一天算一天。凡是喜欢过节的人，一大早就会醉的。请您饶恕我！"瓦尔拉莫夫有点儿像唱歌似的说。

"尽胡说，他又在胡说！"布尔金喊道，绝望地用手敲击床板。但是瓦尔拉莫夫好像一点儿也不理会他，这就显得十分滑稽可爱，因为布尔金从早晨起来之后，就无缘无故地跟在瓦尔拉莫夫的身边，理由是他总觉得瓦尔拉莫夫"尽胡说"。他像影子似的跟在他后面游荡着，对他的每一句话都要干涉一下，搓着手，往墙上和床铺上敲打着，几乎流出血来。他显然很痛苦，因为他确信瓦尔拉莫夫"尽胡说"。如果他的头上有头发，他大概会恼怒得把它拔光的。他好像自愿为瓦尔拉莫夫的行动负责，好像瓦尔拉莫夫的一切缺点使他问心有愧似的。但有趣的是，瓦尔拉莫夫甚至看都不看他一眼。

"尽胡说，尽胡说，尽胡说！他的话没有一句是真的！"布尔金喊道。

"那关你什么事？"罪犯们笑着回答他。

"我报告给您听，亚历山大·彼得罗维奇，我以前的相貌很好看，姑娘们很喜欢我……"瓦尔拉莫夫忽然无来由地开始说。

"胡说！又胡说！"布尔金带着尖叫的声音抢上去说。罪犯们哈哈地笑着。

"我在她们面前装得大模大样：我身上的衬衫是红色的，裤子是纯棉的；躺在那里，像布蒂尔金伯爵那样，也就是说醉得像瑞典人，总而言之——我可以随心所欲！"

"胡说！"布尔金断然反驳。

"那时候我父亲给我留下了一套两层的、石头造的楼房。我在两年内把两层房子全拆掉了，我只剩下一座没有柱子的大门。钱嘛——真像鸽子一般，飞来又飞去！"

"胡说！"布尔金更加坚决地加以证明。

"我想了想，就从这里给我的父母发了一封请求信，我想也许他们会寄钱来。人家说我违抗父母，并说我没有孝心！这封信寄出去之后，到现在已经第七年了。"

"你没有回家吗？"我笑着问道。

"不是的，"他回答着，忽然自己也笑了，越来越近地把自己的鼻子凑近我的脸，"亚历山大·彼得罗维奇，我这里有一个情妇……"

"您有情妇？"

"奥努弗里耶夫刚才说：'我的那个虽然是雀斑脸，长得不好看，但是她有许多衣服；你的那个好看，但是穷得很，每天背着口袋出去讨饭。'"

"难道是真的吗？"

"她真是讨饭的！"他回答，发出了一阵听不清的笑声，狱室里的人全哈哈大笑起来。大家果真知道他和一个女丐发生了关系，在半年的时间里一共只给了她十个戈比。

"唔，那结果呢？"我问道，希望把他打发走。

他沉默了一会儿，谄媚地看了我一眼，又温和地说："能不能为了这个赏我一杯酒喝？亚历山大·彼得罗维奇，我今天光喝茶水了，"他一面收钱一面感动地说，"茶水喝得我气都喘不过来了，肚子里像酒瓶里的水似的晃荡着……"

正在他收下钱的时候，布尔金似乎精神错乱到极点。他像绝望的人似的指手画脚，几乎哭了出来。

"善良的人们！"他疯狂地对全狱里的众人呼喊，"你们看这人！他尽胡说！无论说什么话，全是，全是，全是胡说！"

"那跟你有什么相干？"罪犯们对他喊，对他的狂怒感到惊异，"你真是不识趣的家伙！"

"我不能让他撒谎！"布尔金喊道，眼睛闪耀着，拳头用力地敲击着铺板，"我不许他胡说！"

大家全哈哈地笑了。瓦尔拉莫夫收了钱，向我鞠躬，转过身子，忙着离开狱室，显然到酒保那里去。到这时候，他大概才开始注意布尔金。

"我们走吧！"他对他说，在门槛上止了步，好像他真有什么事情需要他似的。"累赘的东西！"他轻蔑地补充了一句，让恼怒的布尔金先走出去，然后又开始弹奏弦琴。

我干吗要描写这种乌烟瘴气的环境呢！这个烦闷的日子终于结束了。罪犯们在床板上沉沉地睡熟了。这天夜里，他们的梦话说得比别的夜里更多。还有些人在赌摊上坐着。盼望已久的节日过去了。明天又是工作的日子，又要出去干活……

第十一章　演　戏

　　圣诞节的第三天晚上，我们的剧团举行了第一次演出。大概费了许多工夫才组织成功，但是演员们把一切事情都自己担负下来，因此我们其余的人都不知道：事情弄到什么地步？究竟做了些什么事情？甚至不知道要演什么戏？演员们在这三天内出去干活的时候，努力尽可能地想办法弄到服装。巴克卢申和我相遇时，由于高兴，把指头弹得噼啪作响。少校的心绪大概还好。然而，我们完全不知道，他对于演戏是否知道。如果知道，是不是形式上有所允许，或者只是决定沉默下去，对囚犯们的演出计划装作不知道，或者认为只要尽可能地做到有秩序就行了呢？我以为，他知道演戏的事，不可能不知道，只是不想去干涉，因为他明白如果他有所禁止，情况也许会更坏些：罪犯们会开始闹事、饮酒，因此让他们有点儿事情做，那样会更好。我在少校身上做这样的推想，单只是因为它是最自然的、最确实的、最健全的。甚至可以这样想：如果罪犯们在过节的时候不演戏，或者不做类似的事情，长官便应该自己想点儿事情出来。但是因为我们的少校具有完全相反的思想方法，和其余一般人的思想完全相反，所以我猜想他知道演戏的事，而且允许演戏。我若是说错了，那就算我造了罪孽。像少校这类的人，他需要到处压制什么人，夺取什么东西，剥夺某一个倔强之人的权利，总而言之——必须在什么地方整顿秩序。在这方面，他是全城闻名的。由于他的施行压迫而狱内发生乱子的事，于他又有什么相干？谁要是惹出了乱子，自有所惩罚（像我们少校这样的人盘算着），而对待那些坏透的罪犯，唯有用严厉的手段，不断地、切实地履行法律——这就是他所要做的！那些平庸无能、只知奉公守法的人根本就不会理解，而且也不能理解，如果只是一丝不苟地执行法律，而不善于加以灵活运用，不理解法律的内在精神，那就只会引起更大的乱子，永远也不会有另外一种结果。"法律上明文规定的，还有什么好讲呢？"他们这样说，对于法律以外的东西，如果还要求他们增添一些合理的细则和清晰的阐述，他们就会感到十分惊奇。他们中间的许多人觉得这样做是多余的，简直是自找麻烦，所以是绝对不可容忍的。

但是无论怎样，下士长官总不会反对罪犯们，而他们所需要的也就是这些。我可以肯定地说，演戏和对于准许演戏而生出的感谢之情，成为狱内在过节时没有发生任何严重的不守秩序的事情的原因。我亲眼看见，罪犯们如何规劝和制服几个醉后胡闹或争吵的人，唯一的理由就是：如果这样胡闹，就会被禁止演出。士官让罪犯们保证，一切都要有条不紊，大家必须好生约束自己。他们欣然答应了，且神圣地履行自己的诺言，还对于人家相信他们的话而感到十分得意。本来准许演戏对于长官们根本不费什么力气，没有什么可损失的。连场地都不用事先弄出来：戏台的搭建和拆除一共只需要一刻钟的时间。而且只演一个半小时，如果上面忽然下令停演——只要一刹那的时间就把事情办妥了，服装藏在罪犯们的箱内。不过，在叙述如何搭戏台和穿什么样的戏服之前，我要先说一说海报，那就是打算演什么戏。

其实，真正写成文字的海报是没有的。不过却有一张关于第二个和第三个节目的海报，这张海报出自巴克卢申的手笔，那是为军官们，总之是为那些在第一个节目就光临剧场的、正直的看客而写的。长官中常来看戏的有看守的军官，看守值日官也亲自来过一次。工程队军官也来过一次。就为了这些看客才创造了海报。大家以为牢狱剧场的名誉会远远地传遍堡垒里，甚至传到城内，尤其因为城内并没有剧院。听说只成立了一个业余的剧团，演过一次戏，也就完了。罪犯们像小孩似的为些微小的成功高兴着，甚至露出虚夸的态度。"谁知道，"他们自己寻思着，而且互相说着，"也许最高的长官也会知道，跑来看一看戏，到时会看见罪犯们是什么样的人。这并不是寻常兵士们的演戏，弄上一些草人，能动的小船，能走的熊和山羊之类。这里是演员，真正的演员，他们会演老爷们看的喜剧，这种戏院城里没有。听说，阿勃罗西莫夫将军曾请人演过一次戏，而且还要继续演，那也许能以服装取胜，至于台词这方面，比起我们的来真是难说得很！也许会传到总管的耳朵里去——不是开玩笑——也许自己都想来看一看。城里并没有戏院呢……"总而言之，罪犯们幻想着，在过节的那几天，尤其在取得了最初的成功之后，竟已达到了极致，几乎会想到得奖或减少刑期上去，虽然他们马上立刻为自己的天真而开始嘲笑自己。总而言之，他们是小孩，完全是小孩，虽然这些小孩中间有的已经到了四十岁的年龄。虽然没有海报，但我已经大概知道了演出的剧本的内容。第一出戏是《两个情敌——菲拉特卡与米罗什卡》。巴克卢申在演戏的一星期以前，就在我面前夸口，由他扮演的那个菲拉特卡的角色，将成为在彼得堡的戏院里都看不到的角色。他在狱室内走来走去，不客气地、无羞耻地，同时又完全善心地夸着大口，有时忽然会做出一点儿"唱戏"的口吻，那就是自己角色里的口吻，于是大家哈哈地笑着，尽管他所做出的是可笑的，或并不可笑。应该说实话，罪犯们会露出坚忍的性格，保持自己的尊严。对于巴克卢申的行动和所讲的关于未来戏院的故事，都进行了赞美。唯有年轻无知的、没有耐性的人，或者唯有罪犯中重要的人物，他们的威信业已建立得无可动摇，因此大可不必惧怕直率地表达出自己的感觉，无论什么样的感觉，哪怕真有极天真的性质的（根据牢狱里的见解，达到了最不堪的程度）。其余的人们全默默地倾听着那些传说和议论，既不加以责备，也不反对，但对于剧场的传言却努力以冷淡处之，一部分甚至露出骄傲的样子。只是到了最后，差不多演出的当天，大家才开始发生兴趣：会发生什么情形？不知道演得怎样？少校的态度怎样？会不会像前年似的获得成功？等等的问题。巴克卢申告诉我，所有的演员都是经过精挑细选的，每个角色都由最合适的人来扮演。他又说，甚至连幕幔也有，西罗特金将扮演菲拉特卡的未婚妻，"您会看到，他穿起女人的衣服来有多好看的！"他说着，眯细着眼睛，用舌头发出啧啧的声音。仁慈的女地主将穿着有装饰品的衣服，手里拿着围巾和太阳伞；而仁慈的地主则穿着有肩章的军官制服，手里拿着手杖。第二出戏是一部话剧——《贪吃的克德里尔》。这名字使我发生兴趣，但无论我怎样仔细地询问关于这出戏的一切，我还是一点儿也不能预先打听出什么来。我只知道，这个剧本并没有成书，是根据"手抄本"演出的。这剧本从某一个退职的士官手里弄来，他住在郊外，以前一定在某个军人剧场的舞台上亲自参加演出这出戏。在我们遥远的城市和省份内，确实有些剧本好像不为任何人所知晓，也许从来没有在什么地方发表过，但自然而然不知从什么地方被发现了，然后成为俄罗斯某一地区内所有民间剧院必要的附属品。顺便强调一下，我说的是"民间剧院"，如果我们的戏剧研究者能有人对于民间戏剧（现在还有的、还存在着的，甚至还完全不在少数），进行一番新的、比以前还精细的研究。我不相信，所有我后来在我们牢狱剧场内所看见的一切是我们的罪犯们虚构出来的。这里一定具有传说的形式、一成不变的手法和概念，代代相传，依照旧时的记忆而得。应该到兵士那里，工厂的工人那里，工业城市内，甚至到几个不熟悉的、贫穷的小城市那里去寻觅。

还有的保存在乡间、省城里、大地主家里的奴仆中间。我甚至以为有许多旧剧本都是经过地主奴仆的手，在俄国辗转传抄。以前的旧地主和莫斯科的贵族都有自己的，由农奴演员组成的戏院。我们的民间戏剧艺术就发轫于此种戏院的。至于说到《贪吃的克德里尔》这出戏，无论我怎样想知道，总归不能预先打听出来，除去将有恶神在舞台上出现，把克德里尔带到地狱里去之外。但是，克德里尔究竟是什么东西？为什么是克德里尔，而不是基里尔？这究竟是俄国人的名字，还是从外国传来的——这一切我到底怎么也弄不清楚。压场的一出戏叫《音乐伴奏哑剧》。当然，这一切是很有趣的。演员有十五个人——全是好热闹而且能干的人。他们各自转来转去，排演着，有时躲在狱室后面。总而言之，想做出一点儿不寻常的、意料不到的事情，使我们感到吃惊。

平常的时候，只要天一黑，狱门就关上了。圣诞节期间则例外：一直到夜晚还没有关。这本来就是为戏院而开的。在过节的几天，每天在黄昏之前总要派人到看守官面前恭谨地请求："请允许我们演戏，暂缓关门。"还说昨天也演过戏，门有许多时候没有关闭，并没有发生不守秩序的情形。看守官这样地打算着："昨天果真没有发生不守秩序的情形，既然他们保证今天也不会出什么事情，那么他们自己会监督自己，而这是最靠得住的事情。如果不许他们演戏，那么也许（谁知道呢，本来就是囚犯），也许由于怀恨，故意惹出点儿乱子来，叫看守官跟着他们倒霉。"最后还有一点：看守是极烦闷的事，而这里有戏可看，且不是普通的兵士们的戏，而是罪犯演出的戏，罪犯本来是有趣的人，看他们演戏自然也很有趣。而看守官是永远有看戏的权力的。

若是值日官来问："看守官到哪里去啦？"就可以理直气壮地替自己辩解："到狱里点人数和关门去了。"因此，看守官在过节的时期内，每天晚上允许演戏，一直到夜晚才关牢门。罪犯预先就知道看守方面不会有所阻碍，因此颇为安心。

七点钟时，彼得罗夫跑来接我，我们一块儿前去看戏。我们狱室里的几乎全都去了，除了切尔尼戈夫省的旧教徒和波兰人以外。波兰人只在一月四日最后的一场时，才决定到戏院里去，而且还在大家向他们保证那边又好、又快乐、又安全之后才会去。波兰人那副嫌恶的样子一点儿也不使罪犯们恼火，在一月四日那天，他们受到很客气的接待。甚至让他们坐到最好的位置上去。至于说到契尔克斯人，尤其是伊赛·福米奇，我们的戏剧对他们是真正的娱乐。伊赛·福米奇每次出三个戈比最后一次放了十个戈比到碟子里去，他的脸上露出幸福的神情。演员们决定向在座的人们收费，每人能出多少就是多少，用作开办剧院的用费，且借此补助自己。彼得罗夫保证我会被放到最好的位置上去，尽管场上占满了许多人，理由是我比别人富有，大概会多给钱，而且比他们内行些。结果真是这样。现在我先来描写剧场和戏台的布置情况。

剧场设在军事监狱内，这狱室有十五步长。从院子走到台阶上面，再从台阶走到外间，从外间走进狱室。这是一个长长的狱室，我前面已经说过，具有特别的构造：铺板安设在墙边，屋子中间是空的。屋子的一半，近台阶那里的门，给观众们占用；另外一半和另一个狱室相通，作为舞台之用。最先使我惊愕的是那幕幔，它横挂在狱室里，有十步长。那个幕幔简直奢华到确实有可惊异的地方。它还用油彩画着，画成树木、亭台、池子和星星。这幕幔是用大家捐出来的旧的和新的帆布拼凑起来的，是用囚犯们的破包脚布和衬衫勉强缝制而成的。有一部分因为布料不够，只好用纸代替，这纸是到许多办公室里去求来的。我们的漆匠们（其中以那个自诩为"布留洛夫"的A最出名），在那幕幔上用油漆画满了彩画。那样奢华的幕幔甚至使最阴郁的、有最微妙感觉的罪犯们都觉得高兴，他们到了演戏的时候一律全都变为小孩，和其中最热心的、最不耐烦的人们一般。大家全都很满意，甚至满意到吹牛的程度。照明是把几支运动油蜡烛切成几段点燃起来。幕前放着两条厨房里的长椅，长椅前面还有三四把椅子，这是在士官的屋内找到的。椅子是准备给上级军官万一降临时坐的。长椅是为士官、工程队的书记官、指导员以及其他人员预备的，虽然都是狱方的管理人员，但毕竟没有军官官衔，这是预备给他们万一到狱内来时坐的。后来真是这样的：在整个节日内，外面的观众们一直没有断过，有的晚上人来得多些，有的晚上人来得少些，到最后一场时，长椅上的座位全被占满了。最后，在长椅后面是罪犯们的位置，出于对参观的人们的尊敬，他们都站立着，不戴帽子，穿着短袄或短皮袄，尽管屋内的空气很污浊，令人窒息。当然，罪犯们的位置太少。除去这个人简直就坐在那个人身上之外（尤其在后面的队伍里），连铺板、幕后都占满了人，还发现了许多爱好戏剧的人们，常上后台去，从另一个狱室里看戏。狱室前一半的拥挤是难以想象的，相当于我最近在澡堂里所看见的那种拥挤和嘈杂。外间的门散开着，在零下二十摄氏度的外间里也挤满了人。我们——我和彼得罗夫，立刻被邀请到前面去，几乎就在长椅那里，因为那里比后排看得清楚些。他们看出我是个赏鉴家，是内行人，曾到过许多戏院里去看戏。他们看见巴克卢申一直和我商量，对我很恭敬，因此很给我面子，并给我安排好的位置。即使罪犯们是好虚荣的、十分轻浮的人，但这是表面的看法。罪犯们会因为我在工作方面不是好的助手而取笑我。阿尔马佐夫会轻蔑地看我们这些贵族，在我们面前夸耀他怎样会烧雪花石膏。但是，他们对我们的压迫和讪笑里，还掺和有其他的性质：我们以前是贵族，我们属于和他们以前主人一样的阶级，他们对于旧主人自然不能留下良好的回忆。但是现在，在剧场内，他们在我面前让路。他们承认，我能够判断得比他们好，知道得比他们多。他们中间最不对我怀有同情的人（我知道这些），现在也希望我夸奖他们的戏剧，并没有带着任何自卑的心情，让我到最好的位置上去。我现在一边回忆我当时的印象，一边在思考。我当时就觉得——我记得这个——在他们对自己的正确的判断里，并没有卑下的观念，而是含有自我尊严的情感。我们的人民最高的、最显著的、性格化的特点，便是正义感和对于正义的渴望。在任何地方，无论如何，不管值不值得，都要超到前面去的那种公鸡似的习惯，在我们的人民中间是没有的。只要剥去外层的、表面的硬皮，仔细地、临近地、不怀任何偏见地看看那核心——就会从我们的人民那里看出一些不能预先猜到的东西来。我们的圣贤们并没有很多东西可以指教我们。我甚至可以肯定地说——恰恰相反：圣贤们也应该向人民学习。

当我们还在准备到戏院里去的时候，彼得罗夫天真地对我说，我一定会被邀请到前面去，因为我会付给较多的钱。位置并没有规定的价格：每人量力而行，愿给多少就给多少。在有人拿着碟子前来收款的时候，大家几乎全拿出钱来，哪怕是一个铜币。如果他们让我走上前面去，一部分真是为了金钱，猜想我会给得比别人多些，那么在这中间包含有多少自我尊严的情感啊！"你比我有钱，你就上前去，虽然我们在这里全是平等的，但是你给得多些，因此像你这样的人对于演员们有意思些——你应该坐第一把位置，因为我们在这里不是为了金钱，而是出于敬意，所以我们自己应该把自己分类。"其中有多少真正的、正直的骄傲！这不是对金钱的尊敬，而是对自己的尊敬。总之对于金钱，对于财富，狱内并没有特别的尊敬，尤其如果把囚犯们当成一个群体，不加以分别对待的话。我甚至不记得他们中间有一个人会为了金钱而真正地降低自己的身份。不错，他们当中也有伸手向我借过钱的。但他们要钱时，与其说是为了钱，倒不如说是出于恶作剧，出于淘气和幽默，这种成分要更多一些。我不知道，我表述得明白不明白……但是我忘记讲戏院了。现在言归正传。

在帷幕快要拉开之前，整个屋子呈现出一幅奇怪的、活泼的图画。首先是四面八方被挤压成一堆的观众在那里耐着性子，脸上露出幸福的神情，等待演出的开始。后排的人们一个压着一个。他们中间许多人从厨房里取来木柴，把一根厚厚的木柴放在墙边，然后用两脚踏上去，用两手撑到站在前面的人的肩上，不变动位置，就这样站两小时，十分满意自己和自己的位置。别的人们把脚靠在壁炉下面的梯级上，也是那样一直站着，身体靠在前面的人们的身上。这是墙边最后一排的情形。侧面还有一大群人爬到音乐队上面的床铺上去，还有更好的位置。有五个人爬到壁炉上去，躺在上面，向下看着。那班人才得意呢！另一面墙上的窗台上面也聚着一群迟到的，或找不到好位置的人。大家都显得很安静，而且很有礼貌。大家都想着在老爷们和宾客们面前把自己的优点表露出来。大家的脸上全表现出极天真的期待。由于闷热，大家的脸是红的、被汗水浸透的。在这刻着皱纹的、有烙印的额角和脸颊上面，在这本来阴郁的、愁闷的人们的眼神内，在这有时闪耀出可怕的火光的眼睛里，露出小孩般的喜悦和可爱的、纯洁的、快乐的、奇怪的光芒。大家都不戴帽子，我从右面看来，大家的头全剃得很光。但是在舞台上听得出翻动和忙乱的声音。帷幕立刻就要揭开。乐队开始演奏了……这个乐队是值得提一提的。旁边的铺板上坐着八名乐师：两把提琴（一个是在狱内的，另一个是从堡垒里的什么人那里借来，演奏者则都是囚犯），三把三弦琴——全是自己做的，两把吉他，还有一面小手鼓，用来代替大提琴。提琴只发出尖叫和锯响声，吉他是蹩脚的，但大提琴却好得少见。他们用手指拨弄琴弦的敏捷程度，简直是一种灵巧的魔术。奏的全是舞曲。在弹到最轻快的旋律时，演奏者便用指骨敲打着三弦琴的传响盘；声调、风格、手法、乐器的使用、曲调的转换，等等——这一切都是囚犯们自己独创出来的，有其别致之处。一个演奏吉他的人，也十分精通自己的乐器。他就是杀死父亲的那个贵族。至于那面小手鼓，那简直是在那里表现奇迹：一会儿在手指上旋转，一会儿用拇指敲鼓面，一会儿听得见急骤的、响亮的、单调的叩门声，一会儿这个强烈的、清晰的声音忽然似乎像豌豆粒撒落似的变成无数细小而稠密的声音。最后又出现了两把手风琴。说实话——我对于用普通的、民间的乐器可以弄成什么东西来这一点，至今没有一点儿概念。声音的协调，演奏的纯熟，主要是了解和传达旋律本身的精神与性质，简直是奇妙异常。我当时第一次完全明白在奔放的、雄壮的、俄罗斯的舞蹈曲中，竟蕴藏着这么多富有人生乐趣的、欢快活泼的东西。帷幕终于揭开了。大家都蠕动起来，向前跨了一步，后面的人们踮起脚来；大家都不约而同地张着嘴，场内笼罩着一片寂静……演出开始了。

阿列伊站在我旁边，他的兄长和其余的契尔克斯人的一堆里面。他们全都喜欢戏剧，每天晚上都来。我不止一次地觉察到，所有的回教徒、鞑靼人等永远喜欢看任何那种戏剧。伊赛·福米奇也挤在他们身边。他从幕幔揭开的时候起，他的整个身子就好像变为听觉、视觉，怀着对于奇迹与享受的、极天真的、贪婪的期待。如果他对于自己的期待有所失望，那他会显得很悲伤的。阿列伊可爱的脸庞闪耀出那种孩子气的、纯洁的快乐，老实说，我看着他觉得异常高兴，我记得每次在演员做出什么可笑的、灵巧的动作，引起观众们大笑的时候，我不由自主地总要朝阿列伊那边转身，偷看他的脸色。他没有看我，也顾不到我！在左面离我不远的地方，站着一个年老的罪犯，永远皱着眉头，永远不满意，一直在唠叨着。他也看到阿列伊，我看见他好几次带着微笑回身看阿列伊：他实在是太可爱了！他称他为"阿列伊·谢苗奇"，我不知他为什么要这样称呼阿列伊。开始演《菲拉特卡与米罗什卡》了，菲拉特卡（由巴克卢申扮演）的确漂亮极了。他把自己的这个角色演得十分逼真。显然，他细想每一句台词、每一个动作的意思。他善于赋予每一句空虚的话语、每一个姿势以意义，他会添上完全和他的角色相适应的意义。显然，除了努力和研究，还得有一种十分真诚的天真活泼和质朴自然才能做到这一点；如果你见过巴克卢申，那么你一定会相信，他是真正的、天生的演员，具有极大的天才。

"菲拉特卡"这个角色，我在莫斯科和彼得堡的戏院里看见过不止一次，我可以肯定地说——京城里演菲拉特卡的演员们，他们的演技都不如巴克卢申。他们和他比较起来，他们所扮演的农民，不能算作真正的农民，因为他们过分地想扮成一个农民。除此之外，使巴克卢申兴奋的是好胜心：大家都知道，在第二出戏里，将由罪犯波采伊金扮演克德里尔这个角色。不知为什么，大家都认为波采伊金比巴克卢申有能力些，演得好些，巴克卢申为了这个感到痛苦，甚至像小孩子一般。在这最后的几天内，他多次上我那里去，抒发他的情感。在开演的前两小时，他兴奋得发狂。观众们被他逗得哈哈大笑，对他大喊："好样的，巴克卢申！真是好样的！"当他听到这些喝彩声的时候，他的整张脸露出幸福的微笑，真正的灵感在他的眼内闪出。在和米罗什卡接吻的那一场，菲拉特卡预先对她喊："你擦一擦干净！"同时自己也擦了一下——这个动作显得异常可笑。大家都笑得前仰后合。但是最使我感到有趣的是观众，这时候他们全露出自己的本相来了，他们尽情地欢笑。叫好声越来越高。有一个人推了他的同伴一下，急忙地把自己的感想告诉他，甚至不管，也许没有看清谁站在他的身旁；另一个人在看见某一种可笑的场面时，突然欣悦地回身向着其他的观众，迅速地对大家看了一遍，似乎招呼大家发笑，挥了挥手，立刻又贪婪地朝台上看去。第三个人简直把舌头咂得直响，弹着手指，甚至不能安静地站稳，因为没有地方走，只好踮起脚来。演出结束时，观众们的欢快情绪达到了最高的程度。我这样描述，一点儿也不夸张。你可以设想一下，平常是监狱、脚镣、不自由、永远没有尽头的忧郁的岁月、单调的生活，像阴郁的秋天里的阴雨一般——突然间，这些受压迫和被幽禁的人有一小时的舒展、快乐，使他们忘却沉重的噩梦，创立了一所完整的戏院，而且还创立得可以傲视全城，使全城的人都感到惊异——好吧，让他们知道我们罪犯是怎么样的人吧！当然，一切都使他们发生兴趣，比如说服装，他们看着就觉得新奇得很；再比如，他们看到万卡·奥特佩托伊，或者涅茨维塔耶夫，或者巴克卢申，现在竟穿起了与平常完全不同的另一种衣服。

"本来是一个罪犯，脚上钉着铁镣的罪犯，现在竟穿着礼服，戴着圆帽，披着披肩——好像平常人一样！装上了胡须、头发。从口袋里掏出一块儿红手绢，挥动着，装出老爷的样子，好像自己就是老爷！"大家全都很欢欣。"仁慈的地主"出场时，穿着副官的制服，诚然是很旧的，制服上面带着肩章，制帽上还有徽章。这样就带来了非同寻常的效果。对于这个角色，有两个人想扮演——你信不信——两人完全像小孩似的为了争抢这个角色，彼此吵闹得很厉害，两人都想穿着有肩章的军官的制服露一露脸！别的演员们把他们分开，当下表决，多数人都赞成把那个角色交给涅茨维塔耶夫，并不是因为他比另一个更显赫些、漂亮些，因此比较像老爷，而且因为涅茨维塔耶夫对大家说，他要带着一根手杖出场，挥动着它，在地上一划，像真正的老爷和纨绔子弟，而万卡·奥特佩托伊是做不出来的，因为他永远没有看见过真正的贵族。后来，涅茨维塔耶夫随着他的太太走到观众面前的时候，果然他一直在那里迅速而且熟练地用柔细的、芦苇秆制成的手杖在地上一划——这手杖他不知从什么地方取的——大概认为这是最高的贵族气、极端的漂亮和时髦的象征。大概在他的童年时代，还是一个光着脚的家童时，曾看见过穿着漂亮服装，手持小拐杖的贵族老爷，被他那种挥动手杖的熟练的姿势所慑服，于是在他的心灵里留下了无可磨灭的印象，所以现在，在三十岁的时候，为了完全取悦全狱的人，且使他们佩服起见，把以前经历的一切全想起来了。涅茨维塔耶夫十分专心于自己的工作，竟不对任何人，不向任何地方看着，甚至说话时也不抬起眼睛，只是留心注意他的手杖和手杖的尖端。仁慈的女地主也演得很妙：她穿着破旧的、样式真像破布似的、棉纱的衣服，裸露着手和脖颈，涂上许多白粉和胭脂的脸，头戴一顶细棉布睡帽，一手拿伞，另一手持花纸扇。她不断地挥着蒲扇。观众们用哄堂大笑迎接这位地主太太的出场，而地主太太自己也忍不住，几次哈哈地笑起来。这位地主太太是由罪犯伊万诺夫扮演的。装扮成小姑娘的西罗特金显得很可爱。主题曲唱得也很好。总而言之，这出戏使大家很满意，在愉快的氛围中结束了，没有人吹毛求疵，当然是不会有的。

乐队又奏起了前奏曲：《家啊，我的家》，帷幕重新揭开了。这一出是《克德里尔》。克德里尔有点儿像唐璜[1]，起码有一点儿是相似的：到戏剧结束的时候，魔鬼把老爷和仆人全带到地狱里去了。戏只演了一幕，这显然是一个片段，开端和结尾全已散失了。其实，剧情并没有一点儿意义。事情发生在俄国某一家旅店内，店主把穿着外套、戴着破圆帽的老爷引进屋内。后面跟着他的仆人克德里尔，手里提着皮箱和一只卷在蓝纸包里的烧鸡。克德里尔穿着短皮袄戴着仆人的帽子。他就是那个贪吃的人，

---

① 唐璜：英国诗人拜伦长篇诗体小说《唐璜》中的主人公。

扮演他的是罪犯波采伊金，也就是巴克卢申的竞争者。在第一出戏里演仁慈的女地主的那个伊万诺夫扮演老爷。店主（由涅茨维塔耶夫扮演）事先警告他们屋内有鬼，然后就走了。阴郁的、显出焦虑神色的老爷喃喃地说他早就知道这个，便吩咐克德里尔把行李打开来，且准备夜饭。克德里尔是一个胆小且贪吃的人，他听说有鬼，便脸色发白，颤抖得像一片树叶。他想逃走，但又惧怕主人，再说他又想吃东西。他这人好吃又愚蠢，很狡猾又胆小如鼠，在每件事情上都要欺骗主人，同时又惧怕他。这是仆人中一种有趣的典型，从他身上可以模模糊糊看出黎波列格①的性格。这典型被演得真是惟妙惟肖。在演技方面，波采伊金确实是一个天才，我觉得他演得比巴克卢申好。我在第二天和巴克卢申相遇时，当然没有把自己的看法对他完全表示出来，因为那样会使他很生气的。扮演老爷的罪犯也演得很好。他说出一些乱七八糟、完全不相似的话，但说话的态度是正确的，手势也是适当的。在克德里尔翻弄皮箱的时候，老爷在台上忧郁地走着，大声地宣布今天晚上是他漫游终结的日子。克德里尔好奇地倾听着，扮出鬼脸，面向一边说话，并且每句话都会使观众发笑。他并不同情自己的主人，但是他很注意地倾听着，他想知道到底有没有鬼，因此他开始参与谈话并提问。主人终于告诉他，以前在遇到一桩祸事的时候，他曾向地狱求助，小鬼们帮他的忙，救了他，但今天期限到了，他们今天也许就会按照约定的条件前来取他的灵魂。克德里尔开始胆怯了。但老爷仍旧很安定，吩咐他准备夜饭。克德里尔一听到夜饭，精神立刻活泼了，把烧鸡和酒掏出来——并趁着主人不注意从烧鸡上撕了一点儿，偷偷地吃。观众哈哈地笑着。门一动，风敲击着窗板，克德里尔哆嗦了一下，匆匆地、几乎无意

---

① 黎波列格：英国诗人拜伦长篇诗体小说《唐璜》中的人物。

识地把一大块儿鸡塞进嘴中，但没有办法吞下去。又是一阵笑声。"准备好了没有？"——主人一面喊，一面在屋内踱步。"老爷，我立刻……给您……准备。"克德里尔说着，自己坐在桌旁，十分安静地开始吞吃主人的饭菜。观众显然很喜欢仆人的敏捷和狡猾，与老爷的呆愚。应该承认，波采伊金的表现真是值得夸奖，那句"老爷，我立刻……给您……准备"的话，他说得极漂亮。他坐在桌旁，开始贪婪地吃着，随着主人每次的脚步声而哆嗦，生怕他的欺诈行为被主人发现；主人一回转身，他就藏在桌子底下，把烧鸡也一块儿拖走。最后，他终于填饱了自己的肚子，这才想起了自己的主人。"克德里尔，你准备好了吗？"——主人喊道。"准备好了！"——克德里尔活泼地回答，同时发现自己几乎没有给主人剩下什么东西。碟子上面只放了一只鸡腿。阴郁和焦虑的主人却一点儿也不觉得，坐在桌边，克德里尔持着餐巾，站在他的椅子后。当克德里尔向观众点头，叫他们看愚蠢的老爷的时候，他的每一句话，每一个手势，每一个鬼脸，总会把观众逗着忍不住哈哈大笑。老爷刚开始吃，小鬼就出现了。戏再往下演就让人觉得莫名其妙了，而且那些鬼似乎太不像人了。旁边幕上的门开了，出现了一个白色的东西，没有头，却用一盏蜡烛灯代替；另一个幽灵的头上也是一盏灯，手里握着镰刀。为什么用灯？为什么握镰刀？为什么穿白衣？谁也不会有所解释。但是谁也不去细想它。大概一定应该如此。老爷十分勇敢地转身向小鬼们叫喊，说他已经准备妥当，他们可以把他捉去。但是克德里尔害怕得像一只小兔，他爬到桌子底下，不管如何害怕，并没有忘记从桌上拿起酒瓶。小鬼们隐没了一下，克德里尔从桌下爬出，但是老爷刚又开始吃鸡，三个小鬼又重新闯进屋内，从后面抓住老爷，把他带到地狱里去。"克德里尔救救我呀！"——老爷喊道。但是克德里尔顾不到这些。这一次他干脆把酒瓶、碟子，甚至把面包全拖到桌子底下去了。他现在一个人在那里，没有了小鬼，也没有了主人。克德里尔爬出来，审视了一下，满脸微笑。他狡狯地眯细眼睛，坐在主人的位置上面，一边向观众点头，一边低声说道：

"唔，我现在一个人……没有老爷了……"

大家都为他那句"没有老爷了"而发笑，但他还是朝着观众，越来越快乐地挤眉弄眼，同时压低声音补充道："小鬼们把老爷捉去了……"

观众们欣喜若狂！当他把"小鬼们把老爷捉去了"这句话说出来的时候，显出那样的狡狯，装出那种讪笑的、得意的鬼脸，真是不能不使你拍手称快。但是克德里尔的幸福持续得并不久。他刚抓住酒瓶，把酒倒在杯内，想喝下去，小鬼们忽然又回来了，蹑足从后面走来，一下子抱住他的腰。克德里尔扯开嗓子叫喊，害怕得竟不敢回转身去。他也不能抵抗，他手里有一瓶酒和一只杯子，他没有力量和它们离开。他害怕得张开嘴，坐了半分钟，朝观众瞪着眼睛，脸上露出那种胆怯和惧怕的、可笑的表情，简直可以从他身上画出一张画来。他终于被捉去，被带走了。他手里还拿着酒瓶，他的双脚乱晃，不停地呼喊着。他的呼喊声在幕后还传回来。帷幕垂落下来，大家哈哈地笑，十分欢欣……乐队开始演奏《卡马林舞曲》。

刚开始时，音乐很轻，听不大清楚，但转瞬间，曲调便越来越高，节奏越来越快，三弦琴的响板弹得当当直响……这是《卡马林舞曲》最欢快的一段。如果格林卡偶然在我们的狱内听到这演奏，那才好呢。用音乐伴奏的哑剧开始了。在哑剧进行的整个时间内，《卡马林舞曲》一直响个不停。舞台上的布景是一间农舍的内室。室内坐着磨坊老板和他的妻子。磨坊老板在一个角落内修理马具，他的妻子则在另一角落里纺线。西罗特金扮演妻子，涅茨维塔耶夫扮演磨坊老板。

当然指出，我们的布景很简陋。无论是在这出戏里，还是在前一出戏里，甚至在另外的几出戏里，你所看到的，与其说是真正的布景，不如说是你自己想象出来的布景。把一块儿地毯或马披子挂起来，当作后墙，旁边放着破旧的屏风。左面一点儿也没有遮挡住，因此看得见床铺。但是，观众并不苛求，愿意用想象补充现实，况且罪犯们是很能够这样做的——说是花园，就把它当作花园，屋里书记官的那个罪犯，以前大概曾在省城或家庭的剧场内演过几次，他觉得我们的演员们全都是没有演技的外行，走路走得不像台上应该走的那个样子。于是他上了场，做出那些旧式戏院里古典的主角上场时的样子，跨着大大的步子，但还没有跨出另一只脚，便忽然止住，把头和整个身体往后一仰，骄傲地向四围望了一望——又走了一步。如果这样的走法对于古典的主角是可笑的，那么对于军书记官，在滑稽的场面上，就更加可笑了。但是我们的观众心想大概应该如此，因此把高个子的书记官那大大的步子当成应该如此，而不加以批评。书记官刚要走到舞台中央，又听见了叩门声：女主人又忙乱起来。把书记官往哪里藏呢？往箱子里放吧，因为箱子恰巧开着。书记官钻进箱子里去，农妇把箱盖盖好了。这一次出现了一个特别的客人，也是情人，是一个特别的情人。原来是一个婆罗门僧，还穿着和尚的服装。观众中间传出了忍受不住的笑声。罪犯科什金扮演婆罗门僧，演得很好。他的身材是婆罗门式的，他用手势表达自己陷入情网的程度。他举手向天，然后又把手交叉在胸前、心上，他刚要做出温柔的样子——又传来剧烈的叩门声。从敲门的声音上可以听得出他是主人。惊吓非常的妻子不能控制自己，婆罗门僧像中了魔似的旋转着，求她把自己藏起来。她匆忙地把他安放在柜子后面，而自己忘记了开门，奔到织机前纺织着，纺织着，没有听见自己丈夫的叩门声，惊吓得搓弄她手内没有的线，把纺锤旋转着，同时忘记把它从地板上举起来。西罗特金很好地，且很成功地表现出惊吓来。但是主人用脚踢开了门，手持鞭子，走近妻子身边。他全都看见了，因为他一直在外面看守着，于是对她做个手势，表示她在那里藏着三个人，接着便开始寻觅被藏匿着的人。第一个找到的是邻人，然后用一顿拳打脚踢把他赶了出去。胆怯的书记官想逃走，用脑袋顶开箱盖，因此自己暴露了目标。主人用鞭子抽他，这一次，深情的书记官并不用古典的方式跳跃了。现在剩下了婆罗门僧，主人寻觅了许多时候，才在柜后的角落里把他找到，有礼貌地对他鞠躬，然后揪住他的胡须，把他拉到舞台中央。婆罗门僧试着抵抗一下，嘴里喊着："可诅咒的人！可诅咒的人！"（这是在这部哑剧里唯一说出来的话），但是主人并不听，仍然按照自己的意思来处置他。他的妻子意识到下一个挨鞭子的就是她了，便扔弃了织机、纺锤，从屋内跑出去了。结果摔了个跟头，罪犯们哈哈地笑着。阿列伊没看我，却拉着我的手，对我喊："你瞧呀！婆罗门僧！婆罗门僧！"——他自己笑得前仰后合，站都站不稳。帷幕落下来了。开始了另一出戏。

但是描写所有的戏是不必的。一共还有两三出，全是有趣的，而且都滑稽可笑。虽说这些不是罪犯们自己编的，至少在每出戏里也加上了自己的东西。几乎每一个演员都自己临时加上点儿什么，因此在以后的几个晚上，同一的演员演同一的角色都演得有点儿不同。最后的那幕哑剧是带有幻想性质的，因此以舞蹈收场。这是埋葬一个死者。婆罗门僧带领着许多弟子在棺材前面诵读了各种咒语，但是没有任何作用。最后传出"太阳落山"的曲调，死人复活了，大家开始快乐地舞蹈。婆罗门僧和死人一同跳舞，用完全特别的方式，用婆罗门的样式跳舞。到第二天晚上，演剧即已告终。我们大家都快乐地、满足地散走了，夸奖演员们，感谢士官。没有听到口角。大家似乎少有地满意，甚至仿佛很幸福，于是不像往常那样地，却几乎怀着安静的心情入睡——这都是为什么呢？况且这并不是我的想象里的幻景。这是事实，这是实实在在的。只要准许这班可怜的人用自己的方式生活一下，用人的形式快乐一下，哪怕有一小时过着非牢狱的生活——这些人就会在精神上起了变化，哪怕只有几分钟也不妨……但是现在已经是深夜了。我哆嗦了一下，偶然醒转来，老人还在炉台上祈祷，要祈祷到天亮为止。阿列伊安静地睡在我的身旁。我记得他睡觉时还在笑着，同兄长们谈论戏剧，因此我忍不住看了看他那安静的脸。我渐渐地想起了一切：最后的一天，节日，整整的一个月……我惊惧地微微抬起头，环顾我的同伴们在公家的洋蜡所发出的暗淡而摇曳不定的光亮中熟睡的样子。我看着他们那惨白的脸庞，他们那破烂的床铺，这完全的赤裸和贫乏——我审视着——我相信这一切并不是丑恶的梦的继续，而是真正的现实。这的确是真正的现实：我听见有人在那里呻吟，有人在用力抡胳膊，铁链发出了声响。另一个在梦中哆嗦，开始说梦话，老人家在炉台上替一切"正教徒"祈祷，于是我又听见他那均匀的、安静的、冗长的祷告声：

"主啊，基督主啊，保佑我们吧……"

"我并非永远住在这里，不过是住上几年罢了！"——我这样想着，又把头倚在枕头上。

ЗАПИСКИ ИЗ МЕРТВОГО ДОМА

第二卷

第一章 医　院

　　圣诞节后不久，我得了病，住进了我们的陆军医院里去。这家医院孤零零地坐落在离堡垒半俄里远的地方。这是一排很长的被粉刷成黄色的建筑物。夏天，粉刷这座建筑物时，须用去大量的赭石。在医院巨大的院子里排列着办公的房屋、医生住的房屋，还有其他合用的建筑物。在正房里全是病房。病房很多，但罪犯用的病房只有两间，永远挤得满满的，尤其在夏天最多，因此必须经常挪紧床铺。我们的病房里挤满了各种"不幸的人"。上那里去的有我们狱里的人，有各种军事犯的被告，受不同的处罚的，有已判决的、未判决的和押往外地经过这里的；也有从感化营里来的——那是一个特殊的机关，所有军营中犯了过失、不大靠得住的兵士全被遣送到那个机关里去，以便纠正他们的行为，但是过了两年以后，他们从那里出来的时候，照例都成为一些不常遇到的坏蛋。我们那里罪犯一得了病，通常总在早晨把自己生病的情形报告给士官。士官立刻记录在一本簿子上面，于是由卫兵拿着这本簿子把病人送到营团的野战医院里去。那边的医生把囚禁在堡垒里的罪犯中的全部病人预先检查了一下，凡认为真有病的，便记下来，正式住院就医。我的名字被他记载在簿子里，在下午一点多钟，狱内大家出去做工的时候，我就到医院里去。有病的罪犯通常总要尽可能地带着金钱，还要带点儿面包，因为在医院内当天不能领到口粮，此外还要带一只小烟斗、烟荷包、火石和火镰。最后的几件东西要仔细地藏在皮靴里面。我走进医院的围墙里面，便不禁对我们囚犯生活中这种新的、我还不大熟悉的变化产生了某种好奇心。

这天是暖和的、郁闷的、死沉的——在这种日子里，像医院那样的场所，会给人留下一种特别严肃的、沉闷的、冷漠的印象。我和卫兵走进接待室，里面放着两只铜浴盆，且已有两个病人在等待着，是待审的犯人，也由卫兵看着。一位医师走了进来，懒洋洋地且露出有权威的样子朝我们看了一眼，更加懒洋洋地走去报告值日的医生。医生很快就来了，诊察了一番，态度很和蔼，发给我们登记卡片，里面写上我们的姓名。至于以后叙写病名，规定服什么药和多少分量，等等，则由那个管理罪犯病房的主治医生办理。我以前已经听说过，罪犯们对自己的医生赞不绝口，"简直比父亲还好"。——我上医院去的时候，他们这样回答我的询问。当时，我们换了衣服。我们将来时所穿的外衣和内衣都脱下来，然后穿上医院里的内衣，此外再发给我们长袜、拖鞋、睡帽和厚厚的、呢质的、栗色的睡衣，睡衣的里子好像是用粗布制成的。总而言之，睡衣已经显得很脏了。不过，等我们穿上后，才能对它进行估价。我们被带到罪犯的病房里去，囚犯的病房在那条很长的敞亮走廊尽头处。清洁的外表使人很满意，初次投入我眼帘的一切，简直发出光泽。但这是在我刚离开监狱时使我这样感觉到的。两个待审的犯人向左面的病房里去，我向右面去。用铁栓关闭的门旁站着持枪的哨兵，一个副手站在他旁边。低级士官（属于医院卫队的）吩咐放我进去，于是我到了一间又长又窄的屋子里面。在两道纵面的墙边停放着大约有二十二张床铺，其中三四张床还没有人睡。那些床是木质的，漆成绿色，为俄罗斯国内每个人所熟悉的。这些床由于某种的安排，怎么也不会有臭虫。我被安排在有窗子角落里的铺位上。

我已经说过，里面也有我们的罪犯，从狱内来的。其中有几个已经认识我，或者至少以前看见过。最多的是待审的和感化营里来的罪犯。病重的，也就是不能起床的并不多。另一些病情比较轻的，或已在痊愈中的，不是坐在床上，便是在屋内来回踱步。屋内两排床铺中间还留有空间，可做散步之用。病房内有异常恶浊的、医院内特有的气味，空气被各种不愉快的蒸气和药味所传染，在角落里几乎整天生着火炉。一条细条的罩布盖在我的床上。我把它摘下。罩布下面是一条粗布沿边的呢被子和粗厚的床单，这床单的清洁度是很值得怀疑的。床铺旁边放着一张小桌，桌子上有一只玻璃罐和锡质的茶杯。为了雅观起见，我用发给我的小毛巾把这一切给盖起来。小桌底下还有木架，里面可以给喝茶的人安放茶壶、盛饮料的杯子等；但是病人中间喝茶的不很多。烟斗和烟袋几乎每个人都有，甚至犯肺病的人都不例外，他们全藏在床铺底下。医生和长官几乎永远不会检查，即使看见有人抽烟斗，也装作没有看见的样子。但是病人们几乎永远很谨慎，走到炉旁去抽烟。到了夜里才在床上抽。到了夜间，除了医院卫队的队长或其他军官偶尔进来看看以外，再也没有任何人来查巡病房了。

在这次以前，我从来没有在任何的医院内躺过，因此周围的一切对于我显得十分新颖。我觉察到，我引起了人们的一些好奇。人家已经听见关于我的事情，因此很不客气地对我打量着，甚至露出一点儿优越的感觉，像在学校内审视新生，或在衙署内审视请求者一般。一个待审的囚犯躺在我的右面。他是书记官，一个退伍的上尉的儿子。他因为制造假币的罪名受审判，已经在医院里躺了一年的时间了，大概一点儿病也没有，但是他硬对医生们说他得了动脉瘤的毛病。他达到了目的，避免了徒刑和肉体的惩罚。他还在一年之前就被遣送到T城去，以便放在医院内养病。他是一个健壮的、矮短的小伙子，年约二十八岁。他为人异常狡诈，且懂得法律，是个并不愚蠢、异常放浪不羁和自视过高的人。他自恋到病态的地步，很正经地使自己相信他是世上最诚恳的、最信实的，甚至并没有犯什么罪的人，而且永远怀着这样的自信。他首先和我谈话，好奇地询问我，充分详细地对我讲医院内的一切规矩。当然，他最先就对我声称，他是上尉的儿子。他极想做出贵族的样子，或者至少成为"正直的人"。在他以后，一个感化营里的病人走到我面前，开始告诉我，他认识许多在以前被流放来的贵族，并叫出他们的姓名来。他是头发业已灰白的士兵，从他的脸上可以看出，他很喜欢说谎的。他的名字叫切库诺夫。他大概觉得我有钱，所以有意奉承我。他看见我有一个包，里面放着茶叶和糖，便立刻表示愿意为我效劳：去弄了一把茶壶来，给我沏茶。米茨基已经答应明天把茶壶托让我们狱中上医院里来干活的人给我带来。但是切库诺夫把一切事情办妥了。他弄到一只铁壶，甚至还弄到一只茶杯，把水烧开，沏上了茶。总而言之，他侍候得特别勤劳，因此立刻引起了一个病人的嘲笑，并说了几句恶毒话。这病人得的是肺病，躺在我的对面。他姓乌斯季扬采夫，属于待审的士兵一类，就是那个怕受刑罚，喝了一大杯泡着烟叶的酒，因此得了肺病的人；关于他，我前面已经提到过了。他至今还默默地躺着，艰难地喘息，凝聚而且正经地看着我，愤愤地注视着切库诺夫的行为。他那不寻常的、怒气冲冲的严肃给他的愤恨添上一些特别滑稽的色彩。他终于忍不住了：

"瞧这奴才！找到主人了！"他气喘吁吁地、用虚弱无力的声音一字一顿地说。看来，他已经临到生命的末日了。

切库诺夫愤愤地转身向他：

"谁是奴才！"他一边说，一边鄙夷地瞧着乌斯季扬采夫。

"你就是奴才！"他用那种自信的口气说，好像自己责备切库诺夫的权利，甚至就是为了这目的才安插到他身边去似的。

"我是奴才吗？"

“就是你。你们听着，好人们，他竟不相信呢！他竟惊异呢！”

“那与你有什么相干？你没看见，他老人家孤单单一个人，无人照顾，很不习惯，这是大家都知道的。为什么不能待候他？你这毛脸的小丑！”

“谁是毛脸的？”

“你就是毛脸的。”

“我是毛脸的吗？”

“你就是的！”

“你是美人吗？你自己的脸像乌鸦……如果我是毛脸的话。”

“你才是毛脸的！既然上帝杀死你，你就应该躺下来死！安心地等待着到那个地方去！”

“什么？我情愿对皮靴叩头，不愿向草鞋屈膝。我的父亲没有屈过膝，也不许我屈膝。我……我……”

他打算继续说下去，但是痛苦地咳嗽了几分钟，咳出血来。不久，疲乏的冷汗在他那狭窄的额角上面透露了出来。咳嗽妨碍着他，否则他会一直说下去的，从他的眼睛上可以看出他还想骂，但是因为没有力气，他只好挥动着手……因此切库诺夫也忘却这回事了。

我感到肺病者的愤恨，说是为着切库诺夫，不如说是为着我。没有人会为了切库诺夫想待候人家一下，以取得几个戈比而恼怒他，或是特别鄙夷地看着他。大家都明白，他这样做，不过是为了金钱。对于这些，普通的民众并不怎样介意，并且会精细地辨别事理。乌斯季扬采夫不喜欢的根本就是我，他不喜欢我的茶，不喜欢我被脚镣锁着的时候，还像老爷一样，仿佛我没有人待候便过不下去，虽然我并不叫人待候，也不希望任何人待候。实际上，我永远打算自己做，我甚至特别希望我能不要暴露出自己是柔弱的、不善用体力的人。既然说这些点，不妨说说我的自尊甚至有一部分就建立在这上面。但是，我根本不明白，怎么老是这样——不过我从来不能拒绝那些好拍马屁、喜欢侍候人家的人自己缠到我身上来，终于完全把我控制住，因此，实际上他们反而成为我的主人，而我则成为他们的仆人，但是外表上似乎自然而然地弄得我是贵族，我没有仆人便过不下去，我过着贵族的生活。这对于我自然是可恨的事。但是，乌斯季扬采夫是有肺病的、喜欢恼火的人。其余的病人对于这事保持着冷淡的态度，甚至带着一点儿傲慢的样子。我记得，大家都注意着一件特别的事情：从罪犯们的谈话中，我打听出今天晚上有一个受审判的犯人将被送到这里来，他这时候正在受棒刑。罪犯们带着一点儿好奇等待新人的到来。不过听说刑罚将是轻松的———共只有五百下。

我稍微打量了一下周围的病人。据我所能观察到的那个样子，躺在那里的病人，实际上都患了坏血病和眼病——这两种病都是当地的常发病。病房里有几个患有这种病的病人。其他真正生病的人，患的是寒热病，还有各种皮肤病和肺病。这里不像别的病房一样，这里把所有的病人全聚在一起，甚至是患花柳病的。我之所以说真正有病的人，是因为这里住着这样一些人，他们没有一点儿毛病，不过是来"休息一下"。医生们很喜欢收留这种人，由于悲悯的心肠，特别在有许多空床的时候。被紧闭在狱内，似乎比住医院差得多，因此许多罪犯很高兴上这里来躺躺，尽管这里的空气十分恶浊，病房的门也紧闭着。有些人甚至特别喜欢躺卧，总之，喜欢医院的生活，不过大半是从感化营里来的。我好奇地审视着我的新同伴，我记得当时有一个人引起我特别的注意，他属于我们监狱里的病人，已经进入垂死的状态，也是肺病，看来没有几天日子了，他的铺位与乌斯季扬采夫相邻，因此又几乎对着我。他名叫米哈伊洛夫，还在两星期以前，我还在狱内见到他。他早已有病，早就应该到这里来治病了，但是他带着一种固执的、完全无效的耐性想战胜自己，一直扛着，到了节日期间才上医院里来，可怕的肺病使他的生命只剩下三个星期了；他热得好像烧着了似的。现在使我惊愕的是，他那变得十分可怕的脸——那张脸我在进狱后就首先注意到。它当时似乎映入我的眼里来。他身旁躺着一个感化营的兵士，是一位老人，一个可怕的、令人讨厌的邋遢鬼……不过，我不能把所有的病人全数出来……我现在想起的这个小老头儿，单只因为他当时也给我留下了一点儿印象，在一分钟内使我对罪犯病房有一个充分的认识。这小老头儿，我记得，他当时患了重感冒。他一直打喷嚏，后来整整的一星期内甚至在睡梦中也打喷嚏，像放排枪似的，每次打五六个喷嚏，而且每次必说：“主呀，竟给我这样的刑罚！”这时，他正坐在床上，把纸卷的烟叶贪婪地塞进鼻子里去，为的是能够更加强烈地、更加迅速地打出喷嚏。他向一块儿布手绢里打喷嚏，那块儿手绢是他自己的，是一块儿有格子的手绢，好像洗过一百次了，颜色褪得很厉害，同时他的鼻子似乎特别皱，被折成细小的、无数的皱纹，还露出那残缺不全的、发黑的牙根和沾满唾沫的牙床。他打过喷嚏以后，立刻把手绢展开来，仔细地看着上面积蓄得很多的鼻涕，立刻把它抹在自己那件栗色的、公家的长袍上面，因此全部的鼻涕都留在长袍上面，手绢只不过湿了一点儿。他这样做了整整一个星期。这种对自己的手绢爱惜如命，而使公家的长袍受损的行为，并不引起其他病人任何的抗议，虽然他们中间总会有什么人在他之后不能不穿上这件长袍。我们普通的民众竟会不嫌脏、不在意，甚至到了奇怪的程度。这种举动当时使我深感不快，我立刻忍不住带着厌恶和好奇的心情，开始审视我刚穿上的那件袍子。我当时觉得它强烈的气味早已引起我的注意。它已经在我身上烘得很暖，越发强烈地透出药味和橡皮膏的味儿，我还觉得有一种脓液的腥臭味。其实这也并不奇怪，因为它从无从想起的岁月起就已没有从病人的肩上脱下过。袍子背上粗布的夹里或曾在什么时候洗过，但是我不知道究竟是不是如此。而现在这里子却浸透着各种难闻的液体、洗剂和从伤口流出来的脓液。再说，经常会有刚受了铁棒刑罚的罪犯，背上受了重伤，被送到罪犯病房里来。医生用药水进行擦洗，而那件长袍一直穿在潮湿的衬衫外面的，无论如何不可能不沾染；于是一切全都留在上面了。我在狱内所有的时间，也就是这几年，每逢我要到医院里去的时候（我是经常去的），每次必怀着畏葸的不信任去穿那件长袍。最使我不喜欢的是，有时会在这些长袍上遇到虱子，是那种粗大的、非常肥胖的虱子。罪犯们痛快地弄死它们。当罪犯们用那粗厚的、笨拙的指爪咯吱一声把那臭虫处死的时候，甚至可以从他的脸上判断出猎人所得到的快乐的程度。我们这里也很不喜欢臭虫，在某一个长长的、沉闷的冬夜中，全病房的人有时会起来残杀它们。虽然除去病房内强烈的气味以外，病房里的一切都很清洁，但里面，譬如说衬料里，却是很不卫生的。对于这些，病人们业已习惯，甚至认为应该如此，而且医院里并没有严格的卫生制度。关于制度方面，我以后再说……

切库诺夫刚把茶水递给我（顺便说，茶是用病房里的水沏的，那水一昼夜送进来一次，而且很快就被我们这里的空气给污染变坏了），病房的门哗啦一声被打开了，在加倍的守卫之下被带进来一个刚受了铁棒刑罚的士兵。这是我第一次看见受刑罚的人。后来他们经常被送进来，有的甚至被抬进来（因为受刑太重），每次都会使病人们产生极大的兴趣。我们这里平常总是带着异常严肃的脸色，甚至还带着一种局促的正经样子接待这类人。然而，迎接的方式一部分上也是和罪行的严重程度，也就是和刑罚的数量有关的。被打得最厉害，再加上负有盛名的大罪犯，比起任何一个逃兵来，例如，现在被送进来的那个人，得到较多的尊敬，较多的注意。但是，不管对哪一种罪犯，都没有表示一点儿特别的惋惜，也不说出一点儿特别恼火的话语。医生们默默地救助不幸的人，侍候他，尤其是在他需要救助的时候。助理医生们自己也知道，已经把挨打的人交到技术纯熟、有经验的医生手里。所谓救治，就是平时经常而且必须将被单或衬衫，替换浸在冷水内，再罩在受伤者的背上，尤其在受刑罚的人自己没有力气照顾自己的时候，此外就是灵巧地从伤口处抽出刺来，这些刺经常由于棍杖弄断而留在受伤的背部。这最后的手术平常是病人最感到痛苦的。在一般情况下，受刑罚的人忍受痛苦时那种不寻常的坚忍永远使我十分惊异。这种人我看见过许多，有时真是挨揍得太厉害，但几乎没有一个人呻吟！只是脸色仿佛变了一下，显得灰白，眼睛发红，眼神显得散乱和不安，嘴唇发抖，那个可怜的人故意咬紧嘴唇，用牙齿咬紧，几乎咬出血来。被送进来的士兵是一个二十三岁的小伙子，具有结实的、肌肉发达的体格，漂亮的脸庞，高大的身材，黝黑的皮肤。不过他的背被打得很重。他的整个身体，从肩膀一直到腰部，完全裸露着，肩膀上盖了一条湿被单，因此他的四肢哆嗦得像发寒热病。他在病房内走来走去，有一个半小时的工夫。我看着他的脸，这时候他似乎什么也不想，用溜滑的眼神奇怪地、野蛮地看着周围的一切——这眼神显然很注意地集中在什么东西上面。我觉得他在盯着我的茶。茶是烫的，热气从茶杯里滚出，而这个可怜的人却冻得上牙不接下牙地直打哆嗦。我请他喝茶，他默默地转身向我，取了茶杯，还没等我放糖，就站在那里喝下去，而且很匆忙地喝着，似乎竭力不看我。他喝完以后，默默地放下茶杯，甚至不对我点头，又在病房里来回地踱步。他是顾不上说话和点头了！至于其他的罪犯，不知道为什么，大家这时都尽量避免和这个逃兵说话，虽然他们起初都尽力救助他，可是后来他们就尽量不去注意他了，也许希望能够给予他更多的安宁，不用任何的询问和"同情"烦扰他。看来他对大家的这种做法感到很满意。

当时天色已黑，烛台点燃了。罪犯们有几个人甚至有自己的烛台，不过并非所有人都有。终于在医生进行了晚间的查房之后，看守的士官走了进来，数清所有的病人。把病房关上，预先把夜里用的马桶端了进来……当我听说这马桶会在这里放一夜时，我感到十分惊异，因为真正的厕所就在走廊内，离门口只有两步路。然而，医院的规矩就是这样的。白天罪犯还可以从病房里放出来，不过也只有一分钟，夜里无论如何是不允许的。罪犯的病房不像普通的病房，有病的罪犯甚至在病中也受着刑罚。至于是谁首先定下这个规则，我不知道；我只知道这中间并没有任何真正的规则，所有一切无益的形式主义从来没有比在这件事情上表露得更加粗暴的。这规则自然不是医生们定下的。我要重复地说：罪犯们不绝口地夸奖他们的医生，认他们为父亲，尊敬他们。每个人受到他们的爱抚，听到他们的善言；一个被众人抛弃的罪犯，对这一点是很珍视的，因为他看出这些善言，这样的爱抚不是虚假的，而是诚恳的。这爱抚本来可以没有的，谁也不会责问医生，如果他们使用不同的态度，那就是粗暴些，不人道些，因此他们的善良出于真正的爱人之心。当然，他们明白，病人无论是什么样的人，无论是不是罪犯，都需要和其他病人，甚至是处于最高职位上的病人，完全拥有一样的新鲜空气。别的病房里的病人，在恢复期内，譬如说，可以自由地在走廊上行走，进行较多的运动，呼吸些不像病房里那样污染的、充满药味和汗味的空气。现在想起来都会觉得可怕，而且讨厌，这种已经被污染的空气，在夜里端进马桶来的时候，在房内有那样暖和的温度，再加上生某种疾病时不能不起来解手的时候，应该污染到怎样的程度？若是我现在说罪犯在生病时也在受刑罚，那么自然没有猜想到，也不会猜想到，单只为了刑罚，才定下这种规则来。当然，这只是出自我这方面的、毫无意义的诬蔑。对病人本来不必进行什么惩罚了。既然如此，想必是有一种十分必要的理由，迫使当局采取这种后果十分有害的措施。然而是什么样的必要呢？遗憾的是，不管用什么理由，也无法解释采取这种措施以及其他许多令人莫名其妙措施的必要性，不但不能解释，甚至无法猜想如何去解释它。既然如此，为什么要采取这种残忍的措施呢？是不是生怕罪犯假装生病，故意进入医院，骗过医生，夜里走入厕所，趁着黑暗时候逃走呢？其实，这种毫无道理的推测是不值一驳的，往哪里跑？怎样逃跑？穿什么衣服逃跑？白天一个一个地放出来，夜里也可以这样做。门外站着荷枪实弹的哨兵。厕所离哨兵站岗的地方只有两步路，虽然如此，病人上厕所还有副哨跟着，眼睛一直盯在他的身上。里面只有一扇窗，用双层的窗框，像冬天一样，还加上铁栏。院内窗下就在罪犯病房的窗旁，也有哨兵整夜地走来走去。为了跳出窗外，必须打破窗框和铁栏。谁能允许呢？如果说，他预先把副哨杀死，杀得他来不及喊出声来，而且没有人听见。甚至如果这种离奇的事情也是可能的，但总归必须弄破窗子和铁栏。应该注意的是，在哨兵的附近还睡着病房的看守人员，而且在十步路以外，另一间罪犯的病房旁边，站着另一个荷枪实弹的哨兵，他身旁站着另一个副哨，还有其他的看守人员。而且在冬天，穿着袜子和拖鞋，披着医院的长袍，戴着睡帽，往哪里逃跑？既然如此，危险性既然这样少（实际上完全没有任何危险）——为什么这样存心折磨病人？难道这些病人也许已经到了生命的最后限期，比健康的人们更需要新鲜空气吗？这究竟是为什么？我百思不得其解。

既然已经问过一次"为什么"，又正好说到这一点，那么我现在不能不想起另一个疑问来。这疑问已有许多年凸现在我的面前，成为一个极神秘的事实，使我无论如何也不能获得解答。在继续进行描写之前，我不能不对这桩事情多说几句话。我说的是脚镣。凡是已经判决的罪犯，不管得什么疾病，仍不能免除要戴脚镣。甚至患有肺病的人，也戴着脚镣在我的眼前死去。然而大家对于这些业已习惯，大家认为这是既成的、无法避免的事实。甚至不见得有人想到这上面去，甚至医生中，在所有这些年来，也没有人想到，哪怕有一次向长官请求解除患有重病的罪犯的脚镣，尤其是犯了肺病的罪犯的脚镣。尽管脚镣并不是怎样重的东西。它的重量大约有八磅到十二磅。健康的人戴十磅重的东西并不显得沉重。有人对我说脚镣戴了几年以后，脚仿佛会开始干瘪。我不知道，这是不是事实，虽然这种说法很有一点儿理由。重物虽然是小分量的，虽然只有十磅，但如果永远贴在脚上，就会影响肢体的正常发育，过了许多时候就会造成有害的效果……尽管对于健康的人没有什么关系。但是对于病人是不是如此呢？尽管对于普通的病人也没有什么。但是我要重复地说，对于重病的人是不是如此？对于有肺病的人是不是如此？他们的手和脚即使不戴脚镣也会干瘪，就是一根干草也会使他们觉得异常沉重。说实话，医院当局如能单独对一些患肺病的人设法给予便利，单单这个就已经是一种真正的、极大的恩惠。也许有人说罪犯是恶徒，不值得施与恩惠，但是对于上帝的手指业已触到的那个人，难道还必须增加刑罚吗？很难相信，这些做法仅仅是为了惩罚。患肺病的人在法院里本可以免除对肉体的刑罚。因此，我们应该把戴脚镣看成一种神秘的重要的预防性措施。然而，究竟有什么必要采取这种措施呢——我不能理解。实际上，根本就不用担心患肺病的人会越狱潜逃。谁还会想到这些，尤其在疾病已发展到一定程度的时候？假装得了肺病，欺骗医生，以便乘机逃走——这是不可能的。这不是其他的病，这种病是一眼就能够看出来的。再说给人钉上脚镣，难道单只为了使他不能逃走，或是为了妨碍他逃走吗？完全不是的。脚镣只是为了毁损名誉，只是一种耻辱，是一种肉体和精神上的负担。至少应该这样猜想着，它是永远不会妨碍任何人逃跑的。连最无能、最拙笨的罪犯也会轻而易举地迅速将铁镣弄断，或者用石头把铁镣砸开。脚镣根本不能预防什么，既然如此，如果给已判决的罪犯钉上脚镣，单只是为了刑罚，那么我又要问：难道对于垂死的人也要惩罚吗？

写到这里，我现在又清晰地想起一个垂死的肺病患者，就是几乎躺在我对面，离乌斯季扬采夫不远的那个米哈伊洛夫，我记得他就在我进院后的第四天时死去的。现在既然提起关于肺病患者的问题，我也许不由得又回忆起当时我看到这些人死亡时所产生的一些印象和想法。不过，我和米哈伊洛夫本人不大熟识。他还很年轻，约莫二十五岁，不会更大了，高高的、细细的身材，相貌还好。他被关在特别部内，平素很沉默，似乎一直很安静的，安静中又带着忧郁。他好像在狱中"干瘪了下去"。至少后来罪犯们这样形容他，他在罪犯们中间留下了很好的印象。我只记得他有漂亮的眼睛。我不知道为什么我会这样清晰地想起他。他在午后三点，钟的时候死去，在一个冰冻的、晴朗的日子。我记得，一道道强烈的阳光透过病房窗上绿色的、微冻的玻璃，倾泻到这个不幸之人的身上。他临死时，神志已经不清，显得十分痛苦，挣扎了好长时间，连着有几个小时之久。从早晨起，他已经开始认不出走近他身边的人。人们想用什么方法使他减轻一点儿苦痛，因为他太痛苦了；他艰难地呼吸着，喘着粗气，发出嘶嘶的声音；胸脯高高地耸起，好像感觉空气不够。他把被子和所有的衣服全踢开了，然后开始要撕去自己身上的衬衫——他甚至觉得衬衫也是沉重的。大家帮助他，把他身上的衬衫脱去了。看着这颀长的、消瘦的躯体，手和脚干瘪得露出骨头，肚腹陷落着，胸脯却凸起，清晰地露出一条条肋骨，好像一副骸骨。在他的整个躯体上只留下一只木质的、带锁盒的十字架和一副脚镣（他现在大概可以把那只干瘪的脚从里面拿出来），那真是可怕得很。他死前的半小时，大家好像安静下来，连说话的声音都变得很低。有走路的——走得似乎没有声响。彼此不大谈话，不过讲些不相干的事情，偶然打量一下那个垂死的病人。最后，他用颤抖的、软弱无力的手去抚摸胸脯上的十字架，并把它从自己身上拿开，好像那小小的十字架也会使他觉得沉重，使他不安和有压力。人们帮他把十字架摘了下来。过了十分钟以后，他就死了。有人敲门叫守卫，通知他。看守走了进来，呆钝地看了死人一眼，然后去找医生。医生很快地跑了来。他是一个年轻的、善良的小伙子，有点儿过分修饰自己的外貌，不过他的外貌，确实令人喜欢；寂静的病房里响起他的脚步声，他快步走到死者跟前，故意装出一副满不在乎的样子，当下摸了摸死者的脉息，挥了挥手，便走出去了。立刻有人跑去报告卫队长：罪犯是重要的，属于特别部里的；必须用特别的方式才能确认他为死人。在等待卫队长的时候，有人低声说出一个意见，就是最好把死人的眼睛闭上。另一个人注意地倾听他，默默地走到死人面前，把眼睛给盖上了。看见放在枕头上面的十字架，取了起来，看了看，默默地又套在米哈伊洛夫的颈上；套上以后，画着十字。当时死者的脸业已僵硬，阳光照在他的脸上；他的嘴半张着，两排洁白的牙齿在柔细的粘贴在牙龈的嘴唇底下。终于，守卫的士官，佩着短刀，戴着军帽，走进来了。两个看守跟在他后面。他走近时，越发地放慢了步伐，带着惊疑的神情看着静寂下去的、从四周看着他的罪犯。他向死者身边走近了一步，像被钉住似的止了步，似乎有点儿胆怯。完全赤裸的、干瘪的、仅仅戴着脚镣的尸体使他惊愕。他突然解开帽带，脱下军帽——其实并不需要这样——画了个十字。那是一副严肃的、长着灰白发的、官僚气很深的脸庞。我记得，就在这一刹那间，旁边站着切库诺夫，也是灰白头发的老人。他一直默默地、专注地看着士官的脸庞，一直盯着看，用一种奇怪的眼神，认真地审视他的每一个手势。终于，他们的眼睛相遇了，切库诺夫的下唇忽然不知为什么哆嗦了一下。他似乎奇怪地把嘴唇弯曲了一下，露出牙齿，好像不经意似的对着士官，用嘴朝着死者，迅快地说：

"他也是有母亲的！"说完就走开了。

我记得，这句话好像刀割似的刺痛了我的心……他为什么说这句话？他怎么会想到说这句话？但当时人们开始抬起尸体，连床铺一块儿抬起。干草发出微响，脚镣在静寂之中，响亮地敲击在地板上面……人们把它捡起来。尸体抬了出去。大家忽然大声说起话来。听得见士官在走廊里打发什么人去唤铁匠来。因为要解除死者身上的脚镣……

但是，我又离开本题了……

第二章　医院（续）

　　医生们一大早就开始巡视各个病房；在十一点钟时，他们大家陪着医务主任，来到我们那里，而在他们之前，也就是一个半小时之前，我们的主治医生就来过了。当时在我们那里担当主治医生的是一位年轻的、医术高明的医生，人极和蔼、客气，罪犯们很喜欢他，只是在他身上发现一个缺点：过于温和。的确，他好像不大喜欢说话，甚至仿佛在我们面前很怕羞，有时竟会脸红，几乎一经病人们请求，就变动药量，甚至似乎准备依照他们的请求，以决定吃什么药。然而，他真是极可爱的年轻人。应该说实话，俄国有许多医生享受老百姓的敬爱，我觉得，这是完全有理由的。我知道我的这些看法，有的人会觉得是一种怪论，尤其看到所有的俄国老百姓对于医学和外国药品普遍的不信任。实际上，普通老百姓宁愿一连几年忍受着重病折磨，向女巫求治，或用自己家庭的民间药方医治（这种药方不应该忽视），而不肯去看医生或躺到医院里去。此外这里还有一件极重要的、于医学完全无关的事实，那就是老百姓对于含有行政管理方面的、形式方面的性质的一切东西普遍的不信任。再说，老百姓受了各种恐怖的话语，各种经常是离奇的，但有时也是有根据的戏谈的影响，而对医院怀有成见。但主要使老百姓受到惊吓的是医院中德国式的规则，在治病的全部过程中，周围全是陌生的人，对于食物的严格限制，关于助理医生和医生如何严厉，尸体必须解剖等的传述。老百姓心里盘算着，医生们会给老爷们诊视，因为医生们自己到底也是老爷们。但是，在和医生们认识得比较接近些的时候（虽然也有例外，但多半是如此），所有这些恐怖心理会很快地消失了；据我看来，这应该直接归功于我们的医生们，尤其是年轻的医生们，他们的大部分会博得老百姓的尊敬，甚至爱戴。至少我写的是自己屡次在许多地方看到的、经历过的一切，我没有理由不想到在别的地方也会经常如此。当然，在有些边远地方，医生收取超额的诊金，从医院方面获取各种利益，几乎不顾病人，甚至完全忘却医学。这种情形还有，但我说的是大多数的情形，或者不如说是目前在医学界的一种精神，一种趋势。那些不做正事的庸医，羊群里的狼，无论提出什么来辩白，譬如以环境逼迫他们的话来进行辩解，他们永远都是不对的，特别是丧失了仁爱之心。所谓的仁爱之心，就是视病人如自己的弟兄，有时比任何药品还重要。现在是停止一切抱怨的时候了。不错，关于环境的损害也许是实在的情形，但并不完全如此，有些狡猾的、明白事情的骗子经常会十分巧妙地用环境影响的话遮掩自己的弱点，而且经常以此来辩解自己的卑鄙行为，尤其如果他是能说会道，并善于舞文弄墨的时候。但是，我又离开了本题。我只想说普通的老百姓多半对于医院管理，而不对于医生，本身有不信任感和仇恨。老百姓在弄明白他们是什么样的人之后，很快摒弃了自己的许多成见。我们医院中的设备至今在许多方面不适合人民的精神，规则方面至今与我们老百姓的习惯相异，不能获得人民完全的信任与尊敬。根据我自己的印象，至少我觉得是这样的。

　　我们的主治医生平常总是停留在每个病人面前，一本正经地、十分专注地诊视、询问、开药方、规定饮食。有时，医生也看出来有些病人根本没有什么病，不过是想从工作中休息一下，在软被褥上躺两天，以代替光秃秃的木板，且到底可以睡在温暖的屋内，而不在潮湿的狱室中——里面拥挤地监禁着一大堆面色惨白、骨瘦如柴的待审犯人（全俄的待审犯人几乎永远是面色惨白，骨瘦如柴的，这是他们的待遇和精神上几乎永远比已判决的人痛苦的一个表征）。因此我们的主治医生会心平气和地给他们写上Febis catarhalis①，有时甚至让他们躺到一个星期之久。我们大家全笑这Febis catarhalis。我们都知道，这是医生和病人中间根据某种互相约定而采取的一种方式，是假病的代用语。罪犯们则自己把Febis catathalis翻译成"预备性刺痛症"。有时，病人会滥用医生的慈悲心肠，继续躺着，直到被强制驱逐出去为止。那时再看看我们的主治医生是怎样把这些病人赶出去的吧：他好像很胆怯，好像羞于对病人直接说他业已痊愈，应该赶快出院的话，虽然他完全有这个权利，不必进行任何谈话，且不必用甜言蜜语，就直截了当地命令他出院，而在登记卡片上写上sanat est②，然后让病人出院。他先是向病人暗示，然后似乎用恳求证据说"是不是该出院了？你差不多已经痊愈了，病房里又这么挤"，等等，直到病人自己觉得不好意思，自己请求出院的时候为止。医务主任虽然也是仁慈的、诚实的人（病人也很喜欢他），但比主治医生严厉得多、坚决得多；甚至有的时候表现出非常严厉的态度，为了这个我们这里有两个人特别尊敬他。他在主治医生之后，由全体医生陪同前来，也个别地诊察每一个人，特别停留在重病的人面前，永远会对他们说出一句善心的、鼓励的，甚至是亲密的话语，所以给人们留下极良好的印象。对于犯了"预备性刺痛症"进院的人们，他从来不拒绝诊察，也不赶他们出去；但是如果病人自己固执着，那么他就直接命令他出院："喂，朋友，你也躺够了，休息够了，就回去吧，应该拿点儿良心出来。"那些坚决不肯出院的，一般都是想逃避干活

---

① 拉丁语，意为"卡他性疟疾"。

② 拉丁语，意为"康复"。

的人，尤其在夏天工作忙的时候，或是等待刑罚的待审人犯。我记得，为了迫使这样的人出院，曾对他采取了特别严厉，甚至是残忍的手段。他是因为眼病入院的，他眼睛红肿，声称眼内剧痛。医生于是采用发疱药膏、水蛭吸血、向眼内喷射腐蚀药水等方法医治，但是病还是没有治好，眼睛老是弄不干净。医生们渐渐地猜到他的病是假的，红肿经常不是很严重，不会变坏，也治不好，总是处在一种不好也不坏的状态中，这种情况是很值得怀疑的。一起住院的罪犯们早已知道他装病骗人，虽然他自己并不承认这一点。他是个年轻的小伙子，相貌甚至很漂亮，但却给我们大家留下了一种不愉快的印象：他的性格很阴暗，疑心很重，总是皱着眉头，不和任何人说话，而且皱着眉头看人，对谁都离得远远的，好像对大家都存有戒心。我记得，有些人甚至会怀疑他干过什么坏事。他当过兵，有过偷窃行为，被查获后，挨了一千棍子，然后被送入军犯营。我以前已经提到过，待审的犯人们为了延缓刑罚的施行日期，有时决定做出可怕的行为：在处刑前用刀子杀死长官中的什么人，或自己的伙伴，于是他必须重新受到审判，刑罚延搁两个月，他的目的也达到了。至于两个月后他会受到两倍，甚至三倍严厉的刑罚，那他是不管的；只要现在能把可怕的时间拖延下去，哪怕拖几天也好，到那时候随便出什么事情都行——这些不幸的人的精神有时会堕落得如此厉害。我们当中有些人已经在悄悄议论，必须提防他，因为他也许会在夜里把什么人给杀死。不过，大家也只是说说罢了，并没有采取什么特别的预防措施，甚至床铺和他相邻的那些人也是如此。有人看见他在夜里从一只小盒里取出石灰，还用别的什么东西擦眼睛，使它早晨又显出红色来。终于，医务主任向他恐吓使用穿线放脓治疗法。对于那种经过长期治疗而又不见效的顽固眼病，一切医学上的手段全都尝试过之后，为了保护视力起见，医生们决定实行强烈的、痛苦的手段：给病人穿线、破脓，就像医治马匹一般。但是，即使在这种情况下，这个可怜的人还不肯承认自己已经痊愈。这是一个怎样顽强的性格，要不就是过于怯懦的家伙啊！穿线虽然比不上棍棒，但也是很疼痛的。用手把病人颈后的皮肤聚紧拢来，能抓起多少就抓起多少，然后用刀子把抓起的那块儿肉划破，因此在整个后颈上划出了一块儿又宽又长的伤口，然后把一条足够宽的、几乎像手指那样长的帆布线带穿到伤口里；接下来每天在一定的时间内把这布带在伤口里抽动一番，这样一来，就好像重新把伤口裂开，使得它永远流着脓水，生不出新肉来。而这个可怜的人竟一连几天倔强地忍受了这种可怕的痛苦，到最后才同意出院。他的眼睛在一天之内也就完全好了。等到他后颈的伤口一好，便被送到禁闭室里去，等到第二天便重新去忍受那一千棒的刑罚。

当然，受罚之前的那一刻是很痛苦的，痛苦到我不应该把这种恐怖心理称为卑怯与胆小。一个人甘愿受双倍、三倍的刑罚，只为了现在不实行比那种轻的刑罚，那是非常痛苦的，不过我还记得有这样的人，在挨了第一顿棍杖，背伤尚未痊愈时，自己竟请求赶快出院，以便忍受其余的棍杖，最后便可解脱审讯。监禁在禁闭室里，在大家看来比受徒刑要糟得多。除去气质的差别之外，如对于挨打和受刑罚有已经习惯的罪犯，也会养成他们坚决与无畏的性格。挨过多次打的人似乎在精神上和背部上会显得刚强一些，到后来他们便对刑罚产生怀疑的态度，几乎看成是一件令人不快的小事一样，并不怕它。一般说来，这是对的。有一个罪犯，属于特别部的，是已受洗过的卡尔梅克人，我们管他叫亚历山大或亚历山大拉，这是一个很奇怪的家伙，狡猾、胆大，同时心很善。他对我讲他受过四千下棍杖。他一面讲，一面还笑着，一面开玩笑，但他又一本正经地发誓：如果他不是在小时候，从最柔嫩的、最初的儿童时代起，就在鞭子底下成长——由于鞭打而使得他的背上几乎从未断过疤痕——他是绝不会忍受住这四千下棍杖的。他在讲这些时，好像在歌颂鞭杖下的教育。"我经常挨打，亚历山大·彼得罗维奇，"有一天晚上，他坐在我的床铺上面，红光满面地对我说，"为了一切的事情，为了任何一件事情，连着挨打了十五年，从我开始有记忆的那天起。每天必挨好几次打，谁想打就打，弄得我后来完全习惯了。"至于他是怎么当兵的，我并不知道，也不记得了，也许他曾经跟我讲过的；他总是当逃兵，到处流浪。我只记得他讲到因为杀死长官而被判打四千棍杖的时候，他如何感到胆怯。"我知道他们会严厉地惩罚我，也许会打死我，虽然我已经习惯忍受鞭打，但是必须忍受四千下——这是闹着玩的吗？再加上长官非常愤恨。我知道，我一定知道，不会让我轻松地过去；他们不会让我从棍杖底下生还的。我开始想领受洗礼，心想也许会因此赦免的，虽然人家当时就对我说，这是不会有的事，不会赦免的，但是我总想试一试，他们对于已领受洗礼的人总归会怜惜一点儿的。我终于接受了洗礼，改名为亚历山大；但是棍杖到底还是棍杖，而且一棍子也没少打，这使我感到恼怒。我心想：等一等，让我好生骗你们大家一下。您以为怎样，亚历山大·彼得罗维奇，我真是骗过了他们！我会装死，那就是说并不是完全死去，却好像灵魂就要出窍似的。当时我被带去挨了一千棍，身上炙烧，连声叫喊；他们又要带我去挨第二个一千棍，我心想这下完了，我的末路到了，他们打得我完全失去了知觉，腿也快要打断了；我的身体扑通地朝地下一摔，两眼发直，像死人一般，脸色发青，气也不喘了，口吐白沫。医生走了过来，说道：'他就要死了。'于是，我被抬到医院里去，但是立刻就复活了。就这样闹了两次。他们恨得厉害，把我恨得要死。我又骗了他们两次，刚挨到第三个一千棍，我又死去。等到打第四次一千棍的时候，每一记像刀子似的触到我的心里，每

204

一下抵得上三下，打得太狠了！他们恨透了我。这最后的一千下（见它的鬼去吧……），比头三千下更加难以忍受，如果我没有装死（一共只剩了两百下的时候）他们当时就会把我打死。但是我决不肯听人家摆布我，我又骗他们，又装死了。他们又相信了，怎么能不相信呢？医生都相信了。最后的二百下，他们虽然拼命地打，打得更厉害，但是到底还是没有把我打死。为什么没有打死呢？也全是因为我从小就在鞭子底下长大的。唉，我一辈子真是不知道挨了多少次的打！"他在讲到最后的时候说着，似乎露出忧郁的、沉思的样子，似乎在那里努力记清和数清他到底忍受了多少次打。"不行，"他补充地说，打破了一分钟的沉默，"真是数不清挨了多少次打，怎么能数得清呢！不好数的。"他看了我一眼，笑了，但是笑得那样善良，使我不能不用微笑来答复他。"您知道不知道，亚历山大·彼得罗维奇，我现在夜里一做梦，总是梦到人家打我，我没有别的梦可做。"他真是经常在夜里呼喊，扯开嗓子大喊，罪犯们只好立刻上前推醒他："死鬼，你瞎喊什么？"他是一个健壮的家伙，个子不高，生性好动，性格快乐，有四十五岁，和大家都处得很和睦，虽然很喜欢偷东西，经常因此挨打，但是我们这里谁不偷东西呢？谁又不为了这个挨打呢？

我还要补充一点：那些挨打的人在讲述他们如何挨打，何人打他们的时候，那表情是那样的善良，并不怀有任何的恶意，这使我永远觉得惊讶。在这类讲述中，我甚至经常听不到丝毫的怨恨，或仇恨的影子。我听着这些故事，我的心立刻跳动起来，开始剧烈地敲击，然而他们讲的时候，经常笑得像小孩一般。譬如说，米茨基曾对我讲过他受刑罚的情形，他不是贵族，挨了五百记的棍杖。我从别人那里听见这件事情，便去问他：这事是不是真的？又是怎样发生的？他回答得很简单，仿佛内心感到痛苦似的，似乎努力不看我，他的脸发红。过了半分钟以后，他看了我一下，他的眼内闪出愤恨的火光，嘴唇愤激得发抖。我感到他永远不会忘记他历史上的这一页。但是我们这里的人几乎全把这事看得完全不同（我不敢担保没有例外）。我有时想，他们不见得认为自己完全有罪，因此应该受刑罚，尤其在他们侵犯的不是自己的人，而是长官的时候。他们中间大多数完全不认为自己有罪，我已经说过，我没有觉出他们有良心受到谴责的情形，甚至在对自己的同伴犯罪的时候。至于对长官犯罪更加不必说。我有时觉得他们对于这种事情有一种特别的、实际的，或者不如说是事实上的看法。他们认为这是命运的安排，这是无可避免的事实，而不是能想象的，乃是无意识的，好像某种信仰似的。譬如说，罪犯永远觉得他们在反对长官的罪名时并无过错，因此这个问题本身对他们根本没有意义，但是实际上他到底承认长官对于他的犯罪具有完全不同的见解，因此他应该受到惩罚，也就完了。这里是双方的斗争。罪犯知道，而且不疑惑，他会被自己周围的人，被老百姓宣判无罪。他还知道这班老百姓永远不会完全责备他，多半会替他洗刷罪名，只要他所犯的罪不是反对自己的人，反对弟兄，反对老百姓。他的良心很安静，他的理由很坚强，精神上没有不安，而这是最重要的。他似乎感到他有所依靠，因此并不怨恨，而把他身上发生的事情当作件无可避免的事实。这事实既不是他发的端，也不是他可以了结的，而将长久地继续下去，在业已发动了的、被动的、顽强的斗争里面。哪一个兵士会在个人方面仇恨土耳其人呢，尤其是在他们进行交战的时候。但是，土耳其人仍然杀害了他，砍倒他，向他开枪。不过，不见得所有的人在讲这些故事时，都是冷静和无动于衷的。譬如说，人们在讲到热列比亚特尼科夫中尉，他们甚至带着一点儿愤激的样子讲着，不过这愤激并不大。我最初还在医院卧病的时候就晓得这热列比亚特尼科夫中尉，自然是从罪犯的讲述中晓得的。后来在他到我们狱中值班的时候，我亲眼看见他。他的年龄有三十来岁，个子很高，身体肥胖，浑身都是脂肪，脸颊红润，而且被一层油脂蒙着，牙齿雪白，笑声很响亮，是从鼻子里发出的。从他的脸上可以看出他是世界上最不会有所迟疑的人。他最喜欢打人，用棍杖责罚人，在他被派为刑罚执行官的时候。我应该补充的是，我当时把热列比亚特尼科夫中尉看作我们自己的阶级中的怪物，就是罪犯们也这样看他。不久以前，当然是在"时隔不久，却难以置信"的不久以前，也有些刑罚的执行者喜欢狂热地、勤劳地履行自己的职务。但多半是出于天真的，并无特别的兴趣。中尉则在执行刑罚方面几乎成为细腻的烹调专家。他喜欢这种执行的艺术，而且单只为这艺术而喜欢。他享受够了这艺术，他好像已在享乐中厌倦了罗马帝国的贵族，发明了各种不同的、细腻的玩意儿，各种违反人道的花样，为了稍稍地晃动晃动，有趣地摇一摇他那塞满脂肪的心灵。且说一个罪犯被带出来受刑罚，热列比亚特尼科夫被派为执行官；只要一看到这长长的、排得整齐的人的队伍，每人手里执着粗棍，就会使他得到灵感。他傲慢地向队伍边上巡视了一遭，对大家说，每人必须热心地，按照良心，履行自己的职务，否则……但是士兵们已经知道，这个"否则"是什么意思。罪犯被带来了，如果他至今还不认识热列比亚特尼科夫，如果还没有听见人家讲过他的本领，那就看看中尉会对他做出这样的把戏来（当然，这只是一百种把戏中的一种，中尉是擅长发明的）。一个罪犯，在人家给他脱去衣服，把他的手绑在枪柄上，以便由士官们从后面拉住枪柄，拖他到那条"绿街"上去的时候——每一个罪犯必依照普通的习惯，开始用哭诉的声音哀求执行官惩罚得轻些，不要过分严厉。"大人！"不幸的人喊道，"饶恕我吧，做做好事吧，我一辈子替您祈祷上帝，不要送我的命，赦了我吧！"热列比亚特尼科夫只是等待这个机会；他立刻命令部下暂停施刑，也露出富于情感的神色开始和罪犯谈话：

"我的好朋友，"他说，"我有什么法子可想呢？不是我要惩罚，这是法律！"

"大人，一切都在您的掌握中，您饶恕了我吧！"

"你以为我不怜惜你吗？你以为，我看着人家打你快活吗？我也是人呀！我是人不是，你以为？"

"自然喽，大人自然是的。您是父亲，我们是您的孩子。您行行好吧！"罪犯喊，已经开始有了希望。

"唉，我的好朋友，你自己想一想；你是有头脑的人，可以自己判断的。我自己也知道，从人道上讲，应该用仁慈和怜悯看待你们罪人。"

"大人，您说的是实在的话！"

"是的，应该用仁慈看待你们，无论你怎样犯罪。但这里不是我，而是法律！你想一想！我为上帝和祖国服务。如果我把法律放宽，我自己就犯了重罪，你想一想看！"

"大人！"

"得了吧！为了你的缘故，就这么办吧！我知道我犯罪，但是就这么办吧……这一次我饶恕你，惩罚得轻些。但是如果我这样反而使你有害，那便怎样呢？我现在饶恕你，惩罚得轻些，你会希望下次还是这样，又会犯罪，那时便怎样呢？这样反而使我的良心……"

"大人！我可以发誓！在天主的宝座前面……"

"好啦，好啦！你会对我发誓，以后好生做人吗？"

"我如果再干坏事，那就让天雷劈死我，让我到阴间……"

"你不要发誓了，这是有罪的。我会相信你的话，你说的是实话吗？"

"大人！"

"你听着，我只是为了你这孤儿流泪，才饶恕你。你是孤儿吗？"

"是孤儿，大人，孤苦伶仃的一个人，没有父母……"

"这是为了你这孤儿的眼泪的缘故。不过你要注意，这是最后一次……带他走吧。"他用那种慈悲的声音说话，使得罪犯简直不知道要怎样替这样慈悲的人祈祷上帝。于是威严的队伍出发了，他被带过去。鼓声一响，前面的几根棍杖挥动着……"揍他！"热列比亚特尼科夫扯开整个嗓子喊嚷。"狠狠地抽他。剥去他的皮！烧灼他！再来一下，再来一下！把这孤儿，重重地打！把这坏蛋重重地打！打呀！打呀！"士兵们挥鞭重重地抽下去，不幸的人的眼里冒出火星，他开始呼喊，热列比亚特尼科夫跟在他后面跑着，哈哈地笑着，笑得用手支住腰，几乎直不起来，弄得后来人们甚至看着他都可怜。他竟那样的快乐，他觉得真是好笑。偶然他那洪亮的笑声中断了，重又听见他的叫喊声："狠狠地抽他！剥去他的皮！弄死这孤儿！弄死这坏蛋……"

他发明了另一种花样，罪犯被带去施刑时，又开始哀求。热列比亚特尼科夫这一次不装腔作势，不扮鬼脸，却开诚布公起来：

"你瞧，是这样，亲爱的，"他说。"我要按照规矩惩罚你，因为你罪有应得。但是我也许可以给你通融：我不把你绑在枪柄上面。你一个人走过去。你拼命地跑，从队伍里经过，即使每一根棍杖都会打下来，但是时间可以弄短些，你觉得怎样？要不要试试看？"

罪犯怀着疑惑和不信任的态度听着，心内沉思着。"不错，"他心想，"也许这样真是可以减轻些；我用力跑过去，所受的苦也许可以减轻五倍，也许不见得每根棍杖都会打在身上。"

"好的，我愿意，大人。"

"我也愿意。这就来吧！你们留神着，不要打哈欠！"他对士兵们喊，他知道每一根棍杖都不会饶过罪犯的背部。士兵也很知道，如果他打不到，将受怎样的处分。罪犯拼命地从"绿街"上跑着，但是他连十五步都跑不完；刹那间，棍杖像鼓点儿似的，像闪电似的突然一下子落到他的背上，可怜的人发出一声惨叫，倒下地来，像被砍倒或中了枪弹一样。"不必了，大人，还是照法律办理吧。"他说着，慢慢地从地上站起来，脸色惨白，而且恐惧。热列比亚特尼科夫早就知道这是什么样的玩意儿，会得到什么结果，当下哈哈大笑，笑个不停。他所有那些开玩笑的举动，和人家讲他的一切是无法完全描写出来的。

囚犯们还用稍为不同的方式，用另一种口气和心情，讲关于一位名叫斯麦卡洛夫中尉的事情。他在少校还没有派来之前，在我们狱内代理狱长的职务。于热列比亚特尼科夫，人家虽然讲得十分冷淡，不露出特别的恶意，但到底对于他的功绩不加欣赏，不去夸奖，而且显然以轻蔑的态度，甚至似乎傲慢地轻视他。但是，囚犯们却带着快乐和欣喜回忆着斯麦卡洛夫中尉。本来他也不是什么特别喜欢鞭打囚犯的人，他身上并没有纯粹的热列比亚特尼科夫的气质。但是他到底不反对鞭打，要知道我们这里带着一种甜蜜的爱情般回忆着的，也就是他的鞭子——这人竟会博得罪犯们如此的欢心！但他是用什么博得的呢？他怎么会赚到如此的欢迎呢？固然，囚犯们也许和一般的俄罗斯人民一样，准备为了一句和蔼的话语而忘却整个的苦痛。我把这当作事实似的说出来，这一次不再从各方面有所研究。博得这种人的欢心，取得他们普遍的爱戴并非难事。斯麦卡洛夫中尉已获得了特别的声望——因此连他怎样鞭打人的情形，囚犯们也几乎会带着欢喜回忆起来。"跟父亲一般。"罪犯们经常说，甚至叹息着，当他们回忆起他们以前的代理狱长斯麦卡洛夫，并拿他和现在的少校进行比较的时候，会说："他是一个好人！"他是一个随和的人，也许甚至是善良的人。但是长官中间不但有善良的，甚至还有性格宽厚的，但怎么样呢——大家并不喜欢他，简直还要笑他。那是因为斯麦卡洛夫的做法，会使我们大家都承认他是自己的人，这是一种很大的能耐，或者可以说是天生的能力，甚至具有其他的人们也不会想到的魅力。事情真奇怪，这种人中，甚至有完全不善良的但是有时也获得极大的声望。他们不鄙视隶属于他们下面的人——我觉得原因就在这上面！从他们的身上看不出游手好闲的习气，也闻不到一点儿贵族的派头，只有一种特别的普通人的、与生俱来的独特气味。天哪，罪犯对于这种气味是如何的敏感，为了这个，他们可以贡献出一切来！他们甚至准备把最严厉的人，当成最和善的人，如果这个最严厉的人身上含有他们自己的气味。如果含有这种气味的人确实是和善的，虽然是另有一种的和善，那就更好了。那简直是无价之宝！斯麦卡洛夫中尉，我上面已经说过，有时候也会重重地施用刑罚，但是他会弄得人家不但不恨他，甚至相反地还要感激他；现在，虽然我所处的那时代已经过去，但囚犯们还是带着欢笑愉快地回忆起他鞭打人的事情，不过他的把戏也不多，缺乏艺术家那样的幻想力。老实说，一共只有一种把戏，唯一的一种，他整年用来给自己消遣。也许它之所以有趣，就因为它是唯一的。不过，这里面有许多奥妙。譬如说，一个犯了过错的罪犯被带了进来，斯麦卡洛夫亲自出来监刑，他带着嘲笑，说着玩笑话走出来同犯人说话，问些不相干的关于他个人的、家庭里的、牢狱里的事情，而且并不怀有什么目的，并不带着什么游戏的意味，只是随随便便地聊天——因为他确实愿意知道这些事情，有人取了鞭子来给斯麦卡洛夫，并端来一把椅子。他坐在上面，甚至抽起烟斗，他有一根很长的烟斗。罪犯开始哀求……"你躺下来吧，老弟，还有什么可说的……"斯麦卡洛夫说。罪犯叹了一口气，躺了下来。"唔，亲爱的，你会背出祈祷诗吗"——"怎么不会呢，大人，我们是受过洗礼的人，从小就学过的"——"那么你背吧！"罪犯也知道背什么，并且预先知道在背诵的时候会发生什么情形，因为这把戏已经有三十次在别人身上重复过的了。斯麦卡洛夫自己也知道，罪犯清楚这一点。他知道，连那些举着鞭子，站在躺倒的罪犯面前的士兵们也早已听够了这把戏，但是他到底还是重复着——他真是喜欢这把戏，也许因为是他自己编撰的，出于一种文学上的爱好。罪犯开始朗诵，人们持鞭等待着，斯麦卡洛夫甚至在座位上弯下身子，举着手，停止抽吸烟斗，等待背到那著名的一句。罪犯在背完那首祈祷诗的第一行以后，终于读到"苍天在上"那几句。他等待的就是这句"停下！"——中尉欣喜若狂地喊道，立刻挥动着手势，对那个举鞭的人喊道："给他一顿美餐！"

于是，他哈哈大笑起来。站在四周的士兵们也笑了，那个鞭打的人笑着，甚至挨打的人也几乎笑出来，尽管在"给他一顿美餐"的一声号令之下，鞭子已在手中长啸，准备在一瞥的工夫像剃刀似的朝罪犯的肉体上面挥去。斯麦卡洛夫很高兴，高兴的就因为他觉得他想得很妙——自己编的："苍天在上"和"给他一顿美餐"——这两句话他竟想得如此妙，而且还很押韵。斯麦卡洛夫在施罚之后，很满意地走出去，而挨打的人临走的时候，也极满意自己和斯麦卡洛夫的表现，过了半小时，他便在狱内对大家津津有味地讲这件业已重复了三十一次的故事："总而言之，他真是一个好人！一个很有趣的人！"

在人们关于这位十分善良的中尉的回忆中，有时甚至还有一种玛尼罗夫①的气息。

---

① 玛尼罗夫：果戈理小说《死魂灵》中的人物，喻指整日空想、无所事事的人。

"你在那里走着，"一个罪犯讲着，他的整个表情在回忆中微笑。"你走着，抬头一看，他穿着睡衣，正坐在窗前喝茶，抽烟斗。你脱下帽子，向他鞠躬，他说：'你到哪里去呀，阿克谢诺夫？'"

　　"'干活去呀，米哈伊尔·瓦西里伊奇，我得赶快到工场里去。'他自己竟笑了……'真是好人啊！总而言之，这个人太好啦！'"

　　"这种人是不容易找到的！"听众中有人补充道。

第三章　医院（续）^①

　　我现在之所以提起关于刑罚和这些有趣的职务，以及各种执行人来，是因为我在住院后，才对这些事情有了一个初步明确的了解。在这以前，我只是耳闻。本城和全区所有军营内、囚牢内和其他部队内受笞刑的罪犯全被送到我们的两间病房里来。在最初，我对于周围所发生的一切，十分贪婪地注视着的时候，这些对于我来说很奇特的规矩，这些已受了刑罚和正准备受刑罚的人，自然给我带来极强烈的印象。我感到骚乱、惭愧和惊惧。我记得我当时忽然不耐烦地想理解这些新现象的原因，倾听别的罪犯们对于这种现象的看法，亲自对他们发问，寻求解答。我很想知道所有判决和执行的程度，这些执行的差别，以及罪犯们对于这一切的看法；我努力想象那些前去受刑人的心理状态。我已经说过，在处刑之前，很少有人持冷静态度的，甚至那些挨过多次打的人也不例外。有一种尖利的纯粹肉体上的恐怖攻袭到罪犯的身上。这恐怖是不由自主的、无从抵抗的。它将人类的一切道德的本质全部压抑下去。我在后来所有牢狱生活的几年内，总是不由得注意那些罪犯，他们在受了前一半刑罚以后，躺到医院里，已将伤口治好，即将出院，准备第二天再次忍受剩下的那一半棍杖。这种将刑罚分为两次执行的办法是永远遵照处刑时，在场医生的判断而决定的。

---

① 我这里所写关于刑罚的一切，都发生在我蹲监狱的那个时期。听说现在这一切业已改变，且在改变中。

如果依照犯罪的程度而规定的棍子的数目很多，罪犯不能一次忍受那么多，便把这数目分为两次，甚至分为三次，由医生在行刑时决定，那就是看受刑罚的人能不能继续从队伍里行进，或继续走下去，以及是否将使他的生命发生危险而定。普通的五百记，一千记，甚至一千五百记，都是一次打完的；但如果必须打两千记或三千记，那么就要分两次或三次执行。这些在受了前半段刑罚，已将背部的伤口治愈，即将离开医院去忍受后半段刑罚的人，在出院的那天和前一天晚上，照例总是显得烦恼、忧郁、不爱说话。脑袋的某种迟钝，某种不自然的散漫会在他们身上显露出来，这种人不再和人们谈话，一直沉默着，既然是最有趣的罪犯，也从来不和这种人说话，更不想提起他将要遭遇到的那件事情。没有多余的话语，没有安慰，甚至努力不去注意这种人。这对于既然忍受刑罚的人是很好的。当然，也有例外，譬如我已经讲过的奥尔洛夫。在受了前半段的刑罚以后，他只恨他的背部许久没有康复，不能快快地离开医院，以便快快地忍受其余的打击，随队前往给他指定的发配处所，然后在途中逃跑。他这个人不达到自己的目的是不会罢休的，天晓得他的脑筋里有什么把戏。他具有热情的、活泼的性格。他很满意，处于强烈的兴奋状态，虽然他想隐藏自己的兴奋。事情是因为他还在前半段刑罚之前就想到他可能无法在棍杖下生还，他一定会死去；他还在羁押待审时就听到关于长官的严厉手段的各种传说，这使他当时就已经准备要死了。但是，在受到了前半段刑罚以后，他的胆子却大起来。他来到医院时，已经被打得半死。我还从来没有看见过这种伤口，但是他心里很快乐，怀着可以活下去的希望，一切传闻都是假的，他现在从棍杖底下被放了出来，因此，在很久时间的被羁押以后，他业已开始幻想旅行、逃跑、自由、田野和森林……但他出院后过了两天，还是因为忍受不了后半段的刑罚，就死在那个医院里。关于这件事，我在前面已经讲过了。

然而，那些在受刑前过着痛苦的日子和黑夜的罪犯，却会勇敢地忍受刑罚，就是最胆怯的人也不例外，甚至在他们进院后的第一夜，我都不大听得见他们的呻吟，甚至挨到极重的打击的人们，也是如此。总之，人是会忍耐痛苦的。关于痛苦这方面，我问过许多人。我想确定地弄明白，痛得厉害不厉害；究竟用什么和它相比，我真是不知道我为什么会这样问，我只记得一件事情，我这样问并非由于只是好奇。我要重复一下，我感到焦虑和不安，甚至是震惊。但是，无论我向任何人询问，始终不能得到让我满意的回复。使我急得好像火烫一般——这就是我能打听出的一切，而这是对于大家唯一的答复，灼烫也就是如此。在最先，我和米茨基相处得很亲近的时候，我也会问他痛不痛。"痛极了，"他回答，"感觉像火烫似的，背部好像被烈火烘烤一样。"总而言之，大家说出了同样的话。不过我记得我当时发表了一个奇怪的意见，这意见是否确实，我并不特别坚持，但是罪犯们本身所做判决的共同性，给予这意见以有力的支持。这意见就是鞭笞，如果大量地落到一个人的身上是一切刑罚中最重的一种。初看上去，这话似乎离奇而且不可能。但是鞭子打到五百记，甚至四百记会把人打死；而在五百记以上，几乎肯定会把人打死。甚至体格最坚强的人，都不能忍受一千记鞭子。然而，一个人却能忍受得了五百棍，于生命毫无任何危险。即使一千记棍杖也可以忍受下去，而不必替性命担忧，即使体格并不坚强的人也是如此。甚至两千记棍杖都不会把一个体力平常、体格健康的人打死。罪犯们全说鞭子比棍杖厉害。"鞭子伤得严重些，"他们说，"痛苦多些。"当然，鞭笞比棍杖痛苦。它刺激得厉害些，对于神经方面影响得厉害些。它使神经兴奋得超过限度，震撼得超过可能的范围。我不知道现在怎样，但是在不久以前，有些绅士以能鞭打自己的受刑者为乐趣。使人不由得回想起德·萨特侯爵[1]和勃琳维莉侯爵小姐[2]来。我想，在他们的快感里，一定会有一种使这些绅士为了它感到心跳，同时又甜蜜又痛苦的东西。有些人像饿虎一样舔人的鲜血。谁若是拥有这样的权力，谁若是能够无限度地主宰另一个人（这个人也和他一样，同样是由上帝创造成的，依照基督的律法是弟兄）的躯体、鲜血和灵魂；谁若拥有特权，可以为所欲为地凌辱另外一个具有上帝形状的另一个生物的权力，这个人就必然会无法控制自己的情感，变得胡作非为。暴虐是一种习惯，它具有不断发展的性质，并最终会发展成疾病。我以为，即使是最好的人，也可以因为习惯而变得愚昧无知和粗暴无礼，甚至残暴到惨无人道的程度。鲜血和权力使人陶醉，粗暴与淫荡逐渐地发展着，最不正常的现象会使脑筋与情感易于接受且终于觉得甜蜜。人性和民主的元素在暴虐中丧亡，到时要想回复到人性的尊严，要想后悔，要想得到复生，就几乎不可能了。这样肆意妄为，甚至会对整个社会产生有感染力的影响，因为这样的权力具有诱惑性。社会如对此现象冷淡看待便是本身已经被连根传染了。总之，一个人施于另一个人肉体惩罚的权利是社会的毒疮之一，是消灭民主元素的萌芽，任何尝试的一种极强烈的手段，是社会必将无可救药地腐化下去的根本原因。

在社会上，人们是看不起刽子手的，但在贵族阶层，刽子手却不是这样。最近才有相反的意见发表出来，但还不过是在书本上。甚至就连那些发表这种意见的人，也未必就真的能够抑制住对这种专横暴戾的渴望。甚至每一个厂主，每一个企业家，也一定由于他的工人有时整个地，连家人

---

① 德·萨特侯爵：今译萨德（1740—1814）侯爵，一位法国色情小说家。

② 勃琳维莉侯爵小姐：一个法国女犯人，为了得到遗产，毒死父亲，被判死刑。

在一起依靠在他一人身上，而感到某种刺激性的愉快。这是毫无疑问的：一代人不会那样快就解脱遗传在他身上的一切；一个人也不会那样快就拒绝业已进入他的血液里的，所谓随着母乳里吮吸过来的一切。不可以发生那么急速的转变。人们还很少认识到自己的过错和遗传下来的罪孽。应该彻底抛弃它，但这并不是很快就能够做得到的。

我提起了刽子手。几乎在每个现代的人中，都存有刽子手的性格的种子。但是，人的兽性并不是平均地发展着。如果它在某人身上发展得胜于所有其他的特征时，这样的人自然就会成为可怕的、丑恶的怪物。刽子手有两种：一种是自愿的，另一种不是自愿的、职业的。自愿的刽子手在各方面自然比职业的刽子手卑鄙，但是人民看不起后者，嫌恶他、痛恨他，同时对他怀着一种神秘的恐惧。为什么对一种刽子手的恐怖几乎达到迷信的程度，而对于另一种却十分冷淡，甚至是赞许呢？往往有这样的怪事：我认识一些甚至是善良的、诚实的、受社会尊敬的人，然而，比如说，如果受刑者在他们的严刑拷打下不喊不叫，不恳求他们的宽恕，他们就觉得忍受不了了。受刑罚的人一定应该呼喊，请求饶恕。这是大家公认的，因为被认为是有礼貌的，认为必须如此。而在受刑者有一次不愿叫喊的时候，执行的人反而甚至会感到侮辱，而这种人是我知道在别的方面也许是很善良的人。刚开始时，他本来打算轻轻地惩罚一下，但是因为没有听见照例的那套"大人呀，我的亲生父亲呀，饶了我吧，让我永远替你祈祷上帝"等等的话语，竟暴怒起来，给予五十多记的鞭笞，希望获得呼喊与请求，直到最后终于得到为止。"没办法，这家伙太不懂礼貌了"——他很正经地回答我。至于说到真正的刽子手，不是自愿的、职业的，那显然全是已判决了的流放犯，而被留在那里充当刽子手。他起初跟别的刽子手学习，从他那里学成以后，便永远留在狱内，住在另一间屋子，甚至有他自己的产业，但是几乎永远有卫兵监护着。当然，活人不是机器，刽子手鞭打人，虽然出于一种责任，但有时甚至也会弄得狂热起来。虽然他鞭打人不免也会给予自己愉快，但几乎永远没有对于自己的受刑者愤怒的心情。敲击的灵巧，对于自己的支术的熟练，在自己的同伴面前，在观众面前显出身手的那种愿望鼓励他的自爱心。他是为了艺术而努力。此外，他很清楚他是被大众所唾弃的人，到处都有一种迷信的恐怖迎送着他，不能担保这对于他不会产生影响，不会增加他的狂怒和他的兽欲，甚至连小孩们都知道他是一个"六亲不认"的人。说也奇怪，我看见过许多刽子手，他们全是很聪明的人，有见解、有头脑、有异乎寻常的自爱心，甚至具有骄傲的性格。至于这骄傲是不是为了抵抗大家对他们的轻蔑而生出来的，是不是由于他们所给予自己的受刑者带来的恐怖意识，以及他们所具有的对于受刑者主宰的情感而增强的——我不知道。也许，他们在刑场上，在观众面前出现时，环境的隆重性和戏剧化，催生了他们身上一些傲慢。我记得有一次，我有了在一些时候经常遇见，且近距离观察一个刽子手的机会。此人中等身材，肌肉发达，有四十岁左右，有极愉快的、聪明的脸，蜷曲的头发。他永远露出特别庄重和安静的神色；外表上做出绅士派的样子，永远简短地、有条理地，甚至和蔼地回答着问题，但和蔼中似乎带着傲慢，仿佛在我面前夸耀似的。看守的军官们经常在我面前和他攀谈，甚至仿佛带着一点儿尊敬他的样子。他意识到了这一点，因此在长官面前故意显得彬彬有礼、谦虚谨慎和有自尊感。长官和他谈话越显得和蔼，他自己好像越不肯让步，尽管竭力保持谦恭的态度，但我相信在这时候，他认为自己比和他谈话的长官还要有优越感。这是在他的脸上写出来的。有时，在很炎热的夏天，他由卫兵伴着，被打发出去拿着细长的竿子打城内的野狗。在这小城内有太多的狗，它们完全不属于任何人，繁殖得特别的快。在暑期中它们多得太危险了，因此长官下令派遣刽子手去扑灭它们。而这种低卑的职务，也使他不觉得有任何的侮辱感。值得看一看，他带着如何的尊严在城内的街上走来走去，由一个疲劳的卫兵伴随着，单是他的样式就使对面的村妇和孩子们吓得大跳，他却安静地，甚至傲慢地看着一切他所遇到的人。不过，刽子手是生活得很自由的。他们有钱，他们吃得很好，而且可以喝酒。钱是从贿赂他的人那里得来的。民间的罪犯经法庭判决后必须接受体刑，因为那些人总要预先拿出什么东西，哪怕是最后的东西，赠送给刽子手。但是对另一些人，对有钱的罪犯，他们估计犯了经济罪，于是刽子手便自己定了数目，然后向他们索取，有索取三十卢布的，有时甚至还多些。对于很有钱的人们，甚至互相讲价钱。他自然不能惩罚得太随便，他要对他的背部负责的。但是，他在取得一定数目的贿赂以后，可以答应受刑者，不会打得很重。罪犯们几乎永远会同意他所提的数目；如果不同意，他确实曾野蛮地惩罚一顿，而这几乎完全属于他的权力之下。他有时甚至会对一个很贫穷的罪犯索要很大的数目，于是那个罪犯的亲戚们便跑来讲价钱，对他鞠躬。因为如果不能满足他的要求，那才是糟糕呢。在这种情况下，他激起的那种带有迷信色彩的恐怖感，便发生了作用。人们讲出关于刽子手们许许多多离奇的话！罪犯们自己对我说，刽子手会一下弄死人。但是，这有谁尝试过呢？不过也许是如此。对于这些，人们说得太肯定了。刽子手自己对我说，他会做得到。人们还说他可以挥动着棍子朝罪犯的背部上打下去，却打得甚至连最小的伤痕也没有，罪犯不会感到一点点的痛苦。然而，关于所有的这些把戏，以及技巧方面，人们讲得也太多了。即使刽子手收了贿赂，答应惩罚得轻些，但是第一记总是要用全力打下去的。这在他们中间甚至已经成为习惯。其余的打得轻些，尤其如果已经预先付过了钱。但是第一记，不管付过钱没有——

都是属于他的。我真是不知道，他们为什么要这样做？是否为了一下子使受刑者对于以后的打击有习惯的感觉，因为他们猜到在很痛苦的打击过后，较轻的打击会觉得不大痛苦，或者只是想在受刑者面前摆摆架子，使他发生恐怖，先一下子给他来一下，使他明白站在他面前的究竟是何等样的人，总之，是要表现自己。在任何的情形之下，刽子手在临刑之前感觉自己处于兴奋的精神状态之下，感到自己的力量，认为自己是有权力的人。在这时候，他成为一个演员。观众又惊奇又恐怖地看着他，自然不免带着一点儿愉快，在第一记的打击之前，他会对他的受刑者呼喊："你忍着点儿，我要加热啦"——这是在这种情形之下照例的、注定的话语。真是难以设想，人的本性会歪曲到如此地步。

　　我在住院的初期，倾听着罪犯们所说这类的话题而入迷。我们大家躺在那里，觉得异常沉闷。每个日子全都那样的相似！早晨还有医生们前来诊察，给我们解闷，他们走后不久就开饭了。饭菜虽然是很单调的，却也给予我们极大的乐趣。菜的分量不同，视病人的病情而定。有些人只取得一份汤，里面放点儿面粉；另一些人，只取得稀饭；还有些人只取得一份麦粥，不过许多人都喜欢吃这些东西。罪犯们由于长期静卧而变得软弱，喜欢吃点儿好东西。那些即将痊愈和几乎健康的人，则有一块儿白水煮的牛肉吃。给坏血症病人的饭菜最好——有牛肉、葱、老姜，等等，有时还加上一杯烧酒。面包也看病情而定，有黑的，也有半白的，烤得很有味。规定饭菜分量时那种公式化，那种精细会使病人们发笑。当然，有的人得了某一种病，自己什么东西也不吃。至于那些有食欲的病人，却什么都想吃。有些人互相交换饭菜，因此对于一种病很适合的饭菜会转到完全不同的病人那里去。有些按照病情应该吃清淡些的人，竟买牛肉或坏血症病人的饭菜来吃，这样就能够喝到汽水，以及医院自制的啤酒。有些人甚至吃双份。这些饭菜是可以用金钱辗转买卖的。有牛肉的饭菜，价钱最高值五戈比。如果在自己的病房里无法买到，便打发人到另一间罪犯病房里去买，如果还买不到，便到兵士的病房和我们这里所说的"自由"的病房里去买。反正总是能够找到肯卖的人们。他们宁愿单吃一样面包，而弄到金钱。贫穷的状况自然是普遍的，但是有钱的人们甚至打发人到菜市去买面包，甚至还买些好吃的东西。我们的看守们履行这些委办的事情，完全不存在一点儿图私利的念头。饭后是最沉闷的时间；有的由于无事可做而睡觉，有的瞎聊，有的争吵，有的高声讲什么事情。如果没有新的病人进院，就会更加沉闷些。新人的进院几乎永远引起多少的兴奋，尤其如果他是任何人都不认识的人，那么大家就会审视他，努力打听出是怎么回事，从哪里来的，为了什么事情。大家对于那些被押往别处而路过这里的犯人特别感兴趣；他们总是讲点儿外地的情况，只是很少谈到自己。关于他自己的事，如果他自己不提起，人们也永远不会问，只是问他从哪里来？和谁在一起，路上怎么样，往哪里去，等等的话。有的人在听到了新的故事之后，好像偶然似的想起自己生活里的一点儿事情：关于不同时期发配的情形，关于充军的队伍、刑罚的执行者，关于队伍的长官们。受笞刑的人们也是在晚上那个时候出现的。他们永远引起充分强烈的印象，前面已经讲过了。但不是每天都有这种人进院。在没有人进院的那天，大家就似乎显得有点儿萎靡不振；所有人的脸上都好像很不耐烦，看谁都不顺眼，甚至开了口角。我们那里甚至欢迎被领来进行鉴别的疯人们。为了避免刑罚，假装发疯的手段是判刑的罪犯们偶然会使用的。但没过多久，他们就被揭穿，或者不如说是他们自己决定改变自己的行动的政策，罪犯在闹了两三天以后，忽然无缘无故地变得聪明，渐渐地安静下去，怏怏不乐地开始请求出院。罪犯们和医院并不责备这种人，也不会对其进行羞辱，就是提到他所做出的那套把戏，大家也不觉得难堪。他们默默地让他出院，默默地送他，过了两三天以后，他受了刑罚，又到我们这里来了。这类事情总之是很稀少的。但是，送进来进行鉴别的真正的疯子，却成为全病房真正的惩罚。有些疯子整天疯疯癫癫，一边喊，一边跳，一边唱，罪犯们起初十分欢迎。"真是有趣！"他们这样说着，看着一个刚被送进来的疯子。但是，我看着这些不幸的人，就觉得异常痛苦。可以说，任何时候，我都不能淡漠地看着这些疯子。

不久，那个刚被送进来、颇受大家欢迎的疯人那套不断的歪曲的表演和不安的举动，很快就使我们大家感觉厌烦，仅仅两天的时间，大家便失去了耐性。疯人中间有一个人留在我们这里三星期，弄得我们简直想从病房里逃走。好像故意似的，这时又送进来了一个疯人。这人给我留下很特别的印象。这事发生在我服苦役的第三年。在我入狱的第一年，或者不如说是我的牢狱生活的最初岁月。在春天，我随着一批炉匠一同前往两俄里路远的砖瓦工厂去干活，担任搬运工。为了到夏天的时候能够烧砖，必须修理火炉。那天早晨在工厂内，米茨基和B带我去见住在那里的监工——下士长奥斯特罗日斯基。他是波兰人，年约六十岁，又高又瘦，仪表堂堂，显得很庄重。他老早就在西伯利亚服务。虽然他出身平民阶级，从士兵做起，但米茨基和B很喜欢他，而且尊敬他。他一直很喜欢诵读天主教的《圣经》。我和他谈话，他说得那样的和蔼，那样的有理性，还讲了一些有趣味的事情，他看人时，显得很和善，而且诚实。从那次后，我有两年没有见到他，只听见他为了某个案件受到审查，现在他忽然以疯人的身份被送进病房里来了。他走进来的时候尖声叫喊，扯开嗓子大笑，用十分没有礼貌的、简直是卡马林舞蹈式的姿势，在病房内跳起舞来。罪犯们看着很高兴，但我却感到非常的悲伤……三天后，我们大家简直不知道怎样处置他。他吵嘴、打架、尖叫、唱歌，甚至在夜里也唱，时时做出使大家作呕的难堪的举动。他不怕任何人。大家给他穿上浸在芥末水里的衬衫，也就是疯人的紧身衬衫，但这样一来，我们却更加倒霉，虽然他不穿衬衫的时候尽和我们寻衅，几乎要跑过来和大家打架。在这三星期内，有时整个病房的人都齐声要求医务主任把这个疯子送到另一间罪犯病房里去。但过了两天以后，那边也要求把他送到我们这边来。因为我们那里一下子来了两个疯人，全是不安静的、好争斗的，所以只好由这个病房和那个病房轮流交换疯人。但是两人都不好。在他们终于被送到什么地方去的时候，大家这才松了一口气……

我还记得一个奇怪的疯人。有一年夏天，送来一个被判处刑罚的人。他的身体很强健，从外表上看，是一个很粗笨的人，年约四十五岁，脸庞因为出天花弄得很丑陋，两只红红的小眼睛，脸色异常忧郁、阴沉。他的床铺正在我旁边。他显得很恭顺，不和任何人交谈，坐在那里仿佛寻思着什么事情。天色渐渐地黑起来，他忽然对我说话。很直率，一点儿也不拐弯抹角，表现出好像要告诉我多大的秘密似的，刚开始时，他对我说他不久之后将受两千棍的刑罚，但现在不用了，因为G上校的女儿会替他斡旋，我惊疑地望着他，对他说我觉得上校的女儿遇到这种情形也是无能为力的。我还没有猜透这是怎么回事；他被送进来的时候，并不是以疯子的身份，而是以普通病人的身份的。我问他有什么病，他回答，他不知道人家是出于什么缘故把他打发到这里来的，但他完全健康着，上校的女儿恋上了他，在两星期以前的一天，她在禁闭室旁边走过，他那时恰巧在铁栏的小窗内向外窥望。她一看见他，就立刻爱上了他。从那次起，她就用各种借口，到禁闭室里来了三次：第一次随着父亲来看她的哥哥，那时他正在我们狱内值班；第二次和母亲一块儿来散放施舍品，她走到他身前，向他低声说她喜欢他，可以把他救出去。最奇怪的是他把这一套离奇的故事讲得那样详尽，这故事当然是从他那病态的、可怜的头脑中幻想出来的。他深信自己会免除刑罚。他用平静而且肯定的口吻，讲着这女郎如何地热恋着他。尽管这个故事十分荒诞无稽，但从一个年近五十、精神颓丧、外貌又如此丑陋的人口中，竟能听到一个女郎如何热恋他的浪漫故事，确实令人感到惊异。说也奇怪，对刑罚的恐惧，竟把一个懦弱的灵魂捉弄到这样可悲的地步。也许他果真在窗外看见了什么人。再加上每日增长的恐怖感，使他心中准备着的那份疯劲儿忽然一下子发现了出路和形式。这个不幸的士兵，也许一辈子都没有一次想到女郎的，忽然虚构了整整的一段浪漫故事，本能地认为，哪怕抓住这根干草也是好的。我默默地倾听着，把这件事情告诉其他的罪犯们。但是在别人开始发出好奇心的时候，他竟含羞地沉默了。第二天，医生询问了他许久，因为他对医生说他没有什么病，而诊察的结果也的确如此，因此他就出院了。关于他的病状单上写着 sanat（痊愈）的字样，我们是在医生们离开病房以后才知道的，因此没有对他们说出其中的情形。我们当时也完全没有猜到主要的原因是什么。其实一切的问题，都是那个把他送进医院的长官的错误，他没有解释为什么把他送进来。这里发生了一点儿疏忽。也许送他来的人们，甚至只是怀疑，并不相信他真的发了疯，只是听到了一些谣言，所以打发他来鉴别一下。无论如何，那个不幸的人在过了两天以后，被带出去处刑了。这举动的突然，似乎使他深为震惊；他在最后的一分钟前还不相信他会受到刑罚。在拖他到队伍里去的时候，他开始喊：救命呀！救命呀！这一次，他进医院时，并没有送到我们的病房里来，因为我们那里没有空位，所以送到另一间病房里去。但是我向人家打听过，知道他在这八天内没有和任何人说过一句话，而且是一副很惭愧和十分忧郁的样子……后来，在他背部的创伤平复时，他被送到什么地方去了。至少我不再听到关于他任何的消息。

至于说到医治和药物这些事，据我所能观察到的，轻症的人几乎不遵照医生的嘱咐，也不服药，唯有犯重病的，总之真是有病的人很喜欢医治，认真地服用药水和粉末，但是我们这里最喜欢外用的治疗方法。普通老百姓最喜欢，而且相信的吸器、吸血、贴膏药、放血等，我们那里也乐于采用。有一件奇怪的事情使我发生兴趣。那些人在忍受棍杖和鞭子抽打到极痛苦的感觉时，是那样的能够忍耐，竟会为了在身上使用吸器而经常抱怨着，做出愁眉苦脸的样子，甚至呻吟着。他们的身体是不是显得太衰弱，或者不过是装腔作势——我不知道该怎样进行解释。诚然，我们的吸器有点儿特殊。那种一下子把皮肤划开的机器，早被医生给遗失或损坏，或者也许是自然用坏了，因此他只好用放血刀刺破皮肤。放每个吸器必须刺破十二处。用机器时不痛，用十二把小刀忽然在一刹那间刺下去，是感受不到痛苦的。但是用放血刀刺就是另一回事了。放血刀割得比较慢，能够感觉到痛苦，因为在放十处吸器的时候，必须割一百二十刀，同时切那么多的伤口，当然会感觉疼痛了。我曾尝试过，虽然觉得痛，而且恼恨，但到底并未到了不可支持、必须呻吟的地步。有时看着一个高大的蠢物，身体十分健壮的人，扭曲着身体，开始喊痛，甚至会感觉可笑。这好比某一个人在做起正经的事情的时候，态度十分坚定，甚至安静，而在家内无事可做的时候却显得忧郁，经常发脾气，端上饭来不想吃，嘴里骂个不停。他觉得一切都不自在，大家都烦他，大家都对他做出粗暴的举动，大家都折磨他——总而言之，舒适得发疯，人们有时会这样批评这类先生，这类人在普通老百姓里有很多，而在我们狱内，大家挤在一处的时候，甚至是经常会遇见的。在病房里，这种娇生惯养的人，每当为同房的人们挑逗着，有的简直骂他；于是他只好默不作声，好像果真等待人家一骂，就

不说话似的。乌斯季扬采夫最不喜欢这种人，从来不肯放过辱骂这种娇生
惯养之人的机会。总之，他是不肯放过同任何人打一架的机会的。这是他
的娱乐，他的需要，自然这是一种毛病，一部分是由于愚笨。他起初正经
地、聚精会神地看你一眼，然后用一种安静的、充满自信的声音开始说出
教训的话语。他什么都要管，好像他是被派到我们这里来监督秩序或管理
大家的行动似的。

"他什么事都要管。"罪犯们笑着说。不过大家都饶恕他，避免和他
相互谩骂，只是有时笑笑罢了。

"瞧他说的那一大套！用三辆大车都载不了。"

"我说什么啦？在傻瓜面前不脱帽行礼，这是一定的。只不过用手术
刀划破了一点儿皮，他喊什么？你喜欢蜜，就别嫌冷，应该忍一忍。"

"于你又有什么相干？"

"弟兄们，"我们狱里的罪犯中有一个插上来说，"吸血还没有什么
么，我试过的；最痛的时候也不过好像是人家把你的耳朵揪得很久的
时候。"

大家全笑了。

"难道有人揪过你的耳朵吗？"

"你以为没有吗？当然揪过了。"

"怪不得你的耳朵向外伸得这么长呢。"

这个罪犯叫沙普金，他的两只耳朵的确很长，向两边伸着。他是个流
浪汉，年纪很轻，很能干，性格恬静，永远带着一种严肃的、隐秘的幽默
说话，使他所讲的一些故事增添许多的滑稽。

"我怎么会想到人家揪你的耳朵？我怎么会想到呢，你这个傻瓜。"
乌斯季扬采夫又抢上来说，愤愤地望着沙普金，虽然沙普金并没有对他

说，而是对大家说，连看都不看他一眼。

"谁揪你的耳朵来着？"有个人问。

"还有谁？就是那个警长。我这是流浪的时候发生的。我们走到K城，当时我们是两人，另一个也是流浪汉，他叫叶菲姆，没有父名。我们在路过托尔明的时候，在一个农夫家里住了一段时间。托尔明是一个村庄的名字。我们一走进去，就四下张望，发现这里倒可以住上一阵子，然后再赶路。我们在乡下十分自由，不像城里那样显得不大舒服。我们最先走到小酒店里去。向四面看了一下，发现有一个人走到我们跟前，他穿得破破烂烂，胳膊肘子都露出外面。

"他说：'请问，你们有文件①吗？'

"'没有，'我们说，'没有文件。'

"他说：'是的。我们也是这样。我还有两个好朋友，也在杜鹃将军手下服务②。现在我要求您一件事情，我们一起喝几杯吧，不过我暂时没有钱。请你们先破费一下。'

"'我们很乐意。'我们说。于是我们就喝起酒来。这时，他们便指给我们一件事情做，是关于木工的，这是我们的本行。在城边上有一所房屋，里面住着一个有钱的小市民，财产很多，夜里我们去探看一番。我们五人就在当天夜里到那个小市民家里去，结果当夜就被人逮起来了。我们被带到警署里去，然后又被带到警长那里。警长说，他要亲自审我们。他衔着烟斗走了进来，随后又有人端进一杯茶给他。他的身体很健壮，一脸的胡子。他坐了下来。屋里除我们之外还带来三个人，也是流浪汉。弟兄

---

① 即身份证、护照。

② 指在树林时，那里有杜鹃在鸣叫。意为他们也是流浪汉。

们，其中有一个流浪汉特别有意思，他说他什么都不记得了，哪怕你用木棍朝他头上扔下去，也是全都忘记了，一点儿也不知道。警长一直问我：'你是哪里人？'他那嗓音简直就像从马桶里吼叫出来的。我当然也和大家一样，说道：'我一点儿也不记得了，大人，全都忘掉了。'

"'等一等，'他说，'我还要对你说话，我认得你这副嘴脸。'他一边说，一边用那双眼睛瞪着我。我以前从来没有看见过他。他又对另一个说：'你是谁？'

"'晃来晃去，大人。'

"'你的名字就叫晃来晃去吗？'

"'是的，大人。'

"'很好，你是晃来晃去，但是你呢？'他接着问第三个。

"'我随他，大人。'

"'你就叫这个名字吗？'

"'我就叫'"我随他"，大人。'

"'谁这样称呼你的，你这坏蛋？'

"'是那些好人称呼的，大人。世上不能没有好人，大人，这是明显的。'

"'那些好人是谁？'

"'我不记得了，大人，请您宽宏地饶恕我吧。'

"'全都忘记了吗？'

"'全都忘记了，大人。'

"'你总是有父母的呀……连他们你也不记得吗？'

"'大概总是有的，大人，不过有点忘记了；也许有的，大人。'

"'你一直在哪里居住？'

"'在树林里，大人。'

"'一直在树林里吗？'

"'一直在树林里。'

"'唔，冬天呢？'

"'我没有见过冬天，大人。'

"'你呢？你叫什么名字？'

"'斧头，大人。'

"'你呢？'

"'快点儿磨，大人。'

"'你呢？'

"'也许磨得好，大人。'

"'你们一点儿也不记得吗？'

"'一点儿也不记得了，大人。'

"他站在那里笑了，他们也看着他笑。但是一会儿又咬紧牙齿，发起火来了。那些人全是健壮的、很肥胖的。

"'把他们送到监牢里去，'他说，'但是你留在这里。'他这是对我说。'你到这里来！坐下！'我走过去一看：桌子上有一张纸，一支笔。我心想：他要叫我做什么事情？他说：'你坐在椅子上，拿笔写！'他揪住我的耳朵，拉着。我望着他，像小鬼看神甫似的。我说：'我不会写，大人。'他又说：'你写！'

"我说：'你饶了我吧，大人。'……'你写呀，你会写什么，就写什么！'他一直拉住我的耳朵，一直拉着，而且还把它扭翻转来！我可以说，他如果打我三百下鞭子，也比这容易受些，简直连火星都冒出来了，但他仍一个劲儿地催我写。"

"他是怎么啦？发疯了吗？"

"不，他没有发疯。在T城有一个书记官新近闹出乱子：卷了公款逃跑，他的耳朵也是向外伸着的。当时向各处通知留神查访。我的相貌恰巧有点儿相仿，他因此就来试探我：看我会不会写字，写得怎样。"

"原来是这样！痛不痛呢？"

"痛的。"

传来了大家的笑声。

"但是，你写了没有？"

"写什么呀？我转动着钢笔，在纸上转动着钢笔，他就不让我写了。打了我十记巴掌，还为这事把我送到牢狱里去。"

"你真的会写吗？"

"以前会，但是现在一拿起笔来，就什么也不会了。"

我们的沉闷的时间就在这样的谈话里，或者不如说在这种闲谈中过去了。天哪，那是多么沉闷呀！日子是漫长的、闷热的，每天的生活都是相似的。哪怕有书看也好！然而，我还经常进医院，尤其在最初被囚禁的时候，有时生了病，有时不过想躺一躺，离开牢狱一下。那边的生活是难过的，比这里还难过，那是精神上的难过。愤恨、仇视、争吵、忌妒，经常对我们贵族不断地吹毛求疵，恶毒的、恐吓的脸庞。在医院里，大家比较平等些，生活得比较和谐些。每天最忧愁的时间是晚上掌灯之后。我们睡得很早。黯淡的烛台在门旁的远处照出一个光点儿，但是我们的角落里面却显得很暗。室内的空气开始变得又臭又热又闷。有的人睡不着，起身在床上坐一个半小时，戴着白帽的头向下低垂，仿佛在沉思。这时，你一小时一小时地瞧着他，努力猜测他在想些什么，借此以消遣时间。要不就开始幻想，回忆过去的一切，在想象中勾画出一幅幅广阔而又鲜艳的图画。这时，你会想起一些在别的时候记不起来，也不会像现在那样感觉如此强烈的琐碎之事。要不就猜测未来：从牢狱里走出去以后怎样生活下去？往哪里去？什么时候才能出狱？将来能不能回到自己的家乡？心里想着，想着，希望在心中蠕动了……有的时候开始数：一、二、三……为了在数数字里睡去。我有时数到三千，还是睡不着。那边有人翻身。乌斯季扬采夫又咳嗽起来，这是患肺病的咳嗽，接着又微弱地呻吟了一下，每次都说道："天哪，我作孽呀！"在万籁俱寂之中，听着这病人有气无力的呻吟，使你产生一种奇异的感觉。在角落里的什么地方，也有人没有睡觉，在床上谈话。其中一个在那里讲自己的故事：讲述过去那遥远的、再也回不来的往事，以及自己的流浪生活，孩子们、妻子，以及以前的一切生活，单从他那低沉的声音中，你就会感觉到他所讲的一切，已经再也回不到他的身边了。他，这个讲故事的人，已经和一切失去了联系；另一个人在那里听着。这时，能够听得见的，只有那静悄悄的、有节奏的低语，好像远处那潺潺的流水声……我记得，在一个漫长的冬夜里，我听到了一个故事。刚开始时，我觉得它好像是在患热病时做出的梦，我仿佛躺在那里，身上发着寒热，这一切是我在高烧中，在昏迷中梦到的……

第四章　阿库莉卡的丈夫（囚犯的自述）

　　已是深夜，十一点多钟。我本来已经睡着，但忽然又醒了。远处烛台黯淡的微光勉强地照着病房……几乎所有的病人都已睡熟。甚至连乌斯季扬采夫也已经睡着了，在静寂中，可以听得见他沉重地呼吸着，他喉间的痰，随着每一个呼吸在那里呼噜呼噜作响。忽然，从远处传来换班的警卫们越走越近的沉重的脚步声。枪柄朝地板上"扑通"地敲击了一下。病房门开了。班长谨慎地踏着步，数清了病人的数目。一分钟以后门关了，换了新哨兵，警卫离开了，又是和以前一样的静寂。这时我才觉得，离我左边不远，有两个人还没有睡，仿佛在那里低声说话。这是病房里常见的事情：两个人有时会挨近地躺了许多日子或好几个月，不说一句话，却忽然会在一个夜深人静的时候谈起话来，彼此倾吐出关于过去的事情。

　　他们显然已经谈得很久。故事的开头我没有听到，就是现在也不能完全听清，但是渐渐地习惯了，便开始全都听懂了。既然睡不着觉，不听还有什么事情可做呢……一个人热烈地讲着。他半躺在床上，抬着头，朝他的同伴那边伸直脖子。他显然十分的兴奋，他很乐意讲。他的听者，阴郁而且完全冷淡地坐在床上，伸直着腿，偶然喃喃地说几句作为答复或对讲述者表示同情，但仿佛多半为了礼貌，并不是真的这样认为，且时时把烟草塞进鼻内。他是从感化营来的士兵，姓切列文，五十多岁，阴郁得好炫耀自己学问的人，冷静得喜欢讲理的人，具有自爱心的傻瓜。讲故事的人叫希什科夫，年纪还很轻，有三十岁左右，是我们狱内的罪犯，在缝纫间里工作。我一直不大注意他；就是后来，在我住在狱内的全部时间，好像我也不大有研究他的兴致。他是一个空虚的、轻佻的人。有时沉默着，阴郁地生活着，举动粗暴，几星期不说话。有时忽然参与某个事件里去，开始造谣言，为小事发火，从这个狱室到那个狱室，传播消息，说人家坏话，自己发急。人家打了他一顿，他又不出声了。他是一个胆小的、软弱的人。因此，大家都以轻蔑的态度对待他。他的个子不高，身体瘦瘦的。眼睛带点儿不安静的样子，有时似乎是呆钝地凝想着的。他有时讲起什么话：起初说得很热烈，甚至挥动着手——但忽然中断了，转到别的事情上去，被新鲜的细节所吸引，忘记起初讲的是什么事情。他经常相互谩骂，在相互谩骂的时候一定要责备什么人，说他对不住自己，带着情感说着，几乎要哭出来……他六弦琴弹得不坏，而且喜欢弹，在过节的时候甚至还跳舞，在人家强迫他跳的时候还跳得很好……他是很快就可以被人家强迫着做出点儿什么来的……他也不见得肯听人家说，却喜欢和人家拉交情，且为了拉交情，而拍人家的马屁。

我许久不能理解他所讲的那段事情。我起初也觉得他一直离题，被不相干的枝节所吸引。他也许看出切列文对于他所讲的故事几乎不大注意！但是他大概故意想使自己相信，他的听者非常注意地听着，如果他不相信是这样的话，也许他会觉得很伤心的。

"……有时他上集市里去了，"他续说下去，"大家全对他鞠躬，敬重他。总而言之——他很有钱。"

"你说，他做生意吗？"

"是的，做生意。我们那个地方的生活是很贫穷的。简直是一贫如洗呀！村妇们走到河里去扛水灌菜园，累乏得很，但是到了秋天收获的季节，却连碗菜汤都喝不上，真是穷极了。唔，他有一块儿很大的田地，雇工人耕田，雇了三个工人，他还有蜂房，卖蜂蜜，还卖牲口。在我们那个地方，他受到人家极大的尊敬。他很老，有七十岁，骨头硬了，头发是灰白的，那样大的个子。他穿了狐皮外套上集市，大家都敬重他。'您好呀，老爹，安库季姆·特罗菲梅奇！'他也要还礼：'你好呀'——他对谁也不嫌恶。'祝您长寿呀，安库季姆·特罗菲梅奇——你的境况好吗？'他问。'我们的境况永远像白色的油烟。您怎么样，老爹？''我们也是在罪孽里生活着。''但愿您长寿呀，安库季姆·特罗菲梅奇！'他不嫌恶任何人，说话的时候——每个字都值得一个卢布。他读过许多书，认得字，尽读神学的书籍。他让老太婆坐在自己面前：'你听着，太太，你要明白！'他开始讲解。老太婆也并不见得老，他续弦了，为了养儿女的关系，原配没有生孩子。他的继妻玛丽娅·斯切潘诺夫娜生了两个儿子，还没有成人，小的那个，名叫瓦夏，是他六十岁的时候生下来的，阿库莉卡是最大的孩子，十八岁。"

"她就是你的妻子吗？"

"等一等，起初是菲利卡·莫罗佐夫从中捣乱。菲利卡对安库季姆说：'你算一算账吧：把所有四百卢布全拿出来。我能做你的长工吗？我不愿和你一块儿做生意，我也不愿娶你的阿库莉卡。我现在喝起酒来了。我的父母现在已经死光了，我要把钱全都喝光以后，再去当雇佣工，等十年以后做了上将，再上你们这里来。'安库季姆把钱全付给他，完全和他算清了账——因为他的父亲和老头儿一块儿合资做生意来着。老头儿对他说：'你真是一个无可救药的人。'他对老头儿说：'不管我可不可救，我就不愿意跟你这灰白胡须的老人学着过苦日子。你一个小钱，一个小钱地节省下来，什么乱七八糟的东西你都收集起来——这是没有用的。我不愿意这样做。积着积着，会积出祸来的。我有我的目标。我总归不愿意娶你

的阿库莉卡，我已经和她睡过觉了……'

"'怎么？'安库季姆说，'你竟敢糟蹋一个正经的父亲和一个正经的女儿吗？你什么时候和她睡觉的？你这条恶蛇，你这冷血动物？'他说时，全身抖得厉害。这是菲利卡亲自告诉我的。

"他说：'不要说嫁给我，我要弄得你的阿库莉卡不能嫁给任何人，弄得谁也不要，现在米基塔·格里哥里伊奇也不会要，因为她现在已经不是贞洁的人了。我和她从秋天起就私通。你现在请我吃一百只大虾，我也不会答应。不信，你给我一百只虾试试看——我也不答应……'

"于是，小伙子就此喝起酒来了！他喝得天翻地覆，满城风雨，聚集了许多朋友，闹了三个月，把一切都闹光了。他说：'等我把钱全花完，我要把房屋卖去，把一切都卖去，以后不是被人雇去代替当兵，便要走出去流浪！'从早晨到晚上喝醉了酒，然后坐着带有铃铛的双套马车出去。姑娘全都喜欢他，真是可怕。他的四弦琴弹得可棒了！"

"这么说来，他早就和阿库莉卡发生关系了吗？"

"等一等，你听我说。我当时也刚葬过父亲，我的母亲会烤饼干，为安库季姆干活，我们就靠这个生活。我们的生活很糟。我们原来在树林后面也有一块儿田地，种着粮食，但父亲死后全都卖掉了，因为我也喜欢喝酒。我用打母亲的手段向她要钱……"

"用打母亲的手段是不好的，这是极大的罪孽。"

"老兄，我有时从早到晚一直在喝酒。我们家的房子不算好，但还可以将就过去，虽然是烂的，但终是自己的。就是在屋子里捉兔子都可以。我们常常坐在里面挨饿，一个礼拜也弄不到吃的。母亲一直对我唠叨，但我才不管她那一套呢！……我当时一步也不离开莫罗佐夫。从早到晚和他在一起。他说：'你替我弹琴，再给我跳舞，我要躺下来，把钱扔掷到你身上，因为我是最富的人。'他什么事情没做过呀！只是偷来的东西他不要。他说：'我不是贼，而是诚实的人。'他又说：'我们去把阿库莉卡家的大门涂上黑漆，因为我不愿意让阿库莉卡嫁给米基塔·格里哥里伊奇。我认为这是很重要的。'老人以前就打算把女儿嫁给米基塔·格里哥里伊奇。米基塔也是老头儿，妻子已经死去，戴着眼镜，自己做生意。他一听，见人家造阿库莉卡的谣言，立刻打退堂鼓。他说：'安库季姆·特罗菲梅奇，这会使我丢面子的，而且我的岁数已老，也不打算再娶了。'我们就在阿库莉卡家的大门上涂了黑漆。于是家里人又是打她，又是骂她……玛丽娅·斯切潘诺夫娜喊道：'我要打死你！'老头儿说：'要是在以前，在正直的长老面前，我会把她放在火上烧死，可是现在世界上却充满黑暗，而且腐败透顶。'有时，整条街上的邻人们全听到阿库莉卡号啕大哭，她从早到晚地挨揍。菲利卡在集市上对大家说：'阿库莉卡这姑娘是可爱的。她常和我一块儿喝酒。穿得那样干净，那样白，你说她喜欢谁？我现在把他们的面子撕破了，他们会一辈子都记得的。'有一次，我遇见阿库莉卡提着水桶走过来，我就喊道：'您好呀，阿库琳娜·库季莫夫娜！你穿得那样干净，你说谁是你的情郎？'我刚说了这几句话，她就望了我一下，她的眼睛那样的大，身子瘦得像木片。正当她在打量我的时候，她母亲以为她又和我勾搭起来，但站在大门口喊道；'你这无耻的女人，又在那里嚼什么舌头？'当天又打了她一顿。有时，一打就是一个小时。她说：'我要揍死她，因为她现在不是我的女儿。'"

"这么说来，她是一个放荡的女人吗？"

"你听我说下去呀，大叔。当时，我经常和菲利卡在一起喝酒。有一天，母亲到我屋里来，我躺在那里。她说：'你这混蛋，你尽躺着做什么？你这强盗！'她一面骂，一面说：'你应该娶亲，娶阿库莉卡。他们现在很高兴把她配给你，单是钱就肯给三百卢布。'我对她说：'她现在已经是全世界都知道的不贞洁的女人。'她说：'你真是傻瓜，婚礼一成，以后一切都遮盖住了。你会更好些，如果她一辈子在你面前犯了过错。我们可以用他们的钱，我已经和玛丽娅·斯切潘诺夫娜说过了。她很听我的话。'我对她说：'你把二十卢布掏出来放在桌上，我就娶亲。'你信不信，我一直到结婚的日子，成天地喝醉着。菲利卡·莫罗佐夫又向我威胁：'我要把你这阿库莉卡的丈夫的肋骨全都打断，还要每夜和你的妻子睡觉。'我对他说：'你就吹吧，你这下贱的狗东西！'他当时在大街上把我糟蹋了一顿。我跑回家去，对母亲说道：'如果他们现在不给我掏出五十卢布，我就不结婚了。'"

"人家肯嫁你吗？"

"肯嫁给我吗？为什么不肯？我们并不是不体面的人。我的父亲只是家里失了火才破产的。否则我们比他们还要富有。安库季姆说：'你们家里穷得厉害。'我说：'你们家里的黑漆还没有涂够吗？'他说：'你对我们这么神气做什么？你说她不贞洁，有什么凭据：一条手绢掩不住每个人的嘴。上帝在这里，门限在那里，你可以不娶。不过你拿去的钱应该还给我。'我当时就和菲利卡商量，决定打发米特里·贝科夫告诉他，我现在要向全世界揭开他的坏名声，同时一直到结婚的那天，拼命地喝酒。到了快上教堂举行婚礼的时候，我才清醒过来。结婚以后，我们坐车回家，坐下来，我舅舅米特罗凡·斯切潘内奇说道：'虽然事情不很体面，但是办得挺好，事情一办完就什么也别提啦。'老头儿，也就是安库季姆，也喝醉了，当时就哭着。他坐在那里，眼泪流到胡须上面，我当时想出了一个办法：我把一根鞭子放在口袋里，还在结婚以前准备下的，决定现在要对阿库莉卡不客气，让她知道她是用无耻的欺骗手段出了嫁，也让人们知道我并不是傻瓜……"

"很对！让她一辈子都记着……"

"不是的，大叔，你先别插嘴。照我们那个地方的规矩，结婚以后立刻把新婚夫妇送入洞房，客人们在外面喝酒等待。当时，我和阿库莉卡被送到房里去，她坐在那里，脸色苍白，脸上没有一点儿血色。她害怕得很。她的头发也是白的，完全像大麻一般。眼睛是巨大的。一直沉默着，听不见她说话，仿佛家里住着一个哑巴。简直奇怪得很。老兄，你以为怎样：我准备好了鞭子，当时把它放在床边上，而她竟是完全完整的。"

"你说什么？"

"完全是完整的，从清白的家庭里出来的清白的女人。既然这样，她为什么要忍受这种磨难呢？菲利卡·莫罗佐夫为什么要在大众面前破坏她的名誉呢？"

"是的。"

"我立刻从床上起来，对她跪下，交叉着双手，对她说道：'阿库琳娜·库季莫夫娜，请你饶恕我这傻瓜，因为我也把你当作那种女人看待了。请你饶恕我这混蛋！'她坐在床上看着我，两手放在我的肩上，笑了起来，同时又流下眼泪。一面哭，一面笑……我走出来见大家，说道：'我现在只要遇见菲利卡·莫罗佐夫，非跟他拼命不可！'那些老人简直不知道向谁祈祷，母亲几乎对她跪下，哭个不停。老头儿说：'早知道这样，我也不会把你嫁给这样的丈夫，我们的爱女。'我和她在第一个星期日上教堂里去。我戴着新皮帽，细呢的上衣，棉绒的裤子；她穿着新兔皮外套，头上戴着绸头巾——那就是说她配得上我，我配得上她。我们两人并肩地走着。人们很羡慕我们，我自己嘛，就没什么好说了，至于阿库莉卡的相貌，我既不能在别人面前夸奖她，但也没有什么可贬低的地方……"

"那是很好。"

"你且听下去。我在结婚后的第二天，虽然也喝醉了酒，但还是避开客人们，跑了出去，一面说：'我要去找那懒货菲利卡·莫罗佐夫——让他过来，这混蛋！'我在集市上大声呼喊着。当时我醉得很，有三个人在弗拉索夫家门口把我拦住，然后用强行把我带回家。城里大家都议论起来。姑娘们在集市上互相说：'喂，你们知道不知道？阿库莉卡是完整的。'过了一些时候，菲利卡当着别人的面对我说：'你把妻子卖掉吧——我保管你有酒喝。我们那里有一个士兵，名叫亚什卡，就是这样娶的亲，他不和妻子睡觉，却喝醉了三年。'我对他说：'你是混蛋！'他说：'你是傻瓜。你结婚的时候，你的酒还没有醒，你没有醒转来，怎么能弄明白这种事情呢？'我走回家去，喊道：'你们为什么趁我喝醉的时候让我结婚？'母亲立刻跑上来打我。我说：'好妈妈，你的耳朵被金子塞住了。你去叫阿库莉卡来！'我开始打她，打了两个小时，一直打到我自己累得躺下来为止，她一连有三个礼拜都没有起床。"

"那也是啊，"切列文慢吞吞地说，"不打她们，她们就会……难道你撞见她和情人在一起吗？"

"不，撞是没有撞见，"希什科夫沉默了一会儿，好像勉强似的说，"我感到十分难过，人们都在嘲笑我，而这一切全是菲利卡捣的鬼。他说：'你的妻子可以做模特儿，供人们玩赏。'他还请了一些客人，一上来就说：'他的太太心很善良，相貌也好，但是瞧他自己怎样！这小子竟忘记了，他自己曾在她家的门上涂抹黑漆！'我坐在那里，已经喝醉了酒。他抓住我的头发，从椅上把我拉下来，说道：'你跳舞呀，你这阿库莉卡的丈夫，我抓住你的头发，你给我跳舞，给我解闷！''你是混

240

蛋！'我喊道。他又对我说：'我带着朋友到你家里去，当着你面，把你的妻子阿库莉卡用鞭子抽打一顿，随便我打多少就打多少。'你信不信，在这之后，我有整整一个月不敢出门，我心想他会跑来污辱我的。就为了这个，我又开始打她……"

"有什么可打的！手能够捆得住，舌头却是捆不住的。所以打得再多也没有用。你可以惩罚一顿，教训一下，再疼爱她一下。妻子就是这样的。"

希什科夫沉默了一会儿。

"我心里气得很，"他重又开始说，"我已经习惯了，有的时候从早到晚打她。不是因为她起床太晚，便是走路不像样。我不打，会觉得烦闷的。她经常坐在那里，一言不发，向窗外看着，哭泣着……一直哭泣着。我有点儿可怜她，但还要打。母亲为了她，一直骂我：'你这混蛋，你这下贱坯！'我喊道：'我会杀人的，现在谁也不能说话，这媳妇是人家骗我娶的。'起初，老头儿安库季姆也会跑来干涉，说道：'你究竟有什么了不起，我有办法对付你！'但后来他也就撒手不管了。玛丽娅·斯切潘诺夫娜简直做出低声下气的样子。有一天，她跑了来——含着眼泪哀求道："我来求你，伊万·谢苗内奇，求求你，饶了她吧！让她见一见太阳吧！'当下向我鞠躬，'那些恶人说我们女儿许多坏话；你自己知道，你娶的是贞洁的姑娘。'……她跪了下来，对我哭。但是我还是装模作样：'我现在不想听你们的话！我现在想做什么，就做什么，因为我现在不能控制我自己，菲利卡·莫罗佐夫，是我的朋友，我的第一个知己……'"

"这么说来，你们又在一块儿喝酒了吗？"

"哪里的话！我怎么还能接近他呀！他完全喝得一塌糊涂。他把自己的财产全都花光，就受了一个小市民的雇用，替他大儿子去当兵。照我们地方的规矩，一个被雇去当兵的人，在被送去当兵之前，全家人都得迁就他，他就是那一家的主人。钱是一次交清的，在被送去当兵之前，他就住在雇主家里，往往一住就是半年。他对雇主的那副样子，简直了不得。意思是说：'我替你们的儿子出去当兵，那就是你们的恩人，你们大家应该尊重我，否则我可以不干的。'菲利卡就在小市民家里弄得乌烟瘴气，他和主人的女儿睡觉，每天饭后必要揪着主人的胡须——他认为这是很快乐的事情。他每天要洗澡，用酒浇上去放出蒸气来，还要女人亲自把他抬进澡堂。他在外面喝了酒回家，站在街上，说道：'我不想从大门里走进去，把那篱笆拆开来！'人家只好在大门旁的另一个地方拆开篱笆，他绕走了进去。终于，期限到了，他被送进军营去，这时他的酒才醒了。街上聚集了许多人，大家都出来看菲利卡·莫罗佐夫去当兵！他朝四面八方鞠躬，阿库莉卡这时从菜园里走出来。菲利卡在我们家的大门那里一看见她，就喊道：'等等！'从大车上跳下来，一直对她鞠躬到地，'你是我的灵魂，'他说，'亲爱的，我爱了你两年。现在他们敲锣打鼓送我去当兵。请你饶恕我吧，体面的父亲的贞洁的女儿，因为我是一个坏蛋——这一切都是我的错！'说着，又朝她鞠躬到地。阿库莉卡站在那里，起初仿佛吃了一惊，后来也朝他鞠躬，说道：'请你也饶恕我，善良的好汉，我对你没有一点儿怨恨。'我跟着她走进屋内，我说：'你对这狗东西说什么话？'你信不信，她看了我一眼，说道：'现在我爱他，甚于世上的一切！'"

"真是的……"

"那天，我一整天都没有跟她说一句话……只在快到晚上的时候，才说：'阿库莉卡！我现在要杀死你！'那天夜里我睡不着觉，走出外屋喝了几杯汽水。那时候曙光已经出现了。我走进屋内，说：'阿库莉卡，快收拾东西，准备到田里干活去。'在这之前我们就准备去干活，母亲也知道这事。她说：'这才是正经事情，现在是秋收的时候，听说工人在那里躺了三天，什么活也不做。'我套好大车，沉默着。一走出我们的那个镇，立刻就是一片二十五俄里的树林，树林后面就是我们的田地。我们在树林里走了三俄里。我把她叫住，说道：'快下来，阿库莉卡，你的末日到了。'她看着我，害怕起来，站在我面前，不作声——我说：'我非常讨厌你：你祷告祷告上帝吧！'当时我一把抓住她的头发，她的头发又粗又长。我把它绕在手上，从后面用膝盖把她的身子压住，拔出刀子，把她的头朝后面拧，然后用刀子朝她的喉咙里刺去……她喊叫了一声，血溅了出来，我把刀子扔弃，两手抱住她，躺到地上，抱住她，朝她哭喊，她喊，我也喊，她浑身颤抖，竭力挣脱我，血溅到我身上——溅到脸上、手上，一直溅呀，溅呀。我扔下她，我感到恐怖，把马也扔了，自己跑呀，跑呀，从后门跑回家去，跑到澡堂里面，我们的澡堂很旧，已经许久不用了。我钻到板架底下，坐在那里。一直坐到夜里。"

"阿库莉卡呢？"

"她在我跑后站了起来，也走回家去，后来人们在离那个地方一百步路远的场所发现了她。"

"那么你没有把她杀死？"

"是的……"希什科夫停顿了一分钟。

"有一根筋，"切列文说，"如果那根筋一下子不割断，人就一直会挣扎着，无论流多少血，绝不会死的。"

"但是她死了。晚上发现她的时候已经死了。人们报了警，警察开始搜捕我，到夜里才在澡堂里找到……我现在已经在这里住了四年，你算一算吧。"他沉默了一会儿以后，才补充说。

"唔……当然啦，不打是不行的，"切列文冷淡地、慢吞吞地说，又把鼻烟壶掏了出来。他开始嗅鼻烟，嗅了很长时间。"结果还是你自己太傻，"他继续说着，"我有一次也撞见我的妻子和情人在一起。我唤她到马厩里去。我把缰绳折起来，对她说：'你对谁发过誓的？对谁发过誓的？'然后就抽打她，用缰绳抽打她，抽打了一个半小时。到最后，她对我说：'我要给你洗脚，再喝下那盆水。'她的名字叫奥芙多季娅。"

第五章 夏 日

　　已经到了四月初旬，复活节即将到来。夏季的工作也渐渐地开始了。太阳一天比一天显得温暖和明亮，空气发出春天的气味，刺激人的身体。即将来临的节日使被钉上脚镣的人也感到骚乱，使他们产生了一些愿望、希冀和烦恼。在明朗的阳光之下似乎比在阴暗的冬日或秋日更加强烈地怀念自由，而这些在所有罪犯的身上全显露出来了。他们仿佛欢迎光明的日子，同时也在心里渐渐地增加了一些不耐烦和冲动。我觉得我们狱内吵架的事件，到了春天仿佛更加多些。经常听得见喧哗、呼喊、吵嚷，有的人甚至寻衅闹事。与此同时，也会突然在工作的某个场所上看到某人那沉郁而固执的眼神，正向着蔚蓝的远处，额尔齐斯河对岸的什么地方瞭望，从那里展开一千五百俄里长的、自由的吉尔吉斯大草原，像一条无垠的地毯。你还会发现有人正鼓起胸膛，在做深呼吸，看来人们急于想呼吸那辽远的、自由的空气，借以舒散受禁闭的、被锁牢的心灵。"唉"——罪犯们发出一声感叹，忽然好像要摆脱自己幻想和沉思似的，不耐烦地、阴郁地抓起铲子或应该从这个地方搬到另一个地方的砖头。一分钟以后，他们已经忘却了自己那突然迸发出来的感情，又开始尽情地笑骂；或者忽然用不寻常的、完全没有必要的热忱干起分配给他的那份工作（如果这份工作是分配给他的）——他们开始使出全身的力气来干活，好像希望借繁重的工作压抑从内心里挤压出来的一些什么东西。这都是一些身强力壮的人，大半正在年富力强的时候……在这时候，脚镣是会使人觉得沉重的！我并不想对这一切加以美化，但我相信我说的是真实情况。此时，在暖和的天气里，在明朗的阳光里，当你的整个心灵，整个身体听到和感到在你的周围以无限的力量复苏的万物时，那个被关锁住的监狱、警卫的监视和对别人意志的屈从，就会使你更加觉得难受。除此之外，在春天，在全西伯利亚，在全俄各地，随着第一只百灵鸟的发现，那些上帝的人民便从狱内逃跑，开始了流浪的生涯，躲在树林中。在闷热的土坑里工作之后，在审判、脚镣和棍杖之后，他们自由自在地流浪着，随便想上哪里就上哪里，上比较有趣和舒适的地方去；他们吃喝着上帝赏赐的食物，夜里在林中的什么地方或田野里睡觉，没有什么操心，也没有监狱里的烦闷，像树林中的鸟儿一样，在上帝的眼皮底下，只和天上的星星道晚安就行了。不用说'在杜鹃将军那里服务'。有时也感到痛苦饥饿、累乏。有时在几昼夜间见不到面包，必须躲开，避开一切人，必须偷窃、抢劫，有时还要杀人。"苦役犯好比婴孩一样，看到什么就想要什么"——这是西伯利亚的人们对于苦役犯的评价。这句话可以全部，甚至还要添加一点，以移赠逃亡者。逃亡者并不见得是强盗，但几乎永远是小偷，当然多半由于需要，而并非出自本心。然而，也有一些根深蒂固的流浪汉。有的人，甚至在服刑期限将告终时，就从流放地逃走。他在流放时似乎也感到满足，而且可以得到生活的保障。但是不行！他总是想上什么地方去，有什么东西召唤他到什么地方去。树林里的生活，贫穷的、可怕的，但是自由的、充满奇遇的生活具有一种诱惑，一种神秘的美妙，对于那些已经尝试过的人——经常一个人逃走了，有的甚至是性情淡泊、行为勤谨的人，本来有希望成为一个安居乐业的良民和精明强干的主人，但他逃跑了。有的人甚至结了婚，生下儿女，在一个地方住了五年，却在一个早上突然失踪了，使妻子、儿女和他的左邻右舍陷于惊疑之中。在我们狱内有一个这样的逃犯，人们曾指给我看。他并没有犯什么特别的罪，至少我没有听见人家讲过，但他总是逃跑，一辈子逃跑。他曾到过俄国南部边境的多瑙河旁边，到过吉尔吉斯草原，到过东部西伯利亚和高加索——总之，他什么地方都到过。谁知道，为了他那种对于旅行的嗜好，也许在另一种环境之下，他会成为鲁滨孙第二呢。但是这一切都是别人讲给我听的，他自己在狱内不大说话，除非在必要的时候才开口讲几句。他的个子很小，年纪已经有五十多了，性情极恭顺，有一副异常安静的，甚至呆钝的脸庞，安静到近似于白痴的程度。他夏天喜欢坐在太阳地里，嘴内必定哼出一支小曲，哼得那样的轻，离开他五步以外就听不见了。他的脸庞有点儿像木头一般，他吃得很少，只吃一些面包，他从来不买一个面包圈，不买杯酒，但是他不见得会在什么时候有过钱，甚至不见得会数钱。他对待一切保持完全安静的态度。有时亲手喂狱里的狗吃东西，我们这里谁也不会喂狗吃东西的。总之，俄国人都不喜欢喂狗。听说他结过婚，甚至结过两次婚；听说他在什么地方有儿女……至于他为什么陷到狱里来——我完全不知道。我们大家等待他会从我们那里溜走，但不是时间没有来到，便是年代已经过去了，他住在那里，仿佛对他周围的这个奇怪的环境有所默察。不过靠是靠不住的，固然从表面上看来，他为什么要逃走？有什么好处？但是综合来说的，树林中流浪的生活比起牢狱的生活，自然是天堂。这是很明显的，而且也是完全不能比较的。虽然逃亡者的命运是痛苦的，但总是有自己的意志。也就为这个原因，每个俄国罪犯，无论坐在哪里，到了春天，在射出春日的最早的愉快的阳光的时候，总会显得不安。虽然不见得每个人都想逃走，可以肯定地说，由于逃跑很困难，而且后果很严重，一百人中仅有一人敢去做这件事情；其余的九十九个也不过幻想一下，能不能逃走，且往什么地方逃走而已；单只在愿望中，单只在可能的想象里舒散舒散自己的心灵而已。有的人只是回忆他以前曾经在什么时候逃走过……我现在说说那些已经判过刑的人。当然，在等待判决的人们中，决定逃走的比较多些，也比较常见些。判决有期徒刑的人只在被囚的生活开始时逃走。经过了两年的牢狱生活以后，罪犯已经开始看重这些岁月，渐渐地自行答应用合法的方式于完结刑期后，出去被发配到流放地，也比冒这样的险，并且在失败的时候还要遭到毁灭好些。失败是很可能的。十个人中只有一个能够"改变自己的命运"。已判决的囚犯中刑期太长的经常比别人肯冒险。十五年至二十年被认为是无尽的期限，被判处这样长久期限的人，经常幻想着准备改变命运，哪怕已经在牢狱内住满十年。最后，脸上的那个烙印也是妨碍他逃跑的一个原因。"改变命运"已经成为一个术语了。在逃跑被发觉后受审问的时候罪犯回答说，他想改变自己的命运。这个带点儿书卷气的名词完全可以适用到这件事情上去。每一个逃犯并不想完全得到自由——他知道这几乎是不可能的——他只是想落到另一个机关里去，或被送到流放地，或是想重新受审判；依照新的，由于逃亡而成立的罪名重新被审判。总而言之，无论到什么地方都可以，只要不到他深感厌恶的旧的地方去，不到以前的牢狱里去就可以。所有这些逃走的人，如果在一个夏天找不到某种偶然的、不寻常的、可以过冬的处所——譬如说，不撞到肯藏匿逃犯，认为里面有利可图的人，最后，如果不觅到，有时还用杀害的手段弄到一张可以到处安身的护照——到了秋天，如果他们没有预先被捉获，多半会自己成群结队地，以逃亡者的资格，来到城里和狱内，以便坐到监狱里过冬，当然，他们没有放弃这样的希望：等到明年夏天再行逃走。

春天对我也产生了影响。我记得，我有时从木桩缝里贪婪地张望，许久地站立着，头靠在围墙上面，固执地站在那儿，贪婪地、一个劲儿地凝视着我们城堡上的草如何发绿，辽远的天如何变得越来越蓝。我的不安和烦闷一天天地增长，我觉得牢狱更加可怕了。我以贵族的身份，在这最初的几年内，经常从罪犯那里感受到敌视，这种敌视使我无法忍受，并毒害了我的一生。在最初的岁月中，我经常不生什么疾病，到医院里去躺躺，单只为了不住在狱内，但求能摆脱这固执的、无法驯服的、普遍的仇恨。

"就是你们这些铁嘴钢牙，把我们给啄伤了"——罪犯们对我们说。我真是羡慕来到狱内的普通人！他们立刻和大家结为朋友。因此，春天、自由的幻影、大自然中那一派欣欣向荣的气象，也就更加使我感到惆怅，使我感到心烦意乱。在斋戒的末期，大概在第六个星期，逢到我举行忏悔礼。全狱的罪犯，从第一星期起，由下士长官按照持斋的星期的数目，分七个班进行忏悔礼。每班有三十多人。我很喜欢行忏悔礼的那个星期。行忏悔礼的人可以被免除工作。我们到离牢狱不远的教堂里去，每天去两三次。我许久不上教堂了。在遥远的童年，父母的身边的时候，我就已经很熟悉这种大斋期的祈祷礼，那庄严的祈祷，那一躬到地的磕头跪拜——过去的这一切，在我的心中激起了对那久远的往事的回忆，使我回想起儿童时代的印象。我记得一大清早，在夜里业已结冻的土地上面，我们由卫兵荷枪实弹押送到上帝的房屋里去的时候，我心里十分愉快。卫兵并不走进教堂里去。我们挤成一堆，站在教堂内靠门口的地方，因此只能听得见教堂执事那洪亮的嗓音，偶然从人群里看到神甫的黑袈裟和他那光秃秃的头顶。我记得，还在儿童时代，我站在教堂内，有时看着许多普通的民众在门旁拥挤着，见着佩戴肩章的军人，肥胖的绅士，那些穿着扁绰的服装，但极虔信的太太们便谄媚地让道——这些人一定要钻到前面的位置上去，而且时时刻刻准备为了首席的位置而争吵。我当时觉得在门口的人们祷告得也不像我们的样子，他们祷告得驯顺些、热诚些，而且还跪下来，并充分意识到自己卑贱的地位。

现在我也不能不站在这个位置上面，甚至还不能在这个位置上面；我们的脸上已经有了烙印，脚上已经钉了铁镣。大家都躲避我们，大家甚至仿佛惧怕我们，我们每次来到教堂，都能分到施舍品。我记得，我甚至感到有点儿愉快，有一种异样的、令人难以捉摸的东西。"既然如此，那就这样吧"——我心想。罪犯们很热诚地祈祷着。他们每次必带着一个可怜的戈比到教堂里去，作为买蜡烛或捐款之用。"我也是一个人呀！"当他们在递出这一戈比的时候，心里这样想着，或是感觉着，"在上帝面前，大家都是平等的……"做完早弥撒，我们便举行圣餐礼。神甫举起手中的餐杯念叨着："……即使是匪徒，也来接受吧！"于是，在一片叮叮当当的脚镣声中，几乎每个人都匍匐在地上，大概把这句话当成是对自己说的。

复活节也来了。狱方给我们每人发了一个鸡蛋和一薄片小麦制的、发酵的面包。城里又送许多施舍品到狱里来。又是神甫带着十字架到狱内访问，又是长官前来视察，又是肥油的菜汤，又是饮酒和狂态——这一切和圣诞节一模一样，区别在于现在可以在牢狱的院内游玩，晒太阳。好像比冬天光明些、宽敞些，但似乎烦闷些。漫长的夏日真是令人难熬，特别是在节日期间。平时在工作的日子里，至少可以觉得时间缩短一些。

夏天的工作确比冬天的工作困难得多。工作多半关于建筑工程方面。罪犯们造屋，掘土砌砖，他们中间另一些人在修理官房时担任木工、铜匠或漆工。另一些人到厂里去造砖头。最后的那个工作，我们那里认为最繁重。造砖厂设在离要塞三四俄里远的地方。夏季每天早晨六点钟，罪犯五十人左右，列队前往造砖。他们选择普通工人做这种工作，那就是说不是工匠，不属于有任何技艺的人。他们随身带着面包，因为路远，回家吃饭得多走八俄里路，不大方便，到晚上回到狱内时再吃饭。工作是限定做一整天的，范围定的非要做整整一天，不能应付过去。首先应该把黏土掘出，运过去，自己抬水，自己在泥坑里把黏土踏平，然后用黏土制造许多砖头，大概有二百块儿，甚至几乎有两百五十块儿。我只到厂里去过两次，从厂里回来的时候已经是晚上，身体弄得非常疲惫。因为做了最艰难的工作，他们经常整天责备别人。这大概就是他们的安慰。虽然如此，有些人甚至带着一些愉快上那里去：第一，厂子在郊外，那里很空旷，在额尔齐斯河岸旁，显得自由。向周围看一下，到底心里觉得痛快些——没有狱内那样的官气！可以自由地抽一抽烟，甚至十分愉快地躺半小时。我仍像以前一样，或者在作坊干活，或者去烧雪花石膏，最后是被唤到建筑的工地搬砖。干这最后的一种活时，每次都从额尔齐斯河岸上把砖背到七十俄丈远的，正在建筑中的工地那里。这工作一连继续了两个月。我甚至喜欢做这工作，虽然扛砖的那根绳子经常擦破我的肩膀。而我之所以喜欢这份工作，是由于干这工作的原因，我身上的力气越来越大了。我起初只能搬八块儿砖，每块儿砖有十二磅重。后来我加到十二块儿，十五块儿，这使我很高兴。在牢狱内，为了能忍受这可恶的生活上的一切物质困难，人们对体力的需要不亚于对精神力量的需要。

出狱以后，我还想活下去……

当然，我之所以喜欢搬砖，不仅因为做这工作可使身体强壮，还因为工作的地点就在额尔齐斯河岸上。我之所以经常讲起这河岸，是因为只有从这河岸上可以看见上帝的世界，看到晴朗、明净的远方，看那荒无人烟的自由的大草原，它的空旷给我留下了奇特的印象。只有在河岸上干活，才能够背着城堡，才能够不看见它。其余的工地全在城堡里面，或在它的附近。从最初的几天起，我就恨这城堡，尤其恨这其中的几所房屋。我们少校的房屋，我觉得是一个可恶的、让人讨厌的地方，我每次从那里经过时，总要恨恨地看它一眼。但是在河岸上，可以忘掉一切，你看着这无垠的、空虚的、广阔的天地，好像囚犯从狱窗内看着自由的世界一般。这里的一切对于我是可贵的、可爱的。明朗而炎热的太阳在深邃而蔚蓝的天上，从吉尔吉斯河岸那边传来的吉尔吉斯人的歌声。你审视了许久，终于看到吉尔吉斯人那个贫穷的、老旧的帐篷，看到帐篷旁的炊烟，一个吉尔吉斯女人正围着两只绵羊在忙碌着。这切是贫穷的、粗野的，但却是自由的。你还会在蔚蓝的天空中，在干净的空气里，看到一只飞鸟，于是你便久久地、固执地注视它的飞翔：一会儿掠过河面，一会儿隐在蔚蓝中间，一会儿又显露出来像一个闪现的、看不大清的小点儿……甚至连我在初春时在河岸石缝里发现的那棵可怜的、已经干枯了的野花，也仿佛引起我的注意。这第一年苦役生活的烦闷是难以忍受的，它使我感到烦躁不安，感到痛苦。在这第一年，我由于这烦闷，看不清自己周围的许多事情。我闭上眼睛，不愿审视。在这些凶狠的、仇恨的同伴里面，我看不见好人，尽管他们只是外面包着一层讨厌的壳皮，而实在是能够思索和感觉的人们。在恶毒的话语中间，我有时找不出欢欣的、和蔼的话语，但是这些话语之所以可贵，是因为它并不含有任何用意，经常是从一颗也许比我还痛苦和受罪的心灵里流露出来。可是，干吗要说这些呢？如果工作得太累，我是十分喜欢的，因为回到狱中以后，也许可以睡得着觉。在我们那里，夏天睡觉是一件痛苦的事，几乎比冬天还糟。不错，夜晚有时让人感觉很美。整天照在牢狱院内的太阳，终于落下去了。空气渐渐有了一些凉意，接着，几乎是寒冷的草原的夜降临了。罪犯们在院内一堆堆地行走着，在期待锁门。当然，大多数人都聚在厨房里面。在那里，人们往往就监狱中的某个迫切问题进行争论，东拉西扯，有时还讨论一个谣言，经常是无稽的，但引起这些被世界斥逐的人不寻常的注意。譬如说，有一个消息，说我们的少校被赶走了。罪犯们便像小孩般轻信，他们自己知道这消息是无稽的，是好造谣言的荒唐人传来的——就是那个罪犯克瓦索夫，他满嘴胡说，人们早就不相信他——然而大家立刻抓住这个消息，津津有味地谈论起来，自己安慰自己，结果是自己恼怒自己，后悔不该相信克瓦索夫的话。

"谁能赶走他呢！"一个人喊道，"他的脖子很粗，有的是力量呢。"

"他上面还有长官呢！"另一个人反驳，他是性情激烈、并不愚蠢、见过世面的小伙子，世上很少见过的好辩之人。

"乌鸦是不会啄乌鸦的眼睛的！"第三个头发业已灰白的人好像自言自语地说——他孤独地坐在角落里喝菜汤。

"长官还会来问你——撤换不撤换他吗？"第四个人冷淡地说，在六弦琴上轻轻地弹着。

"为什么不能问我？"第二个人怒气冲冲地反驳，"我们可以请愿，在人家问起咱们的情况时大家全都说话。你们就知道在这里喊嚷，一谈到正事，就打退堂鼓了！"

"你还想怎样？"弹六弦琴的人说，"要知道，我们这是在监狱里呢。"

"前几天，还剩下一些面粉，"那个争论者不听人家说话，继续热烈地讲下去，"我们把它刮在一起，要拿出去卖。结果让他知道了，是厨房里的伙计报告的，他就把面粉给没收了，还说这是节省下来的。你们说公平吗？"

"你想向谁告状？"

"向谁？就向那个快要来的视察员告状。"

"哪一个视察员？"

"视察员要来是真的，"一个年轻的、活泼的小伙子说，他认得字，做过书记官，读过《拉瓦莉尔侯爵夫人》，或这类的书。他永远是快乐的、喜欢开玩笑的人，为了他知道的事情，还为了他褴褛的衣服，大家尊敬他。他不管大家对于未来的视察员产生如何的兴奋、如何的好奇，一直走到厨房那里买牛肝吃。我们的厨子经常做这一类的生意。譬如说，用自己的钱买下一大块儿牛肝，烤熟后再卖给罪犯们。

"买一个铜板还是两个铜板的？"厨子问。

"切两个铜板的，也让别人羡慕一下！"罪犯回答，"一个将军从彼得堡来，视察全西伯利亚，这是确实的。是司令部里的人说的。"

这消息引起了不寻常的骚乱。大家询问了一刻钟：究竟是谁？哪一位将军？什么官爵？是不是比此地的将军职位高？关于爵位、长官，他们中间谁的资格老，谁管谁，谁的位置最低等的问题，罪犯们最喜欢谈论，为了将军，甚至争论，相互谩骂，几乎弄到打架。从外表看来，这有什么好处呢？一个人的智识和辨析事理的程度，以及以前，入狱前在社会上地位的高低，都能通过是否详细知悉将军们和一般长官们的底细来衡量。总之，对于高级长官的谈话，在狱中被认为是最文雅、最重要的谈话。

"也许当真有人来把少校撤换，"克瓦索夫说。他是一个身材很小、满脸通红的人，性情激烈，不大懂得礼数。关于撤换少校的消息就是从他那里传出来的。

"人家会送礼的！"那阴郁的、灰白头发的罪犯插嘴说。他已经喝完了菜汤。

"他真是会送礼的，"另一个人说，"其实他抢的钱还少吗？没有来到我们这里以前，他还当过营长。以前听说打算娶祭司长的女儿。"

"可是他并没有娶成，人家把他赶出去了，意思是嫌他贫穷。他算什么未婚夫！他在复活节上，赌钱输得一塌糊涂。这是费季卡说的。"

"是的，钱是很容易花的。"

"唉，老兄，我也娶了亲。穷人娶亲最不好，娶了亲以后，夜晚也会短些的！"斯库拉托夫转过身来说。

"那当然喽！讲的就是你呀，"当过书记官的、态度潇洒的小伙子说，"我对你说，克瓦索夫，你是一个大傻瓜。难道你以为少校能给这种将军贿赂，这种将军会特地从彼得堡跑来查办少校吗？我对你说，小伙子，你真傻。"

"那有什么？你以为，如果他是将军，就不会收吗？"人群里一个人怀疑地说。

"当然不会收。要收也收得很多。"

"当然很多，按照爵位定下来的。"

"将军永远肯收的。"克瓦索夫坚决地说。

"你是不是给过他？"巴克卢申忽然走了进来，鄙夷地说，"你连将军都不见得看见过吧？"

"看见过的！"

"胡说。"

"你自己胡说。"

"伙计们，如果他看见过，让他立刻当着大家的面说一说，他认识哪一个将军？你说吧，反正我知道一切将军的名字！"

"我见过齐别尔特将军。"克瓦索夫似乎不坚决地回答。

"齐别尔特吗？这位将军没有过。一定是那个齐别尔特当中校的时候，偶尔回头看了你一眼，你就害怕得竟以为他是将军了。"

"不，你们听我说，"斯库拉托夫喊道，"因为我的妻子也知道的。在莫斯科确实有一个名叫齐别尔特的将军，他是德国人，但入了俄国籍。每年在圣母节斋戒期间，他都要向俄国神甫行忏悔礼。而且，他很像一只鸭子，老是喝水。每天喝四十杯莫斯科河里的水。听说，他喝水是为了治什么病，这是他的勤务兵亲自告诉我的。"

"肚子里灌饱了水，就可以在里面养鲤鱼了。"弹六弦琴的罪犯说。

"得了吧！人家在这里讲正事，他们竟还……视察员是哪里来的？"一个性情浮动的罪犯关切地问道，他叫马尔蒂诺夫，是个军事犯，曾当过骠骑兵。

"这全是胡说！"一个持怀疑态度的说，"这消息是从哪里来的？全是谣言！"

"不，不是谣言！"直到现在一直保持沉默的库利科夫果断地说，好像讲格言似的。他身材高大，有五十来岁，仪表堂堂，脸上带着鄙夷的、庄严的姿态。他是一个颇有影响的人物，他自己也意识到了这一点，并引为骄傲。他是一个兽医，身上或多或少有一些吉卜赛人的血统，他在城内靠给人家医马挣钱，还在我们狱内卖酒。他很聪明，见过世面。话语很少，话语从他的嘴里落下来就仿佛是施舍品似的。

"这是千真万确的，弟兄们，"他安静地继续说下去，"我还在上礼拜就听说过。有一个将军，很重要的角色，到西伯利亚来视察。事情很明显，人家会给他贿赂，不过，可不是我们那位八只眼，他可不敢往将军跟前站。将军和军官不同，军官什么人都有。不过，我要对你们说，我们的少校无论如何会留在现在的位置上的，这很对。我们是一些有话无处说的人，至于有权有势的人，是不会告发自己人的。视察员到狱里来看一下，也就走了，向上面报告一切都好……"

"他说得对，弟兄们，不过少校已经吓破了胆，他从早上起来就喝醉了。"

"晚上又要运一车酒来。这是费季卡说的。"

"黑马是洗不白的。难道他还是第一次这样的喝酒吗？"

"如果将军也一点儿办法没有，那真是糟糕！那还有什么可说的！"
犯人们无奈地说着。

关于视察员要来的消息一下子在牢狱内传遍了。人们在院内闲走着，不耐烦地互相传达消息。另一些人故意沉默，保持冷静，显然努力给自己增添一种庄重。还有些人仍旧显出冷淡的神色。持着六弦琴的罪犯们坐在狱室的台阶上面。有些人继续随便谈天。另有些人拉唱小调，但是大家在这天晚上都处于异常兴奋的精神状态之下。

九点多钟点了数，把我们大家赶进狱室，锁上了门。夜是短的，四点多钟就叫醒我们，在十一点钟以前大家怎么也睡不着。在那时候以前，狱内永远是那样的忙乱，进行着谈话，有时和冬天一样，设着赌场。夜里闷热得难熬。窗上的框子虽然抬起了，夜间的寒气时时地袭来，但是罪犯们整夜在铺板上翻来覆去，好像做噩梦一般。成千上万的虱子在活跃着。它们在冬天也滋生，但从春天起滋生得更多，那样多的数量，我以前虽然听说过，但在事实上没有体验过，是不愿意相信的，而到了夏天，它们越猖狂。诚然，对于虱子是会习惯的，我自己也经历过，但到底很难受。它们会把你折磨得使你躺在那里，好像发着热病，自己感觉没有睡觉，只是迷迷糊糊地躺着。终于在早晨之前，虱子歇手了，好像死去了似的，在清晨的微寒之下，仿佛果真要甜蜜地睡熟一下的时候——牢狱的大门旁边忽然传出了无情的鼓声，黎明来临了。于是你把短皮袄蒙在头上，一边咒骂着，一边听那洪亮的、清晰的鼓声。这时，在似睡非睡中，有一个痛苦的念头钻进你的脑中，那就是在明天、后天，连上几年，一直到获得自由为止，都会这样。究竟什么时候能自由呢？它究竟在哪里呢？你这样想着。但是，必须起床，开始像平时那样走动起来，拥挤……人们在穿衣，忙着出工。当然，在正午的时候还可以睡一小时。

关于视察员的消息确实是真的。这一消息一天天地越发被证实了，终于大家都确实地知道，有一个重要的将军，将从彼得堡出来视察全西伯利亚的情形，已经到了托波尔斯克。每天有新的消息传进狱内。从城内也有消息传来，听说大家都很胆怯、忙乱，正张罗着把好的一面展示给他看。人们还说，高级的长官们已经在准备茶会、舞会、庆祝会等。罪犯们一堆堆地被打发出去填平堡垒里的街道，铲除小丘，给围墙和木桩涂上颜色，该粉刷的粉刷，该涂抹的涂抹，总而言之，大家都想一下子予以改正，弄得好看些。我们的罪犯们很明白这件事情，越发热烈地、快乐地互相讲论起来。他们的幻想竟达到了天真的地步。甚至准备在将军问起他们满意不满意的时候，提出"要求"来。他们辩论着，互相辱骂。少校看出骚乱的样子。他经常到狱里来，经常呼喊，经常打人，经常把人拖到禁闭室里去，并且十分注意罪犯衣服的整洁和端正。这时候，好像故意似的，狱内发生了一段小小的事故。它并不使少校惊慌，像一般人那样预料，相反地，甚至给他带来了愉快。一个罪犯在打架时，用缝皮鞋的针戳了另一个罪犯的胸脯，几乎戳到心脏上。

用针戳人的罪犯名叫洛莫夫，受伤的那个人名叫加夫里尔卡，他是一个积习很深的流浪汉。我不记得他有没有别的名字，人家永远唤他加夫里尔卡。

洛莫夫本来是T省K县一位富有的农民。洛莫夫一家人全住在一起：

老父亲，三个儿子，还有他们的叔父，也就是老头儿的弟弟。他们是有钱的农民。全省的人都说，他们有三十万家私。他们耕田、制皮革、做生意，但多半是放高利贷、藏匿流浪汉、窝藏赃物，还做一些其他的勾当。县城里的和乡下的人中，有一半欠他们的债，受他们的欺凌。他们素来以聪明、狡猾著称，但终于骄傲起来，尤其在当地一个很重要的人物开始在旅途中歇宿在他家内，和老人当面认识，喜欢上他的伶俐和机智的时候。他们忽然觉得自己的势力极大，没人敢惹他们，因此更加胡作非为，做出各种不法的行为。大家都怨他们，咒骂他们，但他们却更加神气起来，目空一切，连警长和陪审员都不放在眼里。最后，他们一家果然大祸临门，一下子倾家荡产了，而他们之所以倒霉，并不是由于他们干什么见不得人的坏事，而且蒙受了一场不白之冤。在离乡村有十俄里远的地方，他们有一处大田庄。有一年秋天，有六个吉尔吉斯长工住在那里。他们老早就在主人家里服役。在一天夜里，所有的吉尔吉斯工人全都被杀了。开始审理这一案件。案件审理了很长时间。在审查的过程中，又发现了他们所干的其他坏事。于是，洛莫夫一家人被控杀害自家的工人。全狱的人都知道这件事，他们自己也是这样供认的。于是人们怀疑他们欠了工人许多债，他们虽有偌大的财产，但他们既贪婪又吝啬，为了可以不付欠款，因此把吉尔吉斯人杀死。在侦查和开庭的时间内，他们所有的财产全耗尽了，老头儿也死了，孩子们被流放到不同的地方。一个儿子和他的叔父被判了十二年的徒刑，落到我们狱中。但又有什么办法呢？那几个吉尔吉斯人的被杀，他们是完全没有罪的。后来，就在本狱内，出现了一个名叫加夫里尔卡的罪犯，这是一个著名的骗子和流浪汉，性情愉快活泼，而且又敢于承认一切责任。不过我没有听见他是否亲自承认了这件事，但全狱的人都完全相信，那六个吉尔吉斯人是他杀害的。加夫里尔卡和洛莫夫一家人还在流浪时就有了关系。他以逃兵和流浪汉的身份入狱的，所以刑期较短。他和其他三个流浪汉一同杀害了吉尔吉斯人，他们想打劫那个田庄，以便发一笔大财。

不知道为什么，我们狱里的人都不喜欢洛莫夫叔侄。侄子是一个聪明而又能干的小伙子，性格十分平和，叔叔就是用缝皮靴针戳加夫里尔卡的那个人，他是一个愚蠢的、胡闹的农民。他在那件事情发生以前，也经常和许多人争吵，而且经常被打。大家全喜欢加夫里尔卡，因为他有快乐的、和善的性格。洛莫夫叔侄虽然知道他是罪人，他们因为他受罪，但是并不和他争吵；不过他们从来不聚在一处，他也一点儿不注意到他们。但是，他忽然为了一个极丑陋的女孩和洛莫夫争吵。加夫里尔卡开始吹牛，说女孩对自己有意，洛莫夫吃了醋，于是便用缝靴针戳他。

洛莫夫叔侄虽然因为吃官司而破产，但却在牢狱里过着富人的生活。显然他们是有钱的。他们有自己的茶具，自己烧茶喝。我们的少校知道这件事情，非常恨他们两人。大家都看出他对他们总是吹毛求疵，想办法收拾他们。洛莫夫叔侄却向大家解释，说这是少校想向他们收贿赂，但是他们不肯给他。

如果洛莫夫把缝靴的针稍为戳得深些，他自然会把加夫里尔卡杀死的。但是根本只擦破了一点儿。有人把这事报告给少校。我记得他气呼呼地骑马赶到，显出满意的样子。他对加夫里尔卡十分和气，好像对待亲生的儿子一般。

"我的朋友，你能走到医院里去吗？不如给他套马车吧，立刻套马车！"他匆匆地对士官说。

"大人，我一点儿也不觉得什么。他只是轻轻地扎了一下，大人。"

"你不知道，你不知道，我的亲爱的，你以后会弄明白的……这是

260

一个危险的地方，一切都和部位有关，竟戳到心脏下面了，这强盗，我要把你，我要把你……"他朝罗莫夫怒吼，"现在我要收拾你……到禁闭室里去！"

他果真把他收拾了。洛莫夫重新受审，虽然伤势很轻，但用意是明显的。重审的结果是洛莫夫的刑期增加，且挨了一千记的鞭刑。少校十分满意。

视察员终于到来了。

他在来到城内的次日，就来访问本狱。那天恰巧是节日。在几天之前，我们那里就已经洗刷干净，整理妥当。罪犯们重新剃光头发。衣服是白的、清洁的。照例夏天大家都穿白帆布的衣服。每人的背上都缝了黑圈，直径有二俄寸长。对罪犯进行了整整一个小时的训练，在重要的人物对他们问候的时候，教他们怎样回答，而且还试演了几遍。少校忙得发晕。将军出现前一小时，大家像雕像般站在那里，手放在裤缝上。将军终于在下午一点钟来到了。他是一个重要的将军，以致使所有西伯利亚的长官的心在他来到之后都会颤抖。他严厉而且庄严地走了进来。后面跟着一大群伴同他来的当地的长官，有几个将军和上校，还有一个文官，身材高大，仪表堂堂，穿着燕尾服和软靴，也从彼得堡来，举止十分优雅而且从容不迫。将军经常转过身去，他很客气地和他说话。这使罪犯们感到特别兴趣：一个文官，竟这样地受人尊敬，且是受到这样威严的将军的尊敬！后来囚犯们才知道他的大名，他是什么样的人，不过在此之前曾对他进行过许多猜测。我们的少校挺直着身体，戴着橘色的领子，一双充血的眼睛和一般股红的、满是粉刺的脸。他并没有给将军留下特别愉快的印象。由于对贵客的特别尊敬，他没有戴眼镜。他远远地站着，身体挺得像一根弦子。他的整个身体都在急切地期待有用得到他的一刹那，以便奔上去履行大人的意思。但是人家并不需要他。将军默默地在狱室里走了一遍，朝厨房里看了一下，大概还尝了尝菜汤。有人把我指给他看：意思是说我是贵族出身。

"啊！"将军回答，"他现在的表现怎样？"

"暂时还满意，大人。"人们回答他。

将军点了点头，两分钟之后便离开了监狱。罪犯们自然被弄得眼花缭乱，莫名其妙，不知所措。控告少校的事情自然没有发生。少校早就料到会是这种结果了。

第六章　监狱里的动物

　　不久之后，我们的监狱里购买了一匹名叫格涅德科的马，这使罪犯们感到十分愉快，不亚于贵客的光临。我们狱内需要一匹马运水和向外运垃圾。指派了一个罪犯，专门侍候它，也由他驾车出去，当然仍旧有卫兵押送。我们这匹马从早到晚一直忙个不停。格涅德科在我们狱内服务了很长时间。这匹马很善良，但由于工作量太重，使它过度疲惫。有一天早晨，也就是在圣彼得祭日之前，格涅德科拉完晚上一趟水回来时摔了一跤，几分钟内就死了。大家很怜惜它，聚在它的周围，议论、争辩。狱内那些退伍的骑兵、吉卜赛人，还有兽医，竟当场表现他们对于马方面的许多特别的知识，甚至互相辱骂，但是格涅德科并没有被救活过来。它死僵地躺着，腹部肿起，大家认为应该用指头去抚摸它。有人把这件无法避免的事报告给了少校，他决定立刻买一匹新马。在圣彼得祭日那天早晨，在做完早弥撒以后，我们大家都聚集在一处的时候，外面把要出售的马牵进来了。不用说，马必要由罪犯们自己挑选。我们那里有的是真正的内行，要想欺骗以前曾经专门研究此道的二百五十人是很难的。吉尔吉斯人、马贩子、吉卜赛人、小市民都来了。罪犯们不耐烦地等待每匹新马的出现，快乐得像小孩一样。最使他们感觉荣耀的是他们好像自由的人，好像真是从自己口袋里掏出钱来买马，有购买的完全的权利似的。三匹马被牵了进来，又牵走了，到第四匹马时才决定留下。走进来的贩子们向四周看着，多少带些惊讶和畏葸，甚至还偶然抬头偷看带他们进来的卫兵们。一群两

263

百多人的罪犯，被剃去了头发，被刻了烙印，被系上了锁链，居住在谁也不敢跨进门槛的监狱里，就像住在自己家里一样，这引起人们对他们产生了特别尊敬的态度。这些罪犯想出各种巧妙的方法以鉴别每一匹牵进来的马。契尔克斯人甚至骑到马上去，他们的眼睛炽烧着、用别人不易了解的方言迅快地讲着，露出白白的牙齿，摇晃阴黑的、长着鹰钩鼻的脸。俄罗斯人中间有一个人竟把全部的注意力都集中到他们的争论上去，好像想抓住他们的眼睛似的。他虽然听不懂他们的语言，但从他们的眼神和手势上猜到他们怎样决定：那匹马有用没有用？这种焦急不安的专注，在旁观者看来甚至显得很奇怪。人们简直不明白，像他这样一个罪犯，为什么对这种事情这么感兴趣，这样忙个不停？何况他又是那样恭顺的、受人欺压却不敢反抗的人，甚至在别的罪犯面前都不敢讲出一句话的。好像他是在给自己买马，好像买下什么马，与他有很大的关系似的。除契尔克斯人以外，最引人注目的是以前的马贩子和吉卜赛人，在他们面前，每个人都退避三舍。特别在两个囚犯之间，甚至发生了一场决斗——一个是库利科夫，他以前在吉卜赛人中间干过盗马贼和马贩子，另一个是自学成才的兽医，他是一个聪明的西伯利亚的农民，虽然刚入狱不久，但已经把库利科夫在城里的全部生意都抢走了。事情是这样的：因为城里很看重我们牢狱里自己训练出来的兽医，不仅小市民或商人，甚至最高的官员，在他们的马生病的时候，也都要找狱内的人给医治，尽管城里也有几个真正的兽医。在尧尔金这西伯利亚农夫进狱之前，库利科夫不知道有对手，生意很忙，自然也收到谢礼。他总是用吉卜赛人的欺骗手段，冒充内行，其实他所知道的比他所吹嘘的要少得多。在收入方面，他在我们中间是贵族。在经验方面、智慧方面、勇敢与毅力方面，他早已赚得全狱人的不自觉的尊敬，大家都信服他。他不大说话，但说出来的每句话都很有分量，而且只在最紧要的关头才开口。他虽然沾染了一些纨绔子弟的习气，但是他的身上却充满了无穷无尽的精力。他已经上了岁数，但仍显得很漂亮，也很聪明。他对待我们贵族似乎总是十分客气和彬彬有礼。我以为，如果把他打扮好了，化装成一个伯爵，送到京城的某个俱乐部里，他也会在那里大显身手的，他会玩起惠斯特牌来，与人们进行亲切交谈，话语虽然不多，却很有分量，整个晚上也许没有人会猜到他不是伯爵，而是流浪汉。我说的是正经话，他太聪明、太机警，脑筋转得太灵活了。再说他的举止是那么优雅和潇洒，颇有花花公子的风度。想必他见过许多世面。然而，他过去的生涯却在默默无闻中度过了。他被关在特别部里。但是，自从尧尔金一进监狱——他虽然是农民，却是极狡猾的农民，有五十来岁，属于分裂派教徒。他在两个月的时间里，就把库利科夫兽医的名誉给遮掩了，几乎把他在城里的生意全部抢走。库利科夫以前无法医治的马，他竟轻易地就治愈了。这个农民是因为和他的同伙制造假币而进监狱的。像他这样年纪的人，何必还要和人家合伙做这种事情呢！他有时用自嘲的口吻对我们说，他只要用三个真正的金币就能造出一个假的来。因为他的到来，使库利科夫在兽医方面的成功受到了屈辱，也使得库利科夫在罪犯当中的名誉下降了。库利科夫在郊外养了一个情妇，她总是穿着棉绒上衣，手指上佩戴银戒指，耳朵上戴着耳环，脚穿一双自制的镶边皮靴，可是忽然间收入减少了，于是他被迫当了酒保。因此大家全都期待着现在挑选新马的时候，两个仇敌说不定能够打上一架。大家怀着好奇心等待着。他们中间每人都有自己的党羽。两党的头目已经按捺不住，开始相互谩骂起来。尧尔金那张狡猾的脸上已经堆满讽笑。但是，结果并不是人们所预料的那样，库利科夫并不想骂，就是不骂，也做得极巧妙。他开始先行让步，甚至怀着尊敬的态度，倾听他仇敌的批评和意见，但是在捉住他的话柄之后，便谦逊而又坚持地指出对方的错，在尧尔金还没有醒悟过来，对他进行反驳以前，就先提出证据，说他错在什么地方。总而言之，尧尔金被对方突如其来的、巧妙的攻击打乱了步骤。虽然他占了上风，但库利科夫的党羽也很满意。

"伙计们，他大概是不容易被驳倒的，他自己站得住脚。他懂得怎样应对！"有一些人说。

"尧尔金知道得多些！"另一些人说，似乎有意让步。于是，双方说话的口气都忽然变得谦虚起来。

"不是他懂得多，而是他走运。要讲起牲口来，库利科夫也差不到哪里去。"

"是有两下子！"

"有两下子……"

新的马终于选好并买下来了。这是一匹可爱的马，年轻、漂亮、强壮，具有极和荡的、令人快乐的神态。当然，在其他方面它也是无可挑剔的。开始讲价钱：人家要三十卢布，我们给二十五。热烈地讲了许多时候，这面减少，那面让步。终于自己都觉得好笑起来。

"这钱是从你自己的包里掏出来的吗？"一些人说，"何必这样讲价呢？"

"替国家省钱吗？"另一些人喊。

"不过到底是钱，大伙的钱……"

"大伙的！我们这些傻瓜显然不是人家种出来，而是自己生长出来的……"

这笔买卖终于以二十五卢布成交了。有人报告少校，决定买下。当下立刻取出面包和盐，体面地把新买的格涅德科牵进狱内。这时，大概没有一个罪犯不过去拍拍它的脖子，摸摸它的嘴脸的。当天就把格涅德科套上，拉出去运水，大家好奇地看新的格涅德科如何搬运水桶。我们的运水夫罗曼带着异常自满的神色，看着那匹新马。他是一个五十来岁的农夫，具有沉默、端庄的性格。是的，俄国所有的马夫都具有极端庄的，甚至沉默的性格，仿佛经常和马匹混在一起，果真会给人添上一种特别的端庄，甚至威严的神态。罗曼为人很平和，对大家都极和蔼，不喜欢说话，经常嗅鼻烟，很久以来，狱里的马都是由他一个人喂养。新买来的这匹马已经是第三匹了。我们大家全相信，枣红马很适合监狱的生活，仿佛和房屋的色彩很搭配，罗曼也这样说。譬如说，斑驳毛色的马是无论如何也不会买的。运水夫的位置永远留给罗曼担任，好像他本身具有某种权利似的。在我们狱里，从来没有人会想到和他抢夺这权利。以前的那匹格涅德科死的时候，也没有谁会想到责备罗曼，连少校也包括在内；那是上帝的意旨，就是这样，罗曼是一个好马夫。不久，格涅德科便成为狱内众人的宠物。罪犯们虽然是冷酷的人，但经常走到马的前面和它表示亲热。有时候，罗曼从河边回来，把士官给他开的大门关上。格涅德科拖着马桶，站着等待，同时用眼睛斜看他。"自己走吧！"罗曼对它喊，格涅德科立刻独自拖着车，拖到厨房那里，然后停下来，等待厨子和清洁工拿桶来取水。"格涅德科真聪明！"人们对它喊。"自己去运水……真听话！"

"真是的！虽然是畜生，也能懂事！"

"好样的，格涅德科！"

格涅德科摇晃着脑袋，打着响鼻，好像它真的听懂了人们的夸奖，并为此感到高兴。这时，往往有人给它取出面包来，格涅德科一边吃，一边又点头，好像说："我知道你！我知道的！我是一匹可爱的马，你也是好人！"

我也喜欢给格涅德科送面包。看着它的漂亮的嘴脸，在手掌上感到它的柔软的、温和的嘴唇，灵巧地捡取掷给它的东西，觉得很有趣。

　　总之，我们的罪犯们是喜爱动物的。如果允许的话，他们会很高兴地在狱内饲养许多家畜和家禽。究竟什么东西能使罪犯们冷酷而残忍的性格变得温柔与高尚呢？但是不准许这样做。不论是我们的那些规章制度，还是监狱里的环境，都不容许这样做。

　　然而，在我蹲监狱期间，我们也偶尔养过一些动物。除格涅德科以外，我们有狗、鹅、一只名叫瓦西卡的山羊，此外，有一段时间我们还养过一双鹰。

　　我前面已经讲过，有一只聪明的、善良的狗，名唤小球，我和它有很深的友谊。但因为我们普通人以为狗是不干净的，不宜有所注意，所以我们这里几乎谁也不对小球有所关心。那只狗自己住在那里，睡在院内，吃厨房内抛弃的东西，人们从不关心它，但是它认识所有的人，把狱里所有的人认作自己的主人。在罪犯们做完工作回监狱时，它一听见禁闭室那里喊着："班长！"便立即跑到大门那里，和蔼地迎接每一队人，摇着尾巴，欢欣地朝每个走进来的人的眼睛里审视一下，期待取得一点儿抚爱。但是在许多年来，它没有得到任何的抚爱，从任何人那里都没有得到，除去我一个人以外。它因此喜欢我甚于别人。我不记得另外一只名叫别尔卡的狗是怎么被弄到监狱里来的。第三只狗，库利佳普卡，是我自己从工作的地方上弄来的，当时它还是一只小狗。别尔卡是一只奇怪的狗。有一次，它被什么人的马车压过，它的背部弯折到里面，它跑的时候，远远地看，好像有两个互相连接在一起的白色动物在那里跑着。此外，它浑身长着疥癣，眼睛里流脓，尾巴秃露着，几乎完全掉了毛，经常翘起。它受了命运的侮辱，显然决定采取恭顺的态度。它永远不对任何人吠叫，好像不敢似的。它住在狱室后面，多半为了面包；如果看见我们中间任何人，立刻在几步路以外，背部倒在地下翻跟斗，表示恭顺的意思："随你把我怎样处置吧，我并不想抵抗。"每一个罪犯看见它在前面翻倒着，总要用皮靴踢它一脚，好像这是他必须做的义务似的。"瞧你这卑鄙的东西！"罪犯们说。但是，别尔卡甚至不敢尖叫出来。如果它痛得太厉害，便痛苦地、哀怜地嗥着。它会在小球面前翻跟斗，也会在任何一只狗面前，当它有时走出狱外的时候。有时，当一只耳朵下垂的大狗发着吼叫奔到它身上来时，它便恭顺地躺在那里，一动也不敢动。须知狗是喜欢自己同类的温顺和驯从的。这时，那只凶狠的狗会立即平静下来，带着一种凝思，停留在躺在地上、四脚朝天的恭顺的狗面前，怀着极大的好奇，慢吞吞地嗅闻它的全身。被吓得浑身颤抖的别尔卡这时会想什么呢？"你这个强盗，瞧你怎样咬法？"它大概这样想。大狗在仔细地嗅够了以后，终于扔弃它，没有在它身上发现任何特别好奇的地方。别尔卡立刻跳起来，又跛着脚，去追逐那一大群护送着一只黑母狗的公狗。虽然它确切地知道，它永远不会和那黑母狗混熟，但它仍然一跛一颠地远远跟在狗群的后面瞎跑——这到底也算它那不幸命运中的一个安慰。显然，它已经不再想到所谓的名誉。它对未来已经完全失去希望，也失去信心了，它只是为了面包生活下去，而且完全意识到这一点。有一次，我试着抚摸它一下；这对于它是那样的新奇，那样的出乎意料，它竟忽然蹲坐在地上，四脚平放着，全身颤抖，感动得开始大声尖叫。我由于怜惜而经常抚摸它。后来，它一看见我，便发出尖叫。远远地一看见，便尖叫起来，叫得我感到辛酸，甚至流下泪来。后来，它在监狱外面的围墙上被一群狗给咬死了。

库利佳普卡具有完全不同的性格。我不知道，我为什么在它还是一只没有开眼的小狗时把它从工场里抱到狱内。我觉得喂它，养大它是很有趣的。小球立刻把库利佳普卡收归自己保护，和它一块儿睡觉。库利佳普卡开始长大时，小球就允许它咬自己的耳朵，抓自己身上的毛，和它一起玩游戏，像大狗们和小狗们玩游戏似的。奇怪的是，库利佳普卡几乎不向高处长，只是向长处和宽处长。它身上的毛是蓬乱的，呈银灰鼠色；一只耳朵向下长，另一只向上长。它具有火辣的、快乐的性格，和一切小狗一般，看见了主人，就喜欢得总要尖叫、呼喊，钻过来舐脸，准备在你面前发泄一切的情感："让人们看看我是多么爱你吧，至于体面不体面就无所谓了！"无论我在什么地方，只要我一喊："库利佳普卡！"它就会忽然从一个角落里出现，好像从地底下钻出来似的，欢欣飞奔到我面前，像皮球似的滚着，在路上翻跟斗。我极喜欢这只小丑八怪。好像命运给它一辈子准备了满意和快乐。但是有一天，会缝女人皮鞋和制皮革的罪犯涅乌斯特罗耶夫特别注意上它。忽然有什么东西吸引了他。他叫库利佳普卡到面前来，摸着它的皮毛，和蔼地把它平放在地上。库利佳普卡一点儿也不怀疑，喜悦地尖叫。但是，第二天它便失踪了。我寻觅了它很长时间也没找到，如同石沉大海。直到两个星期后才真相大白：原来，涅乌斯特罗耶夫看中了库利佳普卡的皮。他把它的皮剥下来，制好之后，给一位法官太太定制的丝绒棉皮靴做衬里。他把皮鞋做好后，还拿给我看过，毛色真好。可怜的库利佳普卡啊！

　　我们狱里有许多人会制皮革，并经常带些毛色好的狗进来，接着那些狗就立刻失踪了。有些狗是偷来的，有些甚至是花钱买来的。我记得，有一次我在厨房后面看见两个罪犯。他们在那里商量什么事情，在那里忙乱着。其中一个把一只极漂亮的大黑狗，显然是良种狗，用绳子捆住。不知是哪个下流的仆人把它从主人家里牵出来，以三十银戈比的价钱卖给我们的皮匠。罪犯们准备把它勒死。这是很容易做到的：把皮剥去，尸体扔进我们狱室后面那个又大又深的脏水坑里，一到炎热的夏天时便发出难闻的臭气。这个脏水坑很少有人清理过。那只可怜的狗显然已经明白给它安排的命运。它用锐利而不安的眼神，轮番打量着我们三个人。只是偶然才敢摇摆一下它那低垂着的、毛茸茸的尾巴，好像希望借着对我们表示信任，以感化我们。我急忙走开，他们当然很顺利地做完了他们想要干的事情。

在我们监狱里，鹅也是偶然出现的。至于是谁养的，究竟属于谁，我就不知道了，但是有些时候，它们很能使我们得到慰藉，甚至在城里出了名。它们就在狱里养大，养在厨房里。小鹅长大以后，它们大家竟会成群地随着罪犯们一块儿到工地去。鼓声一响，罪犯们动身出去的时候，我们的鹅就喊叫着，跟在我们后面跑着，张开翅翼，从高大的门限那里鱼贯地跳出，朝右侧走，在那里排了班，等待分配工作。它们永远附到最大的一队人里，在罪犯们工地不远的地方觅食。当罪犯们收工回狱时，它们也排着队跟在后面往回走。堡垒里到处都在传说：有一群鹅和罪犯们一起上工。"你瞧，罪犯们带着鹅来了！"遇见的人们说。"你们怎么把它们驯养出来的呀——这是给你们的鹅吃的！"有的人一边说着，一边把施舍品递过去。它们虽然很忠心，但到了某一个开斋的时候，它们还是全被杀光的。

然而，我们的山羊瓦西卡无论如何不会被宰杀，如果没有发生特别的情形。我也不知道它是从哪里来的，谁弄来的，但是忽然在狱内发现了一只小小的、白白的、很漂亮的山羊。大家在几天内全都喜欢上它。它成为大众的娱乐，甚至使大家感到快乐。同时也找到了必须养它的原因：既然我们的监狱里有一个马既，那就应该养一只山羊，让它和马做伴。不过，我们并没有把它放在马厩内，起初是养在厨房里，后来它就在狱中到处乱跑。它是一只极优雅的、极淘气的动物。它一听人家叫它，就跑过来，跳到长椅上面，桌子上面、和罪犯们撞角，永远很快乐，很有趣。有一次，在它长出了极好的角的时候，在黄昏时，一个名叫巴拜的列兹金人正坐在狱室的台阶上面，和其他的罪犯在一起，忽然想和它撞角。他们已经头碰着头撞了很长时间（和山羊玩是罪犯们最喜欢的游戏），瓦西卡忽然跳到台阶的最上级，巴拜刚躲到一边，它就竖起前腿，把前蹄弯到里面，用力一挥，敲击巴拜的后脑，巴拜一个跟斗从台阶上摔下来，在场的人们顿时发出一声喝彩，巴拜也跟着笑了。总而言之，大家很喜欢瓦西卡。它开始长大的时候，经过全体的、正经的商议以后，对它进行了一次人所共知的手术，那是我们的兽医们很擅长做的。"这样，它就不会有膻味了。"罪犯们说。在这以后，瓦西卡开始发胖。他们喂养它，好像要把它屠宰似的。终于，它长成了一只漂亮的大山羊，带着极长的尖角，身体肥胖得很特别。它一边走一边摇摆。它也走出来陪我们干活，使得罪犯们和对面遇到的行人都觉得十分有趣。大家全认识牢狱里的山羊瓦西卡。有时，在岸边上工作的时候，罪犯们摘下一些嫩枝，弄到几片树叶，在城堡上采下花朵，把瓦西卡修饰起来：用树枝和花朵编在角上，全身绕着花环。收工回来的路上，囚犯们让修饰得整整齐齐的瓦西卡走在最前面。他们跟在它的后面，好像在行人前面夸耀。他们把山羊玩赏得使有些人甚至想起了孩子般的念头："要不要把瓦西卡的角镀上金？"但只是说说而已。我记得，我问阿基姆·阿基梅奇（他是我们这里仅次于伊赛·福米奇的镀金匠），山羊角究竟能不能镀金？他起初注意地看了山羊一下，正经地盘算了一下，回答说，也许是可以的，"不过恐怕不牢，而且完全没有益处。"事情也就不了了之了。瓦西卡本来可以在狱内住得很久，而且会直到老死，但是有一天，被修饰得齐齐整整，引导罪犯们从工地回来的时候，遇到坐在马车上的少校。"站住！"少校怒吼着，"谁的山羊？"有人向他做了解释。"怎么？牢狱里会有山羊，而且没有经过我的允许！士官！"士官出现了，立刻奉令把山羊杀死。然后把皮剥下来，在市场上出售，赚来的钱归入罪犯的伙食费，羊肉则留给厨房炖汤喝。狱内的人们议论了一些时候，不胜怜惜，但是不敢违令。瓦西卡就在我们的污水坑前面被宰杀了。有个罪犯给狱方一个半卢布，把羊肉全部买去。用这些钱给大家买了面包圈儿，买去羊肉的那个囚犯则把肉切成小块，炖熟后转卖给其他囚犯。肉确实很鲜美。

　　一只鹰也在我们狱内住了一些时候。它是属于沙漠里的、不大的一种鹰。有人带它到狱里时，它受了伤，显得十分痛苦。全狱的人围住它，它不能飞，右翼悬垂在地上，一只脚骨折断了。我记得，它凶狠地向四周张望，审视那些好奇的人群，张开微弯的嘴，准备尊严地结束自己的生命。人们看够了它，开始散去的时候，它用一只脚跳跃着，挥动着没有受伤的那只翅膀，趿到很远的角落里，紧紧地贴着木桩，躲在那里。它在那里住了三个月，在这期间，它一次也没有从角落里走出来过。起初人们经常去看它，让狗攻击它。小球凶狠地奔上去，但是显然怕走近前去，这使罪犯们觉得很痛快。"这东西真厉害！"他们说，"它是不肯屈服的！"后来，小球开始欺侮它，它已经不再害怕了，它在人们唆使的时候，乖巧地抓住它受伤的翅膀。鹰全力用爪和嘴抵抗，露出骄傲和野蛮的样子，像受伤的君王一般，钻进属于自己的角落里，审视跑来看它的好奇的人们。大家终于看得厌烦了，于是渐渐地把它遗忘了，但是每天可以看见它的身旁有几块儿鲜肉和盛着水的壶。总有人在那里注意它。它开始不想吃，有几天不吃；后来终于开始吃东西，但从来不从人手里或当着人的面前吃。我屡次远远地观察它。当它没有看见任何人，以为只有它在那里的时候，但决定从角落里走出来，顺着木桩，从自己的座位上趿着走上十二步，然后又回转来，接着又走出来，好像在做活动似的。它一看见我，便立刻使出全身的力气，急忙跳回自己的位置上去，把头往后一仰，张开嘴，耸起羽毛，立即准备战斗。不管我如何爱抚它，也不能使它软化；它又是啄我，又是挣扎，也不肯吃我拿着的牛肉，而且在我站在它面前的时候，它便一直用凶狠的、锐利的眼神看着我的眼睛。它孤独地、满怀仇恨地等死，不信任任何人，不和任何人和解。罪犯们终于又想起它，虽然竭力也不去留意，有两个月的时候，谁也不想起它，但是忽然大家心里好像对它发生了同情。他们说应该把鹰放走，"哪怕死也不要死在狱里。"有些人说。

"这鸟本来是自由的、威严的，牢狱生活不容易使它习惯。"另一些人附和着。

"要知道它并不像我们一样。"有人补充了一句。

"应该分开来说：鸟是鸟，人是人。"

"鹰是林中之王……"斯库拉夫开始说，但是这一次没有人听他。有一天，饭后，在击鼓唤大家上工的时候，人们把鹰抓起来，由于它拼命地啄人，便用手捏紧它的嘴，把它带到狱外。走到城堡那里。这一队人中的十二个人都怀着好奇的心情，想看一看鹰往哪里去。说也奇怪：大家似乎很满意，快乐得好像他们自己获得了一部分自由似的。

"瞧这狗东西，人家为它好，它倒咬人！"抓住它的人说，几乎欢喜地看着这凶恶的鸟。

"放开它吧，米基特卡！"

"它不愿意被关在笼内，它需要自由。"

人们在城堡上把鹰向草原的方向抛去。当时正是深秋，天气寒冷而阴沉。秋风在光秃秃的草原上呼啸着，吹得一束束枯黄的野草沙沙作响。那只鹰抖动着受伤的翅膀，一直向前跑去，似乎急于离开我们，到我们眼光瞧不见的地方去。罪犯们好奇地观察它的头在草丛中时隐时现。

"瞧它跑得多快呀！"一个人若有所思地说。

"竟没有回头看一下！"另一个人说，"一次也没有回头，竟自跑了！"

"你以为它会回来向你道谢吗？"第三个人说。

"自由是好事。它嗅到自由了。"

"这就是所谓的自由。"

"再也不会看见它了，弟兄们……"

"还站着干什么？开步走！"卫兵们喊道。于是大家默默地拖着脚上工去了。

第七章　请　愿

　　在这章的开始时，已去世的亚历山大·彼得罗维奇·戈梁奇科夫的《手记》的出版者认为有对读者做如下声明的义务。

　　《死屋手记》第一章里说过关于一个贵族杀死父亲的几句话，而且把它作为一个冷酷无情的典型例子来谈的，因为囚犯们往往以冷酷无情的口吻讲述他们所犯下的罪行。还提到凶手在法庭上并没有承认罪行，但从那些熟悉这一案情的人所提供的情况来看，事实明显得令人再也不能不相信。这些人还对《手记》的作者讲，这罪犯平日行为不检，欠了许多债，为了能够取得遗产，杀死了父亲。此时，这个杀人犯以前工作过的城市里的人，也都这样地讲述这一案件的。关于最后的一段事实，《手记》的出版者具有十分准确的消息。最后，《手记》里提到凶手在狱内经常处于美妙的、快乐的心神状态中；他是一个极端轻率、浮躁，而且无思虑的人，虽然并非傻子。《手记》的作者从来没有在他身上看出任何特别残忍的地方。作者还补充了一句："当然，我是不相信这一罪行的。"

　　《死屋手记》出版者新近接到从西伯利亚传来的通知，说这罪犯确实没有犯罪，白白地受了十年的苦役。他无罪的证据已由法院正式发表。现在，真正的罪犯业已找出来，且已供认不讳，因此不幸的人已获得释放。出版者当然不能怀疑这消息的可靠性……

　　再也没有什么可补充的了。也不必多讲这事实里悲剧性如何深刻，在这样可怕的控告之下，从青年时代起如何被葬送了一生。这事实太明显了，太令人吃惊了。

我们还以为，如果这样的事实是可能的，那么这可能性会添上更加新颖的、十分鲜明的线条，使《死屋手记》中所描绘的图画更显得真切，现在我们继续叙述下去。那么这可能性会添上更加新颖的、十分鲜明的线条，更为生动。

现在我们继续叙述下去。

我以前已经提过，我终于习惯了我在狱内的处境。但这"终于"是很艰难而且痛苦地、渐渐地完成的。实际上，我必须用去近乎一年的工夫，而这是我一生中最困难的一年。因此，它整个地存留在我的记忆里。我觉得，这一年中的每个小时，我都能清晰地记住。我还说过，别的罪犯也都难以习惯这种生活。我记得，在这最初的一年内，我经常自己思索："他们怎么样？难道他们的内心真的很平静吗？"这些问题使我很感兴趣。我已经提过，所有的罪犯在这里，好像并不是住在自己家里，而且住在旅馆里，在旅行中，在押解中。就连那些被发配到这里、终身服苦役的人，也忙乱着，或是烦闷着，他们中间每人必会自行幻想着一些近乎不可能的事情。他们永远默默地，但很显明地表示不安，有时还不由自主地露出某种希望，这种希望经常会毫无根据，如同梦呓；而最使人惊愕的是，这些幻想竟会容留在显然最讲实际的头脑里。所有这一切都使得这个地方具有一种不同寻常的外观和特点，而且这些特点也许就构成了它的最富有代表性的特色。几乎从最初的一眼上看去，就会感觉到这种情形在狱外的任何地方是没有的。在这里，大家全是幻想家，这是一下子就能看得出来的。这种情况之所以让人觉得可怕，是因为幻想会给大多数囚犯添上阴郁的、深沉的、不健康的外形。大多数人

277

都是沉默的、怨恨的，甚至是愤怒的，且不喜欢将自己的希望流露出来。直率和真挚遭到别人鄙视。希望越不能实现，幻想者自身越是感到他们的希望不能实现，他们就越加固执地、天真地把这希望自己隐藏起来，但是要他扔掉这种希望是不可能的。谁知道呢？也许有的人还暗自引为羞耻呢。在俄国人的性格中，有那么多严肃而又清晰的见解，同时内心又充满着那么多的自我嘲讽……也许，就由于这些人经常对自己感到不满足，这些人在日常的关系，彼此有许多不耐烦、不肯和谐和彼此嘲笑的情形。譬如说，如果他们中间有一个比较天真些，比较不耐烦些的人偶然跳了出来，大声说出大家心中的话，讨论他们的幻想和希望，那么大家立刻就会粗暴地攻击他，打断他的话，并取笑他；但是我觉得，攻击得最厉害的，也就是那些在幻想和希望方面也许比他走得更远些的人。我已经讲过，在我们这里，大家把天真的、平凡的人看作最庸俗的傻瓜，非常鄙视他们。每个人都是那样的阴郁和自私，竟开始看不起善良的、没有自私心的人。除去这些天真和平凡的喜欢空谈的人以外，其余的人，就是沉默的那些人，可分为善人和恶人、阴郁的人和快乐的人。而在这些人中，阴郁与恶毒的人比较多，如果他们中间有些人天生喜欢说话，那么他们一定不会安静地待着，而是喜欢永无休止地造谣生事，并对别人怀有强烈的忌妒心。别人的所有事情，他们都要管一管，但他们却从来不向别人吐露自己的真实情感和内心的秘密。他们认为这样做是不时髦的、不适宜的。心地善良的人（这种人很少）都很安静、平和，而且沉默寡言，他们把自己的希望默默地藏在心中，自然比阴郁的人还倾向于幻想和相信自己的希望。我觉得，狱内还有一类完全绝望的人。譬如说，那个来自斯塔罗杜布旧教徒村里的老人就是这种人；当然，这类人是很少的。从表面上看，这位老人很安静（我已经讲过他），但是从某些征兆上看来，我觉得他的精神状态是可怕的。他自有他的得救之道，自有他的出路，那就是祈祷和忍受苦刑的观念。一个发了疯的、《圣经》读得太多的罪犯（我已经讲过他的事情，就是拿砖头扔到少校身上的那个），大概也是属于绝望的一类人，也就是已经失去了最后希望的人。因为没有希望是完全不能生活下去的，他也就自己想出了一条出路，就是忍受自愿的几乎是制造出来的苦刑。他宣布他攻击少校并无恶意，单只想接受苦刑。谁知道，他当时是一种怎样的心理态度呢！一个人如果没有希望，以及为实现希望而做的努力，他就不能生活下去。一个人如果失掉了目标和希望，他就会烦闷得变成一个怪物……我们囚犯的目标，就是自由和摆脱苦役生活。

我现在努力把我们全狱的人归纳为几类，但这是可能的吗？与现实和抽象的思维相比，现实的生活是千变万化的，是不能进行明确和清晰的区分的。现实生活的趋势总是分化。我们囚犯也有我们自己的、特别的生活，尽管这种生活很糟，但毕竟也是一种生活，它不仅是正式的生活，而且是内在的、自己的生活。

我已经提到过，我在进狱的初时，我不能也不善于领悟这种生活内在的深奥，因此它的外在的表现当时折磨我，使我生出无法形容的烦闷。有时我简直仇恨这类像我一样的受难者。我甚至妒忌他们老是和自己同类的人来往，在自己人中间，互相了解；虽然他们大家实际上和我一样，十分厌恶和痛恨这种在棍棒下结成的同伴，以及这种强制性的集体生活，每个人都想摆脱这种生活。我还要重复一句，我在恼怒时产生的这种嫉妒心，是有正当理由的。有些人说，一个贵族和有学识的人，在狱内服苦役期间所感受到的痛苦，是和任何一个庄稼汉出身的苦役犯是一样的；这种说法实际上根本是不对的。我知道，近来也常听到这种猜度的话，我也读过关于此类的文字。这种说法的出发点是正确的、人道的——大家都同样是人，囚犯也是人。但这到底是太抽象的说法，它忽略了许多具体的条件，这些具体的条件只有在现实生活中才能够理解。我这样说，并不是因为贵族和有学识的人，他们的思想感情更丰富些，更细腻些，他们在精神发展方面就更成熟。实际上，一个人的精神方面的发展程度，是很难用一个固定的标准来衡量的。其实教育本身在这种情况下，也不能作为衡量的尺度。我愿意首先出来进行证明，就是在那些最没有学识、最受压迫的受难者当中，我也会遇到过精神世界非常丰富、情感世界非常细腻的人。在狱内有时会有这样的情形，你认识这个人许多年，心想他是一只野兽，不是人，你看不起他。但是，忽然无意间发现他的心灵由于不由自主的一种冲动而流露出来，你看出他身上有许多丰富的情感和良好的心肠，他了解自己和他人的苦痛。你的眼睛好像睁开了，在最初的时候，你甚至不相信你自己见到和听到的一切。还有相反的情形：学识有时会和野蛮、凶狠并行不悖，有时会做出使你感觉讨厌的行为，无论你怎样善良，或怎样怀着宽容的态度，但在你的心中，无论如何也找不出宽恕他的理由。

我也不必去谈习惯、生活形式、饮食等方面的改变了，这对于上层社会的人来说，当然会比农夫感到痛苦，因为农夫在自由时，也经常免不了挨饿，而在狱内至少还可以吃饱肚子。这也用不到辩论。可以设想，对于一个稍微有点儿意志力的人来说，这些困难与别的困难相比是算不了什么的，虽然习惯上的改变在实际上也并不是无所谓的、微不足道的事情。有些不方便的地方，使这一切和它比起来大为减色，弄得你也不会注意到居住条件的肮脏和拥挤、食物的贫乏和不洁。最不会劳动的人，最柔弱的人，在流着汗，做他在自由时从来没有做过的工作以后，也必能吃下黑面包和带蟑螂的菜汤。对于这个还可以习惯，正如那首讽刺一个身陷囹圄的纨绔子弟的幽默歌曲中所唱的那样：

给我白菜和冷水，

我吃得津津有味。

　　比这一切更加重要的是，每一个初进狱的人，在来到后两小时，就会成为和其他人一样的人，好像到了自己的家里一样，在监狱的团体内和大家一样享受同等的权利。他为大家所了解，自己也了解大家。大家全认识他，都认他为自己人。至于出身高贵的人，比如贵族，那就不同了。无论他为人怎样正直、善良、聪明，大家都会一连数整年地恨他，鄙视他；人家不会了解他，主要是不会相信他。他不是朋友和同伴，虽然随着岁月的增长，他也终能达到使人家不至于欺侮的地步，但他到底不是自己人，他会永远痛苦地感觉自己的被排斥和孤独。这种排斥有时在罪犯方面是完全没有恶意的，而是无意识的。不是自己人，也就算了。世上的事情，没有比生活在不是自己人的环境里再可怕的。一个从塔干罗格迁居到彼得罗帕夫洛夫斯克港的农夫，立刻会找到一个和他相同的俄国人，和他谈得十分合拍，在两小时以后，也许就会和睦地同住到一个农舍里，或一间小屋内。出身高贵的人便不同了。他们和平民之间有一条无法逾越的鸿沟，尤其当那位贵族突然间完全失去了他原先的一切特权，并变为一个平民时，这一点才能充分地感觉出来。否则，即使一辈子和平民来往，哪怕四十年来每天和他们接触，在职务方面，譬如说，在有条件的、行政的形式之下，或者甚至由于友谊，作为恩人，且在某种意义下作为父辈和他交往——你永远不会明白其中真实情况。一切只是视觉上的欺骗，别的什么也没有。我知道一切的人，所以一切的人，在读到这里的时候，会说我的话未免夸张。但我相信它是真确的。我不是从书本上，不是从理论方面，而是从我自己的切身体会中得出这一结论的。我的这一论断，将经受得住时间的检验。也许以后大家会知道我这话是多么的正确。

事实好像故意似的，从第一步上就证实了我的观察，并使我受到强烈的影响。在第一个夏天里，我几乎是一个人孤零零地在狱内游荡着。我已经说过，我当时正处在这样的一种心理状态中：我甚至无法鉴别，也区分不出囚犯当中哪些人会喜欢我，或者以后会喜欢我，尽管他们从来没有平等地对待过我。我也有些可以做同伴的贵族，但这样的同伴不能卸除我心上的重负。好像我对什么东西都厌烦了，却又无处可逃。例如，下面发生的这件事情，从一开始就使我深深地了解到我的孤独处境，以及我在狱内的特殊地位。那年夏天，八月中旬，在一个晴朗炎热的寻常日子里，下午一点钟左右，在吃过午饭后，大家像往常一样休息，以便下午出去干活，忽然全狱的人都像一个人似的站了起来，开始在监狱的院内集合。在这之前，我一点儿也不知道。当时我正陷入沉思当中，想着自己的心事，几乎察觉不到周围发生的事情。其实，囚犯们已经在暗中骚动三天了。这次骚动也许更早一些时候就开始了，正像我后来所猜测的那样，我不由得回想起囚犯们的某些谈话，同时想起罪犯们近来吵闹愈见增多，阴郁和特别凶恶的态度更为显著之后，才恍然大悟。我认为这是由繁重的工作、沉闷而冗长的夏日、不由自主地对树林和自由生活的幻想、短促的夏夜、睡眠不足等原因造成的。也许这一切现在联结在一起，一下子爆发了出来，但这爆发的导火线是伙食。近来有好几天，大家大声抱怨着，在狱室里，尤其在聚到厨房内吃中饭和晚饭的时候，许多人都露出激愤的态度，不满意厨子，甚至试着更换其中的一个，但是立刻把新的赶走，把旧的唤回来了。总而言之，大家都处于一种不安的心绪之下。

"干着繁重的活，却喝着肚肠子汤。"有人在厨房里嘟哝着。

"你不喜欢，那就叫个奶油冻吧。"另一个人抢上去说。

"肚肠子汤，我倒还喜欢吃，"第三个人说，"因为它很香。"

"要是每天给你喝这汤，你也觉得很香吗？"

"现在当然是吃肉的时候，"第四个人说，"我们在工厂里累得不可开交，在做完指定的工作以后真想吃东西。可是肚肠算什么食物呀！"

"不喜欢吃肚肠，那就吃心吧。"

"就拿心来说吧。肚肠再加上心，又算什么食物呢！究竟这世上还有没有公理？"

"是呀，这伙食也真是太糟了。"

"人家的腰包大概已经塞满了。"

"这不是你应该管的事情。"

"那么是谁应该管的？肚子可是我的。依我看，如果我们大家一起去请愿，那才是正事呢。"

"请愿吗？"

"是的。"

"你为了请愿，挨的揍还少吗？你这尊石像！"

"说得倒也对，"另一个人发话了，之后他一直沉默着，"不过要慢慢地来。你提出请愿时要说出什么话，你先讲一讲，你这傻瓜？"

"我当然会说的。只要大家都去，我会跟大家一块儿说话的。我说我们的伙食太糟啦。我们中间有的人开小灶，有的人却只能吃大锅饭。"

"瞧你这尖眼的馋死鬼！你看到人家吃得好，就眼馋啦。"

"别人的东西你不要伸出嘴来。你先站起来，自己想出花样来。"

"自己想出花样……我和你在这个问题上会讲到头发白的。难道你有钱，你就可以袖手旁观吗？"

"有钱的是叶罗什卡，因为他有狗和猫。"

"真是的，大家何必坐在这里！这种饭菜咱们早吃够啦。人家要剥你的皮。为什么不去？"

"你要干吗？你是不是希望人家把饭菜嚼烂了，再放到你的嘴里？你是惯于吃嚼烂的东西的。要知道我们现在是坐牢——就是这个缘故！"

"你们瞧：人民造反，大将交运。"

"就是这样。那个八只眼的人发胖了。买了一对大青马。"

"唔，他还喜欢喝酒。"

"刚才和兽医在赌纸牌的时候打起架来了。"

"他们整夜打牌，我们那位挥了两小时的拳头。这是费季卡说的。"

"因此才给我们喝肚肠子汤。"

"你们全是傻瓜，这种事我们能干吗？"

"等到大家一齐起来，我们瞧他会说出什么样辩白的话来。我们要坚持到底。"

"辩白吗？他会揍你的嘴巴，他就是这样的。"

"还要把我们交给法庭审判……"

总之，大家都激动起来了。最近一个时期，我们那里的伙食确实很糟。这全是一件一件事情堆积起来的。主要的是普遍的、烦恼的心绪，永恒的、隐秘的苦痛。罪犯在天性方面是好争吵和起哄的人，但是大家一齐，或是一大堆的人起来反抗是很少见的事。原因是彼此之间永远意见不合。这是他们自己能感觉到的，就为了这原因，我们那里咒骂比正经事情还多。但是，这一次骚乱却不同以往。囚犯们开始聚在一起，议论纷纷、破口大骂，充满怒气地回想起少校历来管理的情形，把一切底细全探听出来了。有几个人特别的激动。在这类事情中，每件事情永远有发起人和领导者。在这类事情上，那就是在提出请愿时的领导者，是一种极有趣的人物，这不仅在监狱内，就是在所有的工团和军队中也是如此。这是一种特别的典型，到处都相同的。这是一种满怀热忱，渴求公理，用极天真、极正直的方式相信公理一定能够得到，而且马上就能得到。这类人并不比别人愚蠢，其中有些人甚至很聪明的，但是他们的性子太激烈，不能成为狡猾的、有计算心的人。在所有这种情形之下，如果有人会灵巧地领导群众，把事情办成功，这种人便成为人民的向导和他们的当然的首领，不过这种人在我们当中是很少的。但是，我现在所讲的那些发起人和主谋者却几乎永远失败，他们自己则为此而被投入监狱，忍受苦役。他们由于冲动而败事，但也由于冲动而对群众产生影响。人们很喜欢跟他们走。他们的热烈和诚挚的激愤影响到大家，终于使最犹豫不决的人们也归附于他。他们对于成功的盲目信仰，甚至会诱惑最牢靠的厌世派，虽然有时这种信仰具有极不坚固的、十分幼稚的根据，使你惊异何以有人会跟从他们。最主要的是他们首先走向前去，毫不惧怕。他们像公牛般垂下尖角，一直奔过去，经常并不知道事情的真相，一点儿也不谨慎，更不会玩弄那种纵横捭阖的策略和手段，而有些卑鄙的人，却善于利用这种手段赢得胜利，达到自己的目的，并能够毫发未损地从旋涡里跳出来。这种人是必定要碰得头破血流的。在平常的生活里，他们肝火很旺，瞧不起人，爱发牢骚，暴躁易怒，而且没有耐心。经常是目光短浅的人，但这也在某种程度上造成了他们的力量。最可遗憾的是，他们不直接奔向目的，而是经常往斜道里奔跑，不做主要的事情，只做一些琐碎的事。这样反而害了他们。但是群众了解他们，这也是他们的力量之所在……然而，我还应该讲一讲所谓的请愿，是怎么回事！

我们狱内有几个这样的人，也参加了请愿，他们显得格外激动。尤其有一个叫马尔蒂诺夫的囚犯，以前是骠骑兵，他性情暴躁，不守本分，而且很多疑，不过他很正直，也很诚实。另一个是瓦西里·安东诺夫，这是一个沉着冷静而又易怒的人，经常露出傲慢的眼神，带着讽刺的微笑，很有学问，为人也很诚实。但是这种人太多，数不过来的。至于彼得罗夫，更是来回地跑，钻进钻出挤到所有围聚着的人堆里倾听人家的说话，自己却不大开口，但他显然很激动，他是第一个从狱室里跑出来站队的人。

我们狱内的下士长，他代理班长的职务，立刻惊惧地走了出来。众人站好了队，有礼貌地请求转告少校：囚犯们希望和他说话，当面请求他几件事情。全体伤兵也跟着士官出来，在囚犯对面站队。委托给士官的事情是紧急的，这使他异常恐怖。但他又不敢不立刻去报告少校。因为第一，既然全部的囚犯都出动，就会有可能闹出更大的乱子。我们所有的长官对于囚犯都似乎特别畏惧。第二，即使没有什么事情，大家立刻醒悟过来，散走了，也该把一切事情报告给长官。他惊吓得脸色惨白，浑身发抖，忙着去见少校，甚至自己都没有试一试向罪犯们询问一下到底是怎么回事，或者规劝几句。他看得出来，囚犯们现在是不会和他说话的。

我完全不知道发生了什么事，也走出来站队。这件事情的详细情节我是后来才知道的。我以为现在要点名，但是并没有看见看守官前来，便觉得奇怪，于是我开始向四周观望。发现大家的面孔显得很激动、气愤，有些人的脸色甚至显得惨白。大家都露出焦虑的神色，沉默地等待在少校面前说话。我看出有许多人异常惊异地望了我一眼，但又默默地回转身去。他们显然觉得奇怪，我怎么也会和他们在一块儿站队。他们显然不相信我也会提出什么要求。一会儿，站在我周围的人们几乎全转身到我那边来了。大家都带着疑惑的表情看我。

"你站在这里做什么？"瓦西里·安东诺夫粗暴地大声问我，他站在离我比较远的地方，在这以前永远对我称"您"，对我非常客气。

我惊疑地看着他，还在努力想弄明白这究竟是怎么回事，同时也猜到发生了一点儿不寻常的事情。

"是呀，你站在这里做什么？快回到狱室里去！"一个年轻的小伙子说，他是军人，在这之前我并没有和他认识，他是一个善良的、安静的人，"这不关你的事。"

"我看见大家都出来排队，"我对他回答，"我以为是点名呢。"

"瞧，他也会爬出来。"一个人喊。

"铁钩鼻子。"另一个人说。

"苍蝇拍子！"第三个人说，露出无法形容的轻蔑。这个新的绰号引起大家的哄笑。

"他在厨房里起火，是看得起我们。"又有一个人说。

"他们觉得到处都是天堂。这里是监狱，但是他们吃面包圈儿，买小猪。你是自己起火，为什么还钻到这里来呢？"

"这里不是你站的地方。"库利科夫说着，毫不客气地走到我身边，拉起我的手，把我从队伍里带出去。

他本人脸色惨白，乌黑的眼睛闪耀着，紧紧地咬住下嘴唇。他并不冷静地期待少校的到来。我要顺便说：我最喜欢看所有这类场合下的库利科夫，那就是在他需要表露自己的场合时。他十分装腔作势，但也办正事。

我觉得他走去受刑时，也会做出漂亮的姿势。现在，大家骂我的时候，他显然故意加倍地显得对我彬彬有礼，同时他的话语似乎特别地，甚至高傲地固执，不容许任何人反驳。

"我们在这里办我们自己的事情，亚历山大·彼得罗维奇，您在这里没有什么事情可做。您请随便到什么地方去，等一等……你瞧，你们的人全在厨房里，您上那里去吧。"

"到厨房里去吧！"有人抢上来说。

我果真在厨房内敞开的窗子里看见我们的波兰人，不过我觉得除去他们以外，还有许多人。我惶惑地走到厨房里去。身后发出一片笑骂声和嘘叫声（在监狱内，人们用嘘叫声代替吹口哨）。

"人家不喜欢你了……嘘，嘘，嘘！滚蛋吧……"

在这件事发生之前，我还从来没有在狱内受过这样的侮辱。这一次使我觉得很痛苦。但是我恰巧碰上了。我在厨房外间遇到了托夫斯基。他是贵族，一个坚强而且宽宏的人，没有很大的学问极喜欢B。罪犯们在所有别的人中间把他辨认出来，甚至有一部分人还喜欢他。他英勇果敢，强壮有力，这似乎可以在他的每一个运动中表露出来。

"您怎么啦，戈梁奇科夫？"他对我喊，"您上这里来吧！"

"那里是怎么回事？"

"他们在请愿，您难道不知道吗？他们当然不会成功的，谁会相信罪犯们呢？上边就要开始寻觅主谋人。如果我们到那里去，人家会首先把叛逆的罪名推到我们身上去。您要记得，我们是为了什么罪上这里来的。他们不过挨几下鞭子，我们可要受审判。少校最恨我们大家，不会放过陷害我们的机会的。"

"再说这些苦役也会出卖我们的。"在我们已经走进厨房里去的时候，米茨基补充地说。

"放心吧，狱方是不会怜惜的！"托夫斯基接着说。

厨房里除去贵族以外还有许多人，一共有三十个人。他们全都留了下来，都不想参加请愿——有的由于胆怯，还有的由于深信一切请愿的完全无用，阿基姆·阿基梅奇也在这里。他素来坚决反对所有的请愿，他认为这样会妨碍事务正当的进行，也不符合道德规范。他默默地、十分安静地等待事情的了结，一点儿也不担心它的结果，相反地，他完全相信狱方秩序和长官意志会无可抗拒的胜利。伊赛·福米奇也在那里。他露出异常惊疑的态度，垂下头，贪婪地、畏葸地倾听我们的谈话。所有平民出身的波兰囚犯全在这里。他们也和贵族同胞在一起。在俄国人中间，有几个胆小鬼，他们永远沉默着，露出颓丧的神色。他们不敢和大家一块儿出去，忧郁地期待事情怎样了结。最后，这里还有几个永远阴郁的、闷闷不乐的罪犯。他们并不是胆小的人。他们之所以不愿意参加请愿，是因为他们固执而又骄傲地相信，这一切都是胡闹，他们这样做除了把事情搞坏，不会有什么结果。但是，我觉得现在他们到底觉得有点儿不合适，露出不十分自信的神色，他们虽然明白、他们对于请愿的结果的猜测完全是对的，事后也证明他们是对的，但到底觉得自己似乎是脱离团体的背叛者，好像是他们到少校那儿把同伴们告发似的。尧尔金也在这里，他就是那个精明的西伯利亚的农夫，为了制造假币罪被发配到此地来，并夺去了库利科夫兽医的生意。从斯塔罗杜布旧教徒村来的老头儿也在那里。厨子们也全都留在厨房内，大概由于相信他们自己也算做管理人员的一部，因此走出去参加请愿，反对狱方是不适宜的。

"不过，"我开始迟疑地对米茨基说，"除去这几个人以外大家都出去了。"

"那与我们有什么相干？"B喃喃地说。

"如果我们出去，我们会比他们冒一百倍以上的风险，有这个必要吗？Je hais les brigands①。难道您认为他们请愿会有什么好结果吗？我们为什么要参与这种蠢事？"

"这事肯定不会有什么好结果的。"一个苦役犯接着说，这是一个倔强而又凶狠的老头子。阿尔马佐夫也在这里，他忙凑上去附和道：

"除了每人挨五十记鞭子之外，什么结果也没有。"

"少校来了！"有人喊。大家贪婪地奔到小窗前。

少校恶狠狠、气呼呼地飞了进来。他满脸通红，戴着眼镜。他默默地、却很坚决地走到队伍前面来。遇到这种情形时，他确实很勇敢，很镇静。他几乎永远处于半醉的状态。连他那顶带着橘色缘边的、油腻的制帽和那肮脏的、银色的肩章，在这时候也含有恶毒的气味。书记官佳洛夫跟在他后面，他是我们狱内极重要的一个人，因为他实际上管理狱内的一切事情，甚至少校也受他的影响。他很狡猾，有点儿小聪明，人倒还不坏。罪犯们对他很满意。在他后面走着的是我们的士官，他显然已经受到了可怕的责备，还有十倍以上的不幸在等着他呢。后面跟着卫兵们，只有三四个人。罪犯们自从打发人去请少校之后，就脱下帽子，站在那里的，现在大家挺直身子，站得很端正；他们每人都向前跨了一步，然后就站得一动不动，期待长官的第一句话，或者不如说是第一声呼喊。

呼喊立刻就来了，少校从第二句话起就扯着嗓门大喊，甚至带着尖叫，他真是气疯了。我们从屋内看得见他在队伍里跑着，冲着囚犯们追问。不过，我们站得太远，他的问话和罪犯的回答，我们都听不到。只听

---

① 法语，意为"我恨那帮匪徒"。

见他大声地呼喊："要造反啦……送去挨鞭……主谋！你是主谋！你是主谋！"他对一个什么人喊。

听不见回答。但是过了一分钟后，我们看见有一个罪犯被拉出来，送到禁闭室里去了，又过一分钟，另外一个跟着他走了，接着又是第三个。

"我要把你们都交给法庭！我要收拾你们！谁在厨房里？"他从敞开的窗子里看见我们，尖声地喊叫起来，"都到这里来！立刻把他们都赶来！"

书记官佳洛夫走到厨房里来。厨房内有人对他说他们没有请愿。他立刻回去报告少校。

"哦，没有参加呀！"他用低两个调子的声音说，显得很快乐，"不管有没有参加，都过来！"

我们走出去了。我似乎觉得，我们都有点儿不好意思的神情。并且大家都好像低着头走了出来。

"普罗科菲耶夫！还有尧尔金，是你呀，阿尔马佐夫……你们站好，站到这里来，站在一起，"少校似乎用一种匆促、柔软的声音对我们说，和蔼地看着我们，"米茨基，你也在这里……把名字都记下来。佳洛夫！立刻把名字都写下来，满意的人写下来，不满意的人也写下来，一律全写下来，把单子交给我。我要把你们……全送到法院里去！我要收拾你们，你们这些坏蛋！"

这份名单起了作用。

"我们满意！"从那些不满意的人群里，忽然有一个声音阴郁地喊出来，但似乎不是很坚决。

"哦，你们满意！谁满意？谁满意，谁就走出来。"

"我们满意，我们满意！"几个声音追加上去。

"你们满意！这么说来，是有人鼓动你们吗？这么说来，是有主谋的人，有谋反者吗？这样对于他们来说会更倒霉……"

"天哪，这是怎么回事呢？"人群中有一个声音传出来。

"谁喊？谁喊的？谁？"少校怒吼着，向声音传出的那个方向奔去。"就是你，拉斯托尔古耶夫，是你喊的吗？送到禁闭室里去！"

拉斯托尔古耶夫是个脸色浮肿、身材高大的小伙子，只见他走了出来，慢慢地向禁闭室里走去。其实，那一声并不是他喊的，但因为有人指出了他来他也就不敢申辩了。

"真是吃饱了就胡闹！"少校朝他后面大喊，"瞧你这肥头大耳，三天内不……我要把你们大家全找出来！凡是满意的人，全都走出来呀！"

"我们满意，大人！"传出几十个阴郁的声音，其余的人都固执地沉默着。但这正是少校所期待的。显然，以某种和解的方式把这件事平息下去，对他本人来说是有利的。

"啊，现在大家都满意了！"他匆忙地说，"我已经看见了……我知道了。这是有人主使的，显然是有主谋人！"他继续对佳洛夫说，"这件事必须详细地调查清楚，但是现在……现在是上工的时候了，快敲上工鼓！"

分配工作时，他亲自坐镇监督。囚犯们都默默地、忧郁地散开干活去了，不管怎么说，至少为了可以赶快离开那个是非之地而感到满意。分配完工作以后，少校立即到禁闭室里去，惩罚那些"主谋"的人，不过惩罚得也不是很严重。甚至显出匆忙的样子。后来有人说，其中有一个人请求饶恕，他立刻饶恕了他。显见少校的心神有点儿恍惚，甚至也许胆怯。就一般情况而言，请愿本来是一件很棘手的事，虽然罪犯的控诉不能称为请愿，因为它是向少校自己，而不是向最高的上峰方面提出来的，但到底有点儿不合适，有伤体面。特别使他感觉不安的是，大家全体反抗。因此，无论如何应该把事情赶紧平息下去。"主谋人"很快地被释放了。第二天，伙食就得到改善，虽然并不长久。少校在最初的几天里，经常光临狱中，经常整顿凌乱的秩序。我们的士官焦虑地走来走去，弄得茫无头绪，好像始终不能从惊异中醒转过来。至于罪犯们，在这次事件之后，也久久未能平静下来，但他们都不象以前那样激动了，而是默默地显出惊慌和焦虑的样子。有些人甚至垂头丧气起来，别一些人则照样唠叨，整天抱怨，不过谁都不再提请愿的事。很多人仍显得有些气愤，他们大声地互相挖苦讽刺，似乎以此来惩罚自己曾经参加请愿。

"好吧，自作自受吧！"一个人说。

"只为了争一口气，现在却倒了大霉了！"另一个人说。

"哪有老鼠给猫系铃的呢？"第三个人说。

"不用棍子是不能使我们这种人相信的，那是显而易见的事情。幸而他没有把大家全揍一顿。"

"你以后多动动脑子，少说话，会更显得好些！"有人恶狠狠地说。

"你教训谁？你是老师吗？"

"我要教你多懂点儿事。"

"谁要你来教训？你是什么东西？"

"我吗？我还是一个人，可你是谁呀？"

"你是狗嘴里吐出来的东西。"

"你是在说你自己吧。"

"唔，唔，够了！你们瞎嚷什么！"两个斗嘴的人受到众人的斥责……

就在请愿的那天晚上，我从工地回来，在狱室后面遇见了彼得罗夫。

他正在找我。他走到我跟前，喃喃地说着什么话，似乎是两三句含糊不清的感慨，但很快又心不在焉地沉默起来，机械地和我并肩走着。那件事还沉重地压在我的心头，我觉得彼得罗夫会对我解释什么。

"您说呀，彼得罗夫，"我问他，"你们那些人不生我们的气吗？"

"谁生气？"他问，似乎还在沉思。

"罪犯们生我们的气……生贵族们的气。"

"为什么生你们的气？"

"唔，因为我们没有出来参加请愿。"

"你们为什么要参加请愿呢？"他问我，似乎很想努力了解我，"你们本来就自己开小灶。"

"唉，我的天哪！你们中间也有开小灶的，但他们也出去了。我们也应该这样……因为咱们都是同伴呀。"

"是的……但你们和我们哪里是同伴呢？"他惊异地问。

我急忙看了他一眼：他根本不了解我，不了解我说的是什么意思。但是我在这个刹那间完全了解他的意思了。那个很久以来就使我感到困惑和苦恼的问题，现在第一次被我彻底弄清楚了，我突然明白了许多在此之前一直没有看透的事情。我明白他们永远不会将我视为他们的伙伴，哪怕我犯过许多次罪，哪怕我被判无期徒刑，哪怕我被关在特别部里。我还特别清楚地记得彼得罗夫当时的神态。在他的那句"你们和我们哪里是同伴"的问话里，我听得出那种没有虚情假意的天真，那种率直的惊疑。我心想：这句话里有没有一点儿讥刺、愤恨和嘲笑呢？一点儿也没有，根本不是同伴，仅此而已。你走你的路，我们走我们的路。你有自己的事情，我们也有自己的事情。

的确，我曾这样想过，请愿结束后，他们简直会把我们吞噬，至少不让我们安心地过下去。但实际上，完全不是这么一回事情，我们没有听见一点儿责备的话，一点儿责备的暗示，甚至也没有觉察到他们对我们有任何特别的怨恨。只不过还是像以前一样，只要有机会就稍稍地讥刺我们几句，除此之外就没有别的了。他们对于所有那些不愿意参加请愿、留在厨房里的人，还有那些首先喊着"满意"的人，也一点儿不生气。甚至没有人提起这件事情。而对于这最后的一点，是我不能理解的。

第八章　同伴们

我当然最喜欢和自己的人在一起，也就是那些"贵族"，尤其在最初的时候。不过，在被关在我们狱内的那三个从前的俄国贵族中（即阿基姆·阿基梅奇、侦探A和被认为弑父的那一位），我只和阿基姆·阿基梅奇认识，而且经常谈话。老实说，我和阿基姆·阿基梅奇接近，乃是由于绝望，在极强烈的厌闷的时候，除他之外没有什么人可接近的原因。在上一章里，我曾试图把我们狱内所有的囚犯加以分类，现在既然谈到了阿基姆·阿基梅奇，我认为还可以添加一类。诚然，他独自属于这一类。这是完全冷淡的一类。完全冷淡的，那就是觉得在自由中和在狱中居住都是一样的那类人，我们那里没有，也不会有，但阿基姆·阿基梅奇大概是个例外。他在狱中安排得那样舒适，好像打算在这儿过一辈子似的；他使用的一切东西，从床褥、枕头、器具到其他的物品，质地都很好，而且摆放得井然有序，根本看不出有任何临时居住的痕迹。他还要在狱中待上许多年，但他大概从未考虑过出狱的问题。如果他安于现状，那自然不是出自本心，而是由于顺从，不过这对于他来说是一样的。他是一个善良的人，起初甚至给我一些劝告，还效点儿小劳，以帮助我。但有时，我要忏悔一下，他会不由自主地把自己无限的烦闷驱赶到我的身上来，尤其在最初的时候，因此更加增添我本来就很烦闷的心情。而我是由于烦闷才和他说话的。你本来渴望听到哪怕是一句话的言语，哪怕是苦恼的、不耐烦的话语，哪怕是某些愤恨的话，我们可以在一块儿对我们的命运说些抱怨的话；但是他沉默着，一直点他的灯笼，或是讲某一年他们的军队受过检阅，师长是什么人，他的名字和父名是什么，他满意或不满意那次的检阅，还讲发给射击兵的暗号业已变换，等等这些话。他总是用那种平淡的、端正的嗓音说话，好像水一滴滴地流着。他在对我讲他为了在高加索参加什么事情得到"圣安娜"勋章的时候，甚至几乎完全不露出兴奋的样子。只是他的嗓音在那时候似乎显得特别郑重，而且坚实；在说出"圣安娜"三个字的时候，他稍微把嗓音放低，甚至低到某种神秘的程度，在这以后有三分钟，他显得似乎特别的沉默，而且庄重……在第一年，我常有几分钟愚蠢得开始几乎恨阿基姆·阿基梅奇（而且永远似乎是突然地发生的），不知道为什么，默默地诅咒自己的命运，因为它把我和他放在并排着头的铺位上。一小时以后，我又为此而责备自己。不过，这都是头一年中发生的事。后来，我就在心里完全和阿基姆·阿基梅奇和解了，并为自己原先的愚蠢想法而感到羞惭。在外表上，我记得我和他从来没有吵过嘴。

除去这三个俄国人以外，在我蹲监狱期间，还有另外八个贵族先后被关押在我们的狱内。我和其中的几个人来往比较密切，甚至相处得很愉快，不过并非和所有人都如此。他们当中最优秀的人物，也都显得有些病态，性格孤傲，而且十分偏执。其中两个人，我后来干脆不和他们来往了。他们当中，只有三个人受过教育：鲍斯基，米茨基和年纪比较大的若斯基，若斯基以前在什么地方当过数学教授，他是一个善良、忠厚的老人，但性格十分古怪，虽然有学问，但胸襟却很窄。米茨基和鲍斯基完全是另一种人。我一开始就和米茨基相处得很好：从来不和他吵嘴，很尊敬他，但我从来也不能喜爱他和依恋他，永远不能。他是一个疑心很重，又很凶狠的人，但很善于控制自己。然而，也正是因为他善于控制自己，我才不喜欢他。似乎觉得他从来不会在任何人面前展露过自己的内心。但是，也许我是错误的。他具有刚强的、十分正直的性格。他和人们交往时，那种特别老练而多少有点儿狡猾的手腕和慎重的态度，正好暴露出他内心深藏着的怀疑主义。不过，他的缺点也正在于这种双重性格：既疑心重重，又对自己一些特别的信念与希望怀有深刻的、坚定不移的信仰。尽管他有自己那套生活上的灵活手段，但他和鲍斯基以及鲍斯基的好友托夫斯基，却怀有不解的仇恨。鲍斯基是一个结核病患者，性情暴躁，喜欢生气，但实际上很善良，而且很有风度。他暴躁的性情以及古怪的脾气，有时甚至达到让人无法忍受的地步。我忍受不了这种性格，后来就有意和鲍斯基疏远了，但永远没有停止喜欢他；而我和米茨基从来没有吵过嘴，但是永远不喜欢他。我和鲍斯基逐渐疏远之后，和托夫斯基也就渐渐断绝来往了，他就是我在上一章中，讲述那次请愿事件时，我曾经提起的那个年轻人。这使我觉得很难过。托夫斯基虽然没有多少学问，但性格十分良善、勇敢，总而言之，是一位十分可爱的年轻人。问题在于他太喜欢和尊敬鲍斯基，太崇拜他，所以凡是与鲍斯基不和的人，他便将对方视为自己的仇敌。他后来和米茨基闹翻，大概也是为了鲍斯基，虽然他们的友谊已经保持了很多年。其实，他们都是精神失常、肝火很旺、暴躁易怒，而且疑心很重的人。这是可以理解的，因为他们很痛苦，比我们痛苦。他们远离自己的家乡。有几个人被判处长期的徒刑，十年、十二年，而主要的原因是他们带着深刻的成见看着周围的一切，只看到因犯们身上残酷无情的一面，却无法甚至不愿在他们身上看到任何好的品质、任何的人性，而这也是容易了解的；是环境和命运迫使他们抱有这种消极的观点。显然，他们在狱中觉得非常的烦闷，甚至烦闷得使他们窒息。他们对契尔克斯人、鞑靼人以及伊赛·福米奇都很客气、和蔼、友好，但对其他的苦役犯却抱着嫌恶的态度。唯有那个从斯塔罗杜布来的旧教徒老人博得了他们完全的尊敬。有趣的是，在我蹲监狱期间，罪犯中没有一个人会对他们的出身、他们的信仰、他的思想方式，有所责备，而这种情形就像我们一般的老百姓有时对待外国人，尤其是对待德国人那样。甚至，对德国人也不过取笑取笑罢了，因为在俄国的老百姓看来，德国人是极其滑稽可笑的。其实，罪犯们对待我们这几个波兰人倒还十分尊敬，比对待我们俄国人还尊敬，从来没有找过他们的麻烦。但是，他们大概永远不愿对这个情形有所注意和考虑。我再来谈谈托夫斯基，当他从第一个流放地转送到我们这里来的时候，他一路上几乎背着鲍斯基，因为鲍斯基不太健康，体格比较柔弱，走到中途就已经疲惫不堪。他们以前被流放到N城。据他们说，他们在那边很好，那就是比在我们这里要好。但是，由于他们和另一个城里的另一些囚犯通了一次信（其实那次通信是没有什么罪的），所以将他们三人移送到我们的堡垒里来，这样就使他们离我们的最高长官近些，使他们受到最高长官的监督。他们的另外一个同伴叫若斯基。在他们来到之前，米茨基是我们狱中唯一的一个波兰人。可想而知，他在苦役生活中的第一年是多么苦闷呀！

　　若斯基就是我在前面已经提过的一直在祈祷上帝的那位老人。我们这里所有的政治犯都是年轻人，有几个甚至太年轻了，唯有若斯基已经有五十多岁。他当然是诚实的人，但为人有点儿奇怪。他的同伴鲍斯基和托夫斯基都不喜欢他，甚至不和他说话，认为他太固执了。我不知道，他们的看法是否有理。在监狱里，人们都不是出于自愿，而是被迫生活在一起，所以这里的人，比狱外的人更容易发生争吵，甚至互相仇恨。这种情况是由多种因素造成的。不过，若斯基确实十分呆钝，而且也许还是令人十分讨厌的人，因为他和其他的囚犯也都合不来。我虽然从来不和他吵嘴，但也并不特别合得来。他大概对于数学这学问颇有研究。我记得他一直用半俄罗斯的语言努力向我解释一种特别的、他自己发明出来的天文学系统。有人对我说，他曾经发表过这个理论，但科学界对他的这个理论只是一笑置之。我觉得，他的神经可能有点儿毛病。他整天跪下来祈祷上帝，因此，赚得全狱的尊敬，而且一直享受这份尊敬，到死为止。我亲眼看到他得了重病，然后在我们的医院内死去。其实，囚犯对他的尊敬，在他刚进狱里来，和少校发生过那次冲突后就开始了。在从N城到我们堡垒的途中，他们没有剃过头发，胡须长得很长，他们被直接带去见少校，少校认为这是对狱规的公然破坏，于是大发脾气。其实，这件事一点儿也不怪他们。

"看他们是什么样子！"他怒吼着，"简直是流浪汉，强盗！"

若斯基当时还听不懂俄文，以为少校问他："他们是什么样的人？是流浪汉还是强盗？"于是他回答道："我们不是流浪汉，都是政治犯。"

"怎么？你竟敢这样无礼吗？这样无礼貌！"少校怒吼，"送到禁闭室里去！给他一百记鞭子，马上，马上！"

老人毫不争辩，躺下来挨鞭，牙齿咬住手，忍受刑罚，不发出一点儿呼喊或呻吟，身子动也不动。鲍斯基和托夫斯基当时走进狱内，米茨基已经等在大门旁边，他跑过去和他们拥抱，虽然他在这之前从来没有见过他们。他们激动不安地把少校惩罚若斯基的事情讲给他听。我记得，米茨基对我讲过这件事情，"我简直不能控制自己，"他说，"我不明白是怎么回事，我哆嗦得像打冷战。我在大门旁边等待，若斯基。他应该从受惩罚的禁闭室里出来。忽然门开了，若斯基走了进来，不看任何人，脸色惨白，灰色的嘴唇颤抖着，从聚在院内的囚犯中间走过——他们已经知道一个贵族受到惩罚的事情。他走进狱室，一直走到自己的铺位上面，一句话也不说，跪下来，开始祈祷上帝。罪犯们显得十分惊愕，甚至感动。"米茨基接着说："我一看见这位白发苍苍的老人，把妻子和儿女全留在自己家乡——我一看见他跪在那里，在受着可耻的刑罚之后向上帝祈祷——我立刻奔到狱室后面，在整整的两小时内好像失去了知觉；我简直像发了疯……"从这时起，罪犯们开始很尊敬若斯基，永远对他很尊敬。特别使他们敬佩的是，他在挨鞭时竟然没有喊一声。

　　然而，应该说实话，绝不能根据这个例子来判断西伯利亚的长官如何对待贵族出身的罪犯，不管这些罪犯是俄国人，还是波兰人。这个例子只想说明，有时可能碰上恶人，如果这个恶人是某地的一位大权独揽的长官，如果这位凶恶的长官又特别不喜欢某个囚犯的话，在这种情况下，那个囚犯的性命就难保了。倮也不能不率直地指出，西伯利亚的最高级长官对待流放犯的贵族是很有礼貌的，甚至在某些事情里，还会对他们比其余老百姓出身的罪犯更纵容一些，而其余长官的态度和行为也以最高长官的意志为转移。原因是很明显的：第一，最高长官自己也是贵族；第二，以前曾发生过贵族内有些人不肯躺下来忍受鞭打，奔过去攻击执行者的事情，因此闹出了可怕的事情；第三，我觉得这是最重要的一点，还远在三十五年以前，忽然一下子发现了一大群被流放的贵族，三十年来这些流放犯都已经定居下来，并在整个西伯利亚博得了很高的声誉。因此，在我蹲监狱期间，这些高级长官都遵照传统的习惯，不由自主地用比对其他流放的犯人不同的眼光看待贵族出身的罪犯。那些低级长官也效仿最高长官的榜样，对这些政治犯采取另眼相看的态度。当然，他们的这种态度是从上面承袭下来的，他们不得不服从上级的旨意。不过，这些低级长官中也有很多愚蠢的人，他们对于上级的指令牢骚满腹，如果允许他们不受任何约束，可以自作主张的话，他们一定会感到高兴的。但是，上面并没有允许他们这样做。我这样说是有充分根据的，下面我还要讲到这一点。第二类的苦役犯（也就是我所隶属的，归军队管辖，里面容纳堡垒的囚犯），其处境比其余的两类，就是第三类（工厂的）和第一类（在矿场上的）要艰苦得多。不仅对于贵族来说，就是对于其他所有的囚犯来说，都十分艰苦，这是因为这一类苦役犯实行的看管制度完全是军事性质的，很像俄国内地的罪犯营。军事看管更加严厉，规章制度也更加严格，永远戴着脚镣，永远由卫兵看守，永远被禁闭；而在其他两类的苦役中，却没有这样严厉的。至少囚犯们都是这样说的，他们当中有些人很了解那边的情况。如果把他们调到法律上认为最严重的第一类方面去，他们会很高兴的，实际上他们早就抱有这样的幻想了。至于说到俄国内地的罪犯营，所有到过那里的人都感到很恐怖，他们都断言，整个俄国再也没有比罪犯营更艰苦的地方了，和那里相比，西伯利亚简直就是天堂了。因此，在像我们狱内那样严厉的看管制度下，而且处在总督本人的亲自监督之下，有时还发生这样的事情：有些属于政府机关的人，出于恩怨和嫉妒心，准备私自向什么地方告密，说某些不良的长官纵容某类罪犯等等的话——如果在这种地方还能用比对一般罪犯稍微不同的眼睛看待贵族罪犯，那么在第一和第三类内就更加会有优渥的待遇了。因此，从我所住的那个地方，可以判断出全西伯利亚的情形来。从第一和第三类的苦役犯那里传来各种消息，都证实我的这一结论是正确的。实际上，在我们狱内，长官对待我们贵族比较留意和谨慎些。在工作和待遇方面，根本没有一点儿宽容我们的地方。一样的工作，一样的脚镣，一样的上锁，总而言之，和一般囚犯完全相同。减轻是不行的。我知道本城里，在不久的和久已过去的时间内，有许多告密者，许多阴谋家，干出许多互挖陷阱的事情，使得长官自然而然地惧怕起告密来了。那时候最可怕的莫过于关于纵容某类罪犯的告密。这是每个人都惧怕的。因此我们的生活便和一般罪犯相等，但关于体罚这一点，还是有点儿例外。诚然，人家会很方便地鞭打我们，如果我们应该遭受这刑罚，那就是我们犯了什么过错的时候。这是他们的职责，也完全符合"在刑罚面前一律平等"的原则。但到底不会无缘无故地、随意地鞭打我们。而对待普通的罪犯，随意的举动不免经常发生，尤其在几个直属的长官方面，他们总喜欢在遇到一切机会时发出威严的号令。我们知道，堡垒司令在知道了老头儿若斯基的事情之后，非常恨少校，并向他暗示，请他以后小心些。大家都对我这样讲。我们这里都知道，总督本来很信任我们的少校，还有点儿喜欢他，因为他奉公守法，有点儿能力，但在知道了这件事情之后，也责备他。我们的少校便把这事记在心里。譬如说，他因为A的进谗，十分痛恨米茨基，一直想收拾他，但是他到底不能鞭打他，虽然也可以寻找借口，经常对他吹毛求疵。若斯基的事件全城都已知悉，大家全说少校的不对，许多人责备他，有些人甚至把话说得非常刺耳。

我现在又想起了我和少校初次见面时的情景。我和另外一位与我同时入狱的贵族流放犯，还在托波尔斯克时就听大家讲过这个人的性格十分令人讨厌。当时那里住着已经被流放了二十五年的老贵族，他带着深刻的同情迎接我们，并一直和我们有来往。在羁押站的院子里，他警告我们要防备我们未来的长官，还答应要尽一切力量和关系来帮助我们，免得我们遭受他的迫害。而且他们也确实这样做了。当时，有三个总督的女儿正好从俄国内地来探亲，接到了他们的信，大概也曾在自己的父亲面前替我们说过一些好话。但是，这位总督又能有什么办法呢？他只是对少校说，让他做事细心些。下午三点钟，我和我的同伴来到这座城里，押送我们的卫兵们一直把我们带去见我们的长官。我们站在前室内等待他。与此同时，也有人去找在狱中值班的军士。军士刚到，少校也来了。他那紫红色的长满粉刺的凶恶面孔，给我们留下了很不愉快的印象：好像一只凶恶的蜘蛛跑出来捕捉落入网中的可怜的苍蝇似的。

"你叫什么名字？"他问我的同伴。他的语速很快、生硬，而且简单，显然是想给我们留下深刻的印象。

"某某。"

"你呢？"他向我发问，眼睛从眼镜里向我身上瞪着。

"某某。"

"士官！立刻打发他们到牢里去，在禁闭室内照文官的式样立刻剃光一半头发；明天就改钉脚镣。这是什么样的外套？从哪里弄来的？"他忽然问，显然是注意到了那件灰色的长衫背上印着的黄圆圈；这种长衫是在托波尔斯克时发给我们的，现在被他发现了。

"这是新的服装！这一定是一种新的服装……正在计划着的、从彼得堡那里来的……"他一面说，一面把我们挨着次序旋转着，"他们随身还带着别的什么东西吗？"他忽然问押送我们的宪兵。

"有他们自己的衣服，大人。"宪兵回答，顿时挺直了身体，甚至吓得直打哆嗦。大家都知道他，大家都听见过他的为人如何，他使大家感到惧怕。

"全部没收。只发给他们内衣，只许留白色的，如果有其他颜色的，也要没收。其余的全都拍卖。钱款写在账上。罪犯不应该有自己的财产，"他继续说，严厉地看着我们，"你们要当心，要规规矩矩的！不要叫我听到什么！否则……要用体刑！犯了一点点的错处，就要忍受鞭子……"

我由于不习惯，在听了他这一套话之后，那天晚上差点儿就病倒了。后来我在狱内所见的一切更加增强了我的印象。但是关于我进狱后的情形，我已经讲过了。

　　我已经说过，狱方没有，也不敢给予我们什么宽容，而且对待，我们也并不比对待其他的罪犯好些。但是有一次，他们也曾经尝试过，我和鲍斯基在工程处当了整整三个月的文书。但这是工程队的长官用半公开的方法进行的。那就是说其余的人也许全都知道，但却装作不知道的样子。这事发生在工程队长格科夫在职的时候。格科夫中校好像从天上落到我们那里来，他在我们那里的时间也很短——如果我没有记错的话，大概不到半年，甚至还要少些——后来就被调回俄国内地去了。他给所有的罪犯留下了一个不寻常的印象。罪犯们不仅喜欢他，甚至还崇拜他（如果可以在这里用这个名词）。我不知道他是怎样做到这一点的，但他确实一下子就赢得了囚犯们的心。"父亲！父亲！他比父亲还好！"罪犯们在他管理工程队时，经常这样说着。他大概是很好喝酒而且也很能喝酒的人。他的身材并不高大，却总是露出自信的眼神。他对待罪犯十分和蔼，几乎到了温柔的地步，他的确像慈父一样喜爱他们。他为什么这样喜欢罪犯们——我就不知道其中的原因了，不过他一看见囚犯，就总是要对他们说几句亲切友好的话，或者跟他们开几句玩笑。更主要的是——他的身上没有一点儿官架子，从他的态度中，也看不出屈尊俯就或纯属长官的恩赐的成分。简直就是自己的人、自己的伙伴。尽管他具有本能的民主主义的特质，但罪犯们一次也没有在他面前有过什么不尊敬，以及过分亲昵的举动。恰恰相反，每一个罪犯和他相遇时，都会容光焕发，脱下帽子，微笑着迎上去，和他攀谈起来。他说出的每一句话，罪犯们都很喜欢听。世上确实是有这种能够博得众人爱戴的人。他的样子很是雄壮，平时总是昂首挺胸，威武地走路。"他是我们的一只鹰！"罪犯们在谈起他的时候，总是这样说。他当然不能用什么方法减轻我们的痛苦：他只管理工程部的工作，在任何一位长官的指挥下，这里的工作都是按部就班地照常进行的。他只能做到这一点：当他看到囚犯们已经干完分配的工作时，就不让他们继续干下去，而是让他们收工回狱，尽管还没有敲收工鼓。大家喜欢他信任罪犯，没有那种浅薄的拘谨和暴躁的脾气，完全不像别的长官那样摆出一副盛气凌人的架子。如果他丢失了一千卢布，而这些钱又正好被我们囚犯当中的一个惯偷捡到，我想那个惯偷也会把钱送还给他的。是的，我相信会是这样。罪犯们在晓得他们的鹰和我们那个可恨的少校大吵一场之后，都对他抱以深切的同情。这事发生在他来到后的第一个月内。我们的少校曾做过他的同事。他们久别重逢，异常欢喜，自然在一块儿开怀畅饮。但他们关系却忽然破裂了。他们吵了嘴，格科夫成为他的死对头。甚至听说他们还打了架，这在我们的少校方面是可能发生的，他经常跟人家打架。罪犯们一听到这件事，都非常高兴。"八只眼的人会和这位处得来吗？他是一只鹰，而我们的那位……"下面通常是一些不便于付诸笔墨的骂人的话。在我们狱内，大家对于他们两人谁打了谁这一点颇感兴趣。如果关于他们打架的消息是不属实的（也许会这样），那么我们的罪犯们大概会觉得遗憾的。"一定是工程队长官打赢了，"他们说，"他个子虽小，但很勇敢，听说少校吓得直往床下钻。"但是，没过多久，格科夫就走了，罪犯们又陷入悲哀中。我们那里的工程队长全是好的，我在那里的时候，曾经更换过三四个；"不过，再也找不到像他这样的人的了，"囚犯们说，"他是一只鹰，他是保护我们的人！"这个格科夫很喜欢我们贵族，就是他安排我和鲍斯基到工程处去工作的。他调离后，这个惯例也没有改变。工程师中有些人很同情我们（其中一个对我们特别同情），我们经常到那里抄写公文，甚至把书法也练得娴熟了；可是最高长官忽然下了一道命令，要我们立即回去干原来的活——有人告密了！我们两人觉得这样更好，因为我们已经对办公室的工作感到厌倦了。后来，我和鲍斯基有两年不再被拆散，同到一个工地上去，经常到工场里去。我和他一块儿聊天，聊我们的希望、我们的信念。他是一个极可爱的人，但是他的见解显得很奇怪，而且具有特殊性。经常有这样一种人：他们也很聪明，但他们往往怀着一种稀奇古怪的信念。为了这种信念，他们一辈子受了太多的痛苦，甚至付出了惨重的代价，但要放弃这种信念，又会使他们感到十分痛苦，这也是不可能的。鲍斯基每次听到我反驳的话语后，都感到很伤心，并用辛辣的言辞回敬我。其实，在许多方面，他也许比我更有理，只是我不知道。但是我们终于分开了，这对我来说是一件很痛苦的事，因为我们在一起的时间那么长，而且曾经互相分担过彼此的忧愁。

随着岁月的增长，米茨基似乎显得更加忧愁而且阴沉。烦闷啃嚼着他。以前，在我到狱内的最初的时候，他还能与人谈心，经常向别人吐露自己的心声。我进狱时，他已经在里面住了三年。起初，他对于很多事情还感兴趣，很想了解这些年来世界上都发生了哪些事情。他经常询问我，听我讲述时，显得非常激动。但后来随着岁月的增进，他开始变得越来越冷淡，似乎把一切都凝聚在内心中，犹如一盆炭火已经被灰烬所淹没。他心中的怨恨越来越深了。"Je hais ces brigands"（"我恨这些强盗"）——当他看见苦役犯时，经常向我反复说这句话。这时，我对那些苦役犯已经有了更多的了解，但不管我怎样为苦役犯进行辩护，对他都起不了任何作用。他不理解我的话，有时只是随意地附和着，但是第二天又重复说："Je hais ces brigands。"顺便说一下：我和他经常讲法语，为了这个，工地上一位担任监工的士兵德拉尼什尼科夫，不知根据什么理由，称我们为"医生"。米茨基只在想起自己母亲的时候才兴奋起来。"她老了，她有病，"他对我说，"她喜欢我甚于世上的一切，而我在这里，不知道她是否还活在人世？如果她知道我在这里挨鞭子，她一定会感到非常痛苦的……"米茨基不是贵族，他在流放之前曾受过体刑。他想起这个的时候，总是咬紧牙关，竭力把视线转向一旁。最近以来，他经常独自走来走去。有一天早晨，在快到十二点钟时，他被传唤到司令那里去。司令露出快乐的微笑，走出来接见他。

"唔，米茨基，你昨天夜里梦到什么了？"他问道。

"我一听，不由得打了个哆嗦，"米茨基回到我们那里以后，对我们讲，"我的心好像被戳穿了。"

"我梦见接到母亲的一封信。"他回答。

"比这个还要好些！比这个还要好些！"司令说，"你自由了！你的母亲替你求情……她的请求被批准了。这是她的信，还有释放你的一道命令。你现在就可以出狱了。"

他回到我们那里来的时候，脸色惨白，听了这消息还没有回过神来。我们向他道喜。他伸出颤抖的、冰凉的手和我们的手相握。许多罪犯也向他道喜，为他有幸出狱而感到高兴。

他出狱后，就以移民的身份仍留在我们城内。不久，他就得到了一个差使。他起初经常到我们狱内来，在可能的范围内，把各种新闻告诉我们。特别是政治的新闻最使我感兴趣。

除了米茨基、托夫斯基、鲍斯基和若斯基以外，其他的四个贵族当中，有两个人还很年轻，刑期也很短，也没有受过什么教育，不过性格忠厚，为人也很正直、坦率。第三个，阿丘科夫斯基，为人很平凡，没有什么特别的地方，第四个，勃姆，是一个已经上了年纪的人，他给我们大家留下十分恶劣的印象。我不知道他怎么会落到这类罪犯里面的，他自己也否认。他一个庸俗的小市民，具有那种靠骗取小钱财起家的小商人习气。

他没有一点儿学问，除了自己的本行之外，没有其他的兴趣爱好。他是油漆匠，而且是一个十分出色的油漆匠。不久之后，长官就知道他的能耐，全城的人都来请勃姆去给他们家漆墙壁和天花板。两年来，他几乎刷尽了所有公家的寓所。这些寓所的主人自己掏钱给他，因此他的生活过得十分富裕。不仅如此，狱方还派他的同伴跟他一块儿去工作。而经常和他在一块儿工作的人中，有两个学会了他的本领，其中有一个名叫特热夫斯基的人，粉刷的本领并不比他差。我们的少校也住在公家的寓所里，他也使唤勃姆给他油漆所有的墙壁和天花板。勃姆工作得非常卖力，就连总督的公寓也没有这样认真地刷过。房屋是木头的、单层的，外面又脏又破，但里面却油漆得像宫殿一样，这使少校觉得非常高兴……他一边搓着手，一边说他现在一定要结婚。"住在这种寓所内是不能不结婚的。"他很正经地补充着。他越来越对勃姆感到满意，并且因为他，也对那些他在一块儿工作的人感到满意。工作进行了整整一个月。在这个月中，少校完全改变了他原先对我们囚犯的看法，并开始保护起我们来了。有一天，少校甚至忽然把若斯基从狱中召到他家里去。

"若斯基，"他说，"我先前侮辱了你，还无缘无故地鞭打你，我知道这样做不对。我忏悔。你明白这一点吗？我，我，我，我对不起你！"

若斯基回答说他明白这一点。

"你明白不明白，我，我，你的长官，唤你来请求你的饶恕。你感觉到这点吗？你在我面前是什么东西？是一条蠕虫，甚至比蠕虫还小。是罪犯！而我——是奉上帝的旨意①当少校的。少校！你明白不明白这点？"

---

① 这样的词句在我蹲监狱期间，不仅是我们的少校经常说，甚至成为许多从小位置递升上去的低级的长官的口头语。

若斯基回答，他也明白这点。

"那么现在我和你言归于好，你能不能感觉到，完全感觉到这一点呢？你只要想一想：我，我是一个少校……"

若斯基亲自给我讲述了他们会面时的情形。如此说来，在这个经常喝醉的、喜欢打架、头脑紊乱的人也有一点儿人情味。如果从他的理智不健全和缺乏教养这个角度去看，他的这一行为几乎可以说是宽宏的。但这也许是由于醉意所促成的吧。

他的幻想没有实现：他没有结婚，虽然在他的寓所装饰好的时候，他就已经决定要结婚了。然而，他不但没有结婚，反而受到审讯，并被迫退职了。他过去所干的一切旧罪孽也都被揭发出来。以前，他好像是这座城里的市长……而这次的打击对他来说简直太出乎意外了。狱内的囚犯听到这一消息后，都非常欢喜，人们好像过节一样兴高采烈。听说少校像老女人似的号啕大哭，泪流满面，却一点儿办法也没有。他被迫辞职了，他把两匹灰色的马都卖掉，然后又卖掉所有的财产，陷入了贫穷的境况中。我们后来看见他穿着破旧的便服，戴着一顶有徽章的制帽。他恶狠狠地看着罪犯们。但是他一脱去制服，他的一切威风也全都成为过去了。穿着制服的他是一个霹雳，是上帝。穿了便服以后，他忽然成为一个与我们完全不相干的角色，简直就是一个仆人。让人奇怪的是，一件制服在这种人身上竟会产生这么大的作用。

第九章　越　狱

　　我们的少校更换后不久，狱内就发生了一些重大的变化。将苦役犯工场取消，改设罪犯营，按照俄国罪犯营的条例，归军事机关管辖。这就是说，第二类服苦役的罪犯不再送到我们狱内来。从那时起，我们监狱就只接纳军事犯，也就是只接纳那些未被剥夺公民权的士兵，其实就是和普通士兵一样的士兵，不过受了刑罚，短期被遣送到这里来（至多六年），出狱后又重新回到自己营内当士兵，和以前一样。不过，如果他因第二次犯罪而回到狱内，便和以前一样，须受二十年徒刑的重罚。在这变动以前，我们监狱也设有一个军犯部，而那些军犯之所以和我们住在一起，是因为他们没有别的地方可住。现在呢，整个牢狱都成为军犯部了。当然，以前的罪犯，被剥夺一切权利的、真正的民事的罪犯，那些脸上加了烙印、头发斜剃去一半的人，还留在狱内，直到刑期届满为止；新人不再进来，剩下的人们渐渐地住满刑期出狱，因此在十年之后，我们狱内不会留下一个苦役犯了。特别部也还留在狱内，而且时时送来军事要犯，一直到西伯利亚开设了最繁重的苦役犯工场为止。因此，我们的生活实际上还和以前一样地继续下去；一样的待遇，一样的工作，几乎是一样的规矩，不过长官方面有了变动，弄得复杂了一点儿。任命了一个校官，营长，此外还任命了四个尉官，轮流在狱内值班。伤兵们也取消了，取代他们的是十二名士官和一名军需官。分成十人一组，从罪犯中选派了班长，当然只是名义上的，而阿基姆·阿基梅奇立刻被选为班长。所有这些新机构和整

311

个牢狱，连一切官员和罪犯在内，仍旧归司令管辖，他仍旧是这里最高的长官。这就是所发生的全部变化。不用说，罪犯们开始骚动起来，纷纷地议论和猜测，研究新的长官，但是一看实际上仍旧和以前一样，也就立刻安静下来了，我们的生活便照旧进行下去了。主要的是大家都从以前的少校那里被解放了，大家好像得到了休息和鼓励。惊慌的神色消失了。现在每人都知道，在必要的时候，觉得自己有理的人可以和长官解释明白，除非由于错误才会受到惩罚。就连酒也还和以前一样，在我们狱内出售，尽管原来的伤残老兵已经由士官所取代。这些士官多半是正经的、机灵的，且明白自己的地位。其中有些人在开始的时候也企图在囚犯面前摆摆架子，这当然是由于缺乏经验的原因，想用对待士兵的办法来对待囚犯们。但他们不久就明白自己是在跟什么样的人打交道了。另外一些头脑比较迟钝的士官，也都在囚犯们面前碰了钉子。囚犯们有时甚至是采取这样的做法，譬如说，他们引诱一个士官，用酒把他灌醉，然后用一种认真而严肃的态度提醒他：他和他们一块儿喝过酒，因此……结果弄得士官对囚犯们的行为睁一只眼闭一只眼，或者不如说尽量不去管罪犯们如何运酒进来售卖。不但如此，他们还和以前的伤兵们一样，到集市上去，给罪犯们带来面包圈、牛肉等东西，可以说什么东西都买，只要携带时注意点儿形象就行。至于为什么会有这样变动，为什么要设立罪犯营，我就不知道了。这事发生在我监狱生活中的最后几年上。我注定还要在这种新的秩序下面再熬上两年。

　　要不要把所有这生活记录下来，也就把我在狱内这几年的情形全都记录下来？我想没有那个必要。如果依照次序把一切发生的事情，将这些年来我所见所感的一切全写下来，当然还可以写下比在这些已经写出的章节还要多上三四倍的内容。但是这样的描写，不免太过单调。一切的遭遇会在同一的色调上写出，尤其如果读者已从我写出来的几章上对第二类罪犯生活有了一个大概的了解时。我只想用一幅明显的、鲜艳的图画把所有我们的牢狱和我在这些年来生活的情形表现出来。我是否达到这目的，我不知道也不必由我来判断。但是我相信这样也就可以结束了。在回忆这一切的时候，有时有一种烦闷侵袭到我的身上来。而且我也不见得全都能记住。最后的几年好像在我的记忆中消失了。有许多情节，我深信，完全被我所遗忘。譬如说，我只记得，那些年月都十分相似，过得既缓慢又沉闷；我记得，那些漫长而无聊的日子是那样的单调，好像雨后的水从屋顶上一滴滴地流下；我记得，唯有对复活，对重新做人，创造新生命的热切的愿望给予我力量，使我期待，给我希望。于是，我终于自己支撑着，我等待着，开始计算每一个日子，尽管后面还有一千个日子，我还是愉快地一天天数下去，送走这些日子，埋葬这些日子，然后高兴地迎接第二天的到来，因为剩下的已经不是一千天，而是九百九十九天了。我记得，在那个时候，不管周围有几百个同伴，我还是处于可怕的孤寂中，我终于喜欢上这孤寂了。精神上孤独的我，把所有自己过去的生涯重温了一遍，逐一检查过去的一切，在回首往事中，严厉地批判自己。有时，我甚至感谢命运，因为它把我送到这里，赐给我这份孤寂，如果没有这份孤寂，便绝不会有自我批判和严格地检查以前生活中的事情。当时，我的心里装满了多少希望！我想，我决定，我自己赌咒，在我未来的生活，绝对不能再有以前的那些错误和失策。我给自己拟定了未来的一切计划，决定严格地执行。我盲目地相信：我一定要把这一切做到，而且能够做到这一点……我期待着自由，我呼唤着自由快快地来到，我要在新的斗争中重新考验自己。有时，我感到十分焦急……我现在回忆起我当时的精神状态，就觉得很痛苦。当然，所有的这一切都仅仅与我一个人有关……我之所以要写下这一切，是因为我觉得每个人都会理解这一点。每个人也都会遇到同样的事情，如果他在年富力强的时候陷入狱中的话。

可是，我何必要讲这些呢！不如让我讲点儿其他的吧，以免故事结束时像被砍掉了一段似的。

我想到也许有人会问：难道没有一个人越狱潜逃吗？难道这么多年就没有一个人逃走吗？我已经写过，罪犯在狱内留了两三年以后，会开始珍重这些岁月，于是不由得产生这样的想法：最好还是在没有麻烦，也没有危险的日子中，服完剩下来的刑期，最后以合法的身份在移民区定居下来。但是，这样的计划只存在于那些刑期不太长的囚犯的头脑之中，而刑期比较长的囚犯也许准备冒一冒这个险……但是，不知道为什么，我们的监狱里好像没有发生过这样的事情。我不知道是不是我们监狱里的囚犯比较胆小，还是因为我们的监狱看守得特别严密，或者是我们城市的地形十分不利于逃跑（四面都是草原）——这就很难说了。不过我觉得，所有这些原因都有关系。从我们那里逃走确实很难。但是我在那里的时候，也曾发生过这样一件事情：有两个囚犯，而且是两个最重要的囚犯，决心冒险试一试……

更换少校之后，A（就是那个在狱内给原来的少校当密探的人）就失去了保护，变得孤零零一个人了。他的年纪还很轻，但是他的性格随着年龄的增长而变得坚强起来，而且也渐渐定型了。一般说来，他是一个胆大、有决断，甚至很敏捷的人。如果给他自由，他也许会继续做密探，并靠各种卑鄙的手段来谋生，但如果真是这样，他也就不会像现在这样愚蠢和轻率了，也绝不会像以前似的做得那样愚蠢而付出惨重的代价——被流放。他在我们的监狱里学会了制造假身份证。不过，对于这件事我也不敢肯定，因为我也是从其他的囚犯那里听到的。他们说，他当初经常在少校厨房里走动的时候，就做过这种事。并从中获得了相当的收入。总而言之，为了改变自己的命运，他大概会使出一切的手段。我曾有机会了解到此人的内心世界：他的无耻达到了令人愤恨、令人嗤之以鼻的地步，引起人们无法抑制的嫌恶。我觉得如果他很想喝一杯酒，而要得到这杯酒必须杀死什么人的话，他也一定会把那个人杀死，只要这事能够偷偷地做去，没有人知道就行。他在狱内学会了算计。于是，这个人被特别部的囚犯库利科夫注意上了。

我在前面已经讲过库利科夫。他虽然已经不再年轻，却强壮有力，而且精力旺盛，充满热情，拥有各种特殊的本领。他浑身都是力量，对生活充满了热爱，像他这种人，即使到了老态龙钟时，还是想生活下去的。如果说囚犯当中无人逃跑，而使我感到奇怪的话，那么首先使我感到奇怪的就是这个库利科夫了。

不过，库利科夫已经决定要逃跑了。至于他们两个人当中，谁对谁的影响更多一些：是A对库利科夫的影响更多一些呢？还是库利科夫对A的影响更多一些？我就不得而知了，不过他们两个倒是很般配，他们俩都很适于干这种事情。他们发生了友谊。A是贵族出身，隶属上等社会——这就意味着一旦他回到俄国内地，他们就会干一番惊天动地的冒险的事业来。谁也不知道他们是怎样约好的，他们有什么样的希望，但有一点可以肯定，那就是他们都不希望过那种被欺压的西伯利亚的流浪生活。库利科夫是一位天才的演员，他能够扮演生活中各种各样的角色。他有许多希望，至少希望生活的多姿多彩。而牢狱的生活会使他这种人感觉压迫。于是，他们约定一起逃走。

然而，不买通卫兵是逃跑不成的。应该说服一个卫兵跟他们一起逃跑。有一个波兰籍士兵，在堡垒中的某营驻守。他精力旺盛，而且很有毅力，本来应该有一个好的命运，虽然他已经上了年纪，但还很威武，而且稳重。他刚到西伯利亚来当兵的时候，还很年轻，曾经由于深切地怀念家乡而逃走过。后来他被捉住，受了刑罚，在罪犯营中监禁两年。在他重又回来当兵的时候，终于醒悟转来，开始卖力地、勤奋地工作。后来因为立功，他被升为班长。他的虚荣心很重，而且很骄傲，经常自命不凡。从他的言谈中，就处处显得自命不凡。那几年，我有好几次在卫兵中间遇见他。其他的波兰人也跟我讲过关于他的事情。我觉得，他以前因为怀念家乡而产生的烦闷，已经变成一种永恒的、无声的仇恨，这种仇恨深深地埋藏在他的心头。这个人是敢于做出一切举动的，所以库利科夫选他作为同谋，是没有错的。他姓科列尔。他们约定好了一起逃跑的日子。当时正是六月中炎热的夏日。这座城里的气候很稳定：夏天总是炎热的，没有什么变化，这对于逃亡者是很方便的。当然，他们绝不能一直从堡垒中逃走，因为我们这座城位于一块儿高地上，四面八方都很开阔。往四周走得很远都没有遇见一片树林。他们必须先跑到城郊的某个地方，然后换成平民的服装，库利科夫早就在那里找到了一个隐身之处。我不知道，他们在郊外有没有秘密的朋友。但据我猜想应该是有的，虽然后来在审案时并没有得到充分的证实。那年，在郊外的一个偏僻的地方，住着一位叫万尼卡·塔尼卡的年轻貌美的女郎，她刚刚开始自己的社交活动，很有前途，而且后来她也在一定程度上达到了自己的目的。她还有个绰号：火。大概她在这件事情上帮过库利科夫一点儿忙，因为库利科夫在她身上已经花费了一年的时光，而且也在她身上花了许多钱。我们的好汉们一大早就出去干活了。这次分配工作时，安排得十分巧妙：让他们俩随着一个过去当过砌炉工和抹灰工的囚犯希尔金一起去粉刷营中一座空虚的营房——士兵们早已离开了的营房。A和库利科夫以搬运工的身份和他一同前去。科列尔恰巧被派去监视他们。由于三个囚犯需要两名卫兵跟随，而班长希尔金又是一位服役多年的老兵，所以使派了一位新兵当他的助手。以科列尔那样的聪明、稳重、谨慎，竟会决定和他们一起逃跑，这样看来，我们的逃亡者想必对科列尔施加了强有力的影响，才使他相信他们。

他们来到营房时，时间是早晨六时。除了他们以外，再也没有别人。库利科夫和A做了一小时的工作以后，便对希尔金说他们要到工厂里去一趟。第一，是为了看一个熟人；第二，顺便带几件需要用的工具过来。和这个希尔金打交道可得十分留心，那就是越自然越好。他原是莫斯科的一个小市民，职业是砌炉工，他既聪明又狡猾，却沉默寡言。他的外表又瘦又弱。如果不是命运的捉弄，那么他一定会按照莫斯科人的习惯，一辈子穿着坎肩和睡衣。可是经过长期的流浪之后，他却来到了我们的监狱，而且被归入最可怕的军事犯，终身被关在特别部里。他为什么遭遇这样的命运，我不知道。不过，他的身上从未流露过任何的不满情绪；他的行为很恭顺而且端正。有时会像靴匠似的喝醉酒，但醉后的举动也还好。他当然不知道他们的秘密，不过他的眼睛是锐利的。库利科夫会给他使过一个眼色，意思是说他们要去取昨天在工场里准备好的酒。这使希尔金受到了感动。他和他们分手时没有生出一点儿怀疑，和那个新兵留在那里。就这样，库利科夫、A和科列尔便走到郊外去了。

过了半小时，他们还没有回来，希尔金忽然醒悟过来，立刻产生了怀疑。这家伙是见过世面的。他开始回忆：库利科夫的情绪似乎显得特别，A曾两次和他附耳低语，至少库利科夫曾对他使了两次眼色，这是他亲眼看见的；现在他全都想起来了。科列尔的表情也有点儿不正常，他在临走之前对那位新兵进行了一番训话，告诉那位新兵，他不在的时候应该怎么做；他的表情很不自然，至少希尔金是这样觉得的。总而言之，希尔金越往下想，越觉得可疑。时间一点一点地过去了，他们仍然没有回来。他的不安达到极点。他很清楚，他在这件事情上担了多大的风险，长官会怀疑到他身上去。人们会想到是他和他们同谋，故意放走了两个同伴。如果他再迟迟不把库利科夫和A失踪的事报告给狱方，狱方对他的怀疑就更大。不能再耽误时间了。这时，他又回想起近来库利科夫和A似乎走得特别近，经常低语，而且经常避开大家，走到狱室后面去散步。他回想起他当时就觉得他们产生了某种想法……他用锐利的目光扫了卫兵一眼：那个卫兵正打着哈欠，身子斜靠在枪上，举起手指，用极天真的方式挖自己的鼻孔。希尔金觉得不屑于把自己的想法告诉他，只是对他说，让他跟他一块儿到工场上去。在工场里他打听他们去过那里没有？结果，那儿的人谁也没有看见他们。希尔金的怀疑被证实了。"他们也不可能只是跑去喝点儿酒，到郊外去游玩一下，尽管库利科夫有时也这样做过，"希尔金想，"他们如果是到那儿去，肯定会告诉我一声，因为这种事情根本不用瞒着我。"希尔金于是把工作放下，不再回营房，而是径直向监狱走去。

差不多到上午九点钟时，他才见到班长，并把事情的经过报告给他听。班长吓了一跳，刚开始时，甚至不肯相信他的话。当然，希尔金对他说的只是猜测的话。班长一直跑去见少校。少校立刻去见司令。一刻钟之后，狱方采取了一切可能采取的措施，并把情况报告给了总督。逃跑的两个犯人都是要犯，为了这个，他们会受到彼得堡方面严厉的谴责。不管是否合理，但A是属于政治犯的，库利科夫归属"特别部"，那就是最要紧的犯人，而且还是军事犯。从来还没有过"特别部"里有人逃跑的例子。依照章程，每一个"特别部"的罪犯在工作时，应该由两个卫兵看守，至少一个看守一个。但这个制度并没有执行过。因此才发生了这件不愉快的事。立刻打发专人到各村去，到所有附近的地方去宣布有人逃跑，并留下他们的面貌特征。还派哥萨克兵出去追捕他们；还给邻县和邻省发了公文……总而言之，把狱方弄得非常的慌张。

我们狱内的囚犯也开始了另一种的骚乱。罪犯们做完工回来时，立刻知道了一切的情节。消息传到每个人的耳朵里。大家听到这个消息时，露出一种不寻常的、隐秘的快乐。大家的心似乎受到很大的震动……这一事件不仅打破了狱中单调的生活，把整个监狱搅得像蚂蚁穴似的乱成一团——越狱，这样的越狱在每个人的心灵里引起了强烈的反响，拨动了他们的早已被遗忘的心弦；一种类似希望和勇敢的东西，一种对改变自己命运的可能性在每个人的心中蠕动着。"既然有人能逃走，为什么我不能呢……"每个人一想到这里，精神就立刻振奋起来，带着挑战的神色看着别人。至少大家忽然变得骄傲自大的样子，高傲地看着士官们。当然，长官立刻飞奔到狱里来。司令也亲自到来。囚犯们露出精神抖擞的样子，大胆而又轻蔑地看着他们，一个个都沉默不语，显得既严厉又端庄，意思是说："我们也会来这一手。"我们这里当然也早已料到长官们会一批批地到来。我们还猜到一定会施行搜查，因此预先把一切都藏匿起来了。我们知道长官在发生这类事情时永远会在事后忙碌一番。果然不出所料，狱方人员忙乱起来，什么地方都翻寻到了——当然也一无所获。下午出去干活时，增添了许多卫兵。晚上时时有看守到狱里来查看，比寻常时候多点了一遍数，而且还比寻常时候多数错了两遍。因而又发生了忙乱的情形，把大家全赶到院子里来，重新再数。然后又在狱室内数了两遍……总而言之，乱得简直不成样子。

但是，罪犯们并没有发出一声抱怨的话。大家都显得这事与自己毫无关系，整个晚上都显得格外的彬彬有礼："不让他们有吹毛求疵的机会。"长官当然会猜想，"狱内会不会留下逃犯的同谋者？"因此下令对罪犯们进行监督。但是罪犯们只是笑着。"干这种事情，还会留下同谋人吗？""这种事情必须偷偷地做去，否则没有用。""库利科夫和A是那种做起事情来拖泥带水的人吗？他们做得很巧，很干净。这种人是见过世面的；他们能够从铜烟囱里，从上锁的门里走出去的！"总而言之，库利科夫和A的名声大见增长，大家都引为骄傲。大家感到他们的功绩会传到苦役犯们的子孙后代，深深地印在大家的心里。

"真是能干的角色！"他们说。

"都以为从我们这里逃不出去。现在竟然有人逃走了……"另一些人补充说。

"不错，逃走了！"第三个人发话了，带着一点儿权威的样子向四周看着，"逃走的是谁呀？你也配吗？"

如果是在别的时候，一个囚犯对另一个囚犯说这样的话，另一个囚犯肯定会回敬几句，以维护自己的面子。但现在却谦卑地沉默着。"真是的，我们可不是库利科夫和A那样的人，光说是不行的，得先做出个样子给别人看……"

"兄弟们，说真的，我们老是待在这里干什么？"第四个人打破了沉默，他手托着腮，谦恭地坐在厨房的窗台上，他的话声虽然很低，而且拖着长音，但内心里却显得十分得意，"我们在这里做什么？活着不像人，死后不像鬼。唉！"

"这种事情可不比从脚上脱下一只靴子那么容易。何必唉声叹气呢？"

"瞧瞧人家库利科夫……"一个性格刚烈的年轻人插嘴说道。

"库利科夫！"另一个人立刻抢上去说，同时轻蔑地瞥了那个年轻小伙子一眼，"库利科夫！"

那意思是说像库利科夫那样的人能有几个呢？

"还有那个Ａ，弟兄们，这小伙子也真够机灵，真够机灵！"

"那还用说！就连库利科夫也得听他的摆布。他可狡猾了！"

"喂，弟兄们，你们说说，他们现在已经走远了吧……"

于是，人们立刻又谈起他们是否已经逃得很远？往哪个方向去？他们最好走哪条路？附近有哪些村镇？熟悉本地地形的人开口说话了。大家都好奇地倾听他们的说话。他们又谈起邻近乡村的居民，并说这一带的居民都靠不住。离城市近的农民都很狡猾，他们是不会同情囚犯的，如果被他们抓住，就会被他们送到官厅里去。

"弟兄们，这些乡下人都很厉害，都是不好惹的。"

"西伯利亚人都是不好惹的，如果你撞在他们的手里，他们就会把你弄死的。"

"但是，我们那两个……"

"当然看谁有能耐了，我们那两个也不弱。"

"那我们就拭目以待吧。"

"你怎么看？他们会被捉住吗？"

"我觉得无论如何也不会捉住他们！"另一个急性子的人抢上去说，用拳头敲打着桌子。

"唔，也要看情况如何发展了。"

"我以为是这样的，弟兄们，"斯库拉托夫抢上去说，"如果我做了逃亡者，决不会被人家捉住！"

"你吗？"

这人笑了起来，另一些人则显出不愿意听的样子。但是，斯库拉托夫的话匣子已经打开来了。

"一辈子也捉不到！"他兴致勃勃地说，"兄弟们，我经常这样想：即使从地缝里钻过去，也绝不会被人家给捉住。"

"等到你肚子饿了，就会到乡下人的家里要面包了。"

大家哈哈地笑着。

"要面包吗？胡说！"

"你还嘴硬？你忘了吗？你和瓦夏大叔就是因为害死一头牛^①，才被送到这儿来的。"

人们的笑声更大了。那些严肃的人露出更加愤激的神情。

"一派胡言！"斯库拉托夫喊道，"这是米基特卡造的谣言，其实并不是造我的谣言，而是造瓦夏的谣言，不知怎么把我也一块儿给编进去了。我是莫斯科人，从小就过着流浪的生活。教堂执事教我识字的时候，经常拉我的耳朵，叫我跟他念：'上帝呀，请宽恕我吧，赐恩给我吧，别让我进监狱……'可是，我却念成：'上帝呀，请大发慈悲吧，让我进警局里去'……我从小就开始过流浪的生活了。"

大家又哈哈大笑起来。这正是斯库拉托夫所期望的。他不能不装出傻样来。大家很快就把他放到一边去了，又开始认真地议论起来。议论的人多半是一些老年人和通晓这些事情的内行人，一些年轻人和性情温和的人则伸着脖子，津津有味地听他们讲。厨房内聚了一大堆人，当然这里并没有士官，所以大家都无拘无束。在这些听众当中，我发现有一个鞑靼人听得特别高兴，他叫马麦特卡，身材不高，颧骨高耸，样子显得非常滑稽。他几乎一点儿也不会说俄语，几乎一点儿也不明白别人说的是什么话，可

---

① 就是说他们把一个乡下男人或女人杀死，因为怀疑他们朝空中撒放毒害牲畜的药粉。我们狱内有过这样的一个杀人犯。

是他却从人群里探出头来听着，愉快地听着。

"怎么，马麦特卡，好不好听？"被大家晾在一边的斯库拉托夫由于无事可做，便挨着他坐了下来。

"好听呀！真好听呀！"马麦特卡喃喃地说，脸上显得十分活泼，对斯库拉托夫摇头晃脑起来，更显得滑稽可笑。"好呀！"

"不会捉住他们吗？会不会？"

"会呀！会呀！"马麦特卡说着，挥动双手。

"这么说来，你没有听懂我的话，是不是？"

"是的，是的，好呀！"

"好你个鬼呀！"斯库拉托夫把他的帽子拍了一下，顺手把帽子往下一拉，蒙住了眼睛，然后从厨房里走出去，露出极快乐的表情，把马麦特卡弄得莫名其妙。

整整的一个星期，我们的监狱都戒备森严，而且对附近地区进行了紧张的搜捕。我不知道通过什么途径，囚犯们马上就准确地获得了有关狱方在外面所采取的相关措施。最初几天的所有消息全是对逃犯有利的：一点儿影踪也没有，简直失踪了。囚犯们只是笑着。所有对于逃犯的命运的不安全都消失了。"他们什么也找不到，一个人也捉不到！"囚犯们自满地说着。

"什么也没有找到，就像已经射出来的一颗子弹！"

"再见吧，不要怕，俄很快就回来的！"

"据说邻近的所有农民也全都被动员起来进行搜查，凡是可疑的地方，树林、峡谷，都派人把守。"

"无聊极了！"囚犯们笑着说，"他们一定有人家可以躲藏的。"

"一定有的！"另一些人说，"他们不是糊里糊涂的人，一切老早就预先安排妥当了。"

还有人进行了各种各样的猜测：有人说，逃犯也许至今还在郊外居住，躲在地窖里，等风头过去了，头发也变长了。他们还住上一年，半年，然后再走……

总之，大家甚至都处于一种浪漫的精神状态之中。可是，在越狱后的第八天，突然传来了已经发现线索的消息。不用说，这种离奇的消息立刻被囚犯们鄙夷地推翻了。但当天晚上这个消息就被证实了。罪犯们于是开始惊慌起来。第二天早晨，城里有人说已经捉到逃犯，正在往回押送。到了下午，人们又得知了更加详细的情节：他们是在七十俄里远的某个乡村内被捉到的。最后，终于接到了确实的消息。班长从少校那里回来，肯定地宣布他们将于晚上被押解到，一直送到狱内的禁闭室里去。不可能再有任何怀疑了。这一消息对罪犯们的影响是难以描述的。起初，大家好像都很气愤，接着又灰心丧气起来。后来，有人企图加以嘲笑。于是，囚犯们开始嘲笑起来，不过他们嘲笑的并不是抓捕的人，而是被捕的人。起初嘲笑的人不多，后来几乎都笑了。只有那些严肃、坚定，且有独立见解的人，没有被这些人的嘲笑弄糊涂，也没有和他们一起嘲笑。他们鄙夷地看着那些轻薄的人，自己却沉默着。

总之，和之前夸赞库利科夫和A的情形一样，人们现在又同样地贬低他们，甚至带着愉快的心情进行贬低。大家都乐意贬低他们，好像他们使自己受到侮辱似的。大家用鄙夷的态度讲述他们如何忍受不住饥饿，跑到乡下的人家那里去乞讨，这是对逃亡者最大的侮辱。然而，这些话是不确的。事实是：逃犯们受到了追踪，他们躲在树林里面，许多人从四面把树林包围住。他们看见没有逃出重围的可能，便自己出来投降了。他们没有别种方法可想。

傍晚的时候，他们的确被押解到了，手脚用绳索捆绑起来，由宪兵押送着。全狱的人都奔到栅栏那里去观看，看看怎样处置他们。当然，他们什么也没有看见，除了停放在禁闭室旁边的少校和司令官的马车以外。逃犯们被押进秘密室里。钉上脚镣，第二天就送交法庭审判。罪犯们的嘲笑和鄙视不久之后就自然而然地消失了。大家打听得详细些，知道除了投降以外没有别的方法可想，于是大家怀着关切的心情，密切关注庭审的结果。

　　"会判决打一千棍的。"一些人说。

　　"何止一千！"另一些人说，"会把他们打死的。A也许会挨一千棍，那一位会被人家打死，因为他属于特别部。"

　　但是，他们都没有猜对。A只挨了五百棍，这可能是因为考虑到他以前的品行还算好，而且又是初犯。库利科夫大概挨了一千五百棍。这次的惩罚应该说已经很轻松了。他们是有头脑的人，在审讯时没有牵连到任何人。他们说话很清楚、准确。他们说他们是直接从堡垒里跑出来的，没有弯到什么地方去。最让我觉得惋惜的是科列尔：他丧失了一切，丧失了最后的希望，他受到的刑罚也最重，大概有两千棍，然后把他作为一个囚犯发配到别的地方去了，没有到我们的狱里来。A受的刑罚最轻，因为有人怜惜他，医生也帮了他的忙。但是，他被送进医院之后，竟夸下海口，他现在什么都能做得出来，他已经准备好了去干更加令人震惊的事情。库利科夫的行为还是和往常一样，那就是端庄，而且有礼貌，受完刑罚后，又回到狱内时，好像从来没有离开过监狱似的。但是囚犯们对他的态度却发生了转变。尽管库利科夫时时刻刻都表现得彬彬有礼，但囚犯们已经不再尊敬他了，他们对他似乎更加不客气了。总之，自从那次越狱后，库利科夫在监狱中的声望大大降低了。成功，在人们心中的意义是至关重要的。

第十章　出　狱

　　我现在所讲述的一切，都是在我服苦役的最后一年发生的。这最后的一年几乎和第一年一样，使我终生难忘，尤其是在狱内最后的几个月。但是，何必讲得那么详细呢？我只记得这一年来，尽管我急于盼望刑期快快结束，但我的苦役生活却比前几年感觉轻松了很多。第一，我在罪犯中已经有许多好友——他们完全觉得我是好人。他们中间有许多人忠实于我，诚恳地喜欢我。工兵在送我和我的同伴出狱时，几乎哭出来。出狱后，我们又在这城里的一所公寓里住了整整一个月，他几乎每天都到我们这里来一趟，只是为了看我们一眼。不过，也有一些直到最后对我都很冷酷和不友好的人，他们大概连一句话也不愿意跟我说——天晓得是为什么。我们之间似乎隔着一道墙。

　　一般来说，我在狱的最后的时期内，比以前享受到了更多的优待。在本城里供职的军官中，有几个是我的老朋友，甚至是以前的同学。我和他们恢复了来往。由于他们的关系，我可以取到较多的银钱，可以写信到家乡，甚至可以弄到几本书。几年来，我没有读过一本书。我在狱中所读到的第一本书，给我留下的那种奇特而又使我激动不安的印象，这种感觉是难以描述的。我记得那天晚上，从牢门关闭的时候，我就开始读，整整读了一夜，一直读到天明。这是一本杂志，它好像从另一世界给我带来了消息：以前的生活又极其鲜艳而且明亮地浮现在我的面前，我努力从已读到的内容上猜测，我是不是已经落后于生活很远？在我进监狱的这段时间里是否发生了很多事情？现在人们最关注的是哪些问题？他们现在对什么样的问题感兴趣？我一字一句地推敲，竭力从字里行间读出一些蕴藏在其中的含义和对过去的暗示，寻找那些当时曾使我感到兴奋的事件的痕迹。如今，当我充分意识到我已经远远落后于新的生活，已经同一切失去联系的时候，我感到十分的悲伤。应该习惯新的一切，应该认识新的年代。我特别注意到那篇署有我以前的朋友和熟人名字的文章……但也发现了新的名字，出现一些新的作家，于是我十分渴望和他们认识；然而，我手头的书太少，要想弄到新书又是如此的困难。以前，在之前少校的任内，往狱内携带书籍是很危险的。如果被搜查出来，就一定要追问："书是从哪里来的？从什么地方搞到的？原来你同外面还有联系呀……"叫我怎么回答这样的质问呢？因此，我手边没有了书，于是不得不暗自思考，自己向自己发问，努力解决这些问题，有时为这些问题而伤脑筋……所有的这一切是讲不完的！

我于冬天进狱，因此应该在冬天恢复自由，就在我来到这里的那个月中。我怀着十分焦急的心情等待着冬天的到来，在夏末时，我怀着愉快的心情看着树叶逐渐凋落，看着草原上草木逐渐发黄。夏天已经过去了，秋风开始呼啸，初雪开始飘落下来……终于到了望眼欲穿的冬天！由于预感到了伟大的自由，我的心开始经常沉重而且猛烈地跳跃。但是说也奇怪：时间过得越快，刑期越来越近，我反倒变得越来越有耐性了。在最后的几天，我甚至觉得惊异，并责备自己，我觉得我开始变得冷酷和冷淡了。在休息时间，很多囚犯在院内遇到我时，都首先开口和我说话，向我道贺：

"亚历山大·彼得罗维奇，您现在很快，很快就要恢复自由，离开我们这班苦命的人了。"

"怎么？马尔蒂诺夫，你不是也快了吗？"我回答。

"我吗？唉，别提啦！我还要熬上五年呢……"

他自己叹了一口气，停了一会儿，心不在焉地望着远处，好像在眺望着遥远的未来……是的，有许多人真诚地、高兴地向我道贺。我觉得，大家好像对我更加客气一些了。显然，我和他们已经不再是伙伴了，他们已经在和我告别。贵族出身的波兰人克钦斯基，是个文静、温良的年轻人，也像我一样喜欢在休息的时候在院内走许多路。他想用纯洁的空气和运动让自己保持健康，以补偿夜间狱室里的污浊空气所带来的危害。"我不耐烦地期待您的出狱，"有一次他在散步时遇到我，微笑地对我说，"您一出狱，那时我就可以知道，我还剩下整整的一年便可以出狱了。"

我要在这里顺便说一说，因为我喜欢幻想，再加上长期脱离社会，我们囚犯心中所想象的自由，似乎比真正的自由（即现实生活中的那种自由）还要更自由。囚犯们喜欢将真正的自由的概念进行夸大，而这对于每个罪犯都是很自然的、很搭配的。在我们那里，一个穿着破烂的军官的勤务兵几乎被认为是高贵的王子，和囚犯们相比，他们几乎被认为是自由的化身，因为他可以不用剃去头发，没有脚镣，没有卫兵跟随。

在我出狱前的那天晚上，我在黄昏中最后一次沿着栅栏把整个牢狱绕着走了一遍。这些年来，我沿着这些栅栏何止走上一千次呀！在我刚入狱的第一年，我经常独自一人，怀着十分悲痛的心情在这里流连徘徊。我记得，我当时数着日子，看看我到底还在狱中熬上多少天。天哪，这事已经过去多久了呀！就在这里，就这个角落里，我们的那只鹰被俘后就生活在这里，彼得罗夫也经常在这里和我相遇。就是现在，他也还没有离开我。他跑过来，似乎猜到我的心思，在我身边默默地走着，又好像暗自对什么事情感到惊异。我默默地和我们狱室中的这些已经发黑的木桩告别。当时，在我刚入狱的时候，那些木桩对我来说，是多么的冷漠呀。和那时相比，它们现在也应该比当时苍老了；不过，我看不出来有什么不同。有多少的青春就这样白白地葬送在这座墙壁之内了，又有多少伟大的力量白白地丧失在这里了啊！应该全说出来。这种人并不是寻常的人物，他们在我们的民族中间也许是最有才华、最坚强的人。但是，他们那强大的力量就这样白白地丧失了，被疯狂地、不合法地、无可挽回地毁灭掉了。这究竟是谁的错呢？这究竟是谁的罪过？

第二天早晨，还在上工之前，天刚亮的时候，我走遍所有的狱室，和所有的罪犯们告别。许多长着老茧的、有力的大手客客气气地伸出来，和我的手相握。有些人完全以狱友的方式和我握手，但是这样的人并不多。那些人很明白，我立刻会成为完全和他们不同的人。他们知道我在城内有朋友，我立刻会从这里走到那些老爷那里去，和这些老爷一同起坐，完全平等。他们了解到这些，所以在和我告别时虽然也很客气，也很和蔼，但并不像是和一位同伴告别，而是好像和一位老爷告别。有些人显得十分冷淡，转过身去，对我告别的话也没有回应。有几个人甚至用充满敌意的眼神看着我。

鼓声响了，大家都出去干活了，我留了下来。这天早晨，苏希洛夫比大家起得都早，他急急忙忙地给我准备茶水。可怜的苏希洛夫！当我把我的几件旧囚衣、衬衫、脚镣带和一点儿钱送给他的时候，他竟失声痛哭起来。"我不是为这个，我不是为这个！"他一边说，一边用力咬住自己颤抖的嘴唇。"叫我怎么舍得下您呢，亚历山大·彼得罗维奇？没有您，我留在这里还有什么意思呢？"

我和阿基姆·阿基梅奇做最后一次告别。

"您也快了！"我对他说。

"我还有很久，还得在这里待上很长时间呢。"他握住我的手，喃喃地说。我搂着他的脖子，我们互相亲吻了一会儿。

囚犯们上工后过了十分钟，我和另外一位跟我同时入狱的伙伴也走出了监狱，我们永远不再回来了。为了把脚镣卸掉，我们必须直接到锻工场去，让他们打开。这时，已经没有荷枪实弹的卫兵跟随我们，只有一名士官和我们一起去。在锻工场里给我们去掉脚镣的，也是我们的囚犯。在给我的那位同伴去掉脚镣时，我在一旁等着，然后我走到铁砧那里去。铁匠们把我转过身去，背对着他们，他们再从后面抬起我的脚，放在铁砧上面……他们忙乱了一阵，想把这件活做得更灵巧些、更出色些。

"小铆钉，小铆钉，先转动小铆钉……"锻工场的班长指挥着，"把这放下，就是这样，好了……现在用锤子打下去……"

脚镣落下了。我把它拿起来，然后举起来，我最后看了它一眼。我似乎觉得惊异，它刚才还在我的脚上呢。

"好啦，愿上帝保佑！愿上帝保佑！"囚犯们用断续的、粗暴的、但似乎很高兴的声音说。

是的，愿上帝保佑！自由，新的生命，新的生活，死人复活了……多么美妙的时刻啊！